本书出版得到国家社科基金（15BSH046）及宁波大学中国乡村政策与实践研究院"千村观察"项目资助

U0113221

操家齐◎主编

返乡创业故事

创业铺就脱贫致富路

中国社会出版社

国家一级出版社·全国百佳图书出版单位

图书在版编目（CIP）数据

返乡创业故事：创业铺就脱贫致富路 / 操家齐主编.

—北京：中国社会出版社，2020.9

ISBN 978-7-5087-6391-0

Ⅰ.①返… Ⅱ.①操… Ⅲ.①纪实文学—作品集—中国—当代 Ⅳ.①I25

中国版本图书馆 CIP 数据核字（2020）第 153773 号

书　　名：返乡创业故事——创业铺就脱贫致富路
主　　编：操家齐

出　版　人：浦善新
终　审　人：尤永弘
责任编辑：陈贵红

出版发行：中国社会出版社　　　　　邮政编码：100032
通联方式：北京市西城区二龙路甲 33 号
电　　话：编辑部：（010）58124828
　　　　　邮购部：（010）58124848
　　　　　销售部：（010）58124845
　　　　　传　真：（010）58124856
网　　址：www.shcbs.com.cm
　　　　　shcbs.mca.gov.cn
经　　销：各地新华书店

印刷装订：河北盛世彩捷印刷有限公司
开　　本：170mm×240mm　　　1/16
印　　张：28
字　　数：401 千字
版　　次：2020 年 9 月第 1 版
印　　次：2020 年 9 月第 1 次印刷
定　　价：79.00 元

中国社会出版社天猫旗舰店

中国社会出版社微信公众号

农民创业的意义

陈剑平 [①]

几年前，我到杭州旁边的一个乡村调研，遇到一位小姑娘。她对我说，她最喜欢山核桃成熟的时候。我问她喜欢吃山核桃吗，她说她才不喜欢吃山核桃呢，她喜欢那个时节是因为爸爸妈妈会在那时回家收山核桃，一家人就可以在一起了！这件事情给了我很大的触动，也坚定了我要为农村农民做点事情的决心。据民政部统计，2018 年全国留守儿童有 697 万，他们不得不与父母分离，在最需要父母的时候，度过不完整的童年。他们的父母不是不想和他们的孩子在一起，而是他们的经济收入不足以支撑他们在一起。

要想改变这个现状，必须要提高他们的收入水平，光靠打工的收益，只会城里留不住，乡村回不去。一条比较可靠的路径，就是创业。无论是留城创业还是返乡创业，都会为他们打开一扇希望之窗。农民要摆脱阶层固化，实现纵向提升，教育是一条可靠的路径，但对多数在现实中生存的农民来说，创业是实践证明相对更宽阔的大路。

改革开放 40 多年来，浙江无数的农民，从摆小摊，做裁缝，做鞋匠，纺线织布，走街串巷"鸡毛换糖"起家。他们走遍千山万水，说尽千言万语，吃尽千辛万苦，一些人成为资产上亿的企业家，更多的人摆脱了穷困的命运，过上了相对富足的生活。当然也会有人创业失败，但至少一批人的境遇有了实质性的提升。

2015 年以来，中央高度重视农民工创业工作，将其作为"大众创业、

---

① 陈剑平，中国工程院院士，宁波大学中国乡村政策与实践研究院首席科学家。

万众创新"的重要内容。从中央到地方，政府都出台了一系列促进农民工创业的文件，这对于推动农民工创业，起到了非常积极的作用。各地农民工创业开展得如火如荼，这种现象令人鼓舞。

当然，创业必然意味着风险。我们的政策不仅要鼓励农民创业，还应该站在农民的角度，帮助他们优化创业环境，尽量降低风险。一些地方把工作重点放在农民工返乡创业上，这种想法是好的，因为这样对于乡村摆脱凋敝局面，促进乡村振兴，大有裨益。但相对于农民工在城市创业，返乡创业的风险无疑更大，因为城市的创业资源更丰富、市场需求更大，而乡村相关资源比较匮乏，还要面对不规范的问题。农民工要想返乡创业成功，无疑将面对更多的风险因素，这就要求地方政府在公共资源的投入方面做更多的工作。不少农民工在城市创业成功再反哺家乡，在家乡投资兴业，带动更多的乡亲致富，这种路径也未尝不是一种可行的思路。

宁波大学操家齐博士利用寒假时间组织 20 多位学生走村串户，对几十位创业农民工进行深度访谈，听到了来自一线的声音，观察到了中央政策在乡村的实施场景，形成了 20 多万字的访谈资料。农民的话语非常朴素，没有什么豪言壮语，他们陈述的是他们认为需要的，是他们的真实行动与真实困境，虽然不那么"高大上"，但中国 40 多年波澜壮阔的改革开放实践证明，正是这种来自亿万农民摆脱贫困的原始动力聚合在一起，才成为推动中国伟大变革的决定性力量。

宁波大学中国乡村政策与实践研究院成立伊始，就立足乡村细节研究，以观察各类政策在乡村的实施场景为特色，"青苹之末，前沿洞察"，这本访谈正是落实研究院理念的第一本书，虽不完善，但是一个好的开始。

是为序。

2019 年 10 月

前　言

一

2008 年美国金融危机对世界经济带来冲击，我国的外向型经济受影响较大，不少工厂大幅裁员，在此背景下，中共十七届三中全会决定："引导农民工外出务工，鼓励农民工就近转移就业，扶持返乡创业。"当时各地纷纷出台政策，鼓励农民工返乡创业，掀起了一轮农民工返乡创业热潮。但不久之后，随着一系列扩大内需政策的出台，经济回暖，这一应急性的创业政策也开始退潮。此后，随着城市的高速发展，一方面拥堵、雾霾等城市病越来越严重，一些地方出台一系列的政策限制外来人口；另一方面留守儿童、田地抛荒等乡村"空心化"的问题引发社会普遍关注。再加上我国发展进入新常态，"大众创业，万众创新"成为激发全社会创造力、打造发展新动能的引擎。在此背景下，农民工返乡创业问题再次提上日程。2015 年 6 月，国务院办公厅出台的《关于支持农民工等人员返乡创业的意见》中提出，农民工等人员返乡创业，"可以促就业、增收入，打开新型工业化和农业现代化、城镇化和新农村建设协同发展新局面"，对农民工等返乡创业寄予了很高的期望。

二

为了解几年来农民工创业政策的执行情况，"农民工创业政策创新实证研究"课题组于 2018 年 7—8 月、2019 年 1—2 月，组织 28 位调研员深入东中西部地区的乡村进行调研。通过发放问卷，与村支书、农民工创业者、普通农民工进行深度访谈，最后共回收有效问卷 1370 份，深度访谈

79 份，涉及 14 个省、自治区、直辖市，重点覆盖四川、江西、湖北、湖南、河南、安徽等农民工输出大省，其中深度访谈资料有 25 万字。总结这次调研，我们发现这几年的农民工创业工作有如下亮点：

（一）劳动力密集型产业随农民工创业向中西部转移

2015 年，国务院文件中提出的主要任务之一就是"促进产业转移带动返乡创业"。在我们的这次调查中，我们发现不少沿海发达地区的劳动力密集型产业随农民工返乡创业而转移到中西部地区的案例。由于发达地区近年来迫于用工成本、土地资源紧张及环保压力，不得不压缩沿海产能，并将部分产能向中西部地区或者东南亚等发展中国家转移。在我们的调研中发现几类情况：一类是在城市创业的农民工企业家将工厂向家乡转移，比如谢村村一位农民工企业家在广东有一个制衣厂，又回家开了一个分厂，并委托自己的侄儿管理，这家工厂不管设计和销售，只管生产；一类是原来在沿海有厂，后来将厂子整体搬回老家，比如安徽三联村的吴某，就将其在浙江海宁的手套厂搬回了老家；一类是原来在沿海只是一个普通员工或者管理人员，回家后联系原来的东家在老家开起工厂为其提供生产服务，比如河南省柘城县岗王镇门楼王村的一位创业者，原来在沿海某服装厂只是一个普通工人，因家庭原因返乡后办起了服装厂并主动与原老板联系，原老板开始只是试探性地给她一些订单，但渐渐地，工厂就发展起来了，现在安置了当地农民 50 人左右。我们这次搜集的案例集中在农村创业的案例，不包括在中西部中小城市创业的案例。如果包括这些，这种劳动力密集型产业随农民工返乡创业而转型的比例无疑会更大。劳动力密集型产业向中西部地区转移，有利于农民工就近就业，有利于乡村繁荣，有利于缩小城乡差距和地区差距，其意义巨大。

（二）产业扶贫与农民工创业互相促进

党的十九大之后，脱贫攻坚工作已成为不少中西部地区乡村的中心工作。除了"输血式"式的、提供"兜底"的社会保障方式之外，具有"造血"功能的产业扶贫市场化方式已受到高度重视。产业扶贫的关键是要调动农民的就业、创业主动性，青壮年农民工是村庄中的精英，他们是村庄产业发展的中坚力量，因此，在现实中，农民工返乡创业行动往往是与村庄的产业扶贫工作结合在一起的。

在这次的调研中，我们发现有几种有效形式：（1）充分利用国家对贫困村的投入，集中力量发展出有优势的产业后，吸引农民工大量返乡创业。山东莱西市日庄镇沟东村 2014 年被认定为省级贫困村，该村利用精准扶贫的政策把特色农产品葡萄产业做大做强，发展出了如"莱西市环湖葡萄节"等乡村特色旅游业。到 2018 年为止，村民的主要收入就是种销无核葡萄，并且吸引大部分具有劳动力的村民返乡。（2）返乡农民工利用扶贫贷款作为启动资金开展创业活动。这种形式的案例非常多，比如江西青塘镇谢村村农民工通过申请扶贫贷款与兄弟们合伙养殖鸭嘴鱼，取得了较好的效益。（3）农民工返乡创业安置贫困户就业，当地政府提供就业补贴，这使得创业者的企业在用人上更有竞争力。比如江西安远县规定：针对全县 7 个深度贫困村的贫困人口，凡吸纳到扶贫车间就业或通过外发带回家加工就业的，均按照实发工资的 1：1 给予每人每月最高不超过 300 元的岗位补贴。（4）贫困户通过扶贫资金入股农民工创业企业，企业给贫困户固定回报。这种方式，贫困户风险较小，回报比较固定。比如湖北麻城市黄土岗镇堰头垸村将贫困户的扶贫贷款统一贷给农民工创业者的清明花厂，创业者需付出 10% 的利息，并提前付给贫困户。

国家的扶贫政策力度大、效率高，通过产业扶贫对于相关的农民工创业者来说，在贷款、用工以及市场推广方面享受到实实在在的便利，因而产业扶贫与农民工创业在一定程度上可以实现互相促进。

（三）互联网＋助力农民工创业

随着智能手机在广大农村的普及，以及电商平台、社交平台"下乡"力度的加大和快递企业的渠道下沉，农村产品的上行以及相应资源的下行，效率相对于过去有了革命性的提升，利用互联网开拓市场成为农民工返乡创业的一个有效手段。农民工返乡创业对于互联网的运用，一是体现在对于信息的获取上，无论是国家政策、生产技术、市场信息，还是人员的联络，都可以非常方便地通过一个小小的手机实现。二是通过互联网开拓市场，过去农村产品的外销受制于空间的阻隔比较大，而现在借助互联网，无限放大了市场空间。在这次调研中，陕西吴堡县的一位农民工向我们表示，他创办了一家网店，销售当地特产空心挂面，线上营销额相当可观。当地政府还非常鼓励他们在网上销售，给了他一万元的资助，同时承诺网店做到一定规模之后还会为其提供免息贷款。除此之外，还出现了许多新型经营形式，比如赣南农民工脐橙成熟后以较低价格与微商合作，微商负责接单，农民工创业者负责发货，双方之间分工明确。江苏沭阳年轻农民工在淘宝、快手等视频网站上直播卖盆景、月季花，家里的老人则负责在大棚里劳作，一家人分工合作，其乐融融。三是一些地方设立电商中心，为创业者提供综合服务，四川乐至县石佛镇廖家沟村、简阳丙灵村都设有这样的电商中心。

对于返乡农民工来说，互联网等新鲜事物他们的接受程度较高，利用的能力也强，在一定程度上减少了农村创业资源聚集度不高的劣势，从这次调研的情况来看，互联网的应用程度确实较高。

（四）部分农民工精英回乡创业反哺家乡

客观地说，并不是所有农民工都有意愿返乡创业。这次调查表明，有40.25%的农民工没有创业的考虑，那些有想法的农民工一般也对返乡创业持谨慎态度。国务院文件也是强调鼓励积累了一定的资金、技术和管理经验的农民工创业。我们这次的调研表明，普通农民工返乡创业一般都规模不大，且一般从事的是种植、养殖业，辐射和带动能力有限。与此相反，部分在外地经营有成的农民工返乡创业，其影响力远超普通农民工，其经营理念、规模、辐射带动能力都可圈可点，比如四川省简阳市的徐刚在沿海地区担任公司总经理多年，事业有成，由于其早年父母双亡，受乡亲恩惠较多，而所在的丙灵村依然是贫困村，他决心返乡带领乡亲致富，在他的带领下，该村人均年收入从2015年的4710元，2016年增长为6600元，2017年一跃达到14100元，实现了收入"三级跳"。丙灵村的脱贫致富之路在2018年"天府源"成都市首届乡村振兴"十大案例"决赛中成功入选。在我们调研的浙江桐庐市，由于"三通一达"等农民工创业企业的成功，他们反哺家乡，在老家办起了印刷厂、培训中心等项目，其中中通投入达到 35 亿元，圆通 7 亿元，申通 20 亿元。这些农民工精英的返乡虽然人不一定回去了，但是资金、项目、技术、市场回去了，其对家乡的带动作用非常大。所以说，对于农民工返乡创业，不一定要追求人数多，更应该关注其影响力、带动力。

（五）一些地方政府创新推动能人返乡

客观地说，尽管从中央层面到地方层面都是重视农民工返乡创业的，但要说将其作为中心工作来抓的确实不多。我们在调研工作中也发现一个典型，该地对返乡创业工作真抓实干，也抓出了成效，它就是湖北省黄冈市。黄冈市为推动能人返乡创业出台了一系列政策，第一，将其作为"一把手"工程。作为全省市州中第一个对能人回乡的引进时间、数量和规模明确量化的地区，每月公布一次排名，实行量化考核；第二，市委、市政府把实施能人回乡创业"千人计划"，作为"一把手"工程，印发了《关于引导能人回乡创业加快培育精准扶贫和乡村振兴新动力的通知》，出台了《黄冈市支持"三乡"工程建设的若干政策》，从用地、融资、项目、品牌等多个方面量身定制了 19 条支持政策。同时，还出台了《关于完善农村土地所有权承包权经营权分置办法的实施意见》《关于深化农村集体产权制度改革的实施意见》，为实施能人回乡创业"千人计划"提供了强有力的政策保障；第三，聚焦"三农"。通过吸引能人回乡创业，聚焦农业、农村、农民，发挥资源优势，面向市场需求，促进农业资源与社会资本对接、推进小农户与大市场对接，共同分享产业价值链、受益增值链，着力解决"三农"发展问题。截至 2018 年 11 月 15 日，黄冈市通过能人返乡项目，其经济水平得到了大幅提升，签约项目高达 1195 个，协议投资额为 995.96 亿元，建立返乡创业示范园区 29 个，形成汽配纺织、蕲艾大健康、休闲旅游、现代种养等产业，吸纳就业 27.6 万人，实现工资收入约 8.2 亿元，年创产值 1200.7 亿元。黄冈市抓能人返乡抓出了成效，能人之中有很大一部分出身农民工，黄冈的经验值得其他地方借鉴。

5

三

在这次调研过程中，我们也注意到不少制约农民工创业的问题。

一是相关政策并没有得到有效的落实。首先，知道相关优惠政策的农民工很少，据我们统计，农民工对于农民工返乡创业政策的了解程度并不乐观，其中"不是很了解"和"根本没听过"总共占比80.1%。农民工多数听说过国家很支持农民工创业，但是当地有些什么具体政策却并不清楚。其次，政策从上到下逐层衰减，县级政府也有一些具体政策，乡镇的干部也还了解相关条文，可是到了村里，不是不知道，就是太忙没有落实。最后，政策很好，就是很难兑现。比如补贴，看起来，创业者的条件也符合，但是要想拿到却并不容易，既要耗时间，也难备齐相关材料，看得见，却够不着。这样的例子在我们的访谈素材中非常多见。

二是政策的供给与创业者的需求错位。首先，国家对农民工创业的支持重点在返乡创业，但从现实来看，农民工更多地选择城市创业。我们的统计表明，已经在创业的农民工之中，在外地城市创业的占20.69%，在本地城市创业的占39.08%，而在本地农村创业的占37.93%，也就是说，选择城市创业的占近60%，而选择本地农村创业的不足四成。而在城市创业的，很难享受到国家的返乡创业优惠政策。其次，政府的政策供给与农民工的需求吻合度不高，比如政府免费提供的培训往往不是农民工所需要的，而农民工所需要的培训项目，政府却提供不了，农民工只能转向商业渠道花钱买培训。

三是各项政策的协同性连续性不足。协同性不足主要体现在不同部门站在不同立场上对扶持农民工创业的态度不同，比如在土地问题上，耕地保护政策和创业用地占用之间的矛盾日益突出。浙江省衢州市平园村工厂在生产经营过程中需要占用更多的土地，而工厂扩建难以通过审批，最终成为违章建筑。并且，被拆企业的后续安顿缺失，使其被迫面临长期停业甚至破产的风险。在环保问题上，四川绵阳北川羌族自治县马槽乡明头村村民表示要办酒厂，当地要收40万元押金，如环保不达标，环保部门可能就把这个钱拿来替创业者搞环保。连续性不足体现在政策经常反复，可能前一段时间鼓励一、二、三产业融合，支持农民工创业者搞农家乐，现在要整治大棚房，又要拆掉原来建设的设施。政府原来提倡的往往成为后来问题产生的根源。

四是在一些核心政策上难以有实质性的突破。据我们的问卷调查，农民工在返乡创业的过程中，最希望得到的政策支持前三位分别是资金、场地和审批便利化。在资金上，农民工创业主要还是依赖自有资金和民间借贷，而从银行贷款还是非常困难。尤其是土地问题，对于多数返乡创业者来说，更是一个头痛的问题，不管是种植还是养殖，普遍反映土地审批难。

五是市场化力量发挥不充分。在农民工创业问题上，市场应该发挥主体作用，政府更多地应该发挥引导作用，但是在一些中西部地区，市场发育得不完善，往往与政府有关系，比如一些公共基础设施不足，影响了市场的投资意愿；一些地方交通不便，市场需求有限，致使一些快递公司不愿意进入乡村，从而使得创业者无法享受到相关的市场服务。在有些方面，明明市场有能力承担，但政府方面放手不够，政府干不好，市场也成熟不起来。

为什么会出现这些问题，我们认为有以下几方面的原因：

第一，地方政府执行返乡创业政策的动力不足。地方政府推动农民工返乡创业，首先会考虑到效率问题。现在一些地方的关注点往往集中在大项目、大资本身上，而对于普通创业者的小本投资兴趣缺乏，而且农民工创业者往往集中在种植业、养殖业，政府难以获得想要的税收，花费巨大的精力，收益有限，自然动力不足。同时，调研过程中也发现某些基层官员因为害怕承担风险而不愿意做事的现象。此外，由于东部浙江地区经济较为发达，基层政府的收入来源靠其他方面就能得到满足，所以便安于现状，没有动力推行返乡创业等政策进一步发展经济。

第二，政府本位不能有效回应农民工创业者的真正关切。在实施农民工返乡创业扶持政策这一过程中，政府作为政策的实施者，其出发点是为了振兴乡村经济、缩小城乡差距，提供更多的就业岗位，吸引农民工返乡，解决空巢老人、留守儿童的问题，实现乡村繁荣。但政府的立足点很高，并没有充分考虑到农民工自身的真实意愿。农民工更关注自身的切身利益，比如创业风险有多大？资金从哪里来？万一失败了怎么办？如果政府在推行农民工返乡创业扶持政策的过程中，没有考虑到农民工创业的风险问题，盲目地推行现有政策，在创业条件不成熟的情况下，仍鼓励农民工去自主创业，导致其创业失败，必将导致政府公信力受损。也就是说，现行的农民工创业政策更多的是站在政府角度考虑问题，而农民工创业者并非是一个整体，每个人都有自己的利益关切。两者的利益关切并不必然一致，不一定在一个频道上，因而，农民工响应度不足也就在情理之中。

第三，政策目标的多元化和运动式治理影响相关政策执行。基层政府工作千头万绪，不能说什么工作重要，什么工作不重要，不同部门的工作重心不一样，考核的方向也不同，本位主义很难完全克服，农民工创业重要，但保障土地安全、粮食安全、保护生态环境也不容忽视，两者的矛盾很难化解，精细化治理成本很高，一刀切有时更管用。而运动式治理是我国的一种治理惯性思路，很难解决，其治理是高效率的，尽管有很大的副作用，但有时工作推动不了，不得不回到老路上去。有些问题是历史痼疾，完全解决还需要时间和时机。

第四，一些深层次的体制机制问题制约关键问题的解决。现在农民工创业者反映的贷款难和用地难的问题，归结起来其实是一个问题。由于我国的农地和宅基地的集体产权性质，决定了其流转困难、转变土地用途困难以及难以成为有效的抵押品。尽管国家已经提出了"三权分置"的思路，一些试点地方也有了一些成熟的经验，但要大面积推开，实质性地接受，还面临着很大的制度障碍，可以预见，在相当长的一段时间之内是很难解决的。

第五，市场发育不足和行政强势影响市场作用发挥。市场发育水平与一个地方的经济发展水平高度相关，中西部地区的农村还相对落后，还难以吸引市场主体进入。再加上人们的思想观念还难以跟上市场经济的步伐，要转变观念还需要时间。政府强势既是一种思维的惯性，有时也是一种无奈，因为政府不跟进就无人跟进，问题就无法解决。但正因为是这种情况，就更需要发挥政府的作用培育新型市场主体，不然政府总是放不开手，市场就一直成长不起来。

第六，农民工自身创业能力不足。影响农民工创业的主要问题除了资金问题排第一位外，"个人缺乏管理经验和专业技能"排第二位，对自己的管理水平和专业技能缺乏足够的信心，这也是影响农民工创业的重要原因。现在很多农民工长期在流水线劳作，缺乏系统性的技能学习和管理实操，工作闲暇时间和系统培训也很少，确实很难对今后的创业提供足够的知识、技能储备。

四

如何进一步优化农民工创业政策，我们的总体思路是，要着眼于需求侧推进供给侧政策创新，将各地好的经验总结提升，充分考虑农民工的现实关切，解决他们最关心的现实困难，发挥他们的创业主体作用，优化创业环境，改善农村公共服务，调整政策支持方向，促进农民工创业工作。

（一）要认清农民工创业问题不仅是关系到乡村振兴的问题，更是关系到农民阶层提升的社会公平问题

当前的政策过多地关注到如何促进乡村繁荣，培育经济社会发展动能等方面。我们认为，政策要定位在人的发展、农民阶层地位提升与社会流动的高度。当前人民群众普遍关注社会阶层固化问题，作为如今最大的社会群体，农民的纵向流动理应引起高度关注。除了通过教育实现阶层流动之外，创业也是农民实现地位提升的重要路径。无数普通农民通过创业，改善了自己的经济地位，或者是成为成功人士。扶持农民工创业，就是支持农民工通过创业实现社会的纵向流动。

（二）突出农民工的主体性，反映农民工创业者的真实需求

历史经验一再证明，凡是政府站在集体的立场上来进行政策设计、没有考虑到农民需求的政策，到政策施行的后期往往容易产生偏移，而最终效果不尽如人意。无论是人民公社还是大集体制度都是如此。凡是顺应农民需求的政策往往都成为推动中国发展的强劲动力，比如"大包干"、允许农民自由流动等等。因此，在农民工创业这个问题上，我们应该突出农民工的主体性，愿意回乡就回乡，愿意留城就留城，愿意回来创业，欢迎，给予政策扶持；愿意在城里创业，也要欢迎，也要给予政策扶持。不愿意创业，也行，要支持他们就地实现城镇化，给予同等的市民化待遇。总之，尽量站在农民工的角度考虑问题，维护他们的利益，回应他们的现实关切。

（三）尊重市场规律，政府化主导为引导

在农民工创业这个问题上，基层政府部门应明确自己的角色定位。可能有一些地方在农民工创业问题上心情比较急切，这种心情可以理解。然而，现在我国实行的市场经济，政府不能直接介入市场，像我们这次调研的海口卜秀村，政府直接发鸡苗，最后效果并不好，甚至引发矛盾。而陕西省榆林市驼燕沟村发螃蟹苗却受到农民的欢迎，则是因为他们尊重了市场，尊重了农民的个人意愿。当然，当市场出现问题，自身无力解决的时候，政府该出手时也要果断出手，比如山东莱西沟东村通过举办葡萄节帮助农民拓展市场解决了个体农民无力解决的品牌推广问题，这种引导作用应该鼓励。

（四）做好公共服务，促进农民工创业

在我们这次调研之中，很多创业者都反映公共服务不足的问题，比如供电问题、快递问题、水源问题，甚至政府证照审批效率低下问题等等。这些问题是影响农民工创业的大问题，也是政府真正应该解决的关键问题。公共服务做好了，创业的环境优化了，自然能够吸引农民工返乡创业，也能助力农民工创业成功。

（五）重点支持能人返乡创业，鼓励农民工城市创业成功后反哺家乡

有意愿、有条件返乡创业的欢迎其返乡；没有该意愿的或在城市发展前景更好的，鼓励其留在城市继续打工或进行创业，实现新型城镇化、市民化。与此同时，对于不同意愿的农民工，政府实施创业扶持政策应当一视同仁。无论是在城市还是家乡进行创业，都应给予一样的支持。返乡创业扶持政策不应仅局限于农村，由于城市创业条件相对较好，多数农民工是在城市创业，因此可以鼓励农民工在城镇创业，创业成功后有条件时再反哺家乡。

（六）从自发到引导，促进产业转移带动农民工返乡创业

鉴于在本次的调研中存在着众多的沿海劳动力密集型产业随农民工返乡而实现成功转移的案例，建议在政府层面高度重视这一现象，出台相应的鼓励政策，解决转移过程中的相关问题，推动沿海相关产业向中西部地区转移，缩小地区差距。

（七）结合产业扶贫，同步推进农民工返乡创业

从我们这次调研的情况来看，产业扶贫和农民工创业可以互相促进，共同提高。相关方面可以把两方面的政策结合起来，优化这方面的政策。

（八）创新工作思路，重点解决一些突出问题

针对这次调研过程中农民工创业者反映的一些突出问题，比如部门协同性不足、政策前后冲突的问题，应该加强部门之间的协调机制建设，尊重历史，解决现实问题。对于贷款难的问题，一方面扩大宅基地抵押试点，同时，也可以考虑引入市场机制，引入市场多元金融主体，建设融资平台，支持翼龙贷、蚂蚁金服等进入农村市场。对于农民工反映的培训针对性不强的问题，应该探索"菜单式"培训服务，鼓励培训市场化，以农民工自由培训、事后报销的形式推进培训方式改革，提高培训实效。

操家齐

2019 年 10 月

目 录

西部地区

东部地区

中部地区

江西省赣州市宁都县青塘镇谢村村村委访谈

受访者基本情况

性别：男

年龄：46 岁

籍贯：江西省赣州市宁都县青塘镇谢村村

婚姻状况：已婚

文化程度：大专

村委职位：党支部书记

访谈地址：江西省赣州市宁都县青塘镇谢村村便民服务站

访谈时间：2019 年 1 月 27 日 17：00

前几天，因为"精准扶贫"县际交叉检查的原因村委一直很忙，今天，即使是周日，村委干部仍然在加班加点完善、整改文件，基层着实辛苦。我在村委帮忙的这几天，得到过一些宣传单页、年终总结等一手资料，也

断断续续问过几个问题，今天才有时间坐下来正式进行访谈，以下是访谈记录：

访谈员：书记，非常感谢您能在百忙之中抽出时间配合我访谈，我想了解一下咱们村的基本村情，比如说男女比例、主要特产、经济来源及历史人文等，可以简单介绍一下吗？

受访者：可以，我们村区域面积 11.2 万平方千米，共有 16 个村民小组，总户数 815 户，3536 人，男女比例 6：4。耕地面积 1779 亩，山地面积 22000 亩。主要发展脐橙、烤烟、水稻制种、生猪、白莲、鸡鸭鱼鹅等产业，这也是我们主要的经济来源。我们这里有毛泽东旧居、苏维埃政府遗址等红色故居，仅我们谢村就有 200 多名登记在册的红军革命烈士，我去找一下我们的英烈谱（说完就去档案室翻找文件）。

访谈员：好的，这个我们待会再仔细看，先大概了解下农民工情况吧，比如说有多少人在外打工，主要流向是哪里？

受访者：我们村有 1000 多名青壮年在外打工，赣州、福建、上海、广东、北京等地都有，主要是北上广一线城市。在机砖厂或者电子厂做普工、水电工之类的苦力活居多。当然也有几十个在外面开工厂、开公司的。

访谈员：那您知道返乡农民工创业的情况吗？

受访者：大都是在外面打工十年八年后再回来自己创业，有的搞果业开发，有的开个体工商店，还有自己办小企业的，大概有八九十个人。

访谈员：那您知道有农民工返乡创业失败的情况吗？

受访者：这种在外面就业回来的一般都会成功，因为其不仅学到了一套经验流程而且目标明确、见识广，学到的东西多，成功的概率也就大。

访谈员：那有外地人来我们这里创业的吗？效益如何？

受访者：有，像水稻制种和烤烟就是外地人引进来的；至于效益嘛，这个都是靠管理，管得好就赚钱，管不好的话要么保本要么亏本，什么都要靠"专"和"精"两个字。

访谈员：嗯，像这种引进产业是他们自己管理还是我们村委管理？

受访者：他们自己管理，我们参与。

访谈员：那为了支持农民工创业，我们这边有什么扶持政策吗？

受访者：这个要看情况，比如开店，个体户只要信誉良好都可以采用政府贴息贷款融资方式，贫困户也有贫困户贷款，单户最高贷款额度为 8 万元，我们是非常支持贫困户自主发展产业的。我们镇是著名的富硒小镇，蔬菜基地土壤属于富硒地，种出来的菜也是富硒蔬菜。我们在社岗跟河背有两个共计 500 亩左右的基地，大概有 50 个大棚，10 亩一个大棚，1 户或者 3 户、5 户人家可以认领一个棚。我们请了山东蔬菜专家过来统一指导种辣椒、统一管理、统一租赁、统一流转、统一销售，就是产前、产中、产后一条龙服务，水电路等基础设施完善，只需要认领，派人去劳动就行。

访谈员：这个大棚蔬菜只要有意愿都可以参与吗？还是说需要竞标？

受访者：主要看报名人数，现在好多人报名，但是不一定都能成功认领。有些人只是听到了，头脑发热就报名了，真正想做的时候就会感觉很为难，觉得这个赚不了钱、好难、没意思……所以，很多人只是看到了赚钱的层面，却没有认识到实践过程的艰难性。像去年有七八个人报名，但真正认领的只有两个人，30 亩一个，每亩补助两万块。

访谈员：这些政策是否遇到过特殊情况，您觉得需要改进吗？

受访者：政策很多而且大部分也很好，但是落地的时候因人、因村情、因地方不同，很多政策实施得并不是太理想。比如搞光伏发电产业，我们这边的老百姓积极性并不高，一是不肯搞，二是光伏发电这个产业投资虽然不算大，但是这个效益时间太久回报太低，要八到十年才能回来，老百姓就不愿意去做。

访谈员：这个光伏发电具体是什么情况呢？

受访者：光伏发电就是太阳能发电，这个上面有政策，每一户可以安装 5kV，困难群体可以融资 3.5 万左右的钱，贴息贷款，但是好多人不去搞，因为这个效益回报周期很长。

访谈员：那我们村里自己有搞吗？

受访者：我们村委自己有搞，搞了个大的。

访谈员：那您觉得这个效益怎么样？

受访者：这个是扶贫资金贷款的 100 万块钱，大概去年到现在也就花了 10 万块钱，这 10 万块钱，其实回报很低，100 万块钱单利息就不少了，还要管理，所以回报的周期很长，这是一个方面。当然，上面的政策初心很好，但落地生根的时候就不一定是那么回事。我觉得政策应该因地、因区域用不同的办法去对待，不能千篇一律全国一个政策，比如江西和广东福建两地有一定的经济差距，某个政策对于广东福建地区的村民来说，可能无足轻重，而对于江西地区的村民来说，可能平台相对又太高，就像乌鸦喝水——望尘莫及。所以，我们的政策应"因地制宜"，所有的钱应该用到关键之处，分清轻重缓急，不能一蹴而就。

访谈员：嗯，是的，一个政策从颁布到实施会有一个过程，在这个过程中就需要像我们这种高校调研员下基层去了解实际情况，我们所有调研结果会反馈给国家相关部门，希望能对国家政策层面产生积极影响。接下来我想了解一下土地流转的问题，因为刚刚您讲的制种、脐橙、水稻制种等都会涉及土地流转这个问题。

受访者：我们党的十九大提出土地承包到期后再延长 30 年，土地所有权是国家的，但是这个使用权永远是农民的，这个政策不会变。土地流转因村、因小组不同而不同，比如上下大坪、稠田角四个小组可以统一流转，其他小组不可以流转，一年 300~400 元 / 亩的租金。比如制种烤烟，或是栽某种东西可以一起流给一个老板来带领大家一起搞，即"有钱的出钱，有力的出力"，反正亏了是老板的，赚了是农民的，农民就是赚工资和流转费。

访谈员：那流程一般是怎样的呢？

受访者：一般都是把小组所有成员聚集起来开会，假设我们这个小组总共有 45 亩地，第一步，我们先确认每家每户的土地大小；第二步，确认签字；第三步，共同商议这 45 亩地今年或者两到三年中准备租给哪个老板来发展哪种产业；第四步，商议大概租金数目；第五步，确认大家是否同意参与，然后签字确认。

访谈员：每个小组的成员挺多的，他们的田地是在一个地块吗？

受访者：一般不在一个地方。

访谈员：那岂不是很分散吗？

受访者：我们一般是四个小组一起搞，一起开会，单独一个小组是搞不了的，因为实际情况是小组成员的地都是东西南北很分散的。

访谈员：那有没有某一个小组的某一个人或者是某几个小组的好几个人不想流转的情况？这种情况一般怎么办呢？

受访者：这个不是流转，一般是转租 1 到 3 年，也不会很长，流转一般是 10 年、20 年或是 30 年，很长的时间，但是我们这个是短时间转租。

访谈员：那您觉得我们村在治理方面有特别难搞的事情吗？

受访者：有，首先村民思想比较传统保守，很不愿意接受新鲜事物。比如说制种，用机械好一点，但是很多村民听不进去，觉得用牛搞了一辈子，没必要用机械，不能接受新事物。

访谈员：那这个大型机械的购买，是大家凑钱吗？

受访者：这个购买农机有补贴，像大的公司、大的合作社基本不用掏钱。思想陈旧，生产方式比较单一，新技术很难引进来。如果我们强行去弄，他们就会很生气，说我们干部胡作非为等，所以这是制约我们村发展的一个瓶颈——新的东西接触不了，旧的东西一直延续下来。还有就是贫困群众内生动力不足，参与创业、就业积极性不高，自我发展意识淡薄，等、靠、要思想严重，这些都很影响我们村的发展。

访谈员：了解了，再次感谢您接受今天的采访。目前，我们学校有个百村调查的项目，想找一百个有特色的村授牌观察，如果您有意愿成为观察员的话，我跟我们老师说，具体责任、义务我们老师后期会和您电话沟通，但是能不能成为百村中的一村，要看最后的评估。希望我们村能较以前在工作研究或者其他方面有大的突破。

受访者：可以，只要是好的东西，对我们整村发展有帮助的，我都愿意接受。

访谈员：好的，我需要了解的暂时就是这些，后期有什么遗漏的再联系您。

受访者：可以。

访谈员手记

　　近年来，随着"精准扶贫"和"乡村振兴"政策的实施，农村发生了翻天覆地的变化。此次回乡与村委一个礼拜的短暂相处，使我深刻地理解了基层的辛苦，虽然依旧会有村民质疑的声音，但是不可否认，基层干部确实是在为人民干实事。谢村村设党总支部一个，党小组4个、党员68人，村"两委"干部7人，其中女干部1人（即妇女主任），大专学历2人，高中学历4人、初中学历1人，平均年龄45周岁以下。从村干部结构及平均年龄来看，农村青壮年劳动力尤其是高学历人才流失严重，基层团队偏中老年化，缺乏年轻活力，学历素质有待提高，农村治理水平偏低；青壮年劳动力基本在小年左右"返乡"，正月初六左右集体"返城"，留守农村的皆为"996138"[①]团队，整体村民文化素质偏低，本该建设美丽农村的青壮年劳动力却最终熬成了"客"，"伤离别，离别虽然在眼前"。到底有没有一种方法既能不离别又能赚钱？相信一切都会好起来的。

（访谈员：仲恺农业工程学院　谢清玲）

---

① "99"指老年人，"61"指儿童，"38"指妇女。

附件：文中提到的大棚蔬菜报名通知，仅供参考

关于开展青塘镇 2019 年大棚蔬菜基地经营主体意向报名的通知

各位乡亲：

2018 年我镇打造建设了 300 亩社岗高标准大棚蔬菜基地，全部由政府主导，农户自主经营，有 11 户经营主体，基地全部种植辣椒，市场反应良好，目前批发价为 2.5 元 / 斤，预计亩产可达 1.5 万斤以上。

为做强大棚蔬菜产业，带动更多农户致富，2019 年我镇拟在河背村东湖组、社岗村王下组、磨盘组、孙屋村土围组规划打造千亩连片大棚蔬菜基地，模式及扶持政策参照社岗大棚蔬菜基地，即"七统一分"：统一基地规划、统一建设大棚、统一种植品种、统一技术指导、统一产品销售、分户经营（每户控制在 10 亩左右）。扶持政策参照《关于大力发展蔬菜产业的实施意见》（宁办发〔2018〕13 号）文件精神。资金奖补：每亩高标准钢架大棚由市、县两级政府共补助 2 万元。信贷支持：符合贷款条件的种植户每亩获得银行贷款 2 万元，县财政给予贴息 3 年。技术支持：统一聘请山东蔬菜专家提供技术服务，政府每年补贴工资 5 万元。基础设施支持：政府统一完善水、电、路等基础设施建设。

耳听为虚眼见为实，欢迎各位到社岗蔬菜基地实地考察了解，也可到镇政府和各村委会详询（镇政府陈 × ×　135 × × × 3379，李 × ×　134 × × × 8098；社岗合作社负责人种植户黄 × ×　187 × × × 6967）。有意向的农户请元宵节前到各村村委会报名。

谢村村铝合金返乡创业个体户

受访者基本情况

性别：男

年龄：50 岁

籍贯：江西省赣州市宁都县青塘镇谢村村

婚姻状况：已婚

文化程度：初中

打工时间：1994—2015 年

创业类型：返乡创业——服务业（铝合金门窗）

创业地点：江西省赣州市宁都县谢村村

访谈时间：2019 年 1 月 23 日 15：00

　　此厂是书记推荐的制衣厂，但是打电话询问后才知道制衣厂是此受访人叔叔开的，因其常年在广东，所以由其侄子——受访人帮忙代管，而受

访人则是铝合金创业个体户。以下是访谈记录：

访谈员：您好，我是仲恺农业工程学院的学生，我们学校正在和宁波大学合作做一个农民工返乡就业的深度访谈，昨天去找村书记推荐人选，他一下就想起了您，所以我们想跟您做个深度访谈，主要了解一下农民工创业政策的实施效果。

受访者：上面的制衣厂不是我开的，是我家叔叔开的。他现在人在广东，广东还有一个厂，这个厂是做纯加工的，我自己在家做不锈钢门窗，顺便帮忙照看一下这个制衣厂。

访谈员：了解了，自己开店做生意也是创业，我们采访的对象就是自己给自己发工资的生意人，所以访谈您也是没有问题的。

受访者：先坐，待会儿带你去楼上看一下。我们自己在家做不锈钢门窗。本来服装厂想在村里招一两百人，因为场地和劳动力问题没做起来，家里还是没法和外面那样专业地 24 小时运转，在家再怎么也会耽搁进度，产量赶不及，本来这个厂的生意很好的，那边都做不来。

访谈员：您以前是在哪里打工啊？

受访者：以前在福建厦门，后面也到过广东。

访谈员：以前做了多久？也是铝合金吗？

受访者：我在厦门做了十多年，之后在赣州做了七年，也是自己开店做铝合金。

访谈员：您的学历水平是？

受访者：初中。我开服装厂的叔叔也是初中学历，他那个厂做得还挺大的。

访谈员：那您怎么突然想着回来开店呢？

受访者：一是在外面不能把孩子带在身边，让其独自在家也会有很多问题，这是回家的主要原因。二是在外面总是觉得没有归属感，在赣州漂始终觉得也不是回事。

访谈员：那您觉得如果有一天影响您不做这个事情的原因是什么？

受访者：一是政策问题，慢慢地，建筑会越来越少，这点影响很大。

11

其实建筑问题影响到了相当广泛的行业，房屋建设越来越少，这一行业一定会慢慢地停止；像我们回家这几年生意很好，都做不赢（做不完），以后慢慢地就会减少。

访谈员： 那您之前对农民工返乡创业政策有什么了解吗？

受访者： 有听过，但是不是很了解，我觉得我这店就是小打小闹，不算创业，政府创业政策对我没有太大的影响。

访谈员： 您觉得影响农民创业的主要问题是什么？

受访者： 依我来看，还是要自己有想法和胆量，能够坚持下去。我楼上这个服装厂3个月以前也是做得摇摆不定，我以前包过砖厂比较有经验，我会和他们说必须得坚持。刚开始方向没有明确的时候很容易失败，还有大的社会环境的影响，比如政策。出去打工的人一定能学到一门专业的技术，能得到一个很好的历练。我也希望我们这边可以每家每户创业成功，把我们村做大做强。

访谈员： 您觉得互联网对创业有帮助吗？

受访者： 影响还是很大的，我们现在基本都是通过手机联系，互联网对生活各方面的影响都很大。

访谈员： 那您这门铝合金的技术是在厦门打工的时候学到的吗？

受访者： 是在厦门的时候自己出钱去培训学习这门技术的，一开始是在砖厂做，2003年"非典"那年开了一个快餐店，因没生意就决定学一门技术。那时候培训了一个月，学徒费500元，生活费自己负责。那时候刚学会焊接工艺，就去五金厂做焊工，在厂里的工作还挺单调的，我觉得没什么前途，所以我就放弃了焊工的工作，决定去学一门比较全面的技术，去店里做学徒工。说到底这么做还是因为家里的小孩和老人。学徒费300元一个月，差不多学了一年，学到了一整套流程，如果在工厂工作是没法学这么多的，因为只会负责流水线中的某个环节。

访谈员： 那您在这期间有遇到什么困难吗？

受访者： 刚起步的时候资金和市场影响还是蛮大的，那个时候对市场不是很熟悉，现在市场和资金比刚开始好很多，路子也做开了。

访谈员：那前期投入是多少呢？

受访者：我们这个厂前期投入不是很大，一两万块的样子，因为我们这个厂规模比较小。

访谈员：那您觉得当今创业的行情如何？

受访者：现在创业和以前创业还是不一样。我 20 世纪 90 年代出门的时候还比较早，现在也有好多朋友生意做得好大。我觉得现在创业门槛比以前高了，因为市场已经比较成熟了，需要更多的资金，比以前更难创业，但还是有机会的。现在创业的方向和以前不一样了，可能现在往互联网方向创业的人比较多，学历高的人创业成功率稍微高些。从我们那一批创业的人来说，最主要的还是选择方向，要有胆量不能怕失败，成功的人基本上就像"疯子"，像过桥一样，把后路断了就只能向前，向前可能就还有希望。像青塘做得比较有名的海绵厂的我的一个老板朋友，他刚创业的时候也没有资金，材料运到了厂里没有钱付最后被拉回去了，现在挺过来了，做得也很大。所以说创业意志必须坚定。

访谈员：嗯，是的，那您有几个兄弟呢？

受访者：我们一共 5 兄弟，我有 3 个哥哥 1 个弟弟。

访谈员：那您有姐妹吗？

受访者：有，一个姐姐一个妹妹。我三哥在种脐橙，投资了几十万，现在还没有收成；大哥在老家工作；二哥在赣州创业；最小的弟弟也在广州创业，做通信的。

访谈员：看来创业也有一定的家庭原因，有想法的人在一起可以互相传递信息，互相扶持。那我们的市场主要是面对我们村吗？会涉及镇和县吗？

受访者：这个会涉及县周围。虽然现在建房的需求还是很大，但因为尺寸什么的比较固定，成品巨大无法流通，省外就有难度，不像奶茶一样可以全国各地走，所以我们就很难把店做大。高端铝合金门窗的辐射范围可能稍微更远一些。

访谈员：我看淘宝也是可以下单安装铝合金的，咱们也可以尝试一下。

受访者：像这种一般都是品牌商，旗下有大量代理，每个省和地区派代理去。这个对资金要求还是很高。所以，我现在要做的是先把这个店弄好，后期再慢慢扩大，总觉得这个行业增长已经受限。

访谈员：那您觉得政府在哪些方面可以帮助您呢？

受访者：如果政府可以帮助的话，一个是资金，然后是政策，希望政策可以往这方面倾斜，引导市场。我有一个同学，在水东工业园做脐橙销售，现在可能宁都他销量最大（其实不是），一开始也是县政府一起帮忙打开市场重点扶持，现在做到全世界去了，中央电视台也采访过他的创业史（说着，受访人就拿出手机给我看他的朋友圈，这个在创业，那个也在创业，好多人都在创业，指给我看）。

访谈员：谢谢叔叔的配合，基本情况我差不多都了解了。我可以去楼上看一下，顺便让工人们做下问卷调查吗？

受访者：可以的。

访谈员手记

这是位自尊心很强且经验丰富的中年人，为了生活辗转多地尝试过很多种职业，在多次失望后决定主动去学习一门技术，最后为了老人、小孩毅然选择回家创业。他始终认为凡事只能靠自己，未曾指望过政府的救助，所以不是很关注农民工返乡创业政策，"天救自救者"大概说的就是这个意思。

受访者家庭属于家庭创业，家庭成员各自创业，身边同学、朋友也有很多创业成功的例子，遇到问题也可以互相照应。

结合扶贫车间、制衣厂女工的问卷调查和今天的深度访谈来看，女工文化程度普遍较低，创业意愿低，思想还是很保守。即使有一段短暂的外出打工经历，也会在结婚后返乡带小孩，生活最终归于柴米油盐和那乡间小道。

（访谈员：仲恺农业工程学院　谢清玲）

谢村村鸭嘴鱼养殖户访谈

受访者基本情况

性别：男

年龄：35 岁

籍贯：江西省赣州市宁都县青塘镇谢村村

婚姻状况：已婚

文化程度：大专

打工时间：2003—2015 年

创业类型：返乡创业——养殖业（鲈鱼 + 鸭嘴鱼）/ 种植业（脐橙）

创业地点：江西省赣州市宁都县青塘镇鱼尾村

访谈时间：2019 年 1 月 23 日上午 10：00

　　昨天通过书记给的手机号码，成功联系上了此受访者并添加了微信，约好今天早上 10 点左右前往访谈，受访者提出来我家接我，但我只是叫

他给我发个定位,准备自己导航过去。由于扶贫干部的来访稍微拖延了些时间,但是最后有幸搭乘扶贫干部的车前往调研目的地,才发现这个基地原来在鱼尾候车站对面的马路上,距离我家有整整一个班车站的距离,步行估计得走半天,此时终于明白受访者为什么主动提出接我至受访地的原因。

下车后跟受访者打了招呼,一进门发现这户是金融扶贫户,帮扶干部是副县长,据受访者说,他养鸭嘴鱼是在黄副县长等人的指导帮助下开始的,凭着自己的灵活头脑和多年打拼,于2017年光荣脱贫。

其间偶遇扶贫干部走访,访谈一度被中断,以下是访谈记录:

访谈员:您好,我是仲恺农业工程学院的学生,我们学校和宁波大学合作做一个农民工返乡创业的深度访谈,昨天去找村支书推荐人选,他一下就想起了您。我们访谈大概持续一小时,为了方便后期笔记整理我需要录音,但访谈内容绝对保密。

受访者:访谈保密我就放心了,那我们先去鱼塘看一下,先逛一圈。

访谈员:嗯,先逛一圈。对了,您是只养鱼吗?

受访者:不是,我在山上还种了5亩脐橙。

访谈员:您还种脐橙啊?赣南脐橙是区域品牌,您有自己的品牌、包装什么的吗?还是用市面上统一的赣南脐橙的箱子?

受访者:箱子是几个人合伙一起去宁都定做,就是普通赣南脐橙的箱子。青塘也有人打"富硒赣南脐橙"的牌子,因为我们这儿硒元素比较丰富。

访谈员:云南的褚时健老先生打造了一个自有品牌"褚橙",定位是高端消费市场,包装也很高大上,我觉得我们可以参考一下这种发展模式。

受访者:褚时健我听过的,但是我们没有这种设施,规模也还不够大。这个要政府统一弄好一点。

访谈员:今年脐橙多少钱一斤?销量怎么样?

受访者:今年脐橙销量很好,很多人的脐橙都不够卖。批发价最低都不会低于 2.6 元。

访谈员：那鱼的销量呢？

受访者：今年鱼的销量就不是很好了。但是因为临近过年做酒的比较多，这个月的销量还可以，鲈鱼全部销往县城，没有送往外地。我上午去了一趟宁都，下午还得再去一趟，宁都可能有三分之二都是我养的鱼。

访谈员：您这个鱼是一年四季都可以养，随时可以卖吗？

受访者：不是哦！我养的是特种鱼，每年 3 月份开始放鱼苗，到 9 月、11 月、12 月开始卖，周期最少要 6 个月，不是两三个月的那种。

访谈员：养鱼和种脐橙，前期成本一定很大吧，大概投入多少呢？怎么筹资？

受访者：我们是三兄弟合伙的家庭农场，包鱼塘开发成本的话，前期投入 100 万元左右，平均每人投资 30 万元，最后收益也是 3 人平分。来源主要是前期打工积蓄，再加上部分信用贷款。我哥哥抵押城里的房子贷款，我老弟也贷了一部分，具体贷了多少我也不是很清楚。当然政府也会有扶贫贷款和产业补助。

访谈员：那您觉得在创业期间遇到的最大困难是什么？

受访者：前期创业是真的很辛苦，还有别人的白眼和不理解。这块地我很早以前就租下了，来了很多次一直不知道做什么，想了很久觉得这里水源很好就想养鱼。但是这块地原先是沼泽地，开荒难度大而且极其危险，机器来了也会沉入沼泽地，所以很多人给钱都不敢接生意，觉得你这个钱赚不来。即使是现在下水捕鱼，我们也必须两个人同行。当时，我们也是下了很大的决心。别人觉得成功率低，钱容易打水漂，也不是很看好，坐班车的时候都指着我说"那个傻子"。我哥就说别人越这样看不起我们，我们越要做给他们看。现在虽然规模不算大，也算是做出了点样子。

访谈员：前期创业确实辛苦，您以前是在福建泉州打工吗？怎么想着回来养鲈鱼和鸭嘴鱼呢？

受访者：嗯，以前在福建泉州打了 11 年工，帮忙做大理石，一个月工资 6000 元以上，工作做得久了就觉得有点烦了，想回来自己找点事做。

你别小看农村，农村很多人都不愿意出去打工，在家可以照顾小孩，不在乎能赚到多少钱，在乎的是下一代。为什么养鲈鱼呢？因为我们宁都很喜欢做酒，做酒就一定有个清蒸鲈鱼，我们宁都没有人养鲈鱼，我觉得鲈鱼一定有市场，前景很大。鸭嘴鱼是去年黄副县长推荐我们养的，但是鸭嘴鱼我们这边的厨师不太会做，鱼的价钱也偏贵一点，一个鸭嘴鱼就有 3 斤多，要 100 多块钱，我们这边的人暂时来说还是消费不起。但这个鲈鱼呢，我们县城每家做酒必点清蒸鲈鱼，所以今年主要养鲈鱼。主要是我的前期成本太高了。除了饲料和鱼苗的问题，运费就是大事。从广东佛山运过来，送一次鱼，运费就要 6000 元到 8000 元。

访谈员：鸭嘴鱼成本比鲈鱼高吗？

受访者：不是，鲈鱼的成本比鸭嘴鱼高，鲈鱼因吃同类存活率比较低，风险也比较大，但是鲈鱼市场比鸭嘴鱼大。我们要根据市场行情，因地制宜，随时改变方向，人的头脑要灵活运用。

访谈员：那您这个鱼一般是销往哪里？青塘吗？自己卖还是对批发商卖？

受访者：我们的鱼一般都是销往宁都县城，卖给批发商，利润比较低，但是没有办法，竞争很大。以前自己卖的话很累，也卖不动，批发商做得久了市场已经占领，我们去年刚开始弄，所以人家有优势。今年我们就改变策略，全部卖给批发商。做什么事情都是在慢慢摸索中成长。现在销量就很好了，但是利润比较低，批发商利润甚至比我们的利润还大，所以这是个很头疼的问题。

访谈员：那您在困难期间有得到政府的帮助和支持吗？

受访者：前几年主要是我哥和我弟在开发鱼塘，鱼塘开发好了我就回来了。政府指导我们可以申请扶贫贷款和产业补助，让我们去申请我就去写申请了。贷款流程偏慢，我写了很久的申请，可能流程就是这样。如果有什么困难，也能发微信给县长，一些基本问题都能立刻解决。县长有时也会来基地指导，但其实他们也不是很懂，就是来慰问一下。现在我哥在家里做大理石，我弟在开车，鱼塘基本上就是我在打理。

访谈员：您觉得您创业成功的原因是什么呢？

受访者：我现在刚开始，规模比较小还不算成功，从创业到现在我觉得最主要的还是勤奋和动手。除了要有一个有想法的头脑，还要有往前干不放弃的决心。天天想着发财不去行动哪里会有钱呢？如果我行动了没赚到钱，那我也是努力了。别人说风凉话就让别人去说，那也没有什么办法，反正只要自己无愧于心就好。

访谈员：那您进一步的打算是什么？如果需要进一步的发展，您觉得需要得到政府什么样的帮助？

受访者：我在想能不能把自己的产品市场做出去，比如说改包装什么的。想着能不能大批量走微商，如果有大型客户合作一下，要500箱1000箱这样的最好。经过微商的话，我的利润可以低一点，只要他把单谈好，我帮他发货，他赚差价。鱼的市场只能我自己去跑，别人也无法帮我。后期想开一个餐馆，农家乐，但是缺少资金和场地，慢慢来嘛！这个流转土地搞不好呀，山上面还有很多土地，就算是撂荒他们也不肯租给我们，不然我们可以扩大规模的。他们以为这个很赚钱，怕吃亏，我这个鱼塘也是因为前期搞得比较早，以前这里是荒地，花的成本比较大，那时候他们都觉得我是傻子。

访谈员：那您对政府返乡创业政策执行效果如何评价呢？不理想还是一般还是很好？

受访者：如果贷款额度可以多点的话会更好，我申请贫困户贷款的时候额度是5万元，后来改成了8万元，那3万元我还没有贷到。审批手续是必需的，我知道，除了贫困户贷款，其他贷款没什么抵押的话一般贷不了。

访谈员：好的，了解了，我们的访谈可以结束了，感谢您百忙之中抽时间接受我的访问，后期如果有需要补充的问题再联系您。我们可以合张影吗？

受访者：可以的，有问题可以随时联系我。

19

20

访谈员手记

　　访谈下来，我觉得这是非常有经商头脑的一家人，从别人的餐桌上发现了一个商机，创业想法萌生后不管别人的白眼，说干就干，不轻言放弃，在失败中摸索前进的道路，然后根据实际销量调整销售品种及方式，三兄弟一路走来互相鼓励、互相扶持，如今创业已初具规模，他们的成功除了兄弟间的团结及分工明确，还离不开政府的"精准扶贫"。

（访谈员：仲恺农业工程学院　谢清玲）

安远县鹤子镇大峯村村委会访谈

受访者基本情况

性别：男

年龄：50 岁

籍贯：江西省赣州市安远县鹤子镇大峯村

婚姻状况：已婚

文化程度：高中

村委职位：村支书

访谈地址：江西省赣州市安远县鹤子镇大峯村村委会

安远县地处江西省赣州市南部，土地面积2375平方千米，其中山地面积占83.4%，是典型的内陆山区县，曾是"三不靠"——不靠江、不靠海、不靠边的边远山区贫困农业县。近十几年，该县充分发挥山地和农业资源优势，以建设中国脐橙强县为目标，以实施无公害绿色生产为主线，

举全县之力，建成了相对完整的脐橙产业化体系。全县种果农户 4.3 万户，占农户总数的 62.1%，果业产业从业人员达 16 万人，果业已经成为安远县的主导产业、支柱产业和富民产业。随着果业规模的不断扩张，病虫基数逐年递增，导致 2013 年柑橘黄龙病的暴发，安远以脐橙为主的柑橘业及安远老百姓的"摇钱树"正遭受灭顶之灾。

大峯村，是安远县贫困村的代表。该村地处偏远，交通不便，教育落后，1995 年以前出生的人文化程度普遍在小学，初中以上的很少，年轻的村民基本上靠外出打工赚钱谋生，而年纪在 50 岁左右的则多数在家留守，在贫困户优惠政策下，小部分贫困户会种植红薯等农作物。

在寒假放假回家休息了一天以后，我怀着激动而又紧张的心情来到了大峯村。这个村庄是乡镇里面最偏远的一个山村，偏远就代表着贫困，因为贫穷，所以外出打工的农民工很多。这也是我选择这个村为调研地点的原因。前一天晚上我就联系好了村支书，在出发之前，我特地给村支书打了一个电话，他说在村委会，然后我就来了。到了村子后，我一个人先在村子里到处转了一下，街上几乎没有什么人，再加上阴天天气，简直可以用荒凉来形容了。我转的时候大概是下午两点钟，在路边看见了一个正在掺水泥的女工，停下来和她闲聊了几句村民生活情况，聊完以后我就去村委会找到了村支书，他带我到村里逛了一圈，我们边走边做访谈。

访谈员：您那么忙，占用您宝贵的时间，真是不好意思。我们开始吧。大峯村一共有多少人？

受访者：1038 人（村支书脱口而出）。

访谈员：是包括了坪富村的吗？ [①]

受访者：对的。不过常住人口就没那么多了，常住人口很少，大概只

---

① 坪富村本是一个有几十户人家的村子，离大峯村 5 里路，教育落后，地处偏远。十几年前，村民开始认识到教育的重要性，于是慢慢地，大家都开始搬家，搬到镇上去了，大概三分之一家庭搬到所属的鹤子镇，另外三分之二家庭搬到离县城更近的孔田镇。两地相距大概 20 分钟车程，孔田镇比鹤子镇稍稍繁华。

有 300 人。

访谈员：常住人口？

受访者：对。因为有很多村民移走了，到别的镇上盖房子，像坪富村，基本上全部都移走了，村子常住人口就十几个人。

访谈员：噢，这样。

受访者：对。大峯村有 5 个组嘛，245 户人家。

访谈员：那男女比例怎么样呢？

受访者：女的比较少。按百分比来说，女性占比百分之四十八点多，男的自然就是百分之五十一二的样子了。

访谈员：常住人口中，年轻人更多还是老人更多一点？

受访者：得看老年人是按多少岁来区分的。

访谈员：60 岁吧。

受访者：那就是年轻人更少，村里 60 岁以上的老人有 97 个。

访谈员：村里面劳动力有多少个，统计过吗？

受访者：这个大概就是 60 岁以下 16 岁以上的人，500 多个，具体也没谁去统计过。

访谈员：那年轻人主要都是去外面打工吗？

受访者：在家的都是 40 岁以上，有家庭的。以前出去打工的地点基本上是广东，现在县城里面工业园发展起来了，很多人就去工业园打工，回流的农民工有 20 人左右，不算多，大部分是贫困户，政府给贫困户提供了岗位补贴，连续上班 6 个月以上，每个月每人补贴 300 元。本来工业园与外地工资相差不多，但是有了岗位补贴以后差距就有了。工业园里面的公司外商占多数，本地老板稍少。

访谈员：留守的大多是爷爷奶奶辈的？

受访者：是的。

此时我们走到了田边。

访谈员： 这田里主要都种些什么？

受访者： 水稻为主，脐橙很少，上次统计了一下，一共也才种230多亩。而且由于家里壮年劳动力很少，水稻也不跟以前一样每年一遍早稻一遍晚稻，现在都只收一次，收完田就荒了。

访谈员： 现在村里交通应该比以前方便了吧？

受访者： 腊月二十五前就要铺好柏油路了。

访谈员： 村里年轻人去外面主要做什么工作呢？

受访者： 去工厂里务工，要说在外面开厂比较有路数的倒是有两个，除去坪富村一个在外面开公司的。

访谈员： 那原来在外面打工后面又回村里开厂或者种养的人有吗？

受访者： 没这样的。

访谈员： 我在淘宝上面看见了很多卖家乡特产的，我们这儿有吗？

受访者： 大规模淘宝生意是没有的，在朋友圈里面卖一点自己种的东

西的倒是家家户户都会做一点，孩子在外面打工帮着卖一点。也是卖一点红薯什么的。

访谈员：那是否有针对贫困户补助方面的政策？像创业种养类的。

受访者：他们有创业补助。

访谈员：这村里有贷款去做生意的吗？

受访者：有。村里去贷款的还比较多，上次信用社统计了一下，整个村加起来有 120 多万元。

访谈员：嗯……

受访者：山区里家家户户主要是种杉树，养山林。

访谈员：信用社贷款需要对贷款人做评估吗？

受访者：要的。他要看你有没有产业、田地山岗之类的。看看你有没有能力偿还贷款和利息。没田地山林的是贷不到款的（后来了解到，非贫困户贷款是月息 0.7%，需要山林田产或房产等作为抵押，贫困户贷款不超过 5 万是免息三年，贷款只需要评估贷款人信用度）。

访谈员：这村里都建起了新房子了，大家都是靠打工挣来的钱吗？

受访者：这是一点，加上这几年他们在山上也弄到了一点钱。

访谈员：山上？果园吗？

受访者：不是。是杉树、竹子。

访谈员：那村民外出打工挣钱以后，是选择在老家建房子还是在外面定居？

受访者：一般在外面挣了钱的当然是去外面发展，我们这里教育条件不太好，三年级以下还能在村里上学，高年级就得到镇上去了，这是农村普遍现象了。

访谈员：针对大量农民工往外走的这种现象，政府有没有出台鼓励他们返乡创业的政策呢？

受访者：有啊。有免息贷款，水电方面也有优惠政策，在这里办扶贫车间的，员工满 6 人以上的，水电费全免。

我了解到村里还有一个小规模的扶贫车间，但由于天色已晚，约好改天再来拜访，今天和村支书的访谈就此结束了。

访谈员手记

我一年级时曾在这个村子里读过半年书，那时候，学校里有三个老师，但是班级有四个，从幼儿班到三年级。其他三个班上课的时候，另一个没有老师的班级就自己上自习或者上体育课。那时候的学校只有两层楼，还是泥瓦房子，围墙不像围墙，还有一个小小的厨房，白天走进去都黑漆漆的。后来很多移民移到镇子上以后，学生没那么多了，然后也听说没老师愿意来教书，所以学校维持得很艰难。现在村里在本村上小学的只有两个人，一个二年级一个三年级，幼儿园有五六个人，这些学生只配了一个老师。

《安远县 2018 年度精准扶贫政策明白卡（摘要）》

一、产业就业扶贫政策

1. 产业直补：建档立卡贫困户自主经营、自筹资金、自行投入发展的农业产业项目，均享受产业直补，补助实行下不设限、上要封顶的原则，全年累计补助金额每户不得超过 20000 元。

2. 光伏扩面工程项目：

覆盖对象：光伏贫困扩面工程优先覆盖 2016—2017 年易地移民搬迁建档立卡贫困户（含已整改的异地移民搬迁建档立卡贫困户）、无产业（享受产业补助累计不超过 3500 元）和无公益性岗位就业的失能、低能特殊贫困户；合理覆盖已享受农村低保政策的低保贫困户、残疾贫困户及分散供养的五保户；剔除已安装户用光伏电站、已认购光伏电站、已安排公益性岗位就业的贫困户。

建设模式：由县城投集团通过多方融资贷款筹措资金建集中式电站，贫困户认购，县财政按规定给予前 3 年贴息扶持。村级光伏发电项目并网方式为全额上网。经测算，100kW 光伏系统发电量估算 1 年发电总量约为 10 万千瓦时，按上网电价每千瓦时 0.85 元计算（电价按省能源局并网实价确定），每年电费收入约 8.5 万元，扣除运维等费用，年纯收益为 5 万—6 万元（持续获益 20 年）。

3. 产业扶贫信贷通：每户累计贷款总额不超过 5 万元，贷款期限为 3 年，贷款执行同期中国人民银行贷款基准利率，贷款期内只付息不还本，到期还本：农业经营主体原则上每带动一户贫困户最多可贷款 10 万元，最高额度由银行根据产业项目实际需要和农业经营主体相关资产情况确定，对贫困户贷款按同期贷款基准利率的 100% 给予贴息，对企业、农场和合作社带动贫困户的贷款按同期贷款基准利率的 50% 给予贴息，贴息期限为 3 年。

4. "雨露计划"培训建档立卡贫困家庭"两后生（初、高中毕业后）"或库区移民对象参加中、高等职业教育（院、校）培训，补助标准为每生 3000 元 / 学年（连补 3 年），转移就业技能培训（当年度参加培训并取得行业部门或劳动部门颁发的劳动技能证书或资格证书）每次 1000 元 / 人。

5. 就业、创业政策：在法定劳动年龄内，稳定就业 6 个月以上（含 6 个月），按县内工业园区每年 500 元 / 人，县外每年 300 元 / 人给一次性交通补贴，补贴期限最长不超过 3 年；针对全县 7 个深度贫困村的贫困人口，凡吸纳到扶贫车间就业或通过外发带回家加工就业的，均按照实发工资的 1：1 给予每人每月最高不超过 300 元的岗位补贴，补贴期限最长不超过 3 年。进一步开展企业新吸纳贫困劳动力岗前培训、以电商培训为主的创

28

业培训和家庭服务业培训等就业技能培训，并按规定给予培训补贴、求职补贴、生活费补贴。全年开展贫困劳动力职业技能培训300人，开展贫困人口引导性培训2087人，确保当年预脱贫贫困劳动力转移就业技能培训覆盖率达到20%。放宽贫困劳动力自主创业贷款担保人条件，放宽贫困劳动力创业或能人创业带动贫困劳动力就业贷款额度至10万元以内。对贫困劳动力在我县行政区域内初次创办企业且稳定经营6个月以上的，给予5000元的一次性创业补贴。全年贫困劳动力创业或能人创业带动贫困劳动力就业300人。

（访谈员：江西农业大学　魏钇惠）

在广州开工厂的魏叔

受访者基本情况

性别：男

年龄：36 岁

籍贯：江西省安远县鹤子镇大峯村

婚姻状况：已婚

文化程度：初中

打工时间：2002—2012 年

创业类型：外地创业——加工业

创业地点：广东省广州市

访谈地点：江西省赣州市安远县孔田镇太平村

安远县地处江西省赣州市南部，是赣南 18 个县里唯一没有通火车的地方，前几年还被称作"三无县"——无火车、无高速、无国道。安远县还是赣南采茶戏的发源地，中国脐橙之乡，中国楹联之乡……脐橙远销欧美，楹联文化颇受赞誉，然而，尽管拥有那么多光环，安远县仍然被评为了全国重点扶贫县。在这绿水青山里，最不缺的就是旅游资源，一堂生动地展示家乡风采的大学语文课上，安远特色让我的同学们眼前一亮，然而，在了解完交通后大家都望而却步。观音山历史悠久，源远流长，神话动人，地势宏伟，吸引了无数投资者前来膜拜，然而，路况堪忧，投资者却也都止步了……山里人生存大多两种选择，一是留守种养，二是外出打工，创业的比较少。今天的这个采访对象则是比较有路数的创业者之一。

由于在外地厂里工作，工作时间结束得比较晚，所以受访者回老家比较迟，在大年三十晚上才有时间接受我的采访。这天晚上，天气还不太冷，受访者也是大夅村的移民，现在居住在孔田镇，离我家不远。吸取了前面的教训，我在去他家之前先打了一个电话，确认了他在家我才出发。我是一个人骑车去的他家里，一路上我都在想，大年三十去人家家里打扰，会不会不好？人家那么忙我还使劲打电话，会不会很没有礼貌？想着想着就到受访者家里了，到他家以后长辈们都很热情，一下子就打消了我这一路上的顾虑。在访谈过程中，受访者的父亲还来问候我们，给我讲了讲他以前在圩上演讲的故事，很幽默。由于生意忙，受访者去年刚结婚，小孩才出生不到两个月。他们一家人都很热情友善。

访谈员：叔叔今年多少岁？

受访者：我 1983 年出生，今年 36 岁了（我们这边都是讲虚岁的）。

访谈员：在开厂之前有打过工吗？从事什么工作呢？

受访者：大概 18 岁的时候就去打工了，先是在福建做了一年，帮人家割松油；19 岁到 28 岁这期间就一直在广州了，帮人家做丝印，从学徒做到自己成了师傅，工资越来越高。学到的东西也越来越多。

访谈员：那您是怎么萌生了创业的想法呢？为什么要选择创业这条路呢？

受访者：这主要是人的一种上进心吧，为了个人、家庭、生活，趁着年轻就想着要去闯一闯，想要追求更好的。

访谈员：从您开始创业到现在这个过程是怎么发展起来的呢？

受访者：首先是亲朋好友的支持，在精神方面，也在资金上面支持我，最开始工厂的启动资金是 16 万元，我们本金有 12 万元，问亲戚朋友借了 4 万元，亲戚朋友借的不用还利息的。然后我和一个合伙人从零起步，招工，找厂址，拉订单。做了大概 3 年的样子就分开了，我做我的他做他的。

访谈员：订单是从哪里来呢？

受访者：首先就是自己要能跑；其次就是因为我一直是从事这个行业的，所以比较熟悉，有一些老朋友帮衬；最后，有一些同行朋友们，他们有时候赶不完的订单会分一些给我，算是互相帮忙。其实每个行业都会有它的市场，多走走行业的行业链上下两边，就比如说化妆品公司，还有吹瓶厂什么的。多发名片，多交一些朋友，对接订单也是有很大帮助的。

访谈员：这期间遇到过哪些困难呢？

受访者：最怕的就是招不到工，这也是经常发生的事，经常拉到了订单可是人手却不够了；还有环保这一块，环保证一直都办不下来；资金上面也遇见过一些困难，有时候客户的款打不过来，这边就要发工资了，只能向亲戚朋友借钱发工资；还有时候，把货做坏了，能返工的返工，实在不能返的就要赔货款了。印象最深刻的那次，当时我们的丝印是没有问题的，但是吹瓶厂那边的瓶子没有通过化妆品公司的检验，我们的工资又是吹瓶厂支付，可由于化妆品公司没给吹瓶厂打钱，所以我们的工资也被卡死了。

访谈员：那有没有遇见过把货发过去，对方带着货款消失的情况？

受访者：有有有，每年都有这样的，年年都有几万块飞走。今年就有差不多3万块钱没收到，电话关机的和电话不接的，也有些欠钱的人会接电话，但是他说没钱你也没什么办法，一般这样的账都是要不回来的。其实不止我们，每个行业都会有这样那样要不到的账，也都挺正常的。

访谈员：有得到政府的什么帮助吗？

受访者：这个没有，因为我这算是私人企业，还没牵扯到政府。

访谈员：您觉得您创业成功的原因有哪些？

受访者：我这都还在创业，不能算是成功了，不过我能走到现在这一步最主要的也是因为自己的一种上进心，敢闯敢做；其次就是自己前期积累的经验了，我还在打工的时候，从一个月300块钱工资的普工做到技术人员再到管理人员，一直都在这个行业，做了也差不多快10年了，学到的东西自然比较多，这些年的生意也还算顺手。

访谈员：您觉得当今创业行情如何？

受访者：我们这一行行情是越来越不好，一直在走下坡路，不过这几年大家的生意都很差，主要原因就是环保问题，大家的环保观念越来越强，那些装化妆品的玻璃瓶子都是可以回收的，就造成了这几年的丝印生意越来越难做。

访谈员：您了解当地政府对农民工创业有哪些扶持政策吗？

受访者：没有，因为一直是在外地发展的。像广州这样的大城市，工厂数都数不过来，政策哪里顾及得到。

访谈员：您觉得自己的项目要进一步发展，需要政府提供什么样的支持呢？

受访者：广州的工厂我是没什么想的了，不过我想在老家开发一个带点旅游性质的生态园，种一些水果，像桃子、梨什么的，一年四季来旅游的人都有水果吃的那种。地方已经选好了，现在开始两边发展，老家动手开发投资，广州那边先继续营业。可能等生态园步入正轨以后就会慢慢把广州的生意放掉，回老家发展。因为现在我们南乡（安远县南边所有乡镇合称）的旅游业是比较受重视的，生态园刚好可以蹭一下三百山和东升围这几年的热度，希望政府在资金和审批方面能有优惠政策，贷款利息不要太高，额度能大一些，期限能够宽一点，毕竟这也是对生态的充分利用。

访谈员手记

东升围，地处江西省首批历史文化名村镇岗乡老围村境内，是全国重点文物保护单位、中国最大的客家方形围屋。东升围始建于清道光时期，至今已有200多年的历史，是由当地"二品武功将"陈朗庭所建，围内悬挂有清朝皇帝御赐的牌匾。

安远三百山位于江西省安远县东南部边境，是安远县东南边境诸山峰的合称。东邻寻乌县，地跨欣山、凤山、镇岗、三百山、高云山五乡。地处赣、粤、闽三省交界处，属武夷山脉东段北坡余脉交错地带，是长江水系之贡江与珠江水系之东江的分水岭。三百山是东江的发源地，是香港同胞饮用水的源头，也是全国唯一对香港同胞具有饮水思源特殊意义的旅游胜地。三百山在 20 世纪 80 年代中期被发现，1985 年被安远县人民政府列为县级自然保护区；1993 年 5 月被国家林业局批准为国家级森林公园；1995 年 7 月被江西省人民政府列为省级重点风景名胜区；2000 年 6 月被全国保护母亲河工作领导小组命名为"首批全国保护母亲河行动"生态教育示范基地；2002 年 5 月被国务院批准为第四批国家级重点风景名胜区，2009 年被评为国家 4A 级旅游景区。

丝印，即丝网印刷，是将丝织物、合成纤维织物或金属丝网绷在网框上，采用手工刻漆膜或光化学制版的方法制作丝网印版。现代丝网印刷技术，则是利用感光材料通过照相制版的方法制作丝网印版（使丝网印版上图文部分的丝网孔为通孔，而非图文部分的丝网孔被堵住）。印刷时通过刮板的挤压，使油墨通过图文部分的网孔转移到承印物上，形成与原稿一样的图文。丝网印刷设备简单、操作方便，印刷、制版简易且成本低廉，适应性强。丝网印刷应用范围广，常见的印刷品有：彩色油画、招贴画、名片、装帧封面、商品标牌以及印染纺织品等。而就环保方面而言，丝印则是重污染工艺。其制版过程产生显影液，使用的油墨则产生油墨桶，清理时则产生清洗废水或废抹布。

接触过程中我发现，受访者是一个胸中有理想，做事有计划，对未来有抱负的人，他一心扑在事业上，35 岁才成家，成家后事业和家庭能够一碗水端平。尽管文化程度不高，但是他走的每一步都好像有条不紊，尽在筹谋之中，访谈过程中，他谈起从前的事云淡风轻，讲起以后的计划踌躇满志，跃跃欲试。

外出打工的农民工最后都将回到家乡，但是，他们回到家乡后将从事什么工作？是种田？抑或是在家里找一份工，继续在打工路上苦挨？

以我之拙见，大山旅游业正炙手可热，乡村公路建设也已经成熟，况且习近平总书记曾经说过："绿水青山，就是金山银山。"青年农民工应该多如受访者魏毕辰这般胸怀故乡，有远见。在新时代依靠故乡，在故乡走出一条别具一格的致富路，将家乡所拥有的最宝贵的绿水青山、清新空气告诉世人，不吝惜于同城市人一起分享！

（访谈员：江西农业大学　魏钇惠）

竹鼠养殖户钟华

受访者基本情况

性别：男

年龄：46 岁

籍贯：江西省安远县鹤子镇大崟村

婚姻状况：已婚

文化程度：初中

打工时间：1997—2016 年

创业类型：返乡创业——养殖业

创业地点：江西赣州安远县

访谈地点：江西省赣州市安远县鹤子镇大崟村坪富村高圻组

　　1月20日，我起了个大早，才发现回家好几天，天气终于难得放晴了。我的访谈对象是现在居住在孔田镇的鹤子镇大崟村的移民户，因为竹鼠是

在老家养殖的，所以他长时间居住在村里。今天去采访，我搭的是去乡下干活的果农的摩托车，由于时间比较早，所以尽管我穿得不少，也仍感觉很冷，风吹得我总是吸鼻子。载我的果农叔叔把自己裹得像粽子似的，只露出一双眼睛，看来是常年积累下来的经验。半个多小时以后，我到达目的地——钟伯父养竹鼠的地方。

访谈员：伯父今年 46 了？

受访者：是哟。

访谈员：在养竹鼠之前有在外面打过工吗？

受访者：有的呀，打了 20 多年工了。

访谈员：那您以前主要是在哪里打工呢？

受访者：我啊，哪儿都去过，北京、澄海、潮汕、广州。不过在澄海做得最久，做了上 10 年了。

访谈员：伯父，您是怎么萌生了回家发展的想法呢？

受访者：本来是想着回来把家乡的绿色水果好好地宣传一下，但是真不巧，刚回到家，黄龙病就把安远脐橙毁得差不多了。我就跟着一个亲戚上了县城工地做起泥水匠，做了几个月，实在是太辛苦。我寻思着人年纪大了，老是在外面打工也不是办法，看见这边养竹鼠的不多，就想看看养这个能不能弄到点钱。

访谈员：您是一个人养吗？怎么没见伯母？

受访者：她呀，打工去了。我这边投资，另一边就要过日子嘛。生活生活，就这样。

访谈员：那您在养竹鼠的过程中有没有遇到过什么困难呢？

受访者：技术问题（他脱口而出，皱着眉头）。

访谈员：哈？竹鼠不是准备好竹子让它吃饱就行了吗？

受访者：当然不是啦，还要喂药呢，生病的时候要喂药。不懂技术的人竹鼠死了都不知道它是怎么死的。你看啊，没钱可以借，没饲料可以赊，竹子自己种下去还能自己背刀去砍，这水的话是山里最不缺的，你这技术不行就……在我养竹鼠过程中最主要的两个问题，就是技术问题和销售问题了。

访谈员：那您这竹鼠是卖到本地的比较多还是外地比较多呢？

受访者：当然是本地了，就这附近镇子。不过我寄到广东也寄了挺多次的，就是把竹鼠放到熟人的顺风车送去广东老板那儿。

访谈员：怎么不用快递呢？是不给寄吗？

受访者：快递运死了不负责，死亡的竹鼠也卖不出去。这个天气，气候问题很说不准的，风险太大。还有就是顺风车也不是经常有，所以……

访谈员：您在遇到这些困难的时候政府方面有提供过哪些方面的帮助吗？有没有得到什么支持呢？

受访者：啥都没有。

访谈员：您觉得您创业成功的原因有哪些呢？

受访者：什么都靠着自己，靠自己的口才、人脉，靠自己去和客户、老板沟通，全靠自己蛮干哟！

访谈员：您觉得当今创业行情如何？

受访者：行情啊？行情这种东西该咋讲？像我这样的，卖是没那么多来卖，养又不敢养太多。像我这样的就赚点小钱来养家糊口，还不敢养太多。

访谈员：那您了解当地政府对农民工创业的扶持政策吗？

受访者：那都是贫困户和关系户的政策，我们普通老百姓哪有？从没享受过。

访谈员：您觉得自己的竹鼠养殖要扩大规模，需要政府提供什么样的支持呢？

受访者：最希望政府帮忙宣传一下，宣传最关键。因为现在人家都不知道你养了竹鼠，但是目前来讲，我也没那么多来卖。其实这也是不敢多养的最主要原因。其次就是资金了。

访谈员：那您去银行贷款过吗？

受访者：缺钱就找亲戚朋友借，银行，我们哪里借得到（后面了解到，他这句话的意思是利息太高，怕还不起而不敢借）。

之后我们又闲聊了几句，然后去养竹鼠的房间拍了几张照片，结束了今天的访谈，伯父很热情地送我离开，我询问如果有问题是否可以再叨扰他，他表示随时都可以。

访谈员手记

近十几年，安远县充分发挥山地和农业资源优势，以建设中国脐橙强县为目标，以实施无公害绿色生产为主线，举全县之力，建成了相对完整的脐橙产业化体系。全县种果农户 4.3 万户，占农户总数的 62.1%，果业产业从业人员达 16 万人，果业已经成为安远县的主导产业、支柱产业和富民产业。随着果业规模的不断扩张，病虫基数逐年递增，2013 年柑橘黄龙病暴发，安远以脐橙为主的柑橘业老百姓的"摇钱树"正遭受灭顶之灾。

据我了解，自 2015 年县里就开始推出一系列就业扶贫政策，然而，在访谈以及问卷调查的过程中，我发现在乡下，绝大部分的农民工对政策的了解和享受都是在 2017 年。不过，安远县自 2010 年被评为国家级贫困县以后，各类税收都被减免了，这倒是大大地减轻了贫困人们的生活负担。

小时候，钟伯父在我印象中是很高大伟岸的，还有几分潇洒，而现在，只隔了 10 年时间不到，再见他时，却是一个皮肤黝黑的农民形象。生活是一把无情的刀，说的也不过就是这个了吧，为了生计，为了生存下去，为了家庭，为了种种原因，任岁月留痕。钟伯父是一个很有想法很有野心的人，有目标有胆识，有人脉有口才，但唯独对于技术这一块无能为力。这些天在与农民工接触的过程中我发现，这其实也是很多农民工对创业当老板望而却步的重要原因之一。访谈过程中，还有一个叔叔在旁边偶尔一起回答几个问题，在问到是否了解国家政策时，两位叔伯都表示基本上是从未听说过，即使听说了，也是政策颁布了很久之后，大家传开了才知道的，村干部对于这一片的普通的移民村民们是不传达政策的。

（访谈员：江西农业大学　魏钇惠）

湖北麻城市黄土岗镇堰头垸村村委会负责人访谈

受访者基本情况

性别：女

年龄：42 岁

籍贯：湖北省黄冈麻城市黄土岗镇堰头垸村李家垸

婚姻状况：已婚

文化程度：高中

访谈地点：湖北省黄冈麻城市黄土岗镇堰头垸村李家垸

村里支书安排王书员配合我的调研工作，因此我的访谈对象是王书员。王书员年纪不大，但眼光锐利，看事透彻。村里这几年发展很不错，得益于村支书的个人能力和魄力以及广大村民干部的努力。

访谈员：王书员您好，我需要向你了解一下村里的情况，特别是关于创业方面的，请问可以吗？

受访者：可以的。

访谈员：我可以录音吗？

由于我的疏忽，访谈中才打开录音机，因此录音不全，幸而前半部分数据记在了纸上。

受访者：还要录音？

访谈员：这个录音就是用来方便我整理文案的，不用上交的。

受访者：噢噢，可以的。

访谈员：好的，那咱们开始吧。我首先需要了解村里的基本情况。我们村现在大概有多少人呢？

受访者：我记得是 2560 人左右。

访谈员：那男女分别是多少人呢？

受访者：男性 1500 人左右，女性 1060 人左右。

访谈员：这些数据您都记得？

受访者：是的，因为每年都要统计上报，一般都是经我的手。

访谈员：那这其中有多少劳动力呢？

受访者：劳动力在 1630 人左右，剩下的都是小孩子和老人、病人、残疾人。

访谈员：村里有多少田地呢？种（田地）的人多不多？

受访者：水田有 1400 多亩，旱地少点，千把亩左右，大部分都有人种，毕竟是农村嘛。

访谈员：那大部分都是老年人种吧？

受访者：是的，年轻人都出去打工了，也有一些年轻妇女（在种田地）。

访谈员：那村里的经济状况呢？

受访者：去年的村集体收入是 14.7 万元。

访谈员：这么少吗？

受访者：不少了，有的村才 5 万元呢。我说的是村集体收入。

访谈员：村集体收入是指什么？

受访者：就是村里的收入，比如卖村里的公共资源赚的钱、出租村里的场地赚的钱，我们这边（的村子）大多没有什么资源。

访谈员：哦哦，那村里普遍村民的经济状况如何呢？

受访者：在镇里排名不错，但比不上其他乡镇的（村子）。

访谈员：为什么呢？其他乡镇有资源吗？

受访者：嗯，比如福田河（镇）的菊花种得好，而且他们村民大多出去打工早，赚钱早。

访谈员：我看我们这边的油茶不是不错吗？

受访者：这几年才开始发展，因为村里劳动力不够，很多人也舍不得把好的（耕）地种植油茶，因此规模还不够大。主要是年纪大没有打工的人在弄，打工的回家弄这个（油茶）也划不来（不合算）。

访谈员：就是说我们这边（的人普遍）出去打工比较晚是吧？

受访者：是的，我们这边从20世纪90年代开始（打工潮）的，福田河（镇的人）要早些。

访谈员：嗯，我听说我们村贫困户比较多是吧？有多少人呢？

受访者：我们村是重点贫困村，一共有240多户贫困户，共计620人左右。

访谈员：这么多啊，都接近四分之一了。

受访者：是呀，人数接近四分之一，户数接近三分之一了。

访谈员：那致贫原因是什么呢？

受访者：大多数都是因病致贫，五保户也不少。

访谈员：那他们打算怎么脱贫呢？

受访者：嗯……发展油茶、菊花和板栗吧，再就是外出务工。

访谈员：那现在大概有多少人在外地打工呢？主要去向是哪里？

受访者：在外地打工的有830人，剩下的都在家里务农。主要去向是武汉和广东那边吧，就是在工地上（工作）以及进厂（工作）。

访谈员：那返乡创业的农民工多吗？

受访者：不多。

一共列举了7个对象，一个外地创业，一个种植果园，一个清明花场，剩下的4个都是养殖业；其中清明花场和两个养殖的对象已经深度访谈过，外地创业的资本已达几千万元，村支书多次联系劝说其回乡发展，但没什么效果，因为他们这种往往追求高利润，这在农村很难做到。

访谈员：那创业的行情怎么样呢？能不能赚钱？

受访者：赚钱肯定是能的，要不（他们）也不会搞，村里还是很支持（村民创业）的。几年前有个从外地回来办厂的，好像做液晶显示屏，从广东那边进的配件，利用这里的劳动力组装。村里直接把（废弃）学校二楼给他们用，一年都没有收租金。

访谈员：那后来怎么没有搞了呢？

受访者：做出的（产品）有问题，在这边检测好好的，拉到广东那边就不行了。以为是温度的影响，又特地装了空调，还是不行。一年下来光赔钱，就不干了。说实话，农村里做这种精度高的东西也不合适，他们（大大咧咧）不晓得控制。

访谈员：那村里有没有打算扩大那些企业的规模呢？

受访者：村里当然想，但是条件不允许啊。一是村里没有钱，二是养殖和清明花没得扩大的潜力；养殖得有市场，清明花是季节性的。我们能做的就是支持他们，帮他们申报各种补贴，至于最后能不能拿到我们不能保证。

访谈员：好的，明白。那村里知道上面对农民工创业有什么扶持政策吗？

受访者：有补贴，还可以提供贷款，养殖的可以提供保险（牲口意外死亡有补贴）。

访谈员：（我拿出从镇上人社服务中心拿到的政策单子）这上边的政策您知道吗？

受访者：（仔细读过后）没听说过，有这么多政策吗？

访谈员：我也不知道，不一定能够落实。您觉得现有的政策落实得怎样呢？

受访者：感觉不理想，因为上面也没有那么多专项拨款。

访谈员：哦哦，好的。我的问题大概问完了，您还有什么想说的吗？

受访者：没有了。

访谈员：好的，谢谢您的配合。

44

访谈员手记

感觉村干部是一个很尴尬的职位。本来村民委员会作为基层群众自治组织,应该并且需要具有较多的权力,但实际往往自主权不大。相关政策和规定也不能因地制宜。此外,一些村干部是具有雄心壮志的,他们渴望建设好自己的家乡,但苦于没有相应的政策和资金。

因此,实际的村干部可能更多地限于执行文件和政策,自治组织应该具有的生命力不足。他们既要履职尽责,又要维护村民,的确很难做。这一点值得同情。

(访谈员:西安交通大学 戴宏俊)

清明花^① 生产者深度访谈

受访者基本情况

性别：男

年龄：38 岁

籍贯：湖北省麻城市黄土岗镇堰头垸村

婚姻状况：已婚

文化程度：初中

创业类型：返乡创业——制造业

创业地点：本村

---

① 清明花，指清明节上山祭祀时用的花，主要由布料、竹子和可降解塑料制作，绿色环保，我们这边以前的清明节基本没有人用这个，主要是传统的扫墓、烧纸钱和燃放鞭炮。

按照妈妈的指向，我找到了受访者家。门口一辆货车，一个棚子，一面落地广告，上书"清明花厂"。向半开的门内瞄了一眼，看到院内站着一位妇女，我便走进去，说明来由后她便把我引进了偏房内。

房内有一个带火炉的桌子，黄大哥（受访者黄林忠）正卧在桌子上休息，屋内还有两个女孩儿。大的在玩手机，小的在看电视，房内温暖和谐。

访谈员：您好，我是大学生，学校派我来做一个访谈，关于创业的，您看可以吗？

受访者：可以。

寒暄客气一番，正式开始。

访谈员：我可不可以录个音，方便等一下整理？

受访者：可以。

访谈员：好的，那咱们正式开始。您当时为什么想到要做这个东西（清明花）？

受访者：市场需求。有需求就有人做；再就是，现在不是提倡环保嘛，提倡环保、提倡文明祭祖。

访谈员：你们的花是可以降解的吧？

受访者："降解"是什么意思？

访谈员：就是说它可以很快烂掉（腐烂，降解）。

受访者：嗯，对。

访谈员：您以前是做什么工作的？

受访者：我十几岁就不读书出去打工了，就是做这个（清明花）。

访谈员：在外头（家乡外面）厂里原来就是做这个花吗？

受访者：对，就是搞这个。

访谈员：那您当时有没有从厂里弄到一些资源（以建设自己的厂）？

46

受访者：你是指客户？

访谈员：各方面的都可以。

受访者：客户没有，其他的有。比方说技术方面，最基本的机器我都懂，安装、修理，还有各方面的性能调配我都会做。那时我本来是做调色工作的，我的事做完了我总爱在厂里做别的东西（指其他车间的其他分工），有些员工不理解，说我巴结老板什么的（微笑）。

访谈员：哦哦，您当时就有这个想法（自己办厂的想法）是吧？

受访者：我当时不是这个想法，反正多学点技术、多学点经验对自己有好处，假如有一天自己办厂的话起码有技术。当时厂里其他工友不理解，说我闲事管得多（多管闲事），我从来不听这些话，我都是按照自己的（想法）来做。在那里做了三年我就什么事都能上手了，后来老板看我做事勤快，把整个车间的所有的东西都交给我来管，工资比别人高，年终还发给我奖金。所以说有付出就有回报。

访谈员：主要是积累了经验是吧？

受访者：嗯，是的，到现在从一块白布到出货的一切技术环节我都会做。刚刚创业要是什么都请师傅来做怎么能赚钱？

访谈员：那您这个厂是怎样办起来的？比如说你们当时资金够不够？人手（劳动力）够不够？

受访者：资金在村里有贷款，再就是自己打工的一些积蓄。

访谈员：那可不可以具体问一下向村里贷了多少钱？有没有利息？

受访者：贷了10万元，有利息。

访谈员：利息是比银行要低些吧？

受访者：高些啊。

访谈员：还比银行高些啊？

受访者：我们这（项目）村里没有那个（指优惠政策），那（指优惠政策）都是空头文件。再就是我们自身条件有限，别人说大学生创业才有一定的扶持，我们是初中文化，自己回来创业的。

访谈员：我们来做这个调研，实际情况会向上面反映；国家以后会开始侧重农民工的，就是以后可能会有更大的投资。

受访者：我们这个（项目）村里没有扶持政策，说得好，哪儿有扶持政策？靠自个儿，硬来，他（指村里负责人）说到时候尽量争取，说得好听。你等他争取，嘿嘿，说白了靠自己。

访谈员：当时办厂的时候有多少人？

受访者：当时呀，别人都说我们是手工作坊，旺季的时候只需要二三十个工人，季节性的活，不是说常年都要做这个东西，像过去一两个月就有一二十家帮我做，我们的东西全部外发。

访谈员：那当时你们搞这个的时候家里面有没有觉得有风险之类的？

受访者：风险肯定是有呀，以前清明节我们这里没有人用这个清明花，所以很怕销售不开（卖不出去）、打不开市场。我这将近搞了20万元（指机器），再就是做房子（指库房），货最终还得拖出去卖，所以我还买了个小货车，全部都算下来得花二三十万元。

访谈员：就是说第一批投资就是二三十万元，对吧？

受访者：嗯，对，再把机器转起来，材料什么的都投进去又是十几万元，（加起来）三四十万元搞下去了（投进去了），怎么没有风险呢？

访谈员：那当时屋里的（家里的人）支不支持呢？

受访者：大人（指父母）是不想支持，不想搞得那么辛苦，像媳妇儿……嘿嘿，不支持也没有办法呀（此处黄大哥没有明言，主要是指妻子不太关注事业的事情）。所以我跟你说，想要创点业难得很。经过了两三年，市场算是慢慢地打开了，现在才步入正轨。

访谈员：当时遇到了什么困难没？

受访者：最主要的困难就是货的销售（销路）问题。没有市场呀，靠自己慢慢地打开市场，带动地方的市场。以前清明节哪里用花呀，不就是挂纸（指在坟墓上搁放纸钱以及烧纸钱）和放火炮（指鞭炮和烟花）嘛，现在我们这一块（这一片地区）马上就不允许放火炮了呀，怕烧山，要环保，现在就提倡文明祭祖。

访谈员：那你们这个还是紧跟国家政策，我觉得还是蛮有眼光的哇。

受访者：嗯，当时不也是这样想吗，一说禁鞭炮就考虑到用一些文明环保的祭祖方法嘞。

访谈员：我看做这个花要好多材料，这个材料您从哪儿进来的呢？

受访者：原料在全国各地都有，比方说竹子从黄梅（湖北省黄梅县）拿过来的，布料是在浙江绍兴，塑胶配件在浙江义乌还有广东汕头那些地方，所以说全国各地都有。刚开始进货的时候好难，什么都得用现金，因为别人不相信我们哪。现在好了，我们的信用建起来了（指可以赊账）。

访谈员：当时您的销路是怎样打开的？最后您的货是往哪里销售的？

受访者：最后就是往我们周边县市，往本市。本市（指我们县级市麻城）以前根本就没有用（清明花）呀，当时就是（销售商）货卖完了才来付我们的账，刚开始就是铺货（打开销路）。

访谈员：他们先试着卖是吧？

受访者：嗯，试着卖，卖完了才来结账，我们当时走了非常多的路哇。

访谈员：是呀，您家里还有两个孩子（需要照顾）。

受访者：嗯，当时我的两个孩子一个读初中，一个读幼儿园……（停顿）哎，走了不少弯路，吃了非常多的苦。刚开始搞两年搞得过年费都没有。

访谈员：嗯，是的，第一批（成本）投下去就好了。

受访者：现在才算好点，暂时开始转弯（指情况变好）。

访谈员：已经干了三年，成本回来了吗？

受访者：成本差不多回来了，而且看到了钱（指利润）（此处我们一起微笑），刚开始两年基本上没得钱。

访谈员：那您估计（行情）比较好的话一年能赚多少钱？

受访者：刚开始一两年拿得到一两万、两三万块钱（此处应该并非指利润，因为如前所述前两年成本是没有赚回来的，所以这钱当指还清了当年大部分欠款所剩余的，而当时投入的钱远远不止这么多）；到了第三年基本上拿得到六七万块钱，和外面做普通工差不多（这里应指在家乡外面收入较好的农民工，因为我知道的许多农民工没有达到这个标准）；以后一年会比一年好一点，以前货不敢做多了，做多了愁销量。现在销量不愁了，就是靠资金，资金搞得多利润就多。一般的利润就是在十个点到二十个点（指百分之十到百分之二十），有个别利润较高，百分之三四十。

访谈员： 嗯，然后您是打算扩大这个厂子吗？

受访者： 要扩大，一定要扩大，走到这条路上生意不搞大不搞好（怎么行呢），心里是这样想，但是还要看销售的量。像今年，我的仓库里有（价值）将近三四十万（元）的货，理想的目标是赚个十五六万元（这里按较好的百分之三四十的利润计算），就是得看销售的情况。

访谈员： 嗯，就是您刚才说您刚开始创业的时候村里面的支持不是特别大是吧？

受访者： 基本上没有支持。

访谈员： 那现在您这个已经办起来了，村里现在有支持没？

受访者： 到现在还没有，村里只是有那个贷款——对象是精准扶贫的户头儿，他们有几万块没利息的创业基金（贷款），村里帮忙把他们这个贷款给我们，我们把利息给他们，说白了就叫分红，但实际上这比我们直接到信用社去借还要难为人些。

访谈员： 那利息比信用社高还是低呢？

受访者： 高啊，你可以算算。10 万块钱的利息是 1 万块，如果按 12个月算（每月）就是八厘多的利息，如果按 10 个月算（每月利息）就是 1分（一分＝十厘＝百分之一）。

访谈员： 那（利息）还是挺高呀。

受访者： 所以说明年我准备把那个钱还给村里（不再向村里贷这种款），因为那个利息好吓人，而且我们直接去信用社贷款有个优势，比如说我 3 个月（资金周）转开了我马上可以把钱还给他们（这样一份钱只需担三个月的利息），这（指村里的贷款利息）一扣就是一年。

访谈员： 嗯呢，就是说现在你们已经能够从信用社贷了对吧？

受访者： 嗯，可以呀，我们的信用在那儿，我们借了钱跟着就还给他们了，他们比较了解（我们的偿还能力）。

访谈员：您认为您创业成功的原因有哪些？比如说屋里的（家里的）、自己的呀！

受访者：成功的原因，首先国家提倡节能环保，这可以说是一个机会；第二是我们自己看出来的（这个机遇以及清明花将会派上用场）。至于说当时觉得能不能成功，那完全是试着做的。

访谈员：嗯，我觉得还有一个很重要的原因就是你们很下心思，很努力地去做。

受访者：那是的呀，三四十岁，你看，头发都白了（微笑）。那不是常人能够吃得了的苦唉，我跟你说，扛的压力不是一般人能够扛得住的。

访谈员：可不可以具体说说呢？

受访者：比方说我特地做了房子（指库房），只是简简单单地做起来，一层一百一二十平方米，至少得几万块钱；加上机器买回来运转又得二三十万块，像我们是农民草根家庭，什么都得靠自己，几十万块对我们来说不是小数目。到时候还有人家的工钱、材料钱，没有钱怎么办呢，（而且）人又卡住了，不能抽身……这就是压力呀。

访谈员：那您当时有没有向同学、朋友筹资呢？

受访者：（我们）建了个同学群，当时我（在群里）说了这个问题，想要找一个合作伙伴，前期投资了三四十万元，后期需要三四十万元来运转，手里现在没钱了。说完之后，有几个同学就私下给我发信息，说三四十万元不是个小数目，好多家庭不一定拿得出来，他们并不是不想帮我，只是条件不允许。所以当时也不太顺利。

访谈员：那当时您从同学那儿借了多少钱？

受访者：最终我没有借，除了自己的积蓄，再就是亲戚（两个姐，妻子的兄弟）帮了一下，但是只要钱一周转过来我就马上还给他们了。别人借给你的是亲情，借的钱都不算利息，（资金）搞出来就要马上还。到现在我还有一点点钱（指从亲戚那儿借的钱）没还，几万块钱，不吓人了。我明年（资金）一搞出来就争取给还了。说到底还是草根家庭创业哪。国家的政策喊得响，到了下面完全就变了，好多做一些形象工程……农民工创业好多地方政策确实落实到了，确实有钱帮到了，但我们这里没有。我们，也不想专门靠政府，我们是靠自己的一双手。现在总的来说算是稳住了。

访谈员：嗯，现在国家不是提倡"大众创业，万众创新"吗？那您觉得现在这种情况下创业的可操作性强不强？

受访者：不能盲目搞，比如说我们这算是实体（创业）的，实际有东西出去的，必须稳扎稳打，看生产出来的东西有没有市场。首先有销售渠道，然后再做产品。

访谈员：先要找到销路是吧？

受访者：嗯，对，然后再做产品，做产品的过程中再考虑钱。销售方面最主要的就是出去跑，"出路""出路"，出去才有路。也不是说很难，现在三四年忙过来了觉得没什么，就是当时一两年，哪有（闲工夫）像这样坐一下（微笑），一个电话一个电话地打进来，都是逼债的。

我看黄大哥好像没有享受到什么政策优惠，就拿出了昨天去镇上人社服务中心拿到的最新的政策单子给他看，他觉得不太现实，甚至认为可能是广告单，而且当我问到希望得到政府什么帮助的时候，他表明不指望，觉得能有更好，没有也无所谓。

访谈员：嗯，您现在已经能够带动二三十人就业，假如你以后再扩大生产，带动更多的人，可以说影响力已经不小了。到那时候他们（指村委会和政府）可能会更加重视吧？

受访者：那到时候再说吧，我现在已经在帮扶精准扶贫对象了，有7个头儿（对象）在这儿。

指前述精准扶贫对象的无息创业基金融资入股分红一事，随后黄大哥给我看了一份7个对象一年的股本及分红情况的单子，均是按照百分之十利润分红。

访谈员：平时帮您做这个花的工人一个月大概能赚多少钱？

年轻人往往背井离乡，小孩子得上学。基本上都是妇女和老人。每人每天能够做的工时不等。

受访者：要是扎扎实实做的，一天能够挣五六十块钱，一个月就是1000多块钱。

访谈员：您的这个（花）必须在这儿（指黄大哥家）做是吧？

受访者：不是的，可以把材料外发到他们屋里（家里）做。拿回家之后想做就做，不想做就不做（最后按照成品花的数量支付报酬），这是个优势。

访谈员：那您当时有没有想过找人入伙一起做这个？

受访者：当年想找人一起入伙没得人（愿意加入），现在转过弯（运作开了）了还要什么人入伙呢。入伙（合伙）的生意有些东西一碗水端不平，比如说一个（人）负责外面一个（人）负责里面就涉及如何花钱的问题。现在转过弯（运作开了）了也没有必要找人入伙。如果有需要入伙的对象拉进来我们干大就更好（此处黄大哥意思是他不会主动联系别人入伙，如果有人带着资本愿意加入他也乐意），到那时请个会计来做账就清楚了。毕竟一个人的规模是有限的，多几个人把它（生意）干大，方便附近的（人）就业，可以说帮了他们一点小忙。

访谈员：好的，我把您这个想法跟村里（村委会）反映一下，让他们帮您留意一下。

然后我想看看产品，黄大哥很乐意地打开库房。产品很多，100余平方米的库房几乎都堆满了。又是一番客套我就离开了。

访谈员手记

　　黄大哥不到 40 岁，但已见白发，可见筚路蓝缕，创业艰辛。黄大哥不太了解政策及村里的帮助，主张万事靠自己，他创业过程中，很少要求政府及村里的资助。我觉得为了提高公信力，政府的承诺一旦作出，一定要想尽办法实现它。

　　访谈过程中黄大哥很积极，而且我说要看清明花的时候，黄大哥很开心，主动打开大库房让我仔细观看并拍照。可见创业者是很希望别人能够了解他们的。

（访谈员：西安交通大学　戴宏俊）

创业失败者

—— 一位不屈不挠的农民工创业者

受访者基本情况

性别：男

年龄：35 岁

籍贯：湖北省麻城市黄土岗镇堰头垸村

婚姻状况：未婚

文化程度：初中

创业类型：返乡创业——养殖业

创业地点：本村

我和同学一起来到黄庆海大哥家，表明来意后，黄大哥招呼我们坐下。黄大哥家是贫困户，靠养殖为生。

56

访谈员： 您现在主要是养羊？

受访者： 养羊和养牛。

访谈员： 那羊和牛现在有多少？

受访者： 羊现在剩下不多了，还有 100 多只，牛也只剩下 10 多头。

访谈员： 那您是什么时候开始养（羊和牛）的？

受访者： 2007 年，现在养了十几年了。

访谈员： 当时怎么想着发展养殖业呢？

受访者： 当时认为在外面打工挣不到钱，以为回到家里能够挖到一桶金，结果什么也没挣到。

访谈员： 应该还是能赚钱吧？

受访者： 能赚钱？能不能赚钱村里应该知道（我之前表明已经去村里了解过情况，故有此说）。

访谈员： 嗯，您以前怎么会养羊呢？经验从哪里来的？

受访者： 经验啊？自个儿摸索的。

访谈员： 那您当时的幼羊和幼牛从哪里来的？

受访者： 就是在附近的农户手里收（购买）的。

访谈员： 不是批量买的？

受访者： 不是。

访谈员： 那您每年的饲料怎样解决？

受访者： 饲料呀，山上散养，也喂自个儿种的农作物秸秆，然后再买一部分。

访谈员： 就是说您的羊和牛还算是有机绿色的？

受访者： 是的。

访谈员： 那羊粪、牛粪怎样处理呢？现在不是提倡环保嘛。

受访者： 自然归田、还田，别人拿过去（作为肥料）种植菜和花生（等农作物）。

访谈员： 我好像听村里人提到过您的羊圈是两层的。

受访者： 对。

访谈员：然后底下一层专门堆粪是吧？

受访者：是的。

访谈员：那您平时需要多少人手呢？

受访者：平时我都是一个人。

访谈员：一个人忙得过来？

57

受访者：差不多，只有接近年关的时候需要人手帮忙，那时候买牛羊肉的人多。

访谈员：那最开始养的时候有多少？

受访者：最开始是几只，慢慢地养到几百只，到现在只剩100多只了。

访谈员：怎么会呢？

受访者：真的，我从6只羊放起，放到最高峰期是三四百只，现在却剩下100多只。

访谈员：那您以后怎样打算？

受访者：以后先慢慢养着这些牛和羊，糊住过日子就行了。脱贫有点困难，肯定一时半会儿脱不了贫。

访谈员：您现在也不算是贫困。

受访者：我肯定算贫困呀。

访谈员：就只算您的羊和牛的价值，就不能算贫困户，这些都是您的财产呀。

受访者：这些财产一时半会儿也不能变成钱呀。

访谈员：那您以后打算扩大养殖规模吗？

受访者：想扩大但是没有人手。

访谈员：那您可以买劳动力。

受访者：买劳动力？一年的牛和羊的收入还抵不上工人的工钱，现在工价贵而卖的东西便宜，收入根本就付不起工钱。如果请一个好劳力（能干的人）吧，人家一年在外面轧钢筋能赚六七万块钱，请得起吗？请一个差一点的（劳力）又搞不了，一起工作反而更吃力，是不是？

访谈员：……是的。那您当时投了多少钱？

受访者：前前后后起码投了 30 多万元。

访谈员：分了几批投入呢？

受访者：分了很多批，我们也不能一下子拿出很多钱，只能一点点地投。

访谈员：那您当时的资金全部是自己的吗？

受访者：一部分是我自己的钱，还有一部分是国家给融的资。

访谈员：那国家融资是从哪里来的，村里的还是镇上的？

受访者：不，是银行贷款，村里哪里有钱给我们。

访谈员：当时贷款的时候银行给不给呢？

受访者：贷个两三万块钱银行还是给的。

访谈员：不需要什么做抵押吧？

受访者：最开始的时候不需要抵押，但现在是房产抵押。

访谈员：利息高吗？

受访者：原来的利息很高，最多达到一分多。利息好高呀，比如贷 5 万块钱一年就有六七千块钱的利息。但是最近一年搞精准扶贫后利息就低了好多，国家要贴息，好像要贴 70%。一分钱好像要贴七厘，自己只承担三厘。

访谈员：您现在的利息是 4% 左右？

受访者：差不多，不到 5%。

访谈员：那您的羊和牛的销路是？

受访者：周边的农户和屠宰户。

访谈员：那有没有打算往外面卖呢？

受访者：我也在往外头卖，在网上通过微信方式宣传、联系，卖往武汉、广州那些地方。

访谈员：有销路吧？

受访者：有。

访谈员：有销路的话您可以扩大养殖规模。

受访者：还是人手问题，请一个好的劳力得 6 万块钱，这需要很多牛和羊才能填上这个窟窿。

访谈员：那6万块钱得卖多少羊和牛呢？

受访者：卖大牛得卖六七头，卖小牛得卖十几头，卖羊得卖二十多只。

访谈员：这么多？

受访者：你以为呢？如果管理不好，可能一年的收入还没有别人的工资高。所以请人手根本就不行。

访谈员：那您当时打算搞这个养殖，家里人支不支持呢？

受访者：他们当时肯定不大支持呀，像我爸爸。但我的做事性格是这样的：不存在他们支不支持，不支持也没有办法，我搞我的（不管他们的看法）。

访谈员：没有遇到过疫情吧？

受访者：嗯，但是疫情在其他地方有过，只是我们这边没有遇到。

访谈员：会影响牛和羊销售的价格吧？

受访者：嗯，对，有疫情的时候行情特别不好，销售价格很低。

访谈员：嗯，村里有没有给您提供帮助？

受访者：村里对我是有帮助的，作为贫困户，借贷一年最起码可以省下两千块钱的利息，我觉得是很大的帮助。

访谈员：这些年您每年大概能拿到多少钱？

受访者：收入吗？大概每年六七万块钱。

访谈员：别人是怎样做大规模的呢？

受访者：那肯定是有一些社会资源，比如说通过各种渠道能够得到一些政策补助，借助国家的力量规模肯定是要大些，我们能指望谁呢？如果雇人养根本就付不起工资，只能自己养，把自己的工钱挣出来。而且牛羊养多了也有限制，因为我们这里自然条件差，山上放养的资源也差了很多。

访谈员：您的意思是说规模扩大不了？

受访者：对。我的羊圈倒是能养上千头，但是林木面积承载不了，用饲料又会降低肉的品质，卖不出好价钱。必须得把羊（的数量）压下来，为什么我要带着养牛，就是因为资源少了养不了那么多羊。

访谈员：那您的羊和牛是怎么卖呢？是卖活的还是怎样？

受访者：零卖。自己杀了卖肉可以，卖活的也可以。

访谈员：那怎么样更划算些？

受访者：那肯定是自个儿杀划算呀，毕竟（杀羊和牛）要付出劳动，劳动的工钱得赚回来。

访谈员：那一头成牛大概多重？活卖多少钱一斤？

受访者：成牛有大有小，毛牛（指未做处理的活牛）一般600—800斤，一斤14块多。

访谈员：到市场上也不一定有人要吧？

受访者：所以我们要等到过年的时候卖呀，我们不像城里或者镇上的屠户有个专门的地方天天卖。农村大家平时不吃牛羊肉（价格比较昂贵），过年的时候才需要得多。我们就是逢年过节杀一次，在村里就可以卖光。

访谈员：您的意思是说平时如果没有大事，杀一头牛几乎没人要？

受访者：对，所以我们都是做活牛交易。

访谈员：那一头成羊有多重？毛羊多少钱一斤？

受访者：今年羊肉已经达到了22—25（元/斤），一头比较大的成羊可以达到100斤左右，羊是"半杀"，就是100斤的羊杀出50斤的肉。

访谈员：您有没有什么经验或者心得可以和别人分享？

受访者：唯一的心得就是要辛苦点，任劳任怨，坚持搞下去。

访谈员：那您觉得现在创业者最需要的是什么？

受访者：主要得看自己对那个行业热不热心。对我来说，我是爱搞养殖，所以我能坚持下去。

访谈员手记

黄庆海做养殖行业多年但依旧未脱贫，35岁依旧单身，可以算作创业失败的典型。总结其原因，大致两点。第一，家庭琐事多，按他的话"几乎天天有事"；第二，养殖对象不太合适，据了解，牛比羊容易养，即性价比更高，但黄大哥选择羊作为主要养殖对象，可能受到他早年建羊圈的影响。

由此可见，在农村创业的一个无法避开的问题，即事业与家事无法分开。农村的家事往往是烦琐而无奈的，这势必会耗损创业者的精力，降低其工作效率，使得本来就容易夭折的返乡创业增加了失败的风险。这一点值得注意。

（访谈员：西安交通大学　戴宏俊）

一位屡败屡战的农民工创业者

受访者基本情况

性别：男

年龄：33 岁

籍贯：湖北省麻城市黄土岗镇堰头垸村

婚姻状况：已婚

文化程度：初中

创业类型：返乡创业——养殖业

创业地点：本村

按照同垸人的指路，我找到了何支良大哥的家，还未进院子，就看到了地上堆积的粪便，味道难闻。村里说这样不太合规范，会污染水源，以后会进行整改。见到了何大哥一家三口，表明来意后，他们愿意接受采访，他们的回答也很真诚。

访谈员：我听说您是两个人（指受访者何支良及其哥哥何咏良）在搞养殖？

受访者：嗯，我和我哥。我哥养猪，我养牛和羊。

访谈员：您当时是怎样开始养殖的？

受访者：以前在外头（家乡外面）打工，2014 年的时候脚痛，股骨头坏死，做了手术，然后不能做事，就回家搞了养殖业。

访谈员：就是说您是从 2014 年开始养殖的？

受访者：是的，到现在已经 4 年了。2016 年在屋里养鸡，刚好那一年行情不好，没赚到钱。

访谈员：然后就没有养鸡了？

受访者：嗯，然后就从前年（2017 年）开始养牛，刚开始养了十来头，到去年（2018 年）就有二十多头，最近过年一杀又剩了十几头。养牛就是（回报、收入）来得慢一点，得天天去照顾，到过年才挣一点钱。

访谈员：您之前在外面打工，所以开始养殖的时候也没什么经验吧？

受访者：对，就是在外头打工脚痛后做不得（事）。我就跟我们村里书记说想在家里搞点事。之前在家里养猪也养了几年，这两个圈（指现在的牛圈，先后作为猪圈、鸡舍和牛圈）当时做出来是养猪的，养猪风险太大了，价钱一会儿涨一会儿跌，没赚到钱。

访谈员：您也养过猪？

受访者：我养过几年的猪，那是 2014 年以前的事。2014 年脚痛，做了手术后在家休息了半年，然后出去打了一年工，第二年（2016 年）再回来养鸡（之所以回家养鸡，是因为大腿不方便），刚好遇到那一年行情不好，养鸡养了一年（养鸡亏了）。2017 年就开始养牛，刚开始买的都是小牛，到过年也没什么收入，只有去年（2018 年）才有点收入。牛的周期性长、价格稳定，不像鸡和猪周期短，三两个月钱就挣回来了。养牛的前两年要投资（而且没有回报），慢慢到后面就好了，大牛可以卖掉，老牛可以繁殖小牛。像去年（2018 年）就很可以（很不错），挣到了点钱。

访谈员：那您最开始养猪之前是做什么的呢？

受访者：是在武汉带班（施工队），赚了一点钱，就回来做了两个圈，准备养猪（2010 年左右）。（当时）脚有点小痛，但不是蛮厉害。

访谈员：所以您那个时候就有回来做（养殖）的想法？

受访者：嗯。

访谈员：之后就养了 3 年猪？

受访者：对，养了 3 年猪，却没赚到钱，就把猪卖掉了。当时脚也痛得更厉害了。

访谈员：就是说您养鸡那个钱是贷款的？

受访者：嗯，就是脚痛以后我才成了贫困户，然后我就贷了 5 万块钱的贴息贷款，养了 3000 只鸡。刚好一养鸡禽流感就来了，没赚到钱。

访谈员：那您的 5 万块贷款利息是多少呢？

受访者：那个是国家贴息的，（基本）不要利息。每个贫困户都可以借 5 万元（这样的贴息贷款），可以用来做点什么，搞一下养殖业什么的。后来养鸡没赚到钱，我们书记又想办法给我借了 10 万块钱，我就开始养牛。

访谈员：您最开始养鸡的时候购买的小鸡是多少钱一只？

受访者：当时是 3 块 8 毛钱一只，3000 只鸡也才 10000 多块钱。

访谈员：您当时有养鸡的配套设施吗？

受访者：就是沿用原来养猪的圈。

访谈员：哦，用原来的是吧（这里一方面看出农村养殖的资源利用率很高，另一方面可以看出不规范性）。那村支书第二次给您贷的 10 万块钱有没有利息？

受访者：有利息，一年要交 1 万块钱的息。

访谈员：1 万，10% 的息（此处的贷款与清明花厂黄林忠大哥的 10 万元贷款相同）？

受访者：对啊。

访谈员：那您当时买小牛多少钱一头？

受访者：那时比较便宜，小牛四五千块钱一头。但我不是一下子买的，我是碰见哪里有合适的才买。

访谈员：嗯，您只是在普通农户手里买的吧？

受访者：是的。碰见合适的才买。买进来就好好照顾，那是 2017 年的事。2017 年年末我杀了 2 头大牛。2018 年年末我杀了 7 头大牛、卖了 2 头大牛，9 头牛让我挣到了 10 多万块钱。

访谈员：嗯，平时是您和您妻子两个人在弄养殖？

受访者：对，平时就我们两个人。

访谈员：有没有觉得劳力不够？

受访者：反正就是有点辛苦，但也不需要其他的帮手。

访谈员：那养殖产生的粪便是怎样处理的？

受访者：一般我都拉到我家的大院子门外堆着（实际上不环保，村里也在想办法解决这个事），过了年，开春种植的时候，村里人都自己来拉到田里、地里（作为肥料）。

访谈员：牛的饲料怎么解决呢？

受访者：主要在山上放，再就是花生秸秆和稻草等。别人收割完后，我就把剩下的秸秆拉回来，放到这个时候（指山上没有充足青草的时候）再喂。

访谈员：然后您再把粪便给他们是吧？

受访者：是的，花生秸秆（等）他们也没用，都拉来和我兑（换）。

访谈员：您现在还养着羊是吧？

受访者：嗯。

访谈员：羊大概有多少只？

受访者：羊是从 2017 年开始养殖的，多的时候有七八十只，过年的时候卖了一些，自己杀了一些，现在剩下了一二十只。

访谈员：嗯，那您以后还打不打算扩大牛和羊的养殖规模？

受访者：正有此打算，第一年养殖的时候牛只有十来头，到了去年（2018 年）有 26 头。现在剩下十三四头，开了春母牛还要生小牛。

访谈员：就是让它自然繁殖，不再购买了？

受访者：对，等到开了春，青草长出来我都牵到外头去（放养）。

访谈员：那您的羊打算怎么办呢？

受访者：去年（2018年）我把公羊都卖掉了，现在只剩下母羊，也让它自由繁殖，买也需要再花本钱。

访谈员：您的一头牛和一只羊大概能卖多少钱？

66

受访者：去年（2018年）一头大点的牛可以卖到一万七八千块，小点的可以卖到一万左右（行情非常好），基本上喂一两年的牛（平均）划到一万三四千块钱一头。

访谈员：主要是自己屠宰是吧？

受访者：嗯，是的，（2018年）我杀了7头，卖了2头。我自己宰的销不了那么多肉我就卖了2头，（如果）销得了那么多肉我就自己宰杀。

访谈员：宰牛是请别人还是自己（动手）？

受访者：前年（2017年）杀的2头牛是请的别人，去年（2018年）都是我自己搞的。

访谈员：您自己已经会了是吧？

受访者：对，我看着别人搞了两次就自己开始弄，再以后就不需要找别人了。

访谈员：嗯，您最开始搞养殖的时候家里的人支不支持呢？

受访者：刚开始搞不支持啊。我自己要回来搞，把圈一建，钱都花了，再不搞（养殖）觉得不划算，后来就坚持搞了。

访谈员：那您在养殖过程中遇到了什么困难没有？

受访者：怎么没有？遇到行情不好的时候，比如说2014年我养猪，毛猪跌到三四块钱一斤，一头猪就亏了几百块（钱），那一年我亏了很多钱。有时候还会遇到猪生病，得治（疗）。

访谈员：是遇到外边大范围流感了吧？

受访者：没有，猪的价格本来就波动很大，毛猪必须卖到5块钱左右才能回本。

访谈员：那今年的毛牛价格呢？是14块多一斤吗？

受访者：是，这几年牛肉价格比较好。前年（2017 年）是 100 块钱三斤，高一点是 35 元一斤；今年一下子涨到 38（元一斤）。牛肉的价格比较稳定，不像猪一会儿涨一会儿跌，但（回报）来得慢，一个牛得接近两年的周期才能有效益，不像猪喂饲料两三个月就可以（屠宰）变钱。

访谈员：贫困户想创业村里边都会支持吗？

受访者：嗯，贫困户有那个指标（指 5 万元的贴息贷款），想搞点什么事都可以。

访谈员：哦，那您现在一年大概能赚多少钱？

受访者：刚开始的一年基本没赚钱，到了去年（2018 年）开始每年可以赚 10 来万块钱。

访谈员：您的羊可以赚多少钱呢？

受访者：去年（2018 年），羊的成本都赚回来了，就是赚到了这一点小羊和母羊（指今年剩下来的，也就是说处理掉的公羊刚好等于本钱）。羊好难得照顾。

访谈员：就是说您赚钱主要靠养牛？

受访者：是的。

访谈员手记

何支良先后养过猪、鸡和牛（包括羊），可谓屡败屡战，颇有勇气。他对村里也比较信任，因为腿受伤后主动找村支书寻求帮助，并先后获得 5 万元无息贷款用于养鸡和 10 万元有息贷款用于养牛。然后和妻子一起工作，任劳任怨，扎扎实实，因此养牛比较成功。

由此可以看出两点：一是村干部的职责问题，或者说如何成为一名合格的村干部的问题。何大哥腿受伤后，主动联系村支书说想在家乡发展，村支书很支持，先后帮其两次贷款，还让他管理村里新引进的一个光伏发电项目。笔者从村里王书员那里了解到，村支书是一个很有能力和魄力的人，渴望把堰头坑村建设好，非常支持自主创业，对何大哥这样身体生病的人更是十分照顾。反过来，何大哥多次表示村里和书记借钱给他，感激之情溢于言表。这是一个双向的过程，村干部只有真的关心村集体，帮助需要帮助的人，才能赢得民心，才能办好事。二是养殖对象的选择。如上所述，养牛相对于猪、鸡、羊具有得天独厚的优势，当然这也和当地的具体情况有关。

（访谈员：西安交通大学　戴宏俊）

麻城市福田河镇三里畈村村委访谈

访谈对象：成焕旺

职务：村里的财经主任

访谈员：想请您先介绍下村里的基本情况，包括这些（我递上访谈提纲）。

受访者：全村共2076人，其中男性1180人，女性896人，老年人450人，未成年人650人，劳动力950人，耕地1940亩。交通便利。主要特产是菊花、板栗、油茶、青茶，经济来源是务工、种植。

访谈员：我们村在外面打工的农民工有多少人？主要做的是什么工作？

受访者：外出务工670人，主要是在工厂从事建筑工作。

访谈员：有多少农民工回来了？有多少人在创业？

受访者：外出返乡创业的很少，因为我们生活在山里头，比较闭塞，再加上我们这里工厂少。

访谈员：之前查资料的时候了解到，关于农民工返乡创业的政策是在2017年中央一号文件里提出来的，村里有没有和这个相关的文件呢？

受访者：我不记得有（说着去房间里抱出了2017年和2018年两年的文件，一份份地翻阅，没有找到）。

访谈员：除了像"小额信贷扶贫资金"这样的资金上的帮扶，对于农民工，村里还提供哪些帮扶？比如说土地。

受访者：自调，就是村民之间自己购买或交换土地，和村里打声招呼就可以，村里不收他们的地基费。

访谈员：那原来没有扶持政策的时候，这个地基费是要收的？

受访者：要收。

访谈员：农产品的销路这方面，村里有没有什么帮扶？

受访者：没有，是自销。

访谈员：创业稳定之后是不是有一定的奖励呢？

受访者：贫困户有这个奖励。我们村返乡创业没有什么奖励，只是提供土地资源。

访谈员：没有奖励吗？

受访者：村里没有资金，哪儿来的奖励？镇上的才有奖励。

访谈员：镇上的是什么奖励？

受访者：发展养猪的，一年一两千块钱。

访谈员：那这个奖励的名称是什么？

受访者：发展畜牧业专项资金，只有一年。

访谈员：获得这个奖励因为是贫困户还是因为创业？

受访者：因为贫困户养猪。

访谈员：也就是说，国家提倡"农民工返乡创业"，但是具体到村里没有相关的政策支持，目前只有提供场地方面的便利，奖励什么的都没有？

受访者：没有。

访谈员： 那我们村像这样发展养殖业、种植业的有多少人？

受访者： 只有两家。

访谈员： 那您觉得人们为什么不愿意回来创业？

受访者： 没有好销路，挣不到钱。不如在外面打工挣钱多。

访谈员： 那您觉得市场是主要原因吗？

受访者： 嗯。

访谈员： 那我们村的村民有没有在外面创业的？

受访者： 有，比如黄良龙在成都创业，制造机械零件。

访谈员： 效益是不是很好？

受访者： 那肯定很好。

访谈员： 在外面创业的除了这个人，还有没有其他人？

受访者： 没有。

访谈员： 您觉得这些正在创业的人有没有什么问题？

受访者： 还是规模太小了。

访谈员手记

　　成焕旺在三里畈村干了六七年的财经主任，因此对村情是挺了解的。通过与他的交谈，关于本村的农民工创业，整体上笔者有两方面的感受：一是村里对创业者的帮扶有限，土地需要创业者自己同其他村民协商，村里不收地基费，村里也没有钱给创业者提供奖励；二是由于本村人口较少，周围村庄分布得比较分散，距离城市较远，因此本地市场狭小，市场因素是影响创业者创业的重要因素。

（访谈员：郑州大学　何诗弦）

一位勤恳老实的农民工

受访者基本情况

性别：男

年龄：42 岁

籍贯：湖北省麻城市福田河镇三里畈村

婚姻状况：已婚

文化程度：初中

打工时间：16 年

创业类型：外地创业——服务业

创业地点：湖北省武汉市

　　这位创业者有着十几年修车的经验，之后在湖北省武汉市某汽车配件城里开了一家汽车售后店，开始了自己的创业生涯。店铺至今已经开了 8 年多，前些年效益比较好，近两三年来受到互联网的冲击比较大，收益锐减。

访谈员：您家这个店属于什么行业？

受访者：服务业。汽车后市场，包括修理、改装、装饰等，我们主要提供的是改装和装饰。

访谈员：店铺有多大的面积？

受访者：100平方米左右。

访谈员：店铺的位置、地段怎么样呢？

受访者：店铺在一个汽车配件城里，有100多家店，当初招商我们就过去了，地段挺好的。去年，也就是2018年，汽配城拆迁，店铺就暂时停止营业了。等过了年再去重新找地方，之前的装修费都赔进去了。

访谈员：开这个店主要是要干什么呢？

受访者：我从18岁开始学修车，之前是在省工商银行内部修车行跟着师傅学，修了十几年车。后来年纪大了，又想多赚些，于是就想着自己创业。

访谈员：是加盟的吗？

受访者：不是加盟的，只有部分产品是加盟的。

访谈员：您在开这个店之前是干什么的？

受访者：在汽车4S店修了十几年车。

访谈员：那创业了多少年？

受访者：8年多，自己有修车这方面的技术，所以创业就选择了开这个店。

访谈员：这个店是怎么发展起来的？

受访者：慢慢摸索，看着别人怎么弄就学着弄，技术本来就有，就是慢慢凑资金。

访谈员：那这个店是您一个人在弄还是请了人？

受访者：之前生意好的时候请了两三个人，这两年互联网的冲击太大了，生意不好，就我一个人。

访谈员：互联网是怎么冲击的呢？

受访者：因为我们属于汽车装饰，比如说倒车雷达，网上也有卖，价格也比较透明，我们这些实体店就变成了厂家的工人、售后点，别人在网上买了产品来店里让我们装上，之前是卖产品赚钱，现在只收个手工费，手工费又没有多少。

访谈员： 这是从哪一年开始的？

受访者： 从 2016 年开始，2017 年和 2018 年冲击最大了。

访谈员： 那同行业的其他店铺是如何应对互联网的冲击的呢？

受访者： 部分店铺自己拿钱去搞淘宝，做小程序，资金用出去了但没有效果。互联网的冲击太大了，抵抗不了。厂家有时候做活动，有比较大的红包，比如 1000 块钱的东西在"双十一"的时候可以卖到 700 多块钱。但是在我们实体店肯定是 1000 块钱的东西就卖 1000 块钱。

访谈员： 开这个店的时候资金是怎么来的？

受访者： 除去自己的积蓄，借了亲戚一部分。

访谈员： 在这八九年中，有没有感觉劳动力的成本在上升？

受访者： 对，劳动力成本每年都上涨，加上房租每年上涨 5%，还有互联网的冲击，使得利润不断下降，所以现在这个生意很难做。

访谈员： 那别的加盟店呢？情况会不会好些？

受访者： 也是一样。产品集体采购，单价可能会便宜点，但是每年要给加盟费。

访谈员： 有没有哪几年觉得效益是特别好的？

受访者： 2017 年之前比较好，生意好的时候一年能赚十几万元，之前互联网还没有很成熟，人们对于在网上买东西心里还充满了疑惑。后来就不一样了，人们打消了这个疑惑。

访谈员： 你们家的这个店是开了几年才开始回本的呢？

受访者： 一两年就回本了。

访谈员： 这个店的固定花销有哪些？

受访者： 店铺内部的装修费，每年的微信、小程序的宣传费。

访谈员： 您的店铺也在做小程序吗？

受访者： 做过，但没有效果，因为要请别人做，后期还有营运花销，我们自己又不会弄。

访谈员：还是挺与时俱进的。

受访者：之前我还花钱做淘宝，找别人做图片，做美工，但是排名排不上去。

访谈员：这个是不是竞价排名，钱交得多在检索的时候就排名靠前？

受访者：是的，竞价排名。

访谈员：那您是否了解村里对于创业有没有什么扶持政策？

受访者：政策上基本没有扶持，因为申请的话需要找村里要这手续、那手续，还只限制在福田河镇使用。

访谈员：如果自己的项目进一步发展，需要政府提供怎样的支持？

受访者：一方面是资金方面提供信贷的支持，另一方面是互联网方面最好提供一个互联网营销平台，让我们这些小的个体可以免费使用，不然的话，实体店经营投入一万多块钱，泡儿都不冒一个，搞不赢大商家。

访谈员：那其他的店在这样的情况下是怎样生存的呢？

受访者：大一点的店以前赚了钱，现在都赚不到钱了。同行之间竞争比较激烈，就死死地撑着，低价促销。

访谈员：您这个店办了八九年，除了遇到互联网的冲击之外，还有没有什么别的困难？

受访者：也有一些，但是没有这次的影响大。

访谈员：那是不是需要什么牌照？

受访者：营业执照这些我们都有。

访谈员：也就是说审批上没有什么问题？

受访者：嗯。

访谈员手记

近年来，网购对于一些行业的实体店铺的经营产生了很大的冲击，这种发展趋势是不可阻挡的，小微企业或者说个体零售户在这样的环境下如何求得生存是值得相关部门、创业者进一步探讨的。作为个体零售户，他们没有足够的资金用于网页、小程序等的宣传，就算开设了淘宝网店，也敌不过可能存在的淘宝竞价排名、大商家的大力促销。在当前形势下，个体零售户的生存真的举步维艰。

（访谈员：郑州大学　何诗弦）

一位年迈勤劳的农民工

受访者基本情况

性别：男

年龄：66 岁

籍贯：湖北省麻城市福田河镇三里畈村

婚姻状况：已婚

文化程度：小学

打工时间：两年

创业类型：返乡创业——种植业

创业地点：湖北省麻城市

夏德良家属于创业即将失败的农户，种藕两年来都没有找到很好的销路，每年近万斤藕卖不出去。虽然没有亏本，但是也没有赚到什么钱，之后他们家打算缩小规模，另谋他业。

我去他家时，他正坐在家里烤火的炉子前，打算去田里取藕，棉袄上沾有星星点点的泥土。说明来意后他坐下来点燃了一支烟，开始和我们聊天。当时我的小学同学（他家的亲戚）和他妻子都在旁边，我们交谈了半个多小时，之后我们和他一起去稻田看他取藕。听说我们要去看，他很高兴。他穿上防水的连体服，走进灌满水的稻田里，拿起水枪向我们演示如何用水枪将泥冲走，把莲藕拔出来。

访谈员：您家种藕的田是买的还是租的？

受访者：一共 10 多亩，自己家有 3 亩，其他的都是租的，一亩田租一年要得（花）300 块钱。

访谈员：租这些田的时候村里面有没有帮忙？

受访者：没有，都是自己找的，村里不收地基费。

访谈员：在种藕之前，你们家是在外面打工？

受访者：我在外面打工。

访谈员：打了几年工？

受访者：两年。

访谈员：打工之前是做什么的？

受访者：在家里种地。

访谈员：您是怎么想到打工回来种藕的？

受访者：我在上海打工的时候看到人家种藕。

受访者妻子：我们这个地方不适合种藕，销路不好。

访谈员：您有没有想其他的方法扩大销路？比如说拉出去卖。

受访者：想了，天天开着车子拉到福田河镇、黄土岗镇上卖。

受访者妻子：卖不动（卖不出去）。

访谈员：为什么，是卖得贵了吗？

受访者：不是贵了，而是因为一些小商贩从外面运进来的藕经过一种化学药水浸了，颜色要白些，好看些，我们在田里种的藕颜色偏黄，味道却是一样。

访谈员：餐馆呢？没有试试卖到餐馆吗？

受访者：餐馆里不中用。

访谈员：10 亩地如果都取起来能产多少斤藕？

受访者：一亩地能产一两千斤，10 亩地能产 20000 斤左右。

访谈员：那现在销了多少？

受访者：四五千斤。

访谈员：没有想到往学校里送？

受访者：往学校里送的都是和学校有关系的，我们农民和学校也没有关系，他们不要。

访谈员：过了年，藕还没有卖出去，那怎么办？

受访者：就让它在田里面长，免得田里长草。

访谈员：您家的藕是什么品种？卖几块钱一斤？

受访者：粉藕，3 块钱一斤。

访谈员：那您有没有看下市场价是多少？

受访者：市场价贵得很，有的卖四五块钱一斤。

访谈员：那您卖得比市场上还便宜些，现在您家的藕都销往哪里呢？

受访者：一般是农户过年的时候，一家买几斤。

访谈员：附近的人知道您家种藕吗？

受访者：知道，我们这里有四家种藕。

访谈员：那会不会是因为竞争太大？别人家的好不好销？

受访者：人家的好销，塘里面的藕好销，因为颜色好看些。

访谈员：其他三家都是在塘里种？

受访者：嗯。

访谈员：那您家当时怎么想到要放到田里种？

受访者：塘里没有那么大的面积，最主要的是没有塘。

访谈员：过了年还种不种？

受访者：我们打算把租的田还给人家，只种自己田的，过了年我要去打工。

访谈员： 在种藕之前，打工的时候是做什么？

受访者： 在一个厂里看门儿。

访谈员： 当时工资怎么样？

受访者： 两千五百块钱一个月，不过后来那个厂倒闭了。

访谈员： 种藕种了几年？

80

受访者： 两年。

访谈员： 那您是去学了怎么样种藕吗？

受访者： 嗯，在上海学的，到人家那种藕的地方去看、去问人家怎样种。

访谈员： 那在种的过程中有没有遇到什么问题？

受访者： 没有，藕好种得很，就是不好卖。

访谈员： 藕是什么时候种？什么时候收？

受访者： 清明节的时候种，9月份的时候收，生长期只有3个月。

他妻子： 到过了年又要翻青，翻青了就不好吃。

访谈员： 所以说在翻青之前，这一批藕都要卖掉？

他妻子： 没有收的都会烂在田里。

访谈员： 除了地，还有哪些成本？

受访者： 有肥料、藕苗，藕苗只是第一年需要买，之后我自己有。

访谈员： 一年买肥料要花多少钱？

他妻子： 一两千块钱。

访谈员： 最开始一年买苗花了多少钱？

受访者： 4000多块钱。

访谈员： 您家销路不好，村里有没有帮忙扩大销路？

受访者： 帮了，村里帮忙去找学校合作，但没有成功。

访谈员： 您觉得这个政策如果改进下，可以怎么改进呢？

受访者： 应该想办法扩大一下销路，这样我们就可以继续种。

访谈员： 去年亏本了没？

受访者： 两年都没有亏本。

访谈员：您刚说卖了四五千斤，一斤卖3块钱，那就是回了10000多块钱本？

受访者：嗯。

访谈员：租金3000元，加上肥料一两千元，总的来说您应该还是赚的。

受访者：其实这个市场还是很大的，在麻城的十字街那里，一天就要销一两万斤藕，因为各个镇上的人都到那里去买菜，人很多。

访谈员：那您到那里去摆一个摊位？

受访者：没有。隔那么远，一个三轮车只能拉几百斤藕，跑那么远划不来。

访谈员手记

销路是这位创业者最大的困扰，原因可能有以下两方面：一是市场上的竞争比较激烈。同村包括他们家在内有四户人家种藕，由于种植地距离城市较远，本地产的藕只能在本地销，很多时候只是销往附近的村庄。藕在人们的日常食谱中占的位置并不是非常重要，因此本地卖藕的市场不大。二是这位创业者产品非常单一。只卖藕，不涉及产业链的延伸，也没有什么技术含量。

（访谈员：郑州大学　何诗弦）

猪鸭养殖户

——一位踏实肯干的农民工

受访者基本情况

性别：女

年龄：40 岁

籍贯：湖北省麻城市福田河镇三里畈村

婚姻状况：已婚

文化程度：初中

打工时间：6 年

创业类型：返乡创业——养殖业

创业地点：湖北省麻城市

　　王荣勇夫妇属于已经创业两年并且初步成功的人士，我去的时候这位叔叔去打糠不在家，阿姨在厨房里洗碗。看到我来，赶忙把手擦干净搬椅

子招呼我坐下。我和阿姨面对面聊了一个小时。看着我拿着纸笔，阿姨刚开始比较拘谨，后来我没怎么看访谈提纲，整个过程非常融洽，谈到他们家的鸡鸭、猪肉很畅销时，阿姨总是开心地笑了起来，阿姨给我的总体感觉是很朴实、和善。

以下内容根据访谈录音整理。

访谈员：您家养鸭子（去之前听人说他们家养鸭子）？什么时候开始养的呢？

受访者：2018 年 8 月份开始养第一批鸭子，因为经验没有摸准，损了（病死了）一两百只，后来成活的鸭子就两三百只，钱没有赚到，只能说没亏本。

访谈员：您和孩子（这家的小孩，当时一直在旁边玩）爸爸一起管理这个厂（在一个山坡上盖了两间房子，一间猪舍、一间住人）吗？

受访者：嗯，去年的时候厂才建起来，规模也不大，但花费了 10 多万元。

访谈员：只建厂就花了 10 多万元？

受访者：是。

访谈员：那个厂是当作鸭舍吗？

受访者：做猪圈，喂猪的。

访谈员：厂占的地基是怎么一回事？

受访者：地皮是买的，所以才花了那么多钱，不然就用不了那么多。

访谈员：厂建起来是先养鸭子？

受访者：先养猪，建厂之前，猪养在自己家旁边的猪圈里，当时养得少，喂的是婆猪（母猪），个头比较小，后来厂建起来了，就养到厂里了。

访谈员：那您说的第一批鸭子是养了多少只？

受访者：买了 500 多只，病死了 200 多只。

访谈员：500 多只鸭子要多少钱？

受访者：一只鸭苗 6 块钱。

访谈员：那 500 多只，一共三四千块钱？

受访者：差不多。

访谈员：那之后是不是又要买饲料？

受访者：最开始的时候要喂饲料，鸭子小的时候不喂饲料长得慢，容易生病，饲料里有抗病的，只喂了一个月饲料，之后就把鸭子放出来，吃谷（稻谷）啊什么的。当时喂饲料花了一两千块钱。

访谈员：放（鸭子）是在哪里？

受访者：就在我们这里的小河沟，那个时候人们都已经用机子割了谷，稻穗掉在田里的很多。

访谈员：后来肥料没有花什么钱？

受访者：嗯，饲料方面的开销就省了很多。

受访者：鸭子小的时候不能让它们堆在一起，堆在一起就发热，一发烧命就不长，一两天就会死，成批地死。那个时候一天只能睡两个小时，总要起来赶它，不能堆到一起了。

访谈员：好辛苦。

受访者：一开始几天要特别注意。

访谈员：那您和叔叔是住在那里吗？

受访者：只能住在那里，在那儿专门弄了一间屋。

访谈员：您说的病死了 200 多只是因为什么？

受访者：一部分是因为刚开始养的时候没有照顾好，太瞌睡，鸭子都堆在一起发烧死的。还有一部分是天气刚冷的时候，把鸭子赶到猪圈里养了几天，有点交叉感染。后来在外面围了一片地方当作鸭舍，鸭子就没病。

访谈员：您养鸭子之前有没有去学过怎么养？

受访者：一开始学过，但没想到不能放到猪圈里。

访谈员：之前叔叔（上门女婿）专门去学过？

受访者：之前你叔在老家里养过，但是没养这么多，最多也只养了 100 多只，养了几年。你叔还是蛮有养鸭子的经验的。

访谈员：8 月份养的鸭子，什么时候可以卖？

受访者：3个月就长成了大鸭子，每一只有3斤多到4斤。这种鸭是肉鸭，外面人们卖的卤鸭什么的都是饲料鸭，一两个月就长大了。

访谈员：那您养的鸭子算是绿色有机呢。

受访者：我估计是的，鸭子吃稻谷长大的，做出来的味道特别正，来我这儿买鸭子的大多数是附近的人。大家都喜欢炖着吃，到后来还少了（不够卖）。

访谈员：买的主要还是这个村里的人？

受访者：是，刚开始卖40块钱一只，有人就说好贵，后来买过的人都说好吃，就都不觉得贵了。

访谈员：那销路很好了。

受访者：主要是特别好吃（很自豪，这句话重复了两三遍），赶着养或是散养的鸭子和关着养的鸭子味道很不一样。散养的鸭子炖出来很远就能闻到香味。

访谈员：那以后还准不准备再养鸭子？

受访者：当然养，今年8月份的时候就养。

访谈员：最初建厂的时候村里有没有帮什么忙？

受访者：去年有政府奖励，一次性发放两三千块钱，村里还要给1500块钱，不过现在还没有兑现。①

访谈员：建厂买地的时候村里不是也要帮忙？

受访者：地皮是私人的，村里帮不上忙。到厂里去的路也是后来修的，只能摩托车上去。

访谈员：跟私人买的时候人家有没有不愿意什么的？

受访者：没有，人家买了地皮没有建房子，现在不愿意在山上住，把家搬到别处去了。

访谈员：养鸭子除了交叉感染，到卖的时候没再遇到别的问题？

受访者：后来挺顺利的，只是刚开始卖的时候不管你卖多少钱，别人

① 这里是"发展畜牧业专项资金"，一年一两千块钱，一次性的奖励。

总说贵，但吃过之后觉得味道很好，就不觉得贵了。

访谈员：有没有想着把鸭子放到网上卖？

受访者：那个时候我们没想那么多，有些人说好吃但是觉得鸭子毛很难办（处理），之后我们把一些鸭子的毛拔了再卖，卖45块钱一只，这样的更好卖。杀鸭子加拔毛，弄得干干净净，但一天最多弄20多只。如果明年弄得多，就要买一台脱毛的机子，全靠手的话太慢。

访谈员：有没有想到卖到餐馆里？

受访者：餐馆老板想提利润，买这种鸭子不划算，他情愿去买冷冻的鸭子。

访谈员：所以还是卖给私人好卖？

受访者：1000多只都在附近的村里卖了，今年还是养得少了，鸭子卖完后还有很多人找来要买。这一年赚没赚到什么钱，就当找个经验。

访谈员：您和叔叔在办厂之前是干什么的？

受访者：就是干农活儿，种庄稼。孩子的爷爷奶奶身体不好，离不开人，如果你叔出去打工了，我一个人在家很多重活儿又弄不动，我如果出去，这孩子和他姐姐都在读书需要照顾。

访谈员：那您和叔叔没在外面打过工吗？

受访者：孩子他姐姐（16岁）出生前，我在外面打工，因为孩子爷爷奶奶身体不好，之后断断续续地，出去一阵子再回来一阵子。他爸爸也是断断续续地在外面打过工。

访谈员：叔叔在外面打工的时候是做什么的？

受访者：在磨具厂、五金厂，什么都做过。

访谈员：那是怎么想到养鸭这些的？是因为种庄稼不赚钱吗？

受访者：出去不了，所以才一边种着庄稼，一边养些东西补贴家用。

拉家常中。

访谈员：您家养了鸭子之后还养了什么？

受访者：在家里孵了六七十只小鸡，在养鸭子之前，三四月份养了70多只鸡。

访谈员：那个时候厂建好了吗？

受访者：说是厂，其实只是两间房子。我和你叔之前打工也没存到什么钱，只够盖两间房子。

访谈员：那您建厂的10万块钱是怎么拿出来的？

受访者：平日里省出来的，还有借来的。

访谈员：这样的情况不是可以去找村里帮忙办贷款吗？

受访者：无息贷了5万块，两年之后要还。[1]很多年前就想养猪，就是没有资金。最开始去借钱的时候村里说不可以，没有指标。后来工作组的姚行长（麻城市农行的行长）帮的忙。[2]之前姚行长主要是负责我们村里的四家进行精准扶贫。后来好多人都贷款了，主要是姚行长大力帮忙。

访谈员：养殖应该不属于贫困户吧？

受访者：那是没有搞养殖的时候，我和你叔没有办法出去，姚行长就问有什么想法没有，到哪儿去打工什么的，我就说打工的地方有是有，但是走不开。你叔是一开始就想搞养殖业，之前还养过牛，只是没有搞成功，主要是没有资金。

访谈员：那是多少年前？

受访者：16年前，我们刚结婚的时候，那个时候喂了几头牛，牛总要人牵着去放，所以又改成养羊，养了20多只，羊也没赚到钱。之后就放下了养殖业，两个人一起去外面打工了。

访谈员：之前养过这些应该还是有经验？

受访者：主要是你叔在管理。

访谈员：养的是黑山羊吗？

---

① 这里是"小额信贷扶贫资金"，为精准扶贫户提供的，不需要提供抵押什么的，需要由村里上报，之后信用社审核信用情况。全村申请了49户，每户5万块钱，前三年国家贴息。

② 这里的"工作组"是"扶贫工作队"，姚行长是麻城市农行的行长，是他们家的帮扶责任人。

受访者：杂得很，各种羊都有。

访谈员：家里的六七十只鸡卖了吗？

受访者：公鸡有三四十只，一只卖60块钱，母鸡有20多只，一只卖120块钱。母鸡留着让它生蛋。土鸡蛋卖了好多，1块2毛一个。

访谈员：那您感觉养什么比较赚钱呢？

受访者：养鸭子和鸡比较赚钱，因为鸭子长得快一些，都是散着放，而且鸡苗是自己的鸡孵出来的，成本小些。

访谈员：鸡要养多久？

受访者：半年。3月份开始养，9月份就开始生蛋。

访谈员：养猪是什么时候？

受访者：前年，主要是养母猪，到现在已经生了两拨。其中有段时间还听说今年行情会不好。

访谈员：是今年的非洲猪瘟吗？很多地方的猪圈都拆了。

受访者：在那之前，听说很多地方不让养猪，说把环境污染了。我就想反正是自己养的母猪，猪苗也不花钱。行情不好的时候就稍微少养一点。我们家只要一杀猪，上下垮里的人就买完了，土猪肉很好吃，很好卖。

访谈员：那您家一般养多久再卖呢？

受访者：养土猪时间好长，要一年。

访谈员：一共有多少头土猪？

受访者：大大小小的不足20头，过节时就杀1头，现在还剩下8头，2头母猪，6头小猪。

访谈员：一头猪大概卖多少钱？

受访者：看大小。我们这里的土猪肉好吃些卖14块钱一斤，一头猪不可能都卖完，能卖两三千块钱。但养猪的饲料需要很多，成本不小呢。

访谈员：那一头猪能赚多少钱呢？1000块钱可以赚不？

受访者：赚不到，只能赚几百块钱。猪吃的麸子都涨了价，80块钱一包，隔不了多长时间就要去打糠。

访谈员：只吃麸子吗？

受访者：还吃花生禾糠、米糠，现在家里没买到机子，还要拿到别人家里加工。去年的时候还种着玉米给它吃，有的时候还买玉米喂它。猪小的时候喂饲料，饲料中添加了抗病的，但喂饲料长成的猪又不好吃。

访谈员：这样的话，那一年收入是多少？

受访者：总是感觉像没有什么收入一样，赚了钱又投到里面去了，家里存不下钱。

访谈员手记

这位养殖户的产品多样，包括鸡、鸭、猪、鸡蛋等，虽然都是初级产品，也不涉及产品的加工、产业链的延伸，但是带有生态、无污染、绿色、土产品等标签，因此从目前来看销路很不错，甚至有供不应求之势。但是总体看来，规模比较小，当规模扩大之后，市场是否会出现饱和、销路是否依然这么好，这是值得他们思考的问题。

（访谈员：郑州大学　何诗弦）

湖南省武冈市邓元泰镇华塘村村支书访谈

受访者基本情况

性别：男

年龄：56 岁

籍贯：湖南省武冈市邓元泰镇华塘村

婚姻状况：已婚（老婆已去世）

文化程度：高中

村委职位：党支部书记

访谈地址：湖南省武冈市邓元泰镇华塘村综合服务平台

访谈时间：2019 年 1 月 29 日 9：30

　　华塘村位于武冈市（被称作"卤菜之都"），靠近邓元泰镇，一共有 4705 个人，1153 户，占地面积 9.97 平方千米，以前大家都是种田，后来有人开始种西瓜，现在种的种类更多，有种葡萄的（葡萄园，夏天生意还

是不错的，可以自己去园里采摘），养青蛙的（两个），还有包田的。近年，村里很多人家都盖起了新房子，但也有几间是政府给修的贫困房。大家大多是出去打工，在家做生意的也是从事农业生产，资助政策什么的基本没听说过。

2019 年 1 月 29 日，我去采访的村委（华塘村）书记，因为我爸也在，他比较了解情况，而且认识肖书记，所以聊天气氛很轻松。我去之前先给书记打了个电话，确认他在村委办公，到了之后，有个人正在跟肖书记讲事情（主要就是山林承包纠纷），我就坐了一会儿。肖书记忙完后，我跟他说明了我们的调查目的和主要内容之后，访谈就开始了。

访谈员：肖书记，您好！

受访者：你好！（一直微笑着，感觉很和蔼温和）

访谈员：我们学校有一个关于三农问题的项目，想要调查一下农民工的返乡创业情况。

受访者：好，没关系，你问吧。

访谈员：好的，谢谢！（然后我就开始了）首先需要了解我们村的基本情况，我们村大概一共有多少个人？

受访者：我们村里有 4705 个人（脱口而出）。

访谈员：有这么多？

受访者：嗯，共有 36 个村民小组。之前我们村里贫困户就有 151 户，共 509 人，现在只有 14 户，44 人没有脱贫。

访谈员：我们村一共是多少户呢？

受访者：总共是 1153 户。

访谈员：1000 多户啊。

访谈员父亲：现在的村是两个村合并后的。

受访者：村子的占地面积比较大，有 9.97 平方千米，哈哈（自豪地笑了一声），是（邓元泰）镇里最大的一个村。

访谈员： 这么大的一个村，就业情况怎么样呢？例如，大概有多少人外出打工呢？

受访者： 我们村外出打工的人比较多，基本上占劳动力的 60%。

访谈员： 那在家里的几乎就是老人家和小孩子了？

受访者： 对，就是小孩子和老人，留守儿童和孤独老人哪。

访谈员： 年轻人都出去打工去了，岂不就没有人在家里做生意了？

受访者： 年轻人从事农业生产的很少，嗯……（思索了一会儿）大概只有百分之几的劳动力全年从事劳动生产，还有一些劳动力就是一边从事农业生产一边打零工。

访谈员： 那有多少人是自己在村里创业的呢？我们村不是有开葡萄园、包田的吗？

受访者： 包田的都是外地人，小部分是村里人。

访谈员父亲： 还有搞青蛙养殖的，也是外地人。

受访者： 对，因为我们农村是实行土地流转，所以现在外地人大多来这里搞创业。

访谈员： 那本地人在这里做生意的有多少？

受访者： 我们村很少做生意的。

访谈员： 我一路看到不是有很多土地种西瓜吗？

受访者： 种西瓜不是做生意，还是属于搞种植。但现在我们村种西瓜的还是比较多的，至少每年有四五百亩土地种西瓜。

访谈员： 我见到村里有 100 多亩是用来养青蛙的？（因为在采访之前我跟我妈去村里走过一圈，所以大概知道田地主要是种西瓜和葡萄，还有养青蛙和养猪。）

受访者： 对，那 100 亩地是用来养青蛙的，我们这边熟的青蛙肉是 38 块 / 斤。

访谈员： 养青蛙的人也不是我们村的？

受访者： 对，不是我们村的。

访谈员： 那是不是好多这样的都不是自己村里人搞的？

受访者：嗯，村里年轻人一般的都出去打工挣钱了。

访谈员：一般都是去哪里打工呢？

受访者：一般是广东、深圳，我们村去外面办扶手厂的也还是比较多的。

访谈员：我二爷爷家就是做扶手的。

访谈员父亲：嗯，做扶手人挺多，我队上都有十多户。

受访者：对。我们村里几十户在外面开扶手厂，都还挣到些钱呢。

访谈员：现在有多少打工的人回来？

受访者：陆陆续续回来的人还蛮多（具体的也不清楚）。

访谈员：那为什么都是外地人来我们这里包田呢？是技术问题吗？

受访者：对，因为我们村里的人还缺乏相关的技术。

访谈员：说明外地人在我们这里包田能挣到钱。

受访者：是，但也能够为我们这边解决就业啊，就是说大多数的老人还是能够适当地为这些承包者做点事，承包者得到了便宜的劳动力，老人实现了再就业，不至于无所事事。

访谈员：现在不是有鼓励返乡农民创业吗，有哪些项目？

受访者：国家是有个鼓励返乡农民创业的好政策，（沉思了一会儿）但是我们村里人在外面都是做小生意的，回来后不知道做什么，就是有几个想创业的，也是做扶手。

访谈员：就像我二爷爷。

受访者：对，在家里做扶手，只知道做这个了，不过主要还是没有掌握相关的技术。

访谈员：像进鞋厂也学不到什么技术，都是贴标签之类的单一工作。

受访者：对，它是单一的技术，比如，贴胶的贴胶，做面子的做面子，这技术太单一了。

访谈员：这样连一双完整的鞋子都做不出。我们这里是立了项目才会有补贴的，对吧？

受访者：（沉思一会儿）对，现在粮食项目就是这样，达到一定规模才会有补贴的。

访谈员：那个 100 多亩养青蛙的呢，有补贴吗？

受访者：他这个项目到底有没有补贴，现在我们还不知道。

受访者：补贴要自己申请，还需要立项。

访谈员：然后再审批？

受访者：对，要等相关部门审批，通过审批以后，如果国家有关于这一方面的扶持政策，就可以得到扶持补贴，比如，我们村里的那个猪场，它有母猪补贴、生猪养殖补贴，样样补贴它都有。

访谈员父亲：都是畜牧局补贴的。

访谈员：从申请、立项，到审批一共要多久呢？

受访者：至少上（超过的意思）半年。

访谈员：那就是项目已经在运营了，流程上却还在审批？

受访者：对，建设猪场的时候就要开始准备申报审批。

访谈员：那我们村资助政策的实施有什么问题吗？

受访者：政策上没什么问题，只是立项的少，但只要是政策有的，基本上还是能得到落实。

访谈员：看来我们村的扶贫政策做得还可以。

受访者：我们村里扶贫结果是经过了省里的调查评估的，通过他们的三方评估，也没查出什么问题。

访谈员：验收过的？

受访者：对，确定是脱了贫的，我们村里来了几十个嘛（专家），做了项目调查。

访谈员：那我们村的扶贫政策实施得还蛮好的。对于鼓励返乡农民创业方面有什么意见与建议吗？

受访者：对回乡农民工，政府或者是其他的什么（机构），在技能方面加强培训，但是蛮多人不愿意去培训，我们这个地方的人思想没有那么（上进），你组织他去做点什么，他就说"不去"，一般出去打过工，然后回来之后就是耍（玩），都是这样的，不愿意去培训。

访谈员：如果是政府组织培训，他们不去的话也不行吧？

访谈员父亲：那样的话，我们是要去的嘞。

受访者：在我们湖南省打工，工资比较低，一般就是两千多块钱一个月（我觉得应该相当于当学徒，有学徒工资）。

访谈员：技能培训期间可以自己开店吗？

受访者：可以啊，但是只要你有这个技能，有这个能力、资金，国家也给予一定的支持，贷得到这个款，也就是创业资金，然后自己开店。

访谈员：创业贷款我们这里是怎么样拿到的呢？

受访者：得是个人申请，或者是做项目的话，有项目书，就可以贷得到款。

访谈员：那要什么抵押吗？例如房产证啊什么的。

受访者：如果是做项目或者发展农业生产的，小项目也不要什么抵押，申报就可以了。

访谈员：那有利息吗？

受访者：要利息的，但是利率低一点，我也搞不清，（语气突然坚定）创业资金的利息要低蛮远。

访谈员：只要是银行都可以贷得到吗？还是只有农业银行？

受访者：农业银行、信用社和建设银行都可以，之前有人在我这里签了字，是到建设银行贷款，最后贷到了。

访谈员：那可能只要是银行都可以。我们这里有什么特产（发展优势）吗？

受访者：没有什么特产。

访谈员：那为什么叫李子园呢？

访谈员父亲：那只是个地名（笑声）。

受访者："李子园"这个地名至少也有上百年的历史了，过去这里可能是李子比较多，或者是当时起名的时候有个人就叫这个名字，具体为什么叫李子园，我也不太清楚。

访谈员：那卤豆腐呢？

受访者：那是武冈的特产，我们华塘最出名的就是西瓜。以前西瓜田、柑子园特别多，但是慢慢地就没有了。

访谈员：不种了？

受访者：挣不到钱啊，以前柑子刚开始的时候，还是6毛钱一斤，工价几块钱一天，后来工价涨到100块钱一天了，柑子才只涨到一块钱一斤，所以说这个差价太大了，老百姓挣不到钱，就不种了，之后没有几年这树就死了。

访谈员：就没有人管了？

受访者：挣到钱管起来才有劲，挣不到钱就没去管了。

访谈员：也就是说，原来工资低的时候，柑子的价钱也低，后来工资高了之后，柑子价钱也没有上来，只涨了4毛钱。

受访者：现在200块钱一天的工资，柑子也只有两块钱一斤嘛，差价隔了几倍。

访谈员：不捞钱。

受访者：对，但是种西瓜可以啊，种西瓜调（批发的意思）的话也调得起一块多钱一斤。

访谈员父亲：调的话，去年是一块多钱一斤，前年是两块多一斤。

受访者：一年也挣得到几千块钱呢。

访谈员：是麒麟瓜。

受访者：也有种大棚的，但是规模都不大，规模大了奈不何（因为劳动力少，而且以年老的居多）。

访谈员：我们村的主要收入是种西瓜？

受访者：我们村里经济收入主要还是打工收入，这个种与养什么东西，都是小规模、小成本的，只能养活自己。

访谈员：现在村里不是没有几个人种田了吗？

访谈员父亲：对，田现在尽包给别人了。

受访者：种田的现在亏本，都是宁愿出去打一天工，也不愿种田。比如，你种一亩田，我打1000斤谷，只卖得1100块钱，还要除去头本、人工、机械、化肥，除去自己的劳动的话，至少要700块到800块的成本，这样算下来收入就只有300多块，而且还要去晒谷、收（谷），都要靠自己，把自己的工一算，一年只有 1100 块，所以说种田哪里有这么容易，在外面做得 10 天事，搞得不好就有 1500 到 2000 块钱，这钱买的谷就能吃一年，你在家里种田，你从 4 月开始播种，要到 9 月以后才能开始收获。

访谈员：种田确实是不容易。

受访者：嗯，所以说宁愿去打工。

访谈员：那以前种田呢？

访谈员父亲：以前都是自己出劳力啊，自己只要出化肥钱。

受访者：对，自己挣到自己的劳力，其实也没有挣到点什么钱。

村民：我种一年的红薯还不如别人去打一年的工。

访谈员：那我们这里估计也只有交通条件好一点了。

受访者：总的来说，交通还是比较发达的，高速公路就是从我们村里经过的，我们村到高速公路的出口都不超过 10 千米，还有省道 S119，就是门口那条路。

访谈员：再一个就是宽带的问题，我们村每家都有宽带吗？

受访者：现在我们每个村都宽带全覆盖了，有中国电信、中国移动，移动的网速慢一点，大概只有电信网速的三分之一。

访谈员：那还好，反正还有手机，宽带主要还是电脑用。

受访者：对，手机变得普遍了，我们村现在 4700 人，至少 3900 人都已经有手机了。

访谈员父亲：（笑着说）有手机的人起码占 95% 了。

受访者：除了老人小孩没有。

访谈员：那我们这里的年龄分布呢？未成年人有多少？

受访者：这个数具体没有统计过，只知道我们村劳动力的话大概占了 53%。

访谈员：那养老压力还是蛮大的，剩下的这 47% 都是要养的，几乎是一个人养三个人。

受访者：（翻了一下那个小本本）但是我们村里的老年人，60 岁以上的有 430 多人，80 岁以上的有 70 多人，100 岁的只有一个人。

访谈员：还是养小孩比较辛苦，挣钱也不容易。

突然，旁边一个村民提起来创业的事情。

访谈员父亲：创业哪里有那么容易？一需要技术，二需要资金。

受访者：若说创业的话，一是我们的地理位置有些偏僻，二是交通，虽然是方便，但是综合的区位优势不强，很难销售出去东西。

村民：我觉得我们村发展也确实是难。我们村里人去打工，挣到的钱都给小孩子读书或者家用了，攒不下钱。

受访者：发展潜力不大，只靠着打工挣钱。

访谈员：但这养青蛙不错啊。

受访者：养青蛙只能解决一小部分人的就业。

村民：前年要是晴得两个月不下雨，他们估计得亏完。

访谈员：对，还有去年遇到了涨水。

受访者：对，死了不少青蛙呢。

访谈员：好的，暂时先了解这么多，后期我有什么不懂的再来问您，谢谢肖书记。

受访者：好的，不客气。

访谈员手记

由于肖书记要去办公，所以访谈只能到此结束了，但是笔者觉得收获还是蛮多的。走出村委会，在公告栏看了一会儿，这里一般会有一些关于扶贫政策或者鼓励返乡农民创业的政策文件的公布，但是笔者却并没有看见，只有武冈市村级人口和计划生育工作村务公开栏。带着一点失望，我就跟我爸回了家，我觉得我们村里确实是没有什么创业活力。除非你特别关注，而且有创业资本的人，或者有胆量去冒险，去银行贷款的人，不然一般的人都不知道有这个政策，特别是在外打工的人和已经住在城里但是户口没迁走的人，这样就很容易造成和技术、资金擦肩而过。这很可惜的，所以还是要大力宣传政策，让更多人知道，并且鼓励大家形成一个创业的氛围，大家有钱一起赚，一起富起来！所以，笔者认为村委会的作用至关重要，它是连接政策与农民工的桥梁。因此村委会一定要做好宣传和带动作用，让农民工积极地利用现有条件，积极创业，争取得到国家的帮助，同时帮助整个村富起来！

（访谈员：宁波大学外国语学院　夏慧）

一位勤劳肯干的养猪场场长

受访者基本情况

性别：男

年龄：62 岁

籍贯：湖南省武冈市华塘村 10 组

婚姻状况：已婚

文化程度：初中

打工时间：20 年以上

（先前就是自己开扶手厂，再后来就是回来开养猪场）

创业类型：正在创业

创业地点：湖南省武冈市华塘村 10 组（我家对面山上）

将近过年，武冈的冬日阳光还是炎热无比，我又开始了新一天的调研访谈。我是从我爸那里听说的，对面养猪场新开起来了，那块地方以前是

卖给了一个学校当研究基地的，但是一直空闲着，所以就租给了养猪的人。先前是一个姓肖的老板在养猪，养香猪（黑黑的），12元一斤（当时普通的猪肉一般8元一斤），差价太小，香猪投入大回本慢，而且也很难养，只吃青饲料，要一年半才能长到100多斤，所以后来欠债越来越多（入不敷出），就开不下去了，才有现在这个养猪场。这是一个姓罗的老板，做饲料生意，名下开了几十个养猪场，用来销售饲料，技术人员也是他们公司派来的，不过由于他是外地的，回去过年了，所以未能采访到他，只采访了场长。

我去的时候，场里放假了，所以应该不是很忙，我走了十几分钟后就到了。首先见到的是一块大招牌"武冈市鸿兴龙邓元泰镇李子园养猪场"，然后还有一个告示"外来车辆和人员一律禁止入内"。我先去大门旁边的消毒室里进行了几分钟的消毒。

消毒室

进去后看到了一辆卫生车（用来运猪的排泄物的），还有一片桂花树（是之前那个肖老板种的，还连着原来的猪栏一起卖给了他们），接着，我遇到了正在喂猪的一位工作人员（场长的爱人），

她热心地带我们去找场长，我们在路上交谈了一番：

访谈员：今天气温都到27℃了。

受访者爱人：下雪的那时候猪场超过30℃。

访谈员：（惊讶）这么高的温度猪不是都热坏了？

受访者爱人：它怕冷啊，没有这么高的温度，猪就冷。

访谈员： 30℃是人工加热吗？

受访者爱人：（指给我看）用电嘛，用电热板和电热灯啊。

访谈员： 那喂猪不容易啊，以前喂猪还是在家里喂。

受访者爱人： 以前喂猪容易多了，现在喂猪，猪比人还要贵气点（音调突然升高，深有所感啊）。

访谈员： 大母猪当然得吃好点了。

受访者爱人： 不是，是猪崽崽，卖猪崽崽。

访谈员： 你们是卖猪崽崽，不卖肉啊？

受访者爱人： 不卖猪肉的。

访谈员： 卖猪崽要比卖肉挣钱吗？

受访者爱人： 那当然比卖肉挣钱啊。

看到这些新修的猪舍，笔者开始与旁边这位工友交谈。

访谈员： 这些都是今年才修的？

工友： 对，全是今年才修起的。

访谈员： 那去年呢？

工友： 去年是一些老栏啊，今年是拆了老栏换新栏。很多猪舍都还是扯了一张薄膜，还没有装好门。

然后我看到了一个机械化铲屎工具，还有很多树，夏天可以遮阴，给猪舍降温，夏天的话会开一路的风扇，还是很凉快的。

路过分娩室和育怀舍后我终于在最里面的房子里找到了受访者——养猪场场长，他正在统计做工的农民工的工钱，听说我的来意后，很快就同意了我的访谈请求。

访谈员： 您开猪场之前是干什么的呢？

受访者： 我是做木工的。

访谈员：您不是在外面开厂的吗？

受访者：在外面开了一个扶手厂。

访谈员：开得挺好的，怎么后面回来了呢？

受访者：开得好，但是之后把厂给了佳佳（他二儿子）管理，就没有做了。

103

访谈员：退休了对吧，之后在家里做木工了？

受访者：嗯，在家里做了三年木工。

访谈员：做木工蛮挣钱的。

受访者：在家里做了三年木工挣了点钱。说起开猪场，那天晚上罗老板打电话给我，说开猪场，只能参股，参了股才把队上人的工作做通了。

访谈员：这片山是我们队上的？

受访者：不是，是学校的，我们队上卖给学校的。之后队上人说要收回，经过反复协商，最后说用来开猪场。

访谈员：还好。

受访者：嗯，反正这块地学校没有人来管了，那个时候是卖给学校给学生做实验基地的，但是现在（猪场）是乱七八糟的，没有学生来，学校也不要这个实验基地了，就可以收回啊。

访谈员：这里原来是个实验基地啊？

受访者：对，之后罗老板同意我们参股了，参了股就开起了这个猪场。

访谈员：然后你就干起了场长？

受访者：没有，刚开始场长是别人当的，我是去年5月1号才来的，在这里搞管理，之后在这里把猪栏修起，然后回家里做了一年扶手，把家里的工做得差不多之后，因为猪场场长夏老三干了半年就不肯干了，要我进来。来了累死人了，比做扶手还累。

工友：今年因为是修猪栏，要累蛮多。

受访者：我刚进来的时候，天天开一辆耕草机或者割草机，每天累得全身痛。

访谈员：冒昧问一下，您场长工资高吗？

受访者：（笑了一下）场长的工资是场里最低的。

访谈员：那他们做工的呢？

受访者：一个月只有两千多块钱。

访谈员：不是还有分红吗？

受访者：没有，分红是给晴晴（他大儿子）的。

访谈员：你不是参了股的吗？

受访者：名义上是我参股，但实际参股的钱是晴晴出的，我只是在这里搞管理，他（罗老板）说（工资）多少就多少呗。

访谈员：才两千多块钱，太低了，让罗老板涨一涨工资。

受访者：这里的工人都有两千六百块钱一个月（他爱人也在这里喂猪），我是觉得我第一个参了股，既然来了，就要做好。虽然工资低，但也比做扶手挣的钱要多一半。

工友：而且还自由点。

受访者爱人：几乎天天都在这里忙，过不得年过不得节，过年的时候大年初二就来了。

受访者：今年拜年的亲戚来都没人接待。想起那个时候买这块地也是我起的头，吃了好大的亏。烟都买了好多，天天找人谈这事。

受访者爱人：不过，在这里住可以省下生活费，因为吃住尽在这里。

受访者：开了这个猪场，在这里搞管理，什么事都要你负责，要是没管好，别人会笑话的，会说办个猪场都办不好。否则，谁愿意吃住在这里啊。

访谈员：真的很辛苦，养猪不容易啊，对了，不是有那个农校会派指导人员来吗？

受访者爱人：派来的还不都是些大学生。

访谈员：是不用支付报酬的吗？

受访者爱人：那不是的，是要开工资的。

受访者：不是我们给开工资，是公司给他们开工资。

工友：那些大学生是饲料厂派来的，都是些兽医，都是专科的，他们是饲料厂开工资的。

受访者：因为买他们的饲料，所以才派人来啊。

访谈员：如果出了问题，就他们负责？

受访者爱人：出了问题就打电话，然后就会有人来。

受访者：这些"专家"尽是些兽医专科。

工友：大专学生和本科学生就不同了，本科生能到这里来？这里一般来的都是一些学兽医的大专生，现在是广东的和创公司在这里管，出了问题给他们打电话，他们就派一个"专家"来，其实就是个学兽医的专科生。

访谈员：太随便了（愤慨）。

受访者：一直就这样搞，没有人能奈何得了他。前面那个专家就不来管理我场里的问题，后来场里出了事，那个和创公司都不知道。之后来问当时的场长，问他打过那种疫苗没，那个场长说一直没有进过这种疫苗，之前购进的疫苗冰箱里还有好多，就说明那个专家没有用过，造成十几万元的损失啊，就这一阵子的事。

访谈员：那猪崽都死了？

工友：一天死了二十几头啊。

受访者：昨天送来了饲料，光是加药就加了四千，只能喂两天。

访谈员：成本大啊。

受访者爱人：都是些保健药。

受访者：主要是疫苗问题啊，要打国外生产的疫苗。后来和创公司就认为是自己发现出来的问题，和我们联系，其实不是他发现出来的，后来问这个场长打了活苗没有，场长说宫胎疫苗没打，最后猪崽死了四五百头。

访谈员：这么大的损失啊。

受访者：四五百头猪崽啊，和创公司就悟起（认为）是那个专家告诉我们的，其实是我们直接问那个场长的，不打不行嘛，没有进过这种疫苗，我这里没有挂起账。

访谈员：那这件事他们负责吗？

受访者：当然了，有钱在这里的，疫苗饲料和技术指导都由他们提供，要他们赔24万元，后来他们要了赖，就只要赔20万元。

访谈员：就是他们负责？

工友：是因为他们没有提供（疫苗），这损失不就是他们负责。

访谈员：那之后他们赔了吗？

工友：到现在还没有赔。

受访者：我们厂里没有做过生产报表，也没做过工作流程，所以当时不知道有没有打疫苗，然后我们就自己找了一个专家来打疫苗。专家来了后，说打不得，又回去了，就没有打，之后就开始死猪。

受访者爱人：这个单系猪很难喂养，美系猪好喂一点。

受访者：到现在已经淘汰几十头母猪了，猪崽死了四五百头，后备猪也死了好几头了，造成好大的损失。

访谈员：当时立项目没有补贴吗？

受访者：没有。

访谈员：银行贷款利息低吗？

工友：我们这种大型猪场贷不到多少款的。

访谈员：立了项目不是有农民创业优惠政策吗？

受访者：现在老板都是在借私人的钱运作这个猪场的，一块钱一月一分的利息。

访谈员：银行不起作用吗？

工友：没有担保，银行不借钱给你啊。

受访者：银行来猪场看了看之后，认为这个不挣钱，不能作为担保，就走了。

工友：可能是怕担风险，银行不敢贷。

受访者爱人：养猪总是要担风险的，比如非洲猪瘟，处理猪瘟都是用电打的，猪场全都倒闭了。

访谈员：罗总为什么要来这里开猪场啊？

受访者：他是个做饲料生意的，已经有一个公司叫鸿兴龙公司了，在武冈市可能是最大的一个公司。他是武冈市的饲料总代理，兽药总代理。

受访者爱人：是到处卖饲料、兽药的。

访谈员：然后就自己开猪场？

受访者：自己开猪场才有销路，才能卖得掉饲料，养猪的都要去他那里买饲料，他的公司也批发饲料给零售商。

访谈员：罗老板公司的服务范围很广呢，卖饲料、开猪场、猪场卖猪崽，买猪崽的人也要去他那儿买饲料？

受访者：对。

访谈员：买猪崽的顾客一般都是哪些人？

工友：大多是罗老板到处联系的一些客户。

受访者：绥宁那儿的人都来我们这里买。

访谈员：销售方面都靠罗老板吗？

工友：当然啊。

受访者：他名下有八九个猪场，去年关闭了几个，今年又建起几个。

受访者爱人：猪场里养了这么多猪崽，如果一个月没有销量，就不得了。猪崽就长到四五十斤了。

访谈员：那就不是猪崽了啊，用来当胖猪养算了。

受访者爱人：如果没有老板推销，估计就得这样了。

受访者：那八九个猪场中有两个是卖猪崽的，一个是这个，一个是邓家铺猪场，其他的是养胖猪的（用来卖猪肉的）。

工友：如果不这样，猪卖得完？

访谈员：销售渠道是网上销售的？

受访者：可以自产自销的嘛（卖给其他的猪场用来养大再卖猪肉），不愁。

受访者爱人：前一阵，一只猪崽四五十斤，每只只有400块钱左右，当时没有卖，谁知长着长着就40多斤一只。

工友：猪就是越大个越好。

访谈员：（疑惑）那是大个的值钱还是小个的值钱啊？

工友：那肯定大个的值钱啊。

受访者爱人：每头猪要30斤以上，30斤才能卖400多一头。

访谈员：那养到 50 斤还卖得掉吗？

受访者：卖得掉，刚开始是 600 块钱一头，不过，马上就跌到 400 块钱一头了。

工友：那纯粹是亏，如果一直是六七百钱一头，就能挣好多钱了。

受访者：刚建厂的时候是 900 块钱一头，也有 1000 块钱一头的，最高的有 1200 块钱一头。

受访者爱人：但之后因为猪肉涨价，到今年二三月份（农历的），也没卖出去一头猪。

访谈员：怎么回事？

受访者：养猪养不好，就挣不到钱。比如，价钱贵了猪卖不出去，价钱低了猪又太多。

访谈员：价格低的时候就是供过于求，那个时候还卖不掉吗？

受访者爱人：当然卖得掉，而且卖得太快。顾客来买猪，没有啊，猪太小，还没长到能卖的重量。

他开始算一头猪崽要多少成本：药品、饲料、疫苗等，加起来原来是 1 万多元，现在一个月恐怕是要 6 万元。

访谈员：那成本太高了。

受访者：多养了一些猪，虽然卖的钱翻倍了，但药品也翻了倍。

访谈员：是药品贵？

受访者：不是贵，是用得多。如果不给猪用药，猪得死完。

访谈员：成本还是要比售价低嘛。

受访者：怎么会？ 400 多块钱一头的猪基本上没有利润，因为养大一只猪的成本要 380 块钱左右。

访谈员：那要卖 400 块钱一头，每只就只挣几十块钱？

受访者：一头 400 块钱的猪，成本是 380 块钱左右，也有 370 块钱左右，但搞得不好也会是 410 块钱，每只猪如果用点药品，再多喂点饲料，它长得快一点，那不出问题成本就要到 410 块钱了。

如果母猪出问题，就完了，为了不让母猪死，需要注射 260 块一瓶的血清，这要是加到里面去，成本就高了。之前有一次，小猪活苗没有及时打，药品就花了一万多块，但不打的话，猪死了损失就是十几万块。

访谈员：那一头猪一次大概生多少只猪崽？

受访者爱人：有生十七八只的，也有生 20 只的。

访谈员：一个月大概会死多少？

受访者爱人：热天还死得少点，冷天死得多，因为热天有风机，冷天一生病可能就会死四五百头。

受访者：渠道里有水，夏天用风机吹到猪场，就是水雾，凉快得很，但也使得猪场里电费用得多，电费一个月最少两万多块钱，不过现在好了，政府对猪场有电费减半的补助，去相关部门办了手续后，现在每个月的电费只要几千块钱。

访谈员：别的企业有这个补助吗？

他：那没有的。

访谈员：损失的猪有没有补贴？

工友：没有，只有给母猪入保险，死了后有保险赔偿，1000 块钱一头。

受访者：但是入保险也要先交了钱才行，而且死一头母猪才赔偿 1000 块钱。

受访者爱人：只有母猪才能入保险，猪崽就不行，但多数时候死的都是猪崽，前一阵下雪、下雨，一天死七八头，心疼得哟。

受访者：还有就是环保设施用钱用得太多，不用又不行。

访谈员：环保方面政府应该有补贴的。

受访者：有，但发到我们手里的很少。

工友：现在创业好难，没钱哪能创得起业啊！

受访者：没有在家里做扶手轻松啊。

访谈员：这生意是罗总的，您不是只拿工资吗？

109

受访者：没这么简单，我是参了股的，猪场盈利的话要分红的。猪场到现在为止投资了五六百万了，利润却没有多少，但是罗老板可以从卖饲料和兽药挣到钱，那个钱就是人家自己的了。

访谈结束后，我跟一位工友边走边聊。

访谈员：上个月死了多少头猪啊？

工友：死了四五百头吧，所以又请这个场长来了，之前那个场长管理不好，总是死猪，这个场长是负责管理设施，那个场长就让负责配种和抓猪。这个月又死了300多头。

访谈员：怎么回事？

工友：那个时候天气太冷，就拿薄膜把装满猪的车给全部封了，谁知道运到那里就闷死了，那个薄膜封得太严实了，一次损失就是一万多块啊。

访谈员：那猪场一年能挣到多少钱？

工友：那要看猪的行情，如果行情好一年就可以挣几百万块，听说风云坑的那个猪场，如果行情好，每个股东就分得到四五百万块，他们那里都是大股东，一年能挣一千万块。

风云坑的猪场旁边的水库 库长公示牌

访谈员：好的，谢谢，我要了解的暂时就只有这么多了，如果还有不懂的我以后再来问您。

工友：好。

访谈员手记

　　我的访谈到此就结束了，我的感受就是创业在我的家乡不兴盛，老百姓没有激情创业，主要还是因为创业太难了，成本太高，而且政策承诺的补贴没有到位，政策宣传也不到位。就像这个养猪场，只有用电的补贴，其他的环保补贴和政策补贴都没有享受到，所以导致创业困难重重。我认为国家光有好的政策，但地方没有实施好，是没用的，只有地方政府都支持了，成了创业者的坚实的后盾，这样农民才能有激情回乡创业。

（访谈员：宁波大学外国语学院　夏慧）

创业受挫壮志未酬的农民工

受访者基本情况

性别：男

年龄：52 岁

籍贯：湖南省武冈市邓元泰镇华塘村 10 组

婚姻状况：已婚

文化程度：初中

打工时间：1991 年至今

创业类型：创业失败（开瓦窑，贩卖水果等）

创业地点：湖南省武冈市邓元泰镇华塘村

访谈时间：2019 年 1 月 24 号

武冈市是一个历史古城，是"卤菜之都"，最著名的就是卤豆腐，但是由于卤豆腐保存时间不长，而且外面吃的口味不一样，所以卤豆腐并没

有传播得很远。著名的卤豆腐品牌也不多，例如法新豆腐、多磨好吃等。所以这里主要还是以农业、种植业为主。我采访的这位是一位老农民，年轻的时候也曾出去闯荡过，经过一番交谈，发现他知道的也很多，所以选择了他作为第一位访谈对象。在场的还有他妻子，主要在家做家务和当季卖葡萄。讲明来意后，他愉快地接受了我的访谈。

访谈员：您今年多大了？

受访者：52 岁了。

访谈员：您在家里做工之前去外面打过工吗？

受访者：去广东打过工，和孩子他舅舅一起去的。

访谈员：是去打的什么工呢？

受访者：建筑工，那个时候我大女儿刚出生，我就出去了。

访谈员：您当时有自己创业当老板的想法吗？

受访者：有，但是心有余而力不足，主要没有资金。

访谈员：现在为什么会创业呢，是因为有了资金吗？

受访者：因为车子（拖拉机）没有生意，只有去自己做生意。

访谈员：哦，可是卖一车西瓜不是要更挣钱一点吗？

受访者：卖一车西瓜，一天也只能捞（赚）两百多块钱。

访谈员：可我记得两千多斤西瓜就能赚几百呢？

受访者：赚五六百块钱，那得要两天时间啊。

访谈员：那卖葡萄挣钱快一点吗？

受访者：卖葡萄轻松一点，村里有一个葡萄园，去那里批发，然后再在家门口摆个摊卖就好了，但需要凌晨三四点就起来，去摘葡萄、摆摊。有时候生意不好，卖不完，剩下的葡萄过了夜颜色就变了，往后降价也不好卖，因为大家买葡萄都是挑颜色新鲜、味道甜、还便宜的；卖西瓜还要去人家茅坪西瓜田里摘，再运到城里去卖；收谷子是寒月里，没有生意的时候到农户家里收谷，然后到大米场去送；卖甘蔗是去水果市场批发，然后下乡去卖。

访谈员：之后不再收谷了是因为谷是润的，不好卖？

受访者：嗯，一是有些谷润，二是收谷子的差价小，挣不到钱，三是农户慢慢都有了车，可以自己送到粮站卖了。

访谈员：收谷的时候看不出谷润吗？

受访者：看不出来啊，农户们把润谷放在袋子下面藏着，袋子上面给你放点晒干了的，我不可能一袋一袋地倒出来检查。

访谈员：那为什么不卖西瓜了呢？

受访者：西瓜也不好卖。

访谈员：对，外地瓜来了，还比本地瓜便宜。

受访者：是。

访谈员：那您现在是在做什么呢？

受访者：现在是在搞运输和做小工。

访谈员：您之前去广东打工的时候顺利吗？

受访者：那真是最困难的时候啊，那个时候我们连饭都吃不起，在广东做了三个月工，都没有得到一分钱。

访谈员：打工没有挣到钱？

受访者：被骗了，和孩子他舅舅一起做完了那个工地上的活，等着领工资，谁知道包头拿钱跑了，那个时候去了十几个（农民工），没有一个人拿到钱。

访谈员：那你们是怎么回来的？

受访者：之后只能又重新给别人做了点工，攒了点路费才回来了的。

访谈员：您回来之后就是开拖拉机吗？

受访者：没有，回来后去做瓦。又做了两年瓦，有了点钱才买了辆拖拉机，开拖拉机。

去广东打工之前他在家里和四五个人合伙开的瓦厂，开了三年，后来大家觉得利润不高，而且特别辛苦，要24小时在那里看着那个窑的火，不能让它熄灭，还要自己挑担子，太累了，就散伙了。他用赚了的钱买了一辆烂拖拉机，没挣到什么钱，就又去广东打工了。回来后又做了两年瓦，这次是给别人打工，结果窑要拆了，就又回来开拖拉机了。因为他们这里治安不好，买了一辆新的第二天就被偷了，没办法又买了一辆。

访谈员：那您还会尝试再次创业吗？

受访者：不想了，年纪大了。现在只想把儿女养大（供完大学）就可以了。

访谈员：您对于现在的农村创业扶持政策了解吗？

受访者：农村创业扶持政策？了解得不多，我们这里也没有人来指导。

访谈员：那我们村有人创业吗？

受访者：有倒是有，就是不多，就有些养青蛙的、包田的。

访谈员：包田的有补贴吗？

受访者：有补贴。

访谈员：那养青蛙的呢？

受访者：养青蛙的可能没有补贴，因为没有立项目。

访谈员：去年涨大水，青蛙全都跑完了，养青蛙的岂不是亏本亏大了？

受访者：对，去年大家的青蛙都跑完了，亏了不少，有个人第一年养，谁知还涨大水了，他有点倒霉。

访谈员：第二年呢？

受访者：青蛙跑了后，亏了10多万元啊，他就去广东打工去了。

访谈员：葡萄园有补贴吗？

受访者：没有补贴，葡萄园是私人的，没有注册，就没有补贴。

访谈员：那个水果冰冻厂呢？

受访者：水果冰冻厂是水果冷藏仓库，前几年，有一个投资商，拿了100万美元来我们邓元泰这里修水果冷冻仓库，到国投所要场地，但是国投所不给他批，他就拿着钱回去了，回长沙开了一个宾馆，后来乡政府又派了人去找他回来，人家不来了。

访谈员：嗯。

受访者：他要租的那个地方是渔塘人的，那里有一个大岩洞，他打算利用岩洞把那里修起之后，把那个岩洞扩宽。乡政府不肯嘛，他就在隆回修起了水果冷藏仓库。

访谈员：嗯，那在隆回发展得很好？

受访者：当然了，水果冷藏仓库对当地人有好处啊。

访谈员：是啊。

受访者：一是增加了当地的财税，二是增加了就业机会，让大家有工作做，买水果还方便。

访谈员：政府要出台什么政策才会让您再次创业呢？

受访者：一是给我们贷款不要利息，二是地方政府要大力支持，派个技术人员来指导或者开个技术培训班，没有技术什么都干不了。

访谈员：现在农民若不是出去打过工，是不是就没有技术，只会种田？

受访者：对，在农村种田的农民哪来的技术，没有技术怎么创业？如果有专家来指导或者是在厂里学做点什么（在厂里打工），还差不多。

访谈员：您做生意的时间都不长啊，想过一直做生意吗？

受访者：暂时还没想过，因为现在有运输跑，就不想做生意。做生意太累，要起早贪黑，要天天走路，还要天天喊（吆喝）。

访谈员：但是做生意不比运输挣钱快点吗？

受访者：不快。做生意还不如跑运输，也就是拖货，拖货还轻松点，来钱还快点，要是有货拖谁还去做生意啊。

访谈员：那舅舅也是因为没有货拖才去种西瓜的？

受访者：嗯，对。

访谈员：好的，谢谢您的配合。

访谈员手记

　　访谈完这位农民工之后，我觉得他们真的不容易。那个时代，他们家里穷，读不起书，只能读完初中或者小学就出去打工做体力工作，直到现在有的农村的情况也是这样的。教育程度不太高，大多数人感觉跟不上时代的发展，所以教育对农村来说真的很重要。他们感叹还是现在的政策好啊，跟着党走富起来，鼓励创业的第一步就应该是政策落实到位，官员不中饱私囊，这样老百姓才有干劲，困难才会少一点，富起来的脚步才能快！

（访谈员：宁波大学外国语学院　夏慧）

六安市金安区施桥镇长冲村书记访谈

受访者基本情况

性别：男

年龄：46 岁

籍贯：六安市金安区施桥镇长冲村

婚姻状况：已婚

文化程度：初中

村委职位：党支部书记

访谈地址：书记的家中

访谈时间：2019 年 2 月 1 日 10：00

长冲村位于施桥镇南部，东、南、西、北分别与半店、高山、陈河、三口堰接壤，地理位置优越。全村有 25 个村民组，1455 人，劳动力 972 人，党员 38 人，村民代表 32 人，耕地面积 1784 亩。该村党风正派，民风淳朴，治安优良，一切工作开展顺利。村内有一个三口塘街道。村里主要生产水稻，灌溉方便。年产油菜、花生、棉花、大豆、玉米等粮食作物与经济作物共 2200 多吨。人均年收入 6000 多元。村内有水泥路三条约长 7.4 千米，县级公路六安至高山从该村横穿而过，交通方便。

因为年前有各种事情要做，所以快到年末的时候才有时间去采访书记，周五过去的时候，村部只有妇女主任在值班，其他人要么出去做工作，要么在家里面，赶巧的是书记没有外出，他家又与村部离得不远，因此我直奔他家，他正在售卖货物（开小超市），向他说明了来意，就开始了访谈，以下是访谈记录：

访谈员：我先了解一下村里的大致状况。

受访者：好，你问吧，我知道的都跟你讲。

访谈员：我们村有多大面积、多少人口、常住人口有多少？

受访者：面积大约 4 平方千米，目前总共 1501 人，其中常住人口 1472 人。

访谈员：我们村的男女比例、年龄阶层、劳动力状况这些大概是怎样，有具体数值吗？

受访者：这些数据我都存在电脑里，我带你去找一下具体的数据。

访谈员：好，谢谢，有具体的数据就更好了。

说罢，他带我到他房间里的电脑面前，我看到上面显示的是扶贫工作数据表，感觉书记还是挺为村民着想，即使在家里也一直在为村民服务。

受访者：你看，这表上显示着长冲村现有人口 1501 人，470 户，分为 25 个村民组，其中男性 804 人，女性 697 人，比例你自己算一下就好了。劳动力这个表上面，20—65 周岁的都算是劳动力，具体有 1022 人。

访谈员：那么村民的主要收入来源是什么呢？

120

受访者：本村的大部分村民都是靠种植挣钱，多数青壮年都出去打工去了。

访谈员：有专门做养殖的吗？

受访者：没有吧，虽然基本上每家都养一些鸡、鸭、鹅，但不是主要收入来源，养的都是自家过年吃的，不会去卖。

访谈员：那我们村里有没有企业？

受访者：有一家，就是养老院，这是有营业执照的小企业，其他的就是家庭合资开的小超市，还有个卖桃子的合作社。

访谈员：这种合作社的用处是什么？

受访者：村民们种桃子，桃子熟了后摘好交给合作社去卖，否则一家的桃子少，很难找到出货场地，而几家一起搞不仅卖得出去，也能交流种植经验。

访谈员：对于这些创业的村民政府有没有什么创业支持？

受访者：有补助。

访谈员：那具体是哪些方面呢？无息贷款，场地支持，还是别的方面的帮助呢？

受访者：贷款暂时没有，我们村一般补助就是种植业的补助。

访谈员：是直接给钱，还是其他方式的补助？

受访者：直接给钱。就比如搞桃园，国家给补助是一亩三四百块钱。

访谈员：是一次性补助还是每年都有这么多呢？

受访者：是一次性补助。

访谈员：您之前说的敬老院也没有贷款？

受访者：没有，敬老院目前还有证没办好，八大家的证都要办齐全，消防、民政等等。

访谈员：证不齐全怎么能开业呢？

受访者：营业执照办下来了，只是其他的证正在一步步办。

访谈员：我们这儿的创业政策具体有些什么？

受访者：现在主抓贫困户，贫困户创业能无息贷款，创业政策也是针对扶贫户。

访谈员：谢谢您的帮助，之后有些什么问题再问问您。

后期补充（通过微信询问）

访谈员：我们村返乡农民工创业的有多少人？

受访者：这个很少有，像我们村搞桃园的都是一直在家干活的，很少外出打工，村里面办养老院的倒是外出打工过，但他不是我们村的村民。还有一些农民工会回老家种田，因文化水平大多不高，很难去创业。

访谈员：村民外出打工主要做哪些工作？

受访者：那就多了啊，往浙江那边跑的大部分是去做抛光的，往江苏那边跑的大部分是建设队的，还有往上海广州那边跑的，钢筋水电工比较多。

访谈员手记

本次访谈匆匆忙忙，书记本人也有很多事在忙，因此只是大致地了解了一些情况。这次访谈后才发现，国家对农民工返乡的支持力度还是很低，或许是现在当前任务是全面奔小康，因此由上而下都是奋斗在扶贫的工作上，而忽略了其他的一些问题。对于扶贫的力度也很大，包括种植、养殖等都有较大的补助，还可以无息贷款，但其他的农民工很少能享受到这些福利待遇。

（访谈员：宁波大学法学院　胡正龙）

种桃人

受访者基本情况

性别：女

年龄：41 岁

籍贯：安徽六安（施桥镇高山村）

婚姻状况：已婚

文化程度：初中

创业类型：种植业

访问地址：访问者家中

　　本次访谈是在拜年的时候进行的，访问者与我本人有亲戚关系，恰巧他家种植了桃园，也算是农民工创业的一种，与我本次的访谈主旨比较契合，就对她进行了采访。去的时候男主人不在，去六安拿货去了。（他家本身是做水管维修的，现在的主业仍然是这个，种植桃园算是副业）早上去的她家，下午才有空接受访谈，因为当天来的客人比较多，我也不太好意思询问，等下午客人渐少，我才对她进行访谈。以下是访谈记录：

访谈员：桃园种植做了多久了？

受访者：到今年为止有八九年了。

访谈员：除了桃园，还有没有在其他行业创业过？

受访者：没有了，以前就是做工。

访谈员：为什么选择种植桃园这个行业呢？

受访者：人家介绍的，说种桃子赚钱，我们就种这个了。

访谈员：那么刚开始种植桃园的时候有什么困难吗？

受访者：那时候困难肯定多，什么都不懂。

访谈员：那是怎么解决的呢？找专业人士吗？

受访者：找了，得别人带着干，不然靠我们自己摸索，根本没办法做好，都是别人带着做的。

访谈员：这些专业人士是从哪里来的呢？是从政府机构请过来，还是别的种植户呢？

受访者：是萧县那边的种植户，他们那边搞桃园比较早，那里的人有种植桃树的经验，我们就请他们过来教我们怎么做，我们这边的气候不错，种植桃树也容易存活，结的桃子又大又甜。

访谈员：政府有补助方式吗？比如无息贷款？

受访者：款没贷过，这都是我们自己赚的钱投进去的。

访谈员：种植桃树没有借过亲戚的钱吗？

受访者：借过，但不是用来种桃园的，是办其他事的。桃园这个项目没有借过钱，都是自己打工赚的钱投进去的。

访谈员：那政府的补助形式是什么？

受访者：政府是一亩地补助一些钱，除了桃树，之前的油茶也补助了。

访谈员：是一次性给的吗？

受访者：一次性的，我家种植了七八十亩桃树，政府一次性补助了七八千块钱。

访谈员：这中途有没有什么亏本的？

受访者：刚开始都是亏本，头三年桃树要长，不结桃子，肯定不挣钱，就是近两年才有点起色，不过赚得也不多，主要看桃子的行情。

访谈员：您的桃子一般销往哪些地方？

受访者：销往上海，因为那边桃子价格高一点，赚得也多一点。

访谈员：怎么运过去呢？

受访者：自己开货车运过去。

访谈员：我之前听说您家养过牲畜，那个项目赚钱了吗？

受访者：之前是办过一个养鸡场，但没挣到钱，还赔本了。本来我们除了养鸡场还搞了一个鱼塘，听人家说这样能循环利用，但是办鸡场太麻烦，结果折本了，鱼塘还在管理，不过也不卖，只是放些鱼苗，让它自己生长，平时来客人会用渔网捕捉几条待客。

访谈员：您的桃树树苗都是从哪里搞来的？

受访者：也是萧县，我们的很多东西都是从萧县那边引进过来的。

访谈员：准备把桃园的规模扩大吗？

受访者：已经扩大了，去年扩大的，原来没有这么大。

访谈员：我们这附近有多少家种桃园的？

受访者：那就多了，很多家都在种桃园。

访谈员：种植桃树比较多的有几家？

受访者：我们村有三家，规模和我们家差不多，也有七八十亩。

访谈员：那这么多家都种桃园，竞争是不是很大？

受访者：我不知道别人的情况怎么样，反正我们家是卖往上海的，跟本地的桃子不存在竞争。

访谈员：那您是自己联系的买方？

受访者：对，我们自己联系，自己运输过去卖。

访谈员：政府除了之前的补助，现在有没有什么好的政策？

受访者：好像没有了。

访谈员：那咱们桃园收获所得需要给政府交税吗？

受访者：我们没交过税，应该不要交税吧，要交税的话上面应该就来催了。

访谈员：那政府应该是给免税了。您平时打农药、摘桃子、除枝剪丫不需要雇人吗？

受访者：要。

访谈员：一般一次雇多少人？

受访者：最少要四五个人，多的要十个，再加上我们自己家人也在忙，一年到头都要雇人。

访谈员：这些雇人的成本高不高？

受访者：大概一年要 15000 块钱。

访谈员：还有农药化肥之类的共需要多少钱？

受访者：这些要四五千块钱。

访谈员：今天的问题差不多问完了，如果还有别的问题微信问您吧！

受访者：好，还有什么事情你再问我。

后期补充：

访谈员：您认为您创业成功的原因有哪些呢？

受访者：也不算成功吧，毕竟还没赚到多少钱，我们也还在摸索中，不过别人给我们的帮助还是让我们少走了很多弯路，再加上现在桃子也比较吃香，我们这儿气候好，种的桃子比外面的桃子好卖点嘛，更有竞争力吧。

访谈员：您觉得还需要政府的哪些帮助？

受访者：政府的帮助已经不少了，不能什么事都去找政府，我们现在也在逐渐赚钱，算是比较满意的吧。

访谈员手记

这次调研发现了一些问题：很多农民能够享受到优惠的政策却不知道自己正在享受，很多农民都知道一些显性的政策，比如发放补助，但是一些隐性政策却不太知道，比如我发现很多家都没有交过税，但他们应该是享受到了免税的政策而没有意识到，还有些政策他们也不愿意去了解，或许也是相关部门没有宣传到位，使得他们没有渠道了解到这些政策。

（访谈员：宁波大学法学院　胡正龙）

村里的养老院：养老人也养自己

受访者基本情况

性别：女

年龄：55 岁

籍贯：安徽六安（施桥镇旗杆村）

婚姻状况：已婚

文化程度：初中

创业类型：服务业

访问地址：长冲村养老院

　　这次访谈是采访书记的时候向书记询问村里有哪些创业的项目，书记就跟我说了村里这家养老院，于是我马不停蹄地跑到养老院去做访谈。进门之后是一位护工接待我的，向她说明来意后，她说男老板刚刚开车出去，女老板正在后厨杀鸡，让我等一会儿。我观察周围的环境，首先感觉是整洁、干净，有几个老头、老太太边晒太阳边聊天，其乐融融，很温馨。

没有耽误很久，老板娘很快杀好了鸡，很热情地带我到食堂大厅并给我倒了一杯茶，我向她说明了来意之后就开始了本次访谈，以下是访谈记录：

访谈员：（腼腆一笑）您的养老院开起来几年了？

受访者：大概有 3 年了，2016 年建的。

访谈员：您以前有没有打过工？

受访者：有，不但打过工，在外面还创过业。

访谈员：您在外面创业主要是干什么的？

受访者：开抛光厂，干了有十几年，但是项目不好，亏了一些，然后就想回来创业，这次创业资金全部是借的钱，借了有几十万。

访谈员：您当年是怎么想着回家里来创业的呢？

受访者：我们自己年龄大了，都五六十岁了，还要照顾老人和小孩，不能出去打工，我们就回家来了。

访谈员：又是怎么想到开养老院的呢？

受访者：我们想为这些老人做做好事，行好善心，自己辛苦点都没关系，况且我们家里也有老人需要照顾，所以就在家门口开了养老院。

访谈员：看得出来，年前还杀这么多鸡给老人们改善生活。

受访者：伙食什么的都不错，我们养了不少鸡，偶尔会杀几只给老人吃。年前多杀点，让老人多吃点，荤菜什么的我们都会提供，除非老人不能吃荤。

访谈员：这些老人都是从哪儿过来的？是附近几个村子吗？

受访者：到处都有，月牙塘（隔壁村的）、张店（隔壁镇）、埠塔寺（隔壁的村）都有。

访谈员：这些老人是怎么过来的？都是自己找上门的吗？

受访者：都是自己找来的，家人们了解后，把老人送过来的。

访谈员：应该都是附近的人宣传的。

受访者：对，我们这儿生活环境、服务态度比别的地方好些，都愿意把老人们送到这儿来，刚开始第一年是初步建设，备齐了硬件设施，但那个时候确实没人知道，老人特别少。

访谈员：那目前养老院有多少人呢？

受访者：目前有 30 人，明年估计还要送来更多的人，我们现在有八十张床位。

访谈员：那挺好的。

受访者：主要是现在资金紧张，贷款也贷不下来。

访谈员：贷款贷不到吗？

受访者：贷不到，村里说是能贷无息贷款，但是就是贷不下来。

访谈员：这种事找村里面一般没有用，可以去找镇上，应该有用一点。

受访者：去找过了，他讲要房产证，但是我们这房子是租的，地皮也是租的，哪来的房产证？

访谈员：在长冲村租的吗？

受访者：对，在村子租的，这里原来是个小学，之后小学不开了，我就把它租来了。现在最大的困难就是没有钱。昨天还有干活的瓦匠来我家要钱，我老公刚刚还出去借钱去了，院后面的消防池子就花了有 40 万元，今年人住不下了，前面又盖了几栋房子，一栋房子 30 万元。

访谈员：除了没钱之外，还有别的方面的困难吗？

受访者：服务方面我们自己辛苦一点都无所谓，我们有创业的经验，也知道该怎么干，现在就是经济上非常困难。

访谈员：相关的证件都办下来了吧？

受访者：还没有，要把消防设施建好了，上面检查通过才给你办证。我们等于是白手起家，在外面办厂失败之后，身无分文回来创业，用的钱全都是借的。

访谈员：房子的租金一年是多少钱？

受访者：一年 1 万元。

访谈员：整个养老院多大？

受访者：你看看就这么大。

我目测了一下大概有 8 亩地。

受访者：我们租房子只租了原来的 8 间房子，其余的都是自己花钱盖的。

访谈员：村里面租房子有优惠吗？

受访者：没有优惠，租金就是这个数。但按理说应该有优惠的，可能我们不是本村人吧，我们是旗杆村的。

访谈员：那你们创业为什么不选旗杆村呢？是因为这里场地大吗？

受访者：场地大是一方面，主要还是我们旗杆村那边容易发大水，环境不行，而这里阳光好、空气好，地势又高，地方也大，就选择到这里来了。这些因素也是老人们选择到这里来的原因。

访谈员：如果贷款贷不到的话，多去镇上跑几趟，也许有希望。

受访者：多跑几趟也没用，我们现在除了养老院，还种了 40 亩桃园，都要花钱。

访谈员：还种了那么多桃园？

受访者：我们今年除了种桃园，还租了 30 亩土地养兔子，不过垮掉了。我们一直在尝试创业，但就是不成功，现在就没钱了。种桃园也要花钱雇人，女的 80 元一天，男的 100 元一天，养老院这里我们也请了两个护工，就是他们两个。（她手指了一下正在清理牲口的一位叔叔和一位阿姨。）

访谈员：这两个护工多少钱呢？

受访者：每人 2000 块钱一个月。

访谈员：那您今年能赚一点吧，一个老人每个月多少钱？

受访者：赚的钱都投进去了。正常能自理的老人一个月 1000 元左右，不能自理的老人一个月 1500—2000 元，收费也不高，高了农村人也拿不出，我们也算做做好事吧。

访谈员：这种带慈善性质的企业，政府应该有补助的，不过可能是我们村正在搞扶贫，暂时没有顾上您，您也不要着急，要相信党和政府。

受访者：对，现在你们村正在搞扶贫，有几个村都脱贫了。

访谈员：因为贫困户创业是可以无息贷款 5 万元的。

受访者：我听说，我们这个应该有补助的，但我们可能是证没有办下来，所以才都没有吧。

访谈员：早晚会有的。那我今天就采访到这里，如果以后还有需要补充的，我电话联系您！

后期补充：

访谈员：除了资金问题，还有什么是需要政府支持的？

受访者：除了资金问题，其他的就是办证要求太高、太严格，我们小企业也没办法做到那种规格，到现在我们的消防证还没办下来。

访谈员手记

这次采访的创业者，年龄比较大了，也是老一辈的创业者，肯吃苦，不怕累，也有恒心，即使经历了多次创业失败但是依然坚持创业。希望相关部门多关注这群谋发展的返乡农民工，使他们更快崛起，这也是我做这篇访谈的意义所在，我希望政府能多关心一下他们，不要让他们劳累了一辈子，打工创业，投尽了毕生的积蓄，最后全部打水漂。

（访谈员：宁波大学法学院　胡正龙）

三联村村支书访谈

受访者基本情况

性别：男

年龄：46 岁

籍贯：安徽省肥西县严店乡三联村

村委职位：党支部书记

访谈地址：安徽省肥西县严店乡三联村委会

　　下午1点，我前去居委会访谈书记，由于新的居委会大楼正在建设，书记在一个集装箱办公室内办公。一段简单的自我介绍，说明来意之后，书记热情地搬了个板凳给我，叫我坐他旁边，以下是访谈记录：

　　访谈员：书记，您介绍一下咱们村的人口总数与占地面积？

　　受访者：是田亩面积吗？

访谈员：是的。

受访者：我们这人口是 1065 户，4015 人，耕地面积是 4931.01 亩。

访谈员：其中的老龄人口数？

受访者：这个没有具体统计，但现在在家的一般都是老龄人，人口占绝大多数，大概 1000 人，劳动人口一般都去外地打工了，比如上派、合肥周边，有些也出省，比如上海、江苏、广东。在家的基本都是 50 岁往上的。

访谈员：如果这些农民工返乡创业，咱们村有什么政策上的支持吗？

受访者：政策的话还是依托县、乡两级政府的政策，第一，在协调环境，解读政策，提供一些证件、证明等方面提供便利。第二，在产业引导方面结合我们村的产业布局，给他们意见，促进发展，因为咱们距离滨湖（滨湖新区）比较近，交通具有很大优势。我们这边是一块开发的热土，我们现在这里主要还是耕地，所以还是围绕农业生产这块，还有现代农业这块加大土地流转。返乡创业人群回来的话，就是在土地流转这一块会给予他们一定的帮助，给他们的土地流转提供便利。为规模化的种植业、养殖业提供政策上的服务，我们这一块受到开发的影响，所以产业向第三产业扩展，比如乡村旅游，乡村旅游现在也在做，因为我们重点打造的是三河古镇，生态旅游虽然还是在摸索阶段，但我们乡肯定有所规划，如果返乡创业，未来这一块前景还是不错的。因为我们有独家的区位优势，比如交通优势，咱们村里下一步也会利用这个优势来搞好自身发展，找准定位，结合线上两级（县，乡）的规划，为咱们村下一步的发展奠定基础。

访谈员：既然咱们村现在还以种植业为主，那咱们有什么特产呢？

受访者：村里还是以水稻、小麦为特产，还有原木花卉种植，这是两大特色。还有处于新兴发展的乡村旅游业。如我们的润雨庄园，是一个特色农家乐的项目，也是环湖的一个亮点，为我们下一步打造富有特色、亮点的乡村旅游新模式提供了一个很好的思路和借鉴，因为它（润雨庄园）是先行者。下一步我们结合第二、三产业，重点打造我们的第一产业，发展咱们的第三产业。

访谈员：好，谢谢书记了，书记能在毫无准备的情况下说出这么多咱们村的情况，可见书记对咱们村的发展多么重视。

访谈员手记

　　随着地区发展程度不同，各地对返乡创业人员的政策也不相同，肥西县并没有太多的关于返乡创业人员的相关政策，但是村委会尽最大努力，为返乡创业人群提供帮助，包括土地流转、政策解读、产业引导、协调村民之间的关系，使产业向着更好的方向发展。现在唯一在大力发展的便是乡村旅游，润雨庄园就是重点打造的项目，而且周围环境做了很大的改造，现在几乎家家户户门口的路都铺上了水泥，交通变得更加便捷。我相信，不久的未来，城市里的人会越来越羡慕农村的生活。

（访谈员：宁波大学　吴志鹏）

创业不能停：执着的年轻纸厂老板

受访者基本情况

姓名：吴晓勇

性别：男

年龄：31 岁

籍贯：安徽省合肥市严店乡三联村

婚姻状况：已婚

文化程度：高中

打工时间：2010 年至今

创业类型：返乡创业——制造业

创业地点：安徽合肥严店乡三联村

访谈对象是我堂哥，由于其生意比较忙，所以我一般在老家的时候，堂哥都会喊我去帮他干活，帮他送货，路上会聊很多关于他的故事，这就让我对他的创业历程有了很多的了解，所以本次深度访谈将采用人物传记

的方式呈现堂哥创业的艰辛历程。

2015 年，堂哥结束了在海宁（属于浙江省嘉兴市）的工作，毅然决定返乡创业。之前在海宁的一家手套厂上班，工资不高，干了两年后辞职，因为觉得再这样继续下去会荒废了人生。

辞职后干什么呢

堂哥在海宁工作时就一直在寻找创业商机，希望有朝一日能够实现自己的人生价值。一次偶然的机会，他了解到了纸这一行业，所以就开始仔细探索、参加展会、参观工厂、学习工厂的运作模式，并由此来计划自己从事该行业的利润以及风险。

决定之后该如何起步呢

1. 资金：当时堂哥手头并不宽裕，我们家族也并不有钱，所以很多长辈反对他从事这行，害怕赔本，尽管有的长辈不同意，但堂哥的三叔、小叔却认为他的创业可行，也是因为难得后辈有雄心壮志，且堂哥为他们讲解得很详细，仔细分析其中的利弊，让他们对堂哥有了信心，最终家庭出资使得堂哥的创业资金得到了大半部分的补充，还有一小部分则是外借来的。

2. 购置机器：拿到资金后，堂哥去机械厂购买了一套全自动生产餐厅纸的生产线，这就是当时堂哥唯一的生产设备。堂哥一开始不知道设备如何修理，所以当时遇到设备出问题非常难处理，要一步步地探索，也因此有过不少的烦恼。

3. 场地：堂哥向亲戚租了一套房子（亲戚外出，闲置无用），给这间房子铺了水泥，做了装修改造，之后设备运回老家，在这间房子里进行安装，从此，这里成了生产的主战场。

4. 证件办理：说到证件办理，那是非常的麻烦。一个证件办理，来来回回要好几趟，证件办理没有为创业者提供便利，反而成为创业路上的一个个拦路虎。这个机构办好，又要去另一个机构，而且中间等待的时间非常长，甚至有的机构以莫须有的理由来为难办理者，最终才会勉勉强强地给你办理。

5. 工人：一开始工人主要是堂哥、堂嫂、爷爷和表兄弟。

销售：产品是做出来了，但是却销售不了，没有客户，这算是堂哥起步遇到的最大困难。因为没有客户就没有收入，如果一直这样下去，倒闭是迟早的事。于是堂哥便去合肥的餐厅、超市、批发市场一家家推销自己的餐巾纸，他受到的耻辱与冷眼，又有谁能体会到呢？不仅仅在合肥，合肥旁边的几个市他也去跑，一跑就是几天，也不回家，就在外面住。最后客户有了，但是货送过去，有些客户却赊账，也有的客户"抹零头"（比如货款是 3456，有的客户只给 3450，甚至只给 3420 也有，这样利润就降低了）。有句话说得好："给客户赊账，没钱！不给客户赊账，没钱没客户！"

万事开头难

随着堂哥一年又一年的磨砺，客户越来越多，销路也不怎么成问题了，但是欠的款是越来越多，为什么？因为要扩大生产，就新购置了两台设备，其中一台是做卷纸的，纸的种类也是慢慢地增多。工人也是一年比一年招得多，带动了家乡的就业（基础工人一般是五六十岁的老年人，薪资是每月 2400 元；机械操作工薪资是每月 5000 元以上；今年新招收了一名驾驶员，薪资也是 5000 元以上。都包午饭，现在共计 7 人），总的来说，纸厂第一年亏损 6 万元，第二年保本（还了一部分款），第三年保本（购置两台新设备，花费 60 多万元，还亲戚朋友的钱），虽然依然欠着银行钱，但就像堂哥说的，"哪个工厂不欠银行钱？"

工作有多辛苦

就拿过年前陪堂哥送货的日子来说，早上 6 点起床去送货，中午吃快餐，晚上 10 点左右到家，吃的是家里剩下的饭菜，晚饭吃完后如果设备出问题，他还要去维修，这就是他普通的一天。

工作上的危险

堂哥上次维修设备，一不小心右手最后两根手指被皮带绞了进去，小拇指的一个关节掉了，还有一个手指肉被撕裂了，骨头都可以看得见，痛苦可想而知。可惜当时断掉的关节没找到，不然就可以接上，医药费花了2万多元。可是堂哥过了几天，就又去工作了，即便手上的伤还没好。现在小拇指只要碰到东西，就会剧烈疼痛，不过他也是咬着牙坚持。正是因为堂哥不屈不挠的意志，才让他前景越来越好。

村委会和政府在堂哥创业中有什么帮助吗？

堂哥的回答是，"什么帮助都没有。"

访谈员手记

从我堂哥的经历可以看出以下几点：

一是农民工对政府政策的关注度相对较低，分析原因应该是不知道通过什么渠道获取政府相关政策，建议政府加大对这一方面的宣传与培训，同时农民工也应该主动了解最新政策，享受政策带来的福利。

二是手续办理繁文缛节太多，机关对农民工的提醒不够，各机关协调配合程度不高，导致手续办理反反复复，过于复杂。建议政府简化办理手续，机关人员应一次性告知相关事宜，为农民工办理证照提供方便。

不过值得一提的是，越来越多的农民工加入返乡创业的浪潮之中，这也是近年来国家对农民工返乡创业的支持，颁布许多的政策，鼓励农民工返乡创业的结果。这在宏观上鼓舞了农民工返乡创业的热情，增强了农民工创业的信心，但是在落实到地方的过程中，还是有待加强督查。相信，国家扶持农民工返乡创业政策会很快让返乡创业人群享受到实实在在的实惠。

（访谈员：宁波大学　吴志鹏）

将工厂搬回家：手套厂老板

受访者基本情况

姓名：吴邦保

性别：男

年龄：47 岁

籍贯：安徽省合肥市肥西县三联村

婚姻状况：已婚

打工时间：1997 年至今

创业类型：制造业

创业地点：安徽省合肥市肥西县三联村

　　采访对象是我的三伯，三伯这一生几乎都是在创业。下面就让我来介绍一下三伯或失败或成功的创业人生，经过两天和三伯的详细交谈，现将情况汇总如下：

合肥卖衣服

三伯上完初二就退学了，原因是家里没钱，无法供三伯继续念书，所以三伯很早就和我父亲去合肥市里闯荡。一开始是在城隍庙卖衣服，两个人就在道路中间摆摊，人虽然多，但买的人却很少，而且那时候治安很不好，经常会有人来收保护费，为了避免麻烦，三伯和父亲都交了钱。有时候晚上他们就睡在路上，因为实在是没钱租房子。就这样一年多过去了，从家里带来的钱都花完了，外面还欠别人钱，三伯不得不另谋出路。

转战上海

经亲戚介绍，三伯来到上海，一开始帮亲戚捉黄鳝、鱼、泥鳅之类的，然后拿到市场上去卖，没事的时候就打牌赌钱。三伯跟我说过，有一次，爷爷看到他在打牌，拿起牌就将牌扔在井里，之后三伯对赌钱便没了欲望，也开始找些其他活做，这也多亏了爷爷。一年后，开始收破烂，天天骑个三轮车喊着"收铁，收废纸，收破烂！"虽然职业并不好，但至少不会饿着了，手上也有了点钱。三伯还跟我说过一件事，有一次他和其他四个都是收废品的人一起回来，他们挨着走，这时路边有个人喊："收废品的！"三伯很疑惑，不知道是喊谁，就问了一句："你喊谁啊？"那个人就说："喊你。"于是三伯骑个三轮车就过去了，那个人把三伯带到一个工厂，指着靠墙的一大堆纸板说："这些纸板卖给你了。"待三伯和那个人商量好价格后，三伯打了个电话给他的表叔，让表叔帮他叫一辆车子，来装这些纸板（车费自然是三伯出）。可表叔却跟三伯说，要分他一笔钱，不然不干，由于时间紧迫，三伯也就答应他了。理应说亲戚之间互相帮助，本不该这么利益，可当时人就是这样的，财迷心窍。后来三伯路子逐渐熟了，就一直在一家厂里面拉废品（纸板、废铁、废布等）。

机缘巧合去海宁

那个厂里的人对三伯也很好，不久之后，那个厂突然要搬去海宁（浙江省嘉兴市），三伯也就跟着去了，三伯到了海宁，首先是找了个住处，

139

之后除了拉那个工厂的货以外，还去寻找其他工厂的货拉，那时候不认识路，就一个人一整天都在外面寻路，有时候不记得回去的路了，要问好几个当地人，才能回到家里。幸运的是，三伯找到了一个大厂，专门是生产沙发的，所以会有很多的废布（花布、皮、无纺布等，有的可以做手套，有的可以做塑料，有的可以加工成家具），这可把三伯高兴坏了，只要厂里一有废布堆积，三伯就去把它拉回来。这一年真的是发大财了，光一年就挣了8万元。当时这是一个很高的数字了，日子也变好了，租了一间小区房，还租了一块大场地，专门放布，同时还雇了一个工人和他们一起挑拣废布，工资是1000元，分类后再卖给需要的人。三伯生活变好了，又把他的弟弟喊来海宁，分了一个厂给他做，这样大家都衣食无忧了。

开始做手套

可那时并不是一帆风顺。当时环保突然开始抓得很紧，有关部门督促他将厂关停，听说那是因为布堆积挤压，导致地里生不出草，而且布和泥巴粘在一块，非常难看，所以责令整改。但他当时又不可能花钱去帮别人铺水泥，于是便搬去了另一个地方。可没过多久，大概一年后，又来催促，无奈三伯只好盖起了大棚。可这样总不是办法，那时候三伯视野广了，人认识得也多，他的几个买家中，有几个就是制作手套的，是那种布手套。有一次，三伯将整理好的大布块带回家，并购置了一台缝纫机，模仿手套厂里的流程，将大布裁剪好，然后一遍又一遍地将手套缝上，再拆下来，再缝上，再拆下来……直到学好为止。可那时又在犹豫了，到底该不该花一大笔钱去购置机器，虽然操作很简单，一学就会，销路也不错。更重要的是，三伯也不想依靠收废布发家，毕竟环保再抓紧点，很有可能面临关停的风险。说干就干，三伯几乎掏空了自己的积蓄，买了6台缝纫机和1台切割机，找了6名缝纫工，3000元每月，包午饭、晚饭，自己则做切割布料的活。生意还行，大概一年半的时间，三伯听朋友介绍，做纱手套比做布手套更赚钱，三伯经过调查，也确实如此。于是三伯又花了从布手套那儿赚的钱去买了10台做纱手套的机器，切割机与缝纫机都卖给了别人，

140

这算是回了点本。与以往不同的是，纱手套不需要操作，只需要检查机器是否坏掉，以及更换纱线即可，这确实比以往做布手套简单得多。但是并不是他想的那样，一遇到机器出问题，三伯开始时要琢磨好久，才能修好。有时实在是束手无策，只有拉去给修理厂修，那时要货的催得紧啊，出问题无疑会带来销量的下降。有些客户被拖得时间久了，就会对他大吼："是不是不想做生意了，别的客户还等着我送货呢！"不过时间久了，出问题也会自己修了，但就在那时，手套价格下跌，一年少赚大概 3 万元，听三伯说，那时工作环境真的很辛苦，好多台机器同时运作，机器声让耳朵都发聋，那时还要干到晚上两三点，不吃早饭，直接吃午饭（三伯老婆是早上去干，三伯就晚上去干）。

回到家乡

回到家乡发展的想法，三伯从事纱手套制作时就开始有了，他为此还在老家盖了一座大楼房，二楼专门为了放机器，一楼作为仓库，门前的院子也作为仓库。等到海宁那边租来的房子到期，他便叫了一辆大卡车，将机器全部运回老家，车上还有部分家具。到了老家，三伯说他真的感到非常自由，比在外面幸福多了，这才是家的味道，而且三伯做出来的次品纱手套，家乡的人都会来买，邻里关系很融洽，现在手套做出来，卖给的还是在海宁那边认识的老顾客。

三伯有两个孩子，一个女儿，已经上班了；一个儿子，还在念小学。三伯现在别无所求，将希望寄托在孩子身上，希望儿子能考上很好的大学。

访谈员手记

三伯这一生的经历真的是非常坎坷。他去过无数的地方，受过无数人的冷眼相待。因为他出身的家庭本就非常落魄，只能过种田的生活，但没有一个人想种一辈子田。理想的强大、不断的隐忍，终于使得三伯过上了无忧无虑的生活。他说过："做生意

141

要想成功，就必须到处跑，找到适合的客户，照你们的话讲，就是所谓的'市场营销'吧！还有遇到问题要自己想着去解决，不要总指望别人，那样是不行的，多结交朋友，他们总会在不经意间就带给你机会，就像我，要不是听了朋友的建议，我现在还不知道会怎样呢。"

（访谈员：宁波大学 吴志鹏）

到处流浪的安庆包子店

受访者基本情况

姓名：徐松梅

性别：女

年龄：45 岁

籍贯：安徽省安庆市望江县

婚姻状况：已婚

打工时间：1996 年至今

创业类型：餐饮服务业

创业地点：安徽合肥肥西县刘河乡

　　包子店位于刘河街道正中心，刘河小学对面，菜市场旁边，人流量非常大，下午 1 点多，我骑车来到街上的包子店（我经常去吃她家的包子，而且很早就去排队，因为买她包子的人太多了，不早点去就买不到），我

走了进去，看见老板娘正在炒菜，本想着这次采访可能泡汤了，谁知在说明来意之后，阿姨很热情地跟我说："没关系，想问什么就问吧！"于是我们之间的谈话就开始了。以下为访谈记录：

访谈员：阿姨，你们是什么时候到这里的？

受访者：你说是到合肥还是来这里？

访谈员：就是这里。

受访者：3年前来的。

访谈员：那3年前阿姨是做什么呢？

受访者：卖包子啊！我们20来岁就开始卖包子了。卖了20多年了。

访谈员：那之前是在合肥吗？

受访者：对，在合肥南七锻件厂干了两年，然后拆迁拆掉了，我们又搬到十里庙，十里庙又干了5年，5年后又拆迁又修桥，然后又搬到肥西上派干了8年，然后又修路，最后就在这里过了3年。

访谈员：只是因为拆迁、修路导致你们搬来搬去的吗？

受访者：对，其实是没有别的，其他都还挺好的。

访谈员：那叔叔一直和您在一起做包子对吗？

受访者：是的。

访谈员：做包子的材料是在刘河街上买的？

受访者：是。我们都是捡品质好的食材买，你看（将她炒菜用的太太乐鸡精指给我看），我们用的都是好的食材，不能糊弄别人，要跟自己家吃的一样，比如五花肉，你要清理干净，不能有糙肉、杂肉，如果你随便对待，生意就做不长久（生意经）。

访谈员：对，生意就是本着诚信为本。您之前做包子生意的时候遇到过什么困难吗？

受访者：还好，一直都还挺顺的。卫生局的来查过证件，我们都有，健康证、暂居证、餐饮证，这些你都要办的，刚来的时候办证都要钱，一个餐饮证都要四五百元，后来是不要钱了。

访谈员：办餐饮证的时候麻烦吗，手续多吗？

受访者：当然麻烦。人家要到你这里检查，看你家过关，他才给你发证，那很麻烦的。

访谈员：那现在的收入怎样？

受访者：收入跟打工差不多，两个人一年5万—7万元，除去房租等一些日常开销，挣的钱就像打小工一样，不过这个自由一点。

访谈员：这个房子是租来的？

受访者：对啊。

访谈员：那阿姨您这个做包子的手艺是从哪来的？

受访者：跟亲戚学的，我们安庆做的包子全是安庆包子，都是亲戚教亲戚教出来的，手把手地教。以前做农民，靠种田种地赚钱，碰到虫灾、下雨，收成就不行了，赚不了钱，就想找点小手艺做，我们又没有其他特长，所以就去做包子，做生意比种地赚得多。

访谈员：现在给自己买过保险吗？

受访者：买过了。

访谈员：店里就两个人，没有雇别人吗？

受访者：没有，我们小生意不雇人，因为本来就没什么钱赚，再雇人的话，就亏本了。

访谈员：您当初搬来搬去的，每到一个新地方，吃包子的人多不多呢？

受访者：差不多。

访谈员：那阿姨你们的生活负担重吗？

受访者：不重，我们就一个儿子，现在在上大学四年级，准备考研究生，生活负担不重。

访谈员：之前您说办证困难，能再说得具体点吗？

受访者：局里人来店里查，查过后才给盖章，然后你要一个一个部门地跑，催着他们办理，不然他们办得非常慢。

访谈员：那阿姨来到这里，政府有给什么补贴吗？

145

受访者：没有补贴，都是自己挣钱。

访谈员：那您身边做包子的亲戚生意都怎样呢，大家都经常联系交流经验吗？

受访者：他们生意都还好，不过有些人做的规模大，挣的钱也比我们多，也有的做包子做不下去的，就去工地打工了。我们交流经验谈不上，就是有时候打打电话，聊聊天而已。

访谈员：好，了解了，那咱们就采访到这儿。谢谢阿姨，祝您今年生意更好啊！

访谈员手记

　　徐阿姨做的包子很好吃，不仅仅是因为她有这门手艺，也和她一直挑选质量好的食材有关，所以无论是哪个部门的检查，阿姨都能坦然面对。本着诚信为本的经营理念，口碑逐渐深入人心。这也是为什么阿姨每到一处，都会有一大批顾客前来光临的原因。返乡创业能否成功，与诚信有着不可或缺的关系。阿姨是个朴实的人，是吃过苦的，当时务农的辛苦她记忆犹新，所以能有一个稳定收入的工作，能过上自由的生活，不受别人拘束，这对阿姨夫妻俩来说已经很满足了。这就是所谓的幸福，不需要用金钱来衡量。

（访谈员：宁波大学　吴志鹏）

萧县石林乡朱大楼村村委会访谈

受访者基本情况

性别：男

年龄：50 岁

籍贯：安徽省宿州市萧县石林乡朱大楼行政村王楼自然村

婚姻状况：已婚

文化程度：大专

村委职位：党支部书记

访谈地址：安徽省宿州市萧县石林乡朱大楼村党群服务中心

访谈时间：2019 年 2 月 8 日 13：30

　　朱大楼村由朱大楼、谷庄村整建制合并而成，调整后经上级许可定新村名为朱大楼村，辖朱大楼、安庄、王花园、王楼、赵庄、谷庄六个自然村。位于安徽最北方宿州萧县石林乡，全村区域面积3.23平方千米，耕地

面积 4700 亩，本村距石林乡 4 千米，距张庄寨镇 4.5 千米，距萧县 51 千米，距淮北市 26 千米。乡里到淮北有班车，每 20 分钟一班，所以大部分留在本省的人会选择居住在较近且交通方便的淮北而不是萧县。朱大楼村位于平原地带，属温带季风气候，一年四季分明，主要种植作物有小麦、大豆和玉米。全村设 6 个村民小组，总户数 1030 多户，人口 3536 人，党员 64 人，村干部 5 人，村小学 1 所，卫生室 1 个。全村建档立卡贫困户 210 多人，每个自然村有各自的村贫困户公示名单，是非贫困村。正新建 150 千瓦光伏发电站，预计每年可为村集体创收 33 万元左右。村集体还有一个扶贫工厂、一个服装厂和一个胶带厂。为了推进乡风文明建设，村口还设有"点赞墙"，每月更新一次。

这几天因为要年终总结等，书记需要去乡里开会，很不巧两次去都只有打声招呼的时间，我初中之前一直都生活在这里，村里的实际情况还是了解的，因为这里村子一般以姓氏命名，基本都是有亲缘关系的，按照辈分，采访的书记是我老爷爷，访谈时用的方言，第一次访谈有所遗漏，所以我访谈了两次，为了更方便地阅读，以下是稍加整理后的访谈记录：

访谈员：老爷爷，您现在有空吗，我想问点我们村的情况。

受访者：没事，你问吧，我说你记着。

访谈员：好的，我记着呢。我们村占地面积多大，现在有多少人，多少户？

受访者：我们村区域面积有 3.23 平方千米，耕地面积 4700 亩。共有 3536 人，1030 多户。

访谈员：党员、村干部有多少人呢？

受访者：党员 64 人，村干部 5 人。

访谈员：那村民小组有几个？还有小学吗？

受访者：村民小组原来有 13 个，现在改成 6 个了，一村一个小组，6 个村就 6 个小组。小学有 1 所，学生约 380 名，还有 1 所卫生室。

访谈员： 我在村口看到了贫困户公示名单，我们村有多少贫困户啊，我们村是贫困村吗？

受访者： 对，那个公示名单每个村都有，我们村现在总共有210多人属于贫困。但我们村是非贫困村。

访谈员： 那"精准扶贫"政策就不适用了吗？

受访者： 对，因为我们不是贫困村。

访谈员： 现在外出打工的人占村里总人数多少？主要是去哪几个省？

受访者： 外出打工的人数占三分之一，主要是去浙江、江苏、上海这三个地方，因为离得近。

访谈员： 那这些外出打工的人有创业的吗？占打工的多少？

受访者： 有，但创业的很少。我们村里2个人，谷庄的4个人。朱大楼有3个人，安庄1个人，共10个人。都是自主创业的。

访谈员： 那他们主要是做什么的，都是在外面吗？

受访者： 对，他们都是在外边开厂子什么的。

访谈员： 有没有出去打工然后再回家创业的？

受访者： 这个没有，都出去打工了，创业就在外面创业。

访谈员： 有没出去打过工，就在我们自己家创业的呢？

受访者： 有，就原来村后面你那个爷爷有个养鸡场，他现在还在干着呢，迁到张庄寨那边了，还有村东头王亚家养鸡。不过这几年养鸡的太多了，你家南边的那家，之前养鸡养鹅，现在没赚钱不干了。

访谈员： 嗯，这些创业的我们县里有没有相关优惠政策呢，比如能不能小额贷款？

受访者： 没有什么政策。

访谈员： 那这些都是养殖的，有什么特色种植吗？

受访者： 有的，朱大楼村有个农民种植合作社，有107亩，种的豌豆什么的，一年能收入七八万吧，都是村集体的，地上收入很少。

访谈员： 那还有什么村集体的吗？我看见了南地的太阳能光伏板，那个收益怎么样？

受访者：对，那是 2018 年刚建的 150 千瓦光伏发电站，预计每年可为村集体创收 33 万元左右。还有一个村集体是一个扶贫工厂，主要生产光敏电阻和传导器，另外还有一个服装厂和一个胶带厂，这些都是村集体的。

访谈员：那修路呢，什么时候开始的？

150

受访者：修路从 2010 年就开始了，一直到 2018 年，现在基本都修好了，总共 16.8 千米，还装了路灯。就是这个"村村通"工程，有村民集资，上面也有拨款。

访谈员：我们村有什么历史文化吗？

受访者：没有。就是很普通的一个村。

访谈员：好的，就了解这么多了，谢谢老爷爷。

受访者：没事，有什么缺的你再问。

访谈员：好。

访谈员手记

因为一直在外地上学，只有春节能在家待时间长一点，每年回家都觉得有不一样的变化。像新修的路、路灯、太阳能光伏板这些肉眼可见的，家乡真的一点一点在变好。但是，还存在很多问题，比如，在非春节期间能看到的几乎都是老人和小孩，年轻人都外出打工或者求学。那些在家创业的多数是家中有父母或者孩子走不开的。村干部也很少换，整体年龄偏大。外出务工者基本在腊月二十五回家，过完年最迟正月初八回到打工地，整体文化素质偏低。关于创业，村民普遍认为较大的企业或者工厂才算创业。关于困难和政策，正在创业或者准备创业的人都认为最大的问题是资金，且几乎没有得到优惠。

（访谈员：宁波大学　王紫薇）

能人返乡的典型：家里城里都有投资的叔叔

受访者基本情况

性别：男

年龄：41 岁

籍贯：安徽省宿州市萧县石林乡朱大楼村

婚姻状况：已婚

文化程度：初中

打工时间：1999 年至今

创业类型：外地创业——制造业；返乡创业——养殖业

创业地点：广东省惠州市和安徽省萧县

这几年因为弟弟求学的原因我们已经在淮北常住了，我们村子有很多人也在淮北发展了，老家讲究熟人好办事，所以基本都在一个地方租的房子。回到家的第二天，我就在附近做了 10 份问卷调查，剩下的等到和书记沟通过之后再调查。本来原定访谈对象是小区门口的餐馆老板，我在淮北的几年，也算是亲眼见证了他们的餐馆从刚开始发展到现在的全过程，但是他们家生意太好了，没有访谈的时间，只得做一份问卷调查。所以，我的访谈对象变成了我的叔叔。他初中辍学之后也干过挺多的工作，从 1999 年开始南下在广州打工创业，至今已经有 20 年，从一个一无所有的打工仔到一个成功的企业家。在最初南下的一行人中，只有我叔叔最后坚持下来了，也带我们村很多人去广东创业。以下内容来自我妈的叙述，她是南下的一行人之一。

152

访谈员母亲：我们是 1999 年去的广东，当时还有你两个爷爷（都很年轻，只是辈分比较高）。那时候都没有钱，我们几个都闲着，就你叔叔自己找到工作了。当时租了一间小屋子，他们仨挤在一张一米二见方的床上，我自己打地铺睡床垫，白天还要收起来，不然都没有下脚的地方。别看你叔叔现在挺成功的，年轻时候可没少受苦，都是自己打拼过来的。当时，去的时候他就穿一双鞋，跑前跑后的鞋都磨烂了。第一个月工资 230 元，都没舍得自己买一双鞋，全部拿来请上司和同事吃饭。他当时进的厂子是学电焊的，大夏天衣服还薄，背上面都是干活弄的伤，当时也就你这么大（21 岁）。后来他为什么两个月就当上科长，就是因为别人晚上九点多下班，他能第二天凌晨四五点才走，把别人没做完的工作都做完，也不说出来，当无名英雄。但是时间长了大家能不知道是他吗，就都推选他当科长。他的厂子最初就是公司老板投资的，看中了他的踏实努力又不贪功。

访谈员：那您当时为什么会从广东回来？

访谈员母亲：因为你呀（笑得很无奈但是也很欣慰）。你当时才几个月大，你爸不想让我外出打工，觉得你太小了，当时没有手机，咱们家也没有电话，我打队里的电话你爸都不愿意接，邻居接了说你天天哭。我当时也没有找到工作，又担心你，就回来了。

过年的时候总是会有聚会，这次谈话就是在家里进行的。我没有问叔叔刚开始打工的经历，因为他平常在我们小辈面前都是笑呵呵的，从没有提过工作上的事情，我提过一次，他也只是笑一笑说："都过去了，谁创业不难？"

访谈员：叔叔，关于您的创业经历我有几个问题想问您一下。

受访者：好。

访谈员：您现在是从事哪个行业啊，具体是做什么的？

受访者：制造业，就是五金厂。

刚好他们有个公司介绍的 PPT

公司介绍 Company information Li_Yao

Location:
  First factory: **Li_Yao**
    Address: Puzi Industrial Zone, Lilin Town, Zhongkai High-tech Zone, Huizhou City,
    Guangdong Province
  Second factory: **Long Yuang Xing**
    Address: Bangli Industrial Zone, Lilin Town, Zhongkai High-tech Zone, Huizhou City,
    Guangdong Province
Floor Area: 7,000 square meter
Staff: 80 people
Service : R&D, sales and manufacture
Factory equipment:

  • Laser cutting, CNC stamping, CNC bending equipment
  • Welding Robot machines (4 sets)
  • Stamping machines (16t~220t)
  • Powder Coating Line
  • Assembly Lines
  • Mold fixture
  • Bending, Cutting, Grinding Drill machines and lathe

访谈员：那再具体点呢，是家用还是工用？

受访者：主要是工业方面。汽车零配件、工业机器、器械这些方面。

访谈员：那您创业多久了？

受访者：十二三年吧。

访谈员：当时怎么想着从事这个行业呢？

受访者：因为我刚开始就是从事这个行业，进的工厂学习的就是这个技术。

访谈员：在原先厂子里工作了多久之后开始创业的呢？

受访者：8 年。

访谈员：怎么会有勇气去创业呢？

受访者：想发展得更好嘛。（没有任何迟疑）

访谈员：那刚开始创业的时候有什么困难吗？

受访者：困难就是资金和业务方面，饱和度不够，资金周转也不行。

访谈员：那这些问题现在都解决了吧？

受访者：那肯定解决了，不解决公司怎么能活到现在呢，对不对？

访谈员：那您当时是怎么解决这些问题的呢？

受访者:（想了一下）自己挨家挨户地跑业务，做推销、找业务……现在说起来也还是可以感觉到刚开始创业的辛苦。

访谈员: 现在网络这么发达，对您的公司有什么帮助吗？

受访者: 有，我们也有网站。

访谈员: 您觉得当今创业的行情怎么样？

受访者: 创业的行情，只能说比以前要难，比以后更简单，因为竞争只会越来越残酷，越来越激烈。不可能说今年不好做明年就好做，明年不好做后年更好做，这是不可能的。所有的竞争、创业环境只会越来越恶劣，所以要想创业一定要趁早。

访谈员: 那您当时有没有享受过创业政策的优惠呢？

受访者: 没有，我们自己在外地创业不享受当地的这些政策。现在对农民工来说是本地吸引外资，我们那时候算是在外地创业，所以享受不到这些政策。（这两个问题他的回答都变长了，虽然创业已经过去很久了，还是可以感受到他当时一个人在外地打拼的无奈与艰辛。）

访谈员: 您固定的客户都是国内的吗？

受访者: 国外，我们货物是百分百出口。

访谈员: 那关税有优惠政策吗？

受访者: 对，会有退税的政策。

访谈员: 我想问一下您的养鸡场，那个是合资的吗？

受访者: 之前是合资的，现在是自己在做。把它承包了出去，委托别人管理。

访谈员: 养鸡场有享受到优惠政策吗？那个是我们村子典型的返乡创业吧。

受访者: 没有，所有的资金全部靠自己筹集，只能说村里会提供场地，但是还是有偿的。

访谈员: 养鸡场的规模多大？

受访者: 村里提供了 15 亩地，但是我们目前使用的只有大概 6 亩地，这是第一期的。现在有两个棚，一个棚一次是 25000 只到 30000 只，这个数目要根据夏天或冬天的天气情况而定，夏天会少一点，冬天就多一点，因为夏天太热了鸡容易得病。

访谈员：一批鸡喂养多久可以出售？

受访者：喂养 48 天，加上前期的准备、消毒等，大概两个月可以卖。

访谈员：鸡苗从哪儿买的，成鸡卖哪儿去呢？养的是什么品种？

受访者：鸡苗就在附近的孵化场买。卖的话，就是附近的肉质加工厂，就是做鸡肉食品的，像烧鸡、烤鸡啊。鸡的品种就是普通的肉鸡，家里平时吃的那种。

访谈员：会出现滞销的问题吗？

受访者：会有这样的现象。不过不太严重。基本上滞销也不存在严重滞销，只是会有掉价情况。比如今天的鸡 4 元一斤，明天可能就 3.8 元或者 3.5 元，行情不稳定。

访谈员：那平均下来，一年大概可以卖 6 批鸡，您一年的纯利润大概是多少啊？

受访者：利润就不稳定了，在没有鸡瘟或者疫情的情况下，一年也能挣几十万元。要是有疫情或者行情特别差，就要亏损。

访谈员：现在养鸡场有工人吗？工资怎么算？

受访者：算上技术员一共 6 个，技术员的工资会高点，一个月 5000 多元，普通作业员工资 3000 多元。

访谈员：您当时怎么会想到投资呢？

受访者：也算是村里给的这个提议，而且村里也有空地。我也想着可以在家给父母找点事情做。

访谈员：养鸡场办几年了？

受访者：3 年多了。

访谈员：当时办养鸡场有什么困难吗？

受访者：困难倒是没有，村里有地，只要拿钱投资就行了，现在就是排污方面有点问题，正在整治。

访谈员：好的，我了解了，等会能去拍照吗？

受访者：可以。

访谈员：那您比较看好返乡创业还是在外创业呢？

受访者：各有各的优势。在外创业呢，业务和物流方面比较方便，包括各种信息条件还是比返乡创业好一点。返乡创业的话，一方面物流交通受到了极大限制，只能做一些加工业、手工业。因为在我们这里农村，没有一点工业链。比如，在老家一个螺丝可能都要到市里去买，如果是在广东那个工业区，转一圈就什么都能买到。

访谈员手记

　　萧县，安徽省宿州市辖县，地处安徽省北大门、苏鲁豫皖四省交界处，位于淮海经济区、徐州都市圈的中心部位和华北平原的东南边；总面积1885.3平方千米。截止到2017年底，萧县辖18个镇、5个乡，常住人口119.7万。而在我，这个从小在萧县农村长大，在萧县县城和邻近的淮北市以及较发达的浙江宁波都生活过的人看来，萧县只是一个小地方。同样地处四省交界处却比不上徐州的交通枢纽地位；同样是安徽北方的城市却追不上淮北的发展速度。

　　近年来，国家为了缓解就业压力，创造了各种轻松的创业环境，也出台了很多优惠政策。但是，我在访谈和问卷调查中发现，大部分人，包括已经在创业的人并不知道政府的相关政策。我调查的身边的个体商贩发现他们全是免税的，我家旁边就有一个创业园，是2017年建成投入使用的，但是在问卷调查中却很少有人知道。这种现象主要说明了相关部门对创业优惠政策的宣传力度实在不够。

　　农村创业以养殖业、种植业和服务业为主，种植业的收成很少，制造业又没有足够的工业链。大部分有创业想法的人都不会选择返乡创业，即使有也是在县城不会在农村。没有特色种植、没有历史文化，也没有足够吸引人的优惠政策，造成了青壮年只有春节或者农忙时回家的尴尬现象。就我自己而言，我担心我们村子的发展前景并不乐观。

我们村的经济水平和受教育程度普遍很低，首先是家里人没有必须要上学的概念，其次是没有好的学校。初中辍学外出打工的情况屡见不鲜。外出打工、创业（有创业想法）的人非常多，普遍是没有稳定收入的 20—35 岁男性。年纪小的只是觉得在家受管教，在外打工能自己随便消费，对以后并没有规划。年纪大的只求稳定，缺少创业或者转行的勇气。家中结婚一般较早，真正能放下孩子自己在外打拼的很少，多数是以家庭为单位外出打拼。

（访谈员：宁波大学　王紫薇）

157

村支书访谈记录

受访者基本情况

性别：男

籍贯：河南省安阳市滑县韩新庄村

村委职位：河南省安阳市滑县韩新庄村村支书

当时正值中午，匆匆吃完午饭后就赶快与爷爷一同前去村委会。刚到村委会，就看到了村支书仍在忙碌的身影，听闻我们的来意，村支书热情地与我们一同交谈。大致了解到了村里面的情况，深深感到了农村要发展下去，道阻且难啊！下面是访谈内容：

访谈员：您好，打扰了。我想请问一下我们村大概有多少人，这边有具体的数字吗？

受访者：这个还真没有统计过，大概有 2100 人。

访谈员：那这其中的男女以及老少占比大概如何呢？

受访者：男性占比 65%，老年人的话，按照 60 岁为分界线的话，就是正在"吃"养老保险的大概占有 35%。

访谈员：我们村里面老年人挺多的啊。

受访者：现在生活水平好了，老年的平均寿命都有了很大的提高，老龄化确实真的发生在身边。

访谈员：我们这边的耕地面积大概有多少呀？此外，主要的种植产品是什么？有没有什么特产？

受访者：土地大概有 2200 亩，地里面种的东西主要就是玉米跟小麦，偶尔还会在田间地头种些葱之类的农家菜，平常吃着方便。特产的话，我们这边种的外面都有。

访谈员：村里面外出打工的人多吗？主要是从事些什么工作？

受访者：咱们村外出打工的人数不是太多，大致占年轻人的百分之二三十。他们很多都是去郑州或者出省打工，外面钱还是多。在外面打工的话，还是干些体力活，都是血汗钱。

访谈员：那这些在外面打工的人回来创业的多吗？他们的工作收益怎么样呢？

受访者：在外面打工的人回来得不是太多，回到这边的工作主要是做些建筑材料、养殖、农机制造之类的。但是，很多人干起来基本没怎么赚钱。

访谈员：为什么？

受访者：一方面是他们个人的技术水平还有管理水平不足，不能支持自己的工作提升。另一方面就是资金有所欠缺。现在国家提供小额贷款，但是很多都没有落到实处。村里面倒是有很多人去银行申请贷款，但是真正申请成功的还是极少数，当地银行把那些小额贷款主要转移到了大头企业。

访谈员：那您对国家针对返乡创业的政策有什么意见建议吗？

受访者：第一，国家政策没有充分、有效地在地方实施；第二，针对那些返乡创业者，在土地、资金方面予以支持；第三，在一些审批流程方面，能简化就简化，让村民创业真正变成可实施的事情。

访谈员：明白了。我们今天的访谈大概就是这些，非常感谢您的分享，我们会把这些情况综合统计起来，集中反馈到农业部门的，为家乡的发展贡献出自己的一份力量。

访谈员手记

村庄的经济发展离不开政策的支持，国家制定关于农民工返乡创业政策目的是推动农村的发展，拉近城市与农村之间的差距。但就我目前通过访谈、做调研得到的情况来看，不容乐观。国家制定的鼓励创业的政策，很多没有真正地落实下去。各级干部没能层层传递下去，导致政策不能落到实处。

另外，我发现一个问题，村子里面的干部老龄化严重，很多干部还不会使用电脑、手机，无法推动二次创新。有些干部只满足于表面的"差不多"，不能真真正正地把事情做好，带动农民致富。所以，在我看来，推动基层干部的年轻化，是当务之急。

（访谈员：宁波大学　罗宝鑫）

辛苦的饭店老板

受访者基本情况

性别：男

年龄：27 岁

籍贯：河南省安阳市滑县韩新庄村

婚姻状况：已婚

文化程度：初中

打工时间：2 年

创业类型：返乡创业——服务业

创业地点：河南省滑县韩新庄村

访谈员：国振哥，您好，我是宝鑫。您今年多大？

受访者：我今年 27 岁了。

访谈员：在开办饭店之前的工作是什么？

受访者：最开始是打工，做了一两年，然后是在山西厂里打工，是做大门的门厂。

访谈员：请问一下您的学历？

受访者：初中毕业，学历不高。

访谈员：您虽然学历不高，但迄今为止已经是非常成功了。

受访者：没有，跟其他人还是差远了。

访谈员：您是怎么想到开办饭店的？

受访者：这个是我继承我父亲的，这饭店之前是我父亲开的嘛。2017 年 6 月 22 日早上，我父亲去世，当时我还在山西卖门，不得已，只能回来了。

访谈员：现在饭店每天的收益大概是多少？

受访者：你说的是平均收益，还是其他的？

访谈员：平均收益。

受访者：大概就是每天 1000 元左右。

访谈员：每天买菜的时间都是早上吗？

受访者：对，都是早上。

访谈员：是在附近的菜市场还是专门有进购的地方？

受访者：有时候去道口，那边有个大菜市场。这两天比较忙，有人定亲办喜宴什么的，买菜就去咱们上官，上官镇也有批发菜的地方。

访谈员：这样啊，像定亲宴这样的红白喜事经常遇见吗？

受访者：经常遇见，比如说过年的时候，劳动节、国庆节的时候，这些时间办喜事的人多，很容易有。

访谈员：那这样的情况基本上就需要通宵地准备食材？

受访者：差不多吧，每天都需要把明天的饭菜准备齐全，不能给人家误事嘛。

访谈员：我看您这几天都忙到了零点？

受访者：嗯，这点我们都已经习惯了。

访谈员：您能不能给我讲一下您创业的大致发展历程。

受访者：其实也没什么，只要你用心做了就好，在咱们老家嘛，讲究

162

一个实惠，做得好吃一点，便宜一点，抓住顾客的心。其他的倒也没什么，用心是最主要的。

访谈员：您这一点做得特别好。我看附近还有一家餐馆，咱们这个村开饭店的竞争激烈吗？

受访者：你说的是旁边那家吧，他跟我开业的时间差不多，可能上下错不了十天。是我先开业，他再开业。不过有个人做伴也挺好，怎么说，是不是？

访谈员：是是是。开饭店过程中，您有没有遇见些什么困难？

受访者：困难就是刚开始接手这个饭店的时候，资金上有些困难。

访谈员：有没有听说国家针对农民工创业有小额贷款的政策支持？

受访者：这个之前听说过，现在没有听人说过。

访谈员：那您有知道谁贷款成功了吗？

受访者：这个倒没有听说过，因为我现在的朋友都是上班的，好像也没有谁贷款，不过好像有一个朋友向银行贷了两万，买了个大型收割机，就是收麦子的那种。好像就是收完之后就把钱给还上了，其他的倒没有听说过。

访谈员：确实还挺少的。那刚开始资金缺乏的时候主要是向亲戚朋友借钱吗？

受访者：肯定是借钱。

访谈员：您有没有在创业的过程中受到政府的政策支持？

受访者：咱们这小镇应该是没有，像大一点地方肯定有。

访谈员：要想把饭店做得越来越好，您觉得希望政府这方面可以提供些什么样的政策支持？

受访者：看以后了，以后也想越发展越大。资金方面在以后肯定是需要的。但是在目前，这个小饭店还是不需要的，还能正常运行。

访谈员：咱们这个饭店是家庭合作的，没有雇用其他外人？

受访者：全部都是自家人。

访谈员：忙的时间帮忙的人要多一些。

受访者：对。

访谈员：我看您上次吃中午饭的时候都到了三四点的样子。这个是不是很平常的事情？

受访者：对，这个是很平常的事情，像我们 3 点左右吃中午的饭都是很正常的。

访谈员：那晚饭要等到很晚才吃吗？

受访者：像现在的话，晚饭最早是在晚上 10 点或 11 点吃饭。

访谈员：确实挺晚的。

受访者：有时候忙完要到零点才能吃饭。

访谈员：那像这么晚吃晚饭，第二天大概几点起床？

受访者：现在的话就是 7 点半左右起床，起床买菜。然后就开始一天的工作了。

访谈员：大概就是这些，谢谢您了。

访谈员手记

因为父亲的不幸去世，国振哥从山西归来，毅然决然地继承了父亲的行业，希望将父亲的手艺传承下去。在问到发展过程中，他朴实地说道，只要自己用心干，总能闯出自己的一番天地。是啊，世上无难事，只怕有心人。真正想要让自己的生活变得更加美好，主要还是看自己。国家制定再好的政策方针，没有人想去接触，仅满足于当前状态，这是很难成功创业的。

下午 3 点的午饭，晚上十一二点的晚饭，这无不在诉说着创业者的辛勤劳动，正是他们用自己的勤奋努力，让自己的生活走向更加美好的未来。能接触到这样的一个调研，对我而言不仅仅是尝试了一种新东西，充实了寒假生活，更在于让我看到了不同的生活节奏，看到了各式各样的人为了生活的美好所做出的不懈努力。我想，这才是这次调研的真正收获所在。

（访谈员：宁波大学　罗宝鑫）

怕受约束的机械加工厂老板

受访者基本情况

性别：男

年龄：41 岁

籍贯：河南滑县韩新庄村

婚姻状况：已婚

文化程度：高中

创业类型：返乡创业——机械加工

创业地点：河南省滑县韩新庄村

由姑姑带领找到了机械加工厂老板，正值冬天，他身穿一身加绒睡衣，头发看起来是长时间疲于打理，脸庞的皱纹似乎是岁月留下的痕迹。姑姑介绍了我的来意和身份，将我引至办公室。这样，我们的访谈便开始了。下面是访谈记录：

访谈员：请问您做机械加工大概多长时间了？

受访者：做了有十几年了。

访谈员：当初怎么想到开一个机械加工厂呢，之前有出去打过工吗？

受访者：打工是很早就开始了，大概做了十几年了吧，我记得没错的话，就是 1995 年高中毕业后开始的，刚开始就是去外面打工，干的都是体力活，很辛苦。之后因为身边很多人都在做机械方面的工作，我想自己也可以做一个，可以多挣点钱。钱多了，生活就能更好了。

访谈员：那机械加工厂大概是做些什么？

受访者：就是一个机械加工，别人如果有什么机器需要加工的话，就来咱们这儿，运用车、铣、钻、镗、磨等这些加工技术，完成毛坯的制造、零件的加工、产品的装配等这些制作。最后收一个加工费，就是靠这个赚钱的。

访谈员：这个工厂做了多久了？

受访者：有 10 年了。

访谈员：机械配件一般销售到哪里？

受访者：这个不卖，这个厂主要是靠加工费盈利。

访谈员：在工厂开办的这段时间内有没有遇见什么困难？

受访者：刚开始干的时候，不能说 24 个小时，起码连续 14 个小时，都一直是在工作，特别累；还有，不仅是工作辛苦，挣的钱也是少，因为刚开始活少，好多人还不知道咱们这个厂，只能慢慢来发展，时间长了，做得好了，就能把名声传出去；另外，设备也少，就一台机器，出活的效率很慢，后来有钱了，就多买了几台机器。

访谈员：在资金方面有遇到什么困难吗？

受访者：刚开始的时候那就到处借钱嘛，既借钱又贷款。

访谈员：那您听说过政府针对农民创业贷款的政策吗？

受访者：不和银行打交道（笑道，似乎是出于某种忌惮），好多都是银行不给贷的，咱们这借钱就不跟银行借，跟他们借麻烦着呢，万一没弄好，自己可收拾不了。

访谈员：政府的小额贷款你有听说过吗？或者有没有听说过谁贷款过？

受访者：年年都说有小额贷款，就是没咋听说实施过。反正我也不贷他们的钱，也不管这闲事。

访谈员：那您对农民工返乡创业的鼓励政策有没有什么了解？

受访者：不太了解，因为创业的人还是少，现在打工都比创业好。打工一天还能挣个二三百的。

访谈员：那您为什么还要创立工厂？

受访者：在外面打工毕竟是在别人手底下干活，处处受别人约束，没有自己创办个工厂，自己当老板舒服。但是呢，创业也有创业的难处，自己当上老板了，就得什么也要考虑，那可不是一个难处的。

访谈员：那现在这个机械加工的行情如何？

167

受访者：这个要看一个人的能力和本事。这个工作说不准，有时候这个月没有什么活可以干，而下个月就让你干得忙不过来。所以是有活没活不一定，看同行之间的竞争了，最近这个行业的很多工厂都倒闭，做不下去了。

访谈员：您觉得工厂要继续向前发展，需要政府方面什么政策支持？

受访者：别查环保就谢天谢地了（补：当地政府突然严查排放，但实际上，许多工厂符合环保标准，但是政府那边就是不给环保证，除非你有权有势）。

访谈员：除此之外还有什么？

受访者：还有就是别乱找事，因为有的政府官员三天两头找你，说这说那，搞得你自己的工厂不能正常运营下去。另外，政府那杂七杂八的税没给说清楚，对很多税都是一头雾水。

访谈员：好的。今天的访谈大概就是这些，祝您生意兴隆。

访谈员手记

今天访谈所在的村子有许多机械加工的工厂，大家相互之间有个照应，可以促进发展。此外，我留意到创业者不愿意与银行打交道，不想借银行的钱。针对这一现象，我认为政策与村民之间的距离还是太远。拉近政府与民众之间的联系是迫在眉睫的事情。

（访谈员：宁波大学　罗宝鑫）

承接东部地区产能转移的乡村服装厂

受访者基本情况

性别：女

年龄：43 岁

籍贯：河南省商丘市柘城县岗王镇门楼王村

婚姻状况：已婚

文化程度：初中

打工时间：1999—2011 年

创业类型：返乡创业——制造业（四海滨隆有限公司）

创业地点：河南省商丘市柘城县岗王镇门楼王村

　　柘城县是河南省商丘市的一个小县城，有"中国钻石之都"之称。
2017 年 9 月 22 日，柘城县被省推进农民工返乡创业工作领导小组评审认
定为"河南省农民工返乡创业示范县"。

回家后，我就跟着爷爷拜访了村里的老会计。从他口中得知，村中有一位返乡创业的服装厂厂长，创业规模也相对较大，听后心中激动不已，我对这位村中唯一一位女老板的创业事迹十分好奇与敬佩。当天，经由爷爷的朋友领路，我满怀着期待走进了她的工作厂房，说是厂，其实是广场周边一栋三层楼房的其中一整层。

我加快脚步一口气爬上三楼，一抬头就看见了楼道间挂着的"农村创业扶贫基地"，进门后就看见一排排女工坐在自己的位置上，紧张地制作着衣服，每一个人忙碌不已，也没有人顾得上理我。带我上来的老人正是老板的公公，跟她媳妇打了招呼后，让我进办公室坐会儿。没过一会儿，她就风风火火地进来了，带着笑意跟我打招呼，说他们正在赶一批货，有点忙。跟我意料之中完全不一样，她很瘦，虽然已经可以看出年纪不小了，但是仍旧很漂亮，浑身上下散发着自信和活力。

访谈员：您好，我是大学生，今天过来主要是调查返乡创业者的创业过程和创业情况，想知道像您这样的返乡创业的成功者是如何一步步走到现在的。

受访者：好的，你主要是想听什么？（她仔细听我说完，似乎是如释重负一般，放下紧张跟我笑了起来。）

访谈员：想听听您创业的故事，这个过程是啥样的？

受访者：这个说起来话就多了，今天一天都讲不完。哈哈哈哈。（她露出了回忆的神情，十分怀念，转而笑起来调侃道。）

访谈员：好，那我下次找个时间再好好听您说。现在有点创业相关的问卷问题，很简短，您方便简单回答一下吗？

受访者：当然可以，下次你过来，我们再好好聊聊。

接下来我们就进入了快问快答的模式，简单地问了几个与问卷相关的问题，她都十分耐心地回答了我，因为时间紧急，细节方面并不多，大致情况如下。

访谈员：您在创业以前，出去打工过吗？（打工的时候）都是干什么的呢？

受访者：那肯定出去过，出去十多年了，也是在厂里上班，帮人家加工衣服。

访谈员：那为什么选择回家创业呢？

受访者：出去这么多年，家里小孩也大了，老人也老了，再出去都不方便，所以就只能想着回家工作。然后我一想，跟我一样在家带孩子看老人的女人有很多，为什么不在家里开个小厂子，也给家里的女人一个就业机会，这样既可以带小孩又可以赚点零花钱贴补家用。

访谈员：所以你们就慢慢地开始做衣服，接单子？

受访者：对啊，一开始都是在自己家的院子里，慢慢开始给人家做衣服，一步步地越做越大，到现在这个小厂子。

访谈员：那现在厂里一共有多少人呢？

受访者：四五十个人吧。

访谈员：我看厂里都是女人，一般工资是多少呢？

受访者：对，都是家里有小孩的女人。我们都是计件制，明码标价，你做多少给多少，做得多给得多。基本上是做一年，也有长期在这儿做衣服的。

访谈员：那咱这个厂子的主要工作是？

受访者：主要工作就是来料加工，给人家加工半成品衣服。

访谈员：我们是有专门的原材料供货商吗，我们主要负责加工？

受访者：嗯，对，都是和固定的有牌子的公司合作。

访谈员：所以算是一个环节的中间步骤？

受访者：对，都是合作公司接了单子以后，才把货给我们，让我们加工，我们不负责销售，都是合作公司负责，也不用担心会卖不出去。

访谈员：嗯，那还挺好的，当初是怎么和公司联系上的呢？

受访者：一开始我在那个公司干活，后来我回来办厂，老板就很支持。但刚开始人家也不知道我们有没有能力完成订单，等我们发展了一段时间，之后就给了我们一个订单，让我们先做做看，看能不能保质保量、准时地完成。那次我们特别认真对待，虽然辛苦了一点，但最后却准时交货了，还做得不错。所以我就明白了，做生意要讲诚信，说一是一，就算不能按时交货也要提前告诉顾客，要求延长交货时间。总之是不能说话不算话。

访谈员：嗯，是的，所以我们的工厂规模就慢慢越来越大？

受访者：对，还想继续扩大呢（这位漂亮的女老板露出了开心又含蓄的笑）。我们不想赚了钱就买房子。我们都是往厂里投资，比如，请工人、买机器、买更大的场地。

访谈员：嗯。那您知道回乡创业是有政策支持的吗，比如贷款？

受访者：没，没贷过款。

访谈员：那您去了解、申请过吗？

受访者：没有。

访谈员：您厂里的工人有社保吗？

受访者：有，都是国家发下来的，也不用自己掏钱。

访谈员：创业的过程中有什么困难吗？

受访者：现在最困难的时候都过去了，以前一直都是资金问题，缺钱啊，到处去找人借钱。

访谈员：现在借的钱都还得差不多了吧？

受访者：对，都还得差不多了。

访谈员：这个过程中也没有政府的帮助吗？

受访者：没有。

访谈员：那咱的员工培训呢？

受访者：我自己教，都是出去打工的时候学的。

访谈员：这个厂房呢？

受访者：就是租乡里的房子，一年5万块，不便宜也不贵吧。

访谈员：那有优惠吗？

受访者：有，就是连续租5年可以免一年房租。

访谈员：办厂手续麻烦吗？

受访者： 手续不麻烦，就是缺资金。

访谈员： 咱们厂怎么交税呢？

受访者： 公司帮我们交。

访谈员： 目前来说，您觉得服装业的行情怎么样呢？

受访者： 还可以，未来几年都还行。

访谈员： 您觉得未来进一步发展最需要的是什么呢？

受访者： 自然是钱，有了钱就有了工人和设备，最近还需要装空调。

访谈员： 好的，那我们也差不多结束了。真是很感谢。

受访者： 好，没事没事。

没过几天，我第二次去见了老板，听她娓娓道来自己的故事。这一次，她正亲自坐在缝纫机前赶制裤子，应该是有些女工的技术没有到位，裤缝的制作不够完美，导致在裤裆处有些疙瘩，属于需要返工的一批裤子，她耐心地教导女工：这个裤子不能比对整齐去缝，反而要留出一些距离差，这样缝合在一起以后才会不留褶皱。看着她亲力亲为，态度和蔼，对她的印象更加好了。她一边制作裤子，一边跟我说话。此次记录才正式开始。

受访者： 我这创业吧，一开始回来的时候难得很，就是 2011 年 2 月的时候，我刚回来的那一年。那一年活不多，人员也不怎么多，正好那一年出了很多事，我丈夫去送货被人家撞了，腿给撞断了。

访谈员： 嗯，麻烦事都挤到一起了。

受访者： 对，到 3 月的时候，我儿子（回忆到这时，她的神情已经有些伤感，喉咙也似是哽咽）被水淹了，差点淹死，当时我在家做活，没有时间照看他。后来到六七月的时候，我和丈夫正拉布、裁布，一不小心，我的手指头被裁断了（我忍不住惊呼一声"啊！"她露出不好意思的笑容，我心里却只有心疼，一点都笑不出来），那一年可倒霉了，日子过得难呢。（说罢，她的声音低落了下去，垂着头看裤子的线脚，准备下手返工。这个时候来了一位女工寻找东西，她回应一句后，一边继续手中的工作，一边又禁不住重复了几遍"难得很累得很"。)

访谈员：对啊，创业真的很不容易，你们都很坚强，很了不起！

受访者：都过去了，反正后来慢慢地，工厂的规模一点一点扩大，挣了一点钱就扩大一点，到了最后有一个老板看中了我们，他给我们投了点钱，就这样慢慢干起来了，越干越大。咱家的人性子都蛮好嘞，都是很照顾我，我天天干活，家里面扫地做饭我都没干，都是公公婆婆做的，还有种地，如果只有我自己啊，根本忙不过来。（明显可以听见她的喉咙情况并不是很好，她自己也说自己喉咙不好，话一说多，就有点发不出声音了。）办个厂容易吗，我体重从110多斤瘦到现在的90斤，一点也不容易。幸好，生意上的朋友都挺好，都挺帮助我，比如浙江的老板，如果说我没钱了，嗯，他会随时给我打钱（这里她停顿了一下，很是真诚地看着我继续说）。如果没有浙江这老板，我还真干不成，他对我们是十分的信任，老实说，咱不是那种总钻空子的人，我们是说多少就是多少，不弄些虚假的，我就是这样的人。

访谈员：嗯，是的，做生意诚信最重要。

受访者：工厂从一开始的五六个人，慢慢地到十来个人，再之后发展到20多个人，一点点地扩大规模，赚一点钱就投资，而不是去盖房子。现在我在申桥又开了一个小店，准备慢慢地做。

现在想起来刚开始创业的时候真的特别难，没钱又没人，你还要脚踏实地地干，不能为了挣钱就夸大自己的手艺，要让人相信你，就是挺难的。不过也不是非要赚多少钱，让大家赚点钱，自己挣点钱，就行了（说到这里我们的脸上都露出了笑容，看得出来，她虽然奋斗事业，但是家庭仍然在她心里占据很重要的位置，孩子的成长很重要）。

访谈员：是啊。您当时在浙江哪个地方打的工啊，我也在浙江读书呢。

受访者：浙江杭州三角村那儿的一个厂里边，那个厂现在还在呢（她一脸自豪，满是怀念，好像是想到了当初虽然在厂里工作单调，却是简简单单，忙忙碌碌的，没有现在的这么多烦扰和压力）。我在那儿干了8年，现在我们和那个厂老板还有合作，做他给的订单，特别爽快利索，直接就是你做多少衣服人家给你发多少钱，你几号交货，人家就几号派人来取。

还有，当初为什么不在外面打工，就是我妈得了癌症，我实在没办法在外面打工了，小孩也小，才3岁，后来想想，村里边也有很多女人都出不去，在家看孩子，所以打算在家创业，都不容易。但是创业真难，出去人生地不熟的，谁理你啊。（此时，她不知道重复了多少遍很苦很难了，但是与之前每一次都不一样，这一次她低着头压着缝纫机做裤子，减弱了开始的情绪黯淡，似乎是已经放开了这些难处，解开了愁结，只是习惯性地说着难得很。）

访谈员：咱这有没有下班时间呢？

受访者：有啊，晚上7点下班，不用加班，因为都有小孩，白天把学生送到学校就过来上班，下班正好带孩子，不说能挣多少钱吧，起码能有点零花钱给小孩买吃的。既能陪伴、教育孩子，还能挣个零钱补贴家用。

这次访谈到这里也就结束了，她给我带来许多感触，关于创业，做人等等。她是有想法的一个人，她的挫折经历让我唏嘘不已，但是她从来都没有放弃过，创业过程中，始终坚守诚信，心怀善良。

访谈员手记

年少时，我跟随父母外出打工，对家乡的记忆十分模糊，只依稀记得家里的土路泥泞，村民贫困。如果不是因为此次调研返乡，我想我根本没有机会看见村里如此大的变化，覆盖在商业开发区四周的水泥路宽阔通畅，来往行人面色红润。晚间，买菜的人挤满了开发区的整条街，街道两旁店铺林立，都是村民们自主开展的创业项目，衣服、杂货、食品粮油等应有尽有。

柘城县作为河南省农民工返乡创业示范县，岗王镇积极响应政府的号召，建立开发区，给创业者提供场地，本次访谈的服装厂老板就是在开发区拥有了一席之地。从最初的独自回家创业，从零做起，到现在办成了 50 人左右的厂子，她的经历展现出专业技术、人脉、坚持坚强的信念、诚信品质、承担社会责任是创业成功不可或缺的要素。

但是，女厂长的成功背后，有不可忽视的局限性。她的服装厂只是处于大公司的一个中间环节，厂子没有独立的销售渠道，工人的工资水平较低。据后续了解，女工辛劳一天最多也只能拿到 70 元左右，更多的女工只能得到 40 到 50 元，由此可见，工人的劳动力成本被压缩，工厂产业链不完整，产业水平低，产品附加值低。即使是村里的创业典型，水平都是如此，其他返乡创业的农民工情况如何？

（访谈员：王晨雨）

通过培训提升技术并运用网络拓宽市场的养鹅户

受访者基本情况

性别：男

年龄：30 岁

籍贯：河南省商丘市柘城县岗王镇门楼王村

婚姻状况：已婚

文化程度：初中

创业地点：河南省商丘市柘城县岗王镇门楼王村

创业类型：返乡创业——养殖业

　　见面的是一位养殖户女主人，典型的农家妇女，一头长发扎成马尾。她身穿短袖短裤，脚上的拖鞋黑黑的，脚上也沾满了泥。介绍了我的身份和来意后，她很是热情，先是带我看养殖的除了鹅之外的鸡鸭等数量较少的养殖物，简陋的几根横杆和网绳就在田地里搭起了一个简易的养殖场地。

即使在条件简陋的田地里，她也给我找了椅子坐下，我们简单地聊了起来。后来又见了她的老公，结合两人的对话，终于补全了他们的创业过程。以下是和养殖场的女主人的访谈内容。

访谈员：你们已经养殖几年了？

受访者：大概六七年了。

访谈员：当初怎么开始养鹅的呢，养殖前有出去打工过吗？

受访者：有啊，肯定有打过工的。养殖之前是到厂里做活、市场卖菜，都试过，但是几年过去了，不管怎么样都赚不到钱，而且家里有老有小，就觉得还不如回乡找活干，没有活不如自己去创业。后来不知道在哪儿就听人家说养殖赚钱，我一想，家里的地都空着，（自己在）家里也可以养，为什么不试试呢，所以，大概2011年吧，（我）就开始接触养殖业，想着先养鸡试试水。

访谈员：那这个过程中有什么困难吗？

受访者：那肯定有了。刚开始的时候没有经验，真的太难了，说起来都是心疼。一开始，我们刚开始接触养鸡，就在玉米地里干起了立体化养鸡。9月份出栏，去卖觉得利润还可以，还想继续养殖。可是后来不久，就开始暴发禽流感了，我家的鸡也都得病了，没有办法治，一只传染一只，我们只能看着，啥也做不了。想要隔离都不行，扩散得很快，大批大批的鸡都死了，亏了不少钱。

访谈员：啊？都死光了吗？

受访者：我心里清楚，就算它们活蹦乱跳的，也不行了，禽流感一旦暴发，市场上谁还敢买鸡啊，这么一想真的是心疼得不行。没有办法，也就放弃了养殖的念头，那一次亏损得太多了，欠的钱还有些都没有还上，也不敢再养鸡了。后来我们就只能想做些别的生意。所以2012年，我们就在家买了一辆农用车，在家干运输，帮人家拉土、拉砖，也就是挣点小钱，慢慢还债。（原本开朗大方的她语气沉郁了下来，回忆的过程中虽然只是轻描淡写的几句，可是字里行间的心情起伏变化却十分直白，让人感同身受，刚想要继续创业、扩大规模的时候，却出了禽流感这样的灾难，对一个新生的创业家庭的打击想必是很大的。资金、技术等都不够到位，禽流感一出创业过程也就被中断了，这些都是可以被其他创业者引以为戒的。）

访谈员：那后来怎么又继续养殖，接触养鹅了呢？

受访者：2015 年吧，听人家说，养鹅的生意不错。我就开始想，我们是不是也可以养殖肉鹅呢，于是我们又开始重新接触养殖水禽，鹅与鸭。越来越觉得这是一个好项目，能赚钱，当时看见电视上有把鹅放到林子底下养殖的，就想着能不能直接放在玉米地里养殖，还节省了场地费。说干就干，当年买了 1000 只白鹅放到我们的玉米地里，还是立体化养殖。刚开始第一次，我们的养殖技术不好，竟然不小心伤了 100 多只，这都是损失，10 月份出栏的时候，也没遇见好行情，市场价格不稳定，也没有找到好卖的渠道，又亏了 2 万元。但是我们不甘心，因为拉土拉砖根本赚不到钱，家庭的生活压力很大。我老公就一直在想，为什么别人养鹅都能挣钱，我们不能呢？我们就一直在想办法，去培训、学习，来提高自己的养殖技术，准备开始第二次养。

访谈员：是啊，销路是很重要的，但是你们现在规模越来越大了，肯定是早就已经有了销路吧，这个过程中，是怎么找到销路的呢？

受访者：一开始我们也不怎么熟悉外面的世界，是我老公他会用自己的手机和电脑。有一天去做培训的时候，他就听说可以通过一个网站去找买家，我平时不会玩这些，也不懂（说到这里，她轻轻抓了抓头发有些不好意思的样子）。但是我相信我家那口子，就跟着他干，果然没过多久，他就通过网络找到了买鹅的人，就这样慢慢越养越多。直到两年前，2016年吧，功夫不负有心人，2016 年下半年，我们终于找到一条可靠的销售渠道，只要我们的鹅养成了就直接有人过来拉货，这样我们的鹅就不担心卖不出去了，这才算是稳定了生意的收入。（她又重新喜笑颜开，回忆到和老公一起创业的经历，眼睛里都闪着光，真是一对恩爱的夫妻啊。）

访谈员：所以对你们来说互联网的作用很大吧？

受访者：是的，通过互联网我们接触到外面更多的人，更大的市场，还可以找到别的地方组织的养殖技术培训，前几天我那口子就去了。

访谈员：您觉得最近养鹅的行情怎么样呢？

受访者：每一年都不一样吧，好的时候赚得多，不好的时候就少一点。（一副习以为常的样子，但是在说赚得多一点的时候还是会露出一丝开心的笑容。）

访谈员：咱村除了您这一家养殖场，还有别处养鹅的吗？

受访者：还有好多呢，前年，我们家建了一个合作社。想要养殖的话，就加入我们的合作社，我们会提供鹅苗、技术、饲料。下面的养殖户跟着我们养殖，不用考虑进货和销售，打药也是我们提供，大家一起赚钱嘛，乡里乡邻的大家一起干还有个照应，我家那口子经常说，能一起赚钱就一起赚钱，谁想过苦日子？（这位养殖户说出的淳朴话语让人心生感动，这就是农村人的感情吧。）

以下是与养殖户男主人的对话，他身材不高不低，有些微胖，面相和善，说话中底气十足，充满了年轻人的活力，人也十分健谈热情。向他说明我的来意后，他与别的创业者不同，很快就接受了我的调查，并且复述出了我调研的主要目的，让我十分惊喜，果然是能够使用网络做生意的人，接受新事物的能力很强。

访谈员：当初怎么想要建一个合作社呢？

受访者：这也是我去培训的时候，听专家说的，他建议我们能成立合作社团结村民，合伙的话就会有很多优势。我一想确实可行，自己一个人养殖的规模总是有限的，为什么不找更多的人加入我们，养得越多，赚得不就越多吗？而且，如果成立合作社，就可以帮助想要在家创业的农民，给他们分享我的经验和销路，这样大家聚在一起养殖的话，销售的时候就更能和买家讲价钱，人多力量大嘛。（他说这些话的时候神情也是十分自信，与一般的农民都不一样，他能够利用互联网，主动参加培训，去不断学习真的让我很敬佩，这样的思想和冲劲是创业过程中绝对必不可少的要素。2017年7月份合作社成立。有工商局颁发的合作社执照，有10人以上的贫困户在本社打零工。）

访谈员：您觉得现在想继续扩大的话，最需要的是什么呢？

受访者：当然是资金了，租用玉米地，购买鹅苗，都是要钱啊。我们现在想要扩大玉米地的面积，准备再向周围的土地进行租用，这样这一片都可以扩大了，我会对这片地进行绿化管理，不仅仅是鹅的数量要增多，还要种植果树，就像种植园一样，还想要更多养鹅的设备，但是没有资金。

访谈员：创业过程中，有受到政府的资助吗？

受访者：没有，别说资助了，贷款都很难。每一次我们去贷款都批不下来，贷款流程我们都不是很清楚，去问村里管事的人他们就说是银行方面评估的，他们不清楚，那我就更不清楚了。所以我们两次申请贷款，都没有申请下来，后来也就放弃了。

访谈员：那缺资金怎么办呢？

受访者：就找亲戚朋友借款啊，到处都借遍了，勉强凑出来去租地进苗。你看过我们的养殖场吗，如果把玉米推倒的话，你会看见我这四亩地都是鹅，我在这方圆一二十里都是有名气的。

访谈员：我还没有看过呢。

受访者：走，我带你去参观参观，也可以拍照。

访谈员：那再好不过了，太感谢了！

受访者：你看，咱养的这种鸡就是慈禧太后那时候留下的品种，这鸡就是北京招待外宾用的鸡，叫北京油鸡，又叫中华宫廷贡鸡。咱这养殖的品种多样，有羊、鸡、孔雀、斑马小香猪，还有鸿雁。这一批鹅，加上我的养殖户的鹅，一出栏就有6000只鹅。这个黑色的就是大雁。（一进去，此起彼伏的鹅叫声，十分热闹，地上也都是小鹅的便便，为了让我看得的更清楚，他还帮忙把躲在一旁的鹅都赶出来供我拍照，实在是一个很贴心的人，我新奇地看着这些鹅和鸿雁，他很热情地为我介绍它们的习性，此次访谈到这儿也就结束了。）

访谈员手记

　　门楼王村中最大的养殖户就是本次访谈的对象，不仅是自己家养殖肉鹅，还成立了养鹅合作社，指导帮助想养鹅的村民们，带领他们一起参与养殖肉鹅，在一定程度上拉动了村子的经济状况，改善了一部分村民们的生活。深入了解此养殖户的创业经历，其中男养殖户擅长运用电子设备，通过在电脑上了解养殖培训信息，不辞辛劳地赶赴专家讲座、培训会，听取、学习专家的建议和养鹅的知识与技巧，了解立体化养殖，物尽其用。与此同时，还在电脑上找到了销售成鹅的渠道，同合作社的养殖户们一起，固定时期销售，摆脱了家乡村子的闭塞性与市场的狭小的局限性，稳定了销路，这正是互联网时代下的传统养殖业与电子商务的有机融合，是值得推广的。

　　除此之外，这位养殖户也面临许多问题，贷款申请难，缺乏扩建资金，这也是值得重视的。虽然合作社实现了稳定的养销模式，但是没有深度加工，产业链短，产品的附加值低，并不能脱离农民工的视野局限性，没有突破传统的养殖、种植思维，也是发人深思的。

（访谈员：王晨雨）

为赊销所困靠民间借贷周转的建材老板

182

受访者基本情况

性别：女

年龄：43 岁

籍贯：河南省商丘市柘城县岗王镇门楼王村

婚姻状况：已婚

文化程度：初中

创业地点：河南省商丘市柘城县岗王镇门楼王村

创业类型：返乡创业——建筑材料销售

那是一个阳光明媚的下午，随着爷爷的指引去店里拜访采访对象。进去以后发现空无一人，只有一只小狗不停吠叫。吵闹声传上二楼，方才惊动了在楼上休息的老板，下楼与我们相见。说明我的来意后，她也十分乐意与我诉说自己的创业故事。

访谈员：您出去打过工吗？

受访者：有，以前去城里修自行车，后来就开始在家做生意。

访谈员：怎么想到做生意呢？

受访者：在城里干活挣不到什么钱，听说家里在建开发区，刚好又在我家附近，想着回来看看，但只待在家里也没啥事，就做生意了。

访谈员：那您是怎么想到要卖钢筋呢？

受访者：我跟你叔刚回来时是在村里修三轮车，修车干了 10 多年，后来慢慢地做起了这个生意，做生意做了 26 年也没做大。我是哪儿也没去过，每天在岗王镇转悠。

访谈员：嗯，您大概几岁开始做生意的呢？

受访者：嗯，得有 19 岁了吧，现在都 40 多岁了，马上就 50 岁了。在家里做生意赚点零花钱啊，比你在家里闲着或是出去打工好一点，生意好一点就赚点，生意不好就赚不到钱。

访谈员：我看见这门口堆着很多货，这是准备送出去还是等着人家来买呢？

受访者：给人家送的，这些是从商丘的市场把货给批发过来，放在咱这里零售，有人买了，咱就用那个电动三轮车给人家送过去，相当于跑腿，利润不大。

访谈员：咱这东西一般都送到哪里去呢？

受访者：只送 15 里地以内的顾客，15 里地以外就不送了，不然有油费、装卸费，就不划算了。

访谈员：一开始就是现在这个规模吗，生意怎么做起来的呢？

受访者：当然不是，刚开始做生意，都不知道呢，所以就要宣传，让人家来这儿看看，看上了就买，看不上也就算了。比如，做完一单生意，下次村里面谁要建房子，相互一打听，就知道咱这东西不错，推荐使用咱家的材料，慢慢地知道的人也就多了。

访谈员：创业过程中资金问题怎么解决的呢，有向别人借过钱吗？

受访者：私人贷款，没有用公家的贷款，熟人借钱给你，就是利息高一点，10000 块钱一年 1000 块钱的利息。

访谈员：那一开始怎么想到用这个私人贷款呢？

受访者：自己到处找的，找人就问："你手头有钱吗？"就这样，这人借一点，那人借一点，就有钱了。一开始我们做生意的时候 1000 块钱都没有，全是用的这种贷款。

访谈员：那人家把钱借给你用，也会比较害怕吧，万一你一不小心把生意做赔了，怎么办呢？

受访者：（她一脸正色，十分坚定地告诉我说）若是赔了也得把钱还

183

给人家。借钱的时候写个欠条，到年底了，如果想把钱收回去了，就把本金和利息一起还回去，若愿意继续让我用，就继续算着利息。现在我手里边还有别人的 10 多万块呢，不用这些钱做生意的话现金就周转不开。

访谈员：为什么呢？

受访者：因为人家不盖好屋子就不给结账，这样一来就没钱进货，要想进货就要借钱。除了这些，还有人欠钱就是不还，一两个月去催一次款，人家就说没有，一直拖一两年才结账，拖三四年的都有。这样就赚不了钱了。若这个生意的利润高的话，一年还能赚一点，若再低的话，纯粹就是亏钱。有时候生意不好，日子就难过一点，不过这也不常有。谁借给我们钱，如果想要拿走了就提前说，一两个月我们就赶紧凑钱还给人家，最重要的是诚信，要让别人相信咱才可以。

访谈员：最近几年生意好吗？

受访者：这几年生意也差不多，就是没有前几年生意好，不过现在各行各业的生意都不是很挣钱，没有前几年生意好。

访谈员：做生意过程中还遇见过什么困难？

受访者：就是钱的困难，有时候要钱要得急，需要一次借三五万的，人家没有那么多现钱，就先打个欠条，给你一两万元，等过两天，人家去银行取钱，再给你剩余的钱。

此时来了客人，她忙着招呼，访谈就结束了。

访谈员手记

此次访谈，从老板朴实的话语中不难看出，农村生意经中的人情关系和赊销的模式。尤其是农村经济并不发达，家家户户的余钱并不充裕。在建造房屋的过程中，各项支出都相对较多，加上乡里乡邻的人情风俗，大部分选择购买建筑材料的村民都会拖欠货款，并不是一次性结清账目。此种行为很容易造成经营者资金短缺，甚至是资金链断裂，这也是农民工返乡创业过程中不得不注意的城乡创业差别。本次访谈的对象就十分完美地解决了这一问题：通过向村里有余钱的人有偿贷款，来集合资金，缓解资金压力，在一次又一次的交易中逐渐收回货款，扩大规模，可以说，这是给农民工返乡创业提供了一条很好的解决资金短缺问题的可行道路。

同时，不容忽视的是，起初本次采访的创业者返乡原因就是家乡正在建造开发区，并且划定范围就是在该创业者的宅基地上，如此良机，促成了他们回乡创业的决定。我还看见村民们的生活有了明显的改善，许多创业的店铺大大改变了家乡的面貌，由此可见，农民工返乡创业扶持政策的落实也起到了一定的作用。

（访谈员：王晨雨）

学校旁边的小吃店

受访者基本情况

性别：男

年龄：45 岁

籍贯：河南南阳

婚姻状况：已婚

文化程度：初中

创业时间：2018 年至今

创业地点：河南省南阳市唐河县源潭镇王湾村

创业类型：返乡创业——餐饮业

此创业者家里有两个孩子，一男一女，男孩年纪大点。他家之前是在源潭镇周边做小买卖，就是去村里收购后再到别的地方卖，赚差价。他后来又出去打工，现在年纪大了，就在镇上开了一家餐饮店。

访谈员： 我记得前几年您和婶婶都在外边打工，怎么现在回来开店了？外边挣不到钱吗？

受访者： 打工不挣钱啊，因为没文化，钱不好挣，而且在外边也待够了，儿子也大了，再等两年就要结婚了，女儿也该上初中了，要在她身边照顾她，让她好好上学读书，所以就回来做个小生意。之前在打工的地方学过一点做饭的手艺，前几天我和你婶婶又去双河（地名）那边跟厨师们学了点，反正这条街上的小吃店也不多，先开着试试，而且咱这个店正好在学校门口，生意会好些。

访谈员：我当初上学的时候就是经常跑出来吃饭，因为学校的饭确实是难吃。这个想法很不错，不过那边那个店开了有快十年了吧，估计你们两家竞争压力大些。

受访者：他们那边确实生意挺不错的，不过学生多，不可能都挤到他那儿去吃饭，而且咱这店刚开始，以后时间长了来的人就多了。

访谈员：嗯，时间长情况可能会好些。您这个店面是租的吧？

受访者：是，房租还不便宜，一年要一万多元。

访谈员：您这些炉子、桌子什么的，买的时候花了多少钱？

受访者：也没有多少，一共也就两三万块钱，主要是人力，我和你婶婶得天天待在店里，生意不稳定，时好时坏。

访谈员：您可以去外地开个小吃店，专门卖河南的特色菜，肯定挣钱。

受访者：哪有那么容易，在外边谁也不认识，还没文化，不好干啊。在这里开店离家近，虽然挣钱少些，但是干着舒服。

访谈员：那您这个店现在卖的都有什么饭菜？

受访者：有热干面、米线、牛肉汤……基本上都是些小吃，都是我和你婶婶去专门学的。

访谈员：去学习的地方是政府设立的机构还是私人的？

受访者：私人的，你交学费，人家教你。

访谈员：那有没有想过去申请政府的创业扶持资金？

受访者：没必要，就几万块钱，不如全靠自己弄，反正成本也不高，若是赔钱也赔不了多少。

访谈员：今天的采访就到这里了，谢谢您。

访谈员手记

本来没想选这两个长辈作为访谈对象的，但是又不想把访谈都做成养殖业类型的，正好这两个长辈是这几年才开始创业的，所以就选择了他们。

187

　　大概10年前，这家应该算是挺富的。当时我朋友的爸爸，也就是这次的访谈对象弄了个三轮车就下乡收东西，然后转卖出去，应该挺挣钱的，朋友的妈妈那时候在外边打工，也挣钱，所以他们的生活确实挺不错的。后来就不行了，一方面因为年纪大了，另一方面，以前的挣钱模式现在已经过时了，所以两人只能出去打工，现在两个孩子也都大了，虽然我朋友还没成家，但两个长辈都已经不想再出去了，就选择做个小生意，维持生活。其实很多在外边打工的人都有这个想法，我有个亲戚去年炒股挣了点钱，就一直想着回老家开个店，但也只是想想，因为没文化，没技术，只有眼界与想法是不可能成功的。这两个长辈的生意并不好，小镇上的人不多，只靠着学生当客源，也只是能维持下去罢了，想赚钱是不可能的。

　　他们没有走正规程序，没有营业执照，没有卫生执照，因为基本上一条街没有几家有正规证书，想办个证书实在是太难了，而且他们根本就没有这个意识。虽然国家对于回乡创业的扶持力度很大，但如果不能把信息送进农民的心里，那就一点用都不会有。发展好的地区的地方政府会积极推行国家的政策，但发展不好的地区的地方政府就只会宣传。其实我觉得大学生村官的政策挺好，年轻人总是会充满激情，会有想法，敢于去改变，而一旦到了追求安稳的年纪，做事就不会这样了。

（访谈员：宁波大学　常广顺）

终于回本的养猪户

受访者基本情况

性别：男

年龄：36 岁

籍贯：河南南阳

婚姻状况：已婚

文化程度：初中

创业时间：2013 年至今

创业地点：河南省南阳市唐河县源潭镇杨王庄村

创业类型：返乡创业——养殖业

这个老板很健谈，年龄也不大，所以访谈过程比较顺利。

访谈员： 叔叔您好，我是宁波大学的学生，我们学校有一个实践调研，是对咱农民在家乡创业情况的调查，所以我来向您了解一些情况，您看可以吗？

受访者： 当然可以，你想知道什么就问吧。（当时也不是很忙，所以我们是在屋里坐着谈话的。）

访谈员： 看您年纪也不大，为什么选择在家里搞养殖，而不是外出打工？

受访者： （笑了笑）我初中毕业就不上学了，就跟着亲戚出去打工，去过澄海、青岛，后来家里有人说媒，就回来结婚，婚后我们又出去打工两年，有了孩子后，我自己在外面又干了两年，感觉不挣钱，正好那两年咱这边养猪比较挣钱，于是就跟家里商量回家来试着养猪，刚开始什么也不会，就建了个小猪圈，养了没多少只猪，虽然以前也养过猪，但都是养一两只，到过年杀了自己吃，这次养多了，问题都出来了。刚养了一个多月，猪开始生病，死了好多，又因为饲料不会配，猪不长膘，最后没办法，把猪都卖了，就又出去打工。结果那一年猪价涨了，我看周围那些养猪的人都挣了不少钱，我就又开始养。这次我先去那些认识的人的猪圈里看了看，问问他们应该买什么品种的猪、猪饲料怎么配、猪生病是怎么回事，清楚之后才开始养。结果那一年猪价降了，赔了不少钱，但我这次没有放弃，坚持到第二年，猪价涨上去了，稍微回了点本钱，虽然还是欠了很多钱，但也算是有了点希望，就这样坚持到了现在，这两年也算是可以。

访谈员：养猪的过程千辛万苦啊，您当初那些资金都是从哪儿来的？

受访者：自己家里的存款和向亲戚朋友借的钱，算是凑够了。

访谈员：政府有对农民创业的政策资助，你没去申请？

受访者：（笑了笑）咱这养猪的规模小，完全没必要去申请这个。

访谈员：您当初办这个花了多少钱？

受访者：花了将近 10 万块钱，要说多也不算太多。

访谈员：您现在这个猪圈规模不止 10 万吧？

受访者：对，这是已经扩建的，如果规模小的话就挣不到钱。

访谈员：您的猪都卖到哪儿了？

受访者：我有个亲戚在肉制品加工厂里工作，他给我介绍的销路，之前还卖到附近的肉联厂，不过现在倒闭了，一般都是半年卖一次，年关卖得多些。

访谈员：以前咱这边养猪的人家挺多的，现在怎么少了？

受访者：（笑了笑）现在国家治理污染，养猪造成的污染太严重了，被强行关闭了，而且这两年猪价不稳定，有些人坚持不下去了只能关门。咱这个规模不大不小，而且粪便没有随意排放，就还能继续开下去。

访谈员：咱今天的访谈就到这里，下次有空了咱再好好聊聊，谢谢您。

访谈员手记

这位访谈对象很健谈，所以整个过程很轻松。他的打工经历基本是大部分农村人的真实写照，十几岁就出去打工，几年后回家结婚生育，然后继续出去打工，很累，但他们不得不做。因为没有文化与技术，很多人并不是不喜欢上学，实在是家庭负担不起。老一辈的人没有出去打工的想法，只是守着几亩地生存。到了他们这一代，年轻人开始出去打工，等到明白上学的重要性时，已经晚了，只能继续在外边打工。有想法，有勇气改变真的不容易。

陈叔没什么文化，但在外边待了那么长时间，对于人情世故很熟悉。虽然刚开始没人脉时很艰难，但当他走上轨道时，也就没那么难了，但也仅限于此。没有文化，没有人脉，没有资金，这是很大的掣肘。跟我们聊天谈到这些问题时，陈叔也显得很无奈。虽然国家把创业资助政策提出来了，但怎样落实，落实到什么程度，这些都很难预测，尤其在信息闭塞的地方，资助政策实施起来难度很大。

（访谈员：宁波大学　常广顺）

不愿当闲人的羊倌

受访者基本情况

性别：男

年龄：53 岁

籍贯：河南南阳

婚姻状况：已婚

文化程度：初中

创业时间：2016 年至今

创业地点：河南省南阳市唐河县源潭镇袁楼村

创业类型：返乡创业——养殖业

这个创业者是我一位比较熟悉的长辈，他的情况我也比较了解，所以就没有直接问基本的问题，而是在谈话中慢慢引出这些问题。由于关系很亲近，谈话过程也很随意，这段资料是根据录音和记忆整理的。

这个伯伯姓李，早年在外打工，后来身体出了一点问题，就在家休息了，近几年才开始搞养殖——养羊。刚开始两年，规模不算大，在村子边上的田地里建了羊圈，养了有 30 多只羊。

访谈员：您当初开始的时候投入的成本大概有多少？

受访者：刚开始就想先养几只羊试试看，建羊圈花了 2 万块左右，其他设施花了 2 万多块，引进种羊花了 1 万多块，再加上其他零碎的花费，一共投了有 7 万块钱左右。

访谈员：那现在大概回了多少本钱了？

受访者：大概回了成本的三分之一，估计今年能再回三分之一。

访谈员：刚开始的时候应该会有一些困难吧？

受访者：肯定有啊，刚开始的时候镇上的有关单位来调查我的羊圈，说建羊圈是违规行为，需要罚钱，我没交罚款，后来是找了一个亲戚去镇上说明了情况，这个事才不了了之了。

访谈员：这些问题可以找村支书进行调解吧？

受访者：找过了，不管用，解决不了。

访谈员：那您刚开始的时候贷款了吗？

受访者：没有，小额贷款没用，贷款太多又用不到，而且贷款也不容易，跑来跑去太麻烦，还不如靠自己。

访谈员：您听说过其他的关于咱农民创业的资助政策吗？

受访者：没有，咱这就是没事做找个营生（生计），别的也没怎么了解过，而且我这个羊圈规模小，谈不上什么政策。

访谈员：一只羊大概能赚多少钱？

受访者：一只羊从羊羔到卖掉要喂养好几个月，中间还会有损耗，而且还要治病、打针，如果赶上市场不好，就赔钱了。

访谈员：这个羊的治病与打针，国家有补贴和优惠吗？

受访者：没听说过，可能有吧。

访谈员：那您的羊都是卖到哪里了？

受访者：基本都是卖给附近的村民了，但也不一定，销路一般都是熟人介绍，或者就是老熟客，刚开始时羊太少，一般不会有固定的客户。

访谈员：您准备扩大规模吗？

受访者：还没考虑，等把本钱挣回来后再考虑要不要扩大，因为扩大规模也有一定的难度，首先是我的身体情况不允许，其次是再扩大规模的话要走正规手续，还要花钱，不一定划算。

访谈员：嗯，确实是这样，虽然国家也有一些扶持的政策，但是我们这边申请着好像不是太容易。

受访者：谁说不是啊，咱们这里信息闭塞，很多东西咱都了解不到，没办法。

访谈员：您觉得现阶段还有哪些方面的困难？

受访者：也没什么困难，就是以后如果要扩大规模的话，麻烦可能多一点，资金问题、手续问题，还有我自己身体的问题，不过这都是后话，现在不考虑这些。

访谈员：了解了，今天就到这里了，谢谢您了！

访谈员手记

我和李伯关系比较亲近，所以对他的情况比较熟悉，就没问太多问题。李伯文化程度不高，但却很喜欢看书，以前没搞这个养殖的时候，整天拿着手机看电子书，后来搞起了养殖，每天晚上都睡在地里。我爸和李伯关系比较好，所以以前我爸跟我说，李伯不想做一个被人看不起的人，因为身体原因，他在家待了很多年，所幸两个女儿都是护士，工资也不低，一直都是两人往家里拿钱。但农村人确实是比较喜欢说闲话，所以这才想搞点创收，至少有事干，不会让别人认为是个闲人。虽说是为了赚钱，但其实真的挣不到钱，没有正规手续、正规渠道、资金支持，就自己一个人，没有任何人提供帮助，甚至还会有人来阻挠你。说心里话，没有财力，创业真的挺难的。

（访谈员：宁波大学　常广顺）

白羊村村支书访谈记录

受访者基本情况

性别：男

年龄：65 岁

籍贯：山西省大同市广灵县南村镇下白羊村

　　一开始，我并没有想到对村支书的采访会如此多折。腊月二十七，当我来到村委会时，发现由于上一任书记突然中风，他临时被委任来下白羊村担任村支书。面对我有关村情的提问，他有些说不上来。于是，我决定去采访再上一任的老书记。

　　这个老书记上任之初就深受村民的爱戴，即使早已卸任，也十分关注村里的大事，上一任书记每逢有重大事件，都会先与老书记商量，村民每当有了纠纷，也总会打电话请老书记出面调解。因此，我认为，采访他是正确的选择。

北方的冬天是清冷的，风刮在脸上竟有些疼。辗转多趟公交，我终于找到了老书记，他现在在一家饭馆做厨师，此时正是忙碌的时候。我和他的访谈就在锅碗的碰撞和前厅与后厨的传菜声中完成。

访谈员：书记，您好。我是咱们下白羊村××家的二孙女，这次我们学校有一个关于农民工创业的社会调研，我想采访您一下。因为咱们村上一任书记中风不能采访，新来的书记对村情还不太了解，所以我就过来问问您关于咱们村的一些情况，您看行吗？

受访者：行，你尽管问，我知道什么就给你说什么。

访谈员：您知道咱们村有多少人吗？

受访者：咱们村有4000多亩地，以前我当书记的时候登记的是1998个人，现在具体多少我不知道了。

访谈员：您对这数字记得这么清楚，怪不得人家都说您是好书记呢！您知不知道咱们村有多少人在外面打工？

受访者：打工的和在外面念书的加起来有1200人左右，种地养活不了家呀，年轻的人都出去打工了，尤其是陕西的厂子开了之后，走的就更多了。你爷爷早以前也在那厂子里上班，后来岁数大了才回了家。

访谈员：我记得。那厂子里的工作也挺辛苦，挺危险的。

受访者：没办法，没文化又没技术，只能是死受。（死受是方言，意思是做一些比较辛苦比较底层的工作。）

访谈员：您清不清楚咱村里有多少做买卖的人？

受访者：有个四五十人吧，养猪的有五六户，养羊的有20户，养牛的有1户，也有在咱们村开小卖铺和小吃店的，还有在县里和外面开饭店、超市的。

访谈员：还是挺多人愿意自己干啊。那他们自己创业做买卖，政府有没有相关政策帮帮他们？

受访者：没有，没听说过有什么政策。

访谈员：国家有帮助创业的小额贷款，您没听过吗？

受访者：没有呀，可能是我们那时候没有，现在有了，不过我是真没听说过。

访谈员：行。谢谢您接受我采访啊，我就先走了，不打扰您工作了。

受访者：没事没事，你路上慢点。

访谈员手记

我请我爷爷带我去参观了老书记说的养殖户，发现根本算不上我所理解的创业。他们不过是在自家的院子里养了几只羊、几头牛、几只猪，过年的时候杀掉换钱以贴补家用。

通过去镇政府和在县城官方网站上查询，县城的确有小额贷款、相关创业技能培训讲座以及税收减免等政策，但村民甚至村支书却不知道。

并且，在发放问卷的过程中，我了解到，很多正在创业的人并没有直接想到从政府那里寻求相关扶助，更多的人选择亲戚邻里之间互相借钱，有些甚至选择去借高利贷（借高利贷是从其他人口中得知，并非本人直接叙述）。

因此，我认为，不是说国家没有政策，而是政策的宣传和落实并没有到位。我希望相关人员应该走入村中，多多下乡，给村民以最直截明了的解说和答疑解惑。

（访谈员：宁波大学　李双）

多次创业失败仍坚持打工的姥爷

受访者基本情况

性别：男

年龄：65 岁

籍贯：山西省大同市广灵县南村镇下白羊村

　　要采访创业者，我第一个就想到了他。他是我的姥爷，今年 65 周岁，在我尚未出生的时候，就已经开始了他的创业路。如今年纪大了，几次创业失败的经历给他留下了一些欠款，时至今日，他仍拒绝子女的帮忙，一个人在水泥厂做食堂师傅和看门大爷，攒钱还债。

　　访谈员： 姥爷，您给我讲讲您年轻时候创业的事情吧。

　　受访者： 姥爷年轻的时候可折腾了，什么都干过。28 岁以前在村里种地，28 岁的时候在村里当电工，到处修电。30 岁的时候，在村里开了一个小卖铺，同时又担任了村支书，一做就是 6 年。

访谈员： 那您做书记做得好好的，怎么突然不做了呢？

受访者： 当时村里有一个无赖，总是找我的碴，找我打架，暗中使坏，被迫卸任了。为了过更好的生活，我们就一起搬到了县城。

访谈员： 到了县城，您就开始创业了吗？

受访者： 不是的，到了县城，我拿着卖房子的 2 万块钱，东拼西凑成了 4 万块，买了第一辆夏利车，开始跑出租车。

访谈员： 那个时候跑出租车赚钱吗？

受访者： 那个时候因为有私家车的人少，公交车也还不像现在这样方便，人们出个远门打车的很多，所以跑出租的时候还是赚了不少钱的。

访谈员： 后来呢？

受访者： 后来我看到有收菜的，有些人从这里赚到了不少的钱，当时我也年轻，就想去收菜，多赚几个钱。

访谈员： 收菜是怎么一个过程呢？

受访者： 我们在村里的耕地周围搭一个场地，雇两辆卡车，买好装菜用的箱子和秤，然后买村里人种好的菜，再按市场价卖到保定的市场去。

访谈员： 当时是您一个人干的还是和别人合伙？有没有雇人？

受访者： 主要是我一个人负责，卡车和司机是雇别人的，来交菜的农民多了还雇了几个女人整理菜装车。

访谈员： 那最后是盈利了还是亏本了？

受访者： 哎，赔了。第一次收菜我们收西红柿，结果那年西红柿的价特别低，第二次收菜我们收豆角，结果到市场上始终卖不出去，两次全赔了。

访谈员： 大概赔了多少钱？

受访者： 两次加起来赔了有 2 万多块。

访谈员： 之后您又继续创业了吗？

受访者： 后来开过饭店和狗肉店。

访谈员： 开这两个店的时候，您是自己开的还是合伙开的？

受访者：开狗肉店的时候是我自己，东拼西凑的凑了好几万块，租了店面，从杀狗到卖肉都是我一个人干。开饭店的时候是和几个亲戚合伙开的，主要是他们出钱，我出力打理。

访谈员：开狗肉店凑钱的时候，您了解过银行和政府的农民创业扶持政策吗？知不知道可以贷款？

受访者：我没听说过，也没想过贷款。因为和银行贷款要利息，万一赔了按期还不上，又是一桩大事。和亲戚朋友借，万一赔了，也可以慢慢还，不用担心利息。

访谈员：那后来您获利了吗？

受访者：没有，也赔了。一方面找不到从哪里买进狗，另一方面吃狗肉的人确实少，一天也卖不了几百块钱，根本就抵不了花出去的钱。

访谈员：那饭店呢？

受访者：饭店开了没半年也倒闭了。饭店是几个比较有钱的亲戚办的，钱是他们出的，应该没有贷款，相关的手续也是他们办的。开了以后本来也没有几个人来吃，这几个亲戚每次带朋友来也不结账，慢慢地，饭店也开不下去了。我就回去开公交车了。之后岁数大了，公交开不了，就来这个厂子看门做饭了。

访谈员：您这一生虽然有这么多失败的经历，但您这不停折腾的人生真的很有励志意义。谢谢您跟我讲了这么多。

受访者：没事。

访谈员手记

这位创业者多次的失败经历给我感触很深，我无法准确地了解在十几年前政府是不是真的没有相关的扶持政策，但从这位受访者身上，我可以感受到，农民工创业初期遇到资金上的困难时，首先想到的并不是向政府寻求帮助和扶持，反而担心会还不上政府的贷款。究竟为什么会造成这样的状况呢？我想这与政府对政策的落实程度是分不开的，农民工对扶持政策的不知道、不了解、不相信，又怎么能让政策真正地落实，这令人陷入深刻的思考。

（访谈员：宁波大学　李双）

沙子生意不好做了

受访者基本情况

性别：男

年龄：42 岁

籍贯：山西省大同市广灵县南村镇下白羊村

见到这位受访者是在病床前，确定要对他采访的几天之后，他便旧疾突发，住进了医院。他在病床上接受我的采访时，还接了电话指导儿子代替他打理生意。

访谈员：叔叔，您好，我是之前和您联系要对您采访的人，现在您身体怎么样了？我给您带了点补品，您好了之后得多吃些。

受访者：谢谢，谢谢！那有凳子，你赶紧坐吧。

访谈员：您这身体现在怎么样？怎么在病床上还谈生意啊。

受访者：好多了，快要出院了。主要是年后有人要买一批沙子，沙子来了，我得看看质量好不好，但是我儿子分不清楚好坏沙子，我得监督着。

访谈员：沙子还有好坏？

受访者：当然了，有的沙子拿到了，里面掺着土和石头，就是次货。卖不出去不说，就算卖出去了，盖出来的房子有了问题那不是造孽吗？

访谈员：您是开了一个建材公司吗？

受访者：也不是，我没申请公司。我就属于是一个中间商，我从上家收到低价的沙子，再提高一点价钱卖给盖房子的人。

访谈员：那您转卖一次大概能赚多少钱呢？

受访者：也赚不了多少钱，况且现在生意也不好做了。

访谈员：为什么现在生意不好做了呢？

受访者：因为过去建材公司少，自己盖房子的人没渠道找沙子，就会找到我，我把沙子卖给他们就比较容易。但现在不行了，建材公司越来越多，交通越来越发达，从外面买沙子的人也越来越多，所以我的生意就不好做了。

访谈员：您干这一行挺久了？

受访者：是啊，我做这已经快 10 年了，感觉现在已经要做不了了。

由于受访者原因提前结束了采访，后面的采访是在电话中完成的，照片也是受访者的妻子提供的。

访谈员：叔叔您好，上次咱们聊到您做建材生意已经 10 年了，我想问，您做这个有遇到过什么困难吗？

受访者：当然有。有一段时间生意不好，手头也紧，都没钱购进沙子，那段时间日子过得很紧巴。

访谈员：那您是怎么解决这个困难的？

受访者：人们说银行能贷款，我就想着去试试，虽然有利息，但早点还也没多少钱，我就去银行问了。但是银行需要的材料太多了，审批也很慢，我就放弃了贷款，把家里的车卖了。

访谈员：那您现在有没有了解过银行的贷款程序？

受访者：没有了解过，应该是变快了吧。

访谈员：嗯。谢谢叔叔再次接受我的采访，您注意身体，好好保养，我就不打扰您了，再见叔叔。

受访者：没事，有事你再打电话。

访谈员手记

　　这位访谈者对相关的政策还是有一定的了解的，但是不难看出，当他想要寻求帮助的时候遇到了一些困难，之后就不再选择第一时间向相关部门寻求扶持。因此，政策的出发点再好也是需要真正地有效落实才可以。

（访谈员：宁波大学　李双）

西部地区

徐刚：初心不忘，奋斗不止

受访者基本情况

性别：男

年龄：40 岁

籍贯：四川省成都市简阳市禾丰镇丙灵村

婚姻状况：已婚

文化程度：高中

打工时间：1996—2015 年

创业类型：返乡创业——养殖业、种植业

创业地点：四川省成都市简阳市禾丰镇丙灵村

　　丙灵村是省定贫困村，原有建档立卡贫困户 132 户 412 人，目前已经全部脱贫摘帽。丙灵村村民表示，"除了政府的帮扶，还多亏了村主任（现为村支书的徐刚）的带动。"徐刚作为返乡创业典型，带领丙灵村村民打赢了脱贫攻坚战。目前在徐刚的带头下，丙灵村的蜜柚种植和生猪养殖已成为一种典型模式。为此，我联系了徐刚，并针对其具体创业过程进行了了解。

据徐刚自己介绍：

1996 年，19 岁的徐刚，遭遇了一场意外，失去了双亲，留下他与 12 岁的弟弟相依为命，还有 76 岁的奶奶和 82 岁的爷爷。当时徐刚正好高考完，本来报了成都一所大学的工商管理专业，因为这场意外家里没了经济来源，大学也上不了了。处理完父母的后事，徐刚家的生活状况也进入瓶颈，丙灵村的村民们就给徐刚家里送米送菜，不断帮助徐刚。这样的帮助一直持续了半年，直到徐刚决定到广州去闯闯。到了广州，进了包装印刷厂，从打杂、卸货，到之后机缘巧合，成为厂里技工，以后的路可以说是顺风顺水，并不满足的徐刚开始学管理，一步步学习成长，最终被猎头公司看中，2004 年成为厦门合兴包装股份有限公司的总经理。

徐刚虽然取得了成功，但他的心里却始终惦记着丙灵村。他说："回去过几次，感觉变化不大，有的家庭很贫困。回村的道路也是坑坑洼洼。"

尽管家里人反对，他仍坚持回来，想要带动村里人脱贫致富。通过考察当地的气候、土壤条件，他选择了合适的农作物。2015 年 4 月，徐刚回来了，成立了简阳市呈祥瑞泰农业科技有限公司，承包了 500 亩土地，他当时的想法很简单，赚了钱，把钱分给乡亲们，报答他们当年的恩情。其间，也遭到了当地村民的怀疑，但他用自己的做法排除了不信任感，最后一步步带领丙灵村人走向富裕。

截止到 2018 年，园区已引进业主 20 余家，流转土地 5000 余亩，合作社安置了有劳动力贫困户就业 53 人，吸纳返乡创业青年 12 人，开展种植培训 17 场次，养殖培训 9 场次。

访谈员：徐书记您好，我是一名在读本科生，目前正在参与"农民工创业扶持政策创新研究"的课题，希望您接受我的采访。

受访者： 你想问什么，我知道的都会尽量告诉你。

访谈员： 好的，首先想请问一下您当初为什么想要回来创业呢？据我了解，您当时在浦江有一个包装印刷厂，您却放弃了？

受访者： 原因很复杂，你们应该看过我的类似报道（嗯，是的。），那你们应该知道，我有一些不平凡的经历（见上文附），当时多亏了我的乡亲们，所以回来创业最主要是想报答他们。我不知道自己能不能成功，也不知道自己能做到哪一步，但是我倾尽所有，就想问心无愧。当时给我的团队也是这样说的。像我这种经历过的人，只想用实际行动去证明，也不想过多解释什么。

访谈员： 您返乡的原因令人感动，这份心意很难得。那么，我们知道光有心还不行，还得有硬件，您回来之前有些什么准备呢？比如资金、人脉。

受访者： 其实对当初的我来说，在外面打拼那么多年，资金和人脉都不是太大问题，2010 年，我在福建一家包装公司做总经理，后来又去做传媒，现在才又转到农业上。这个跨度很大，但是我不是脑袋一热决定的。对我来说，最重要的是找准市场定位，就是回来要做什么。这个过程我用了 3 年，因为农业的投入很大、见效很低，所以要因地制宜，如果这个地方适合种南瓜，却种豇豆，那就不对了。

访谈员： 那您是怎么解决这个问题的呢？

受访者： 靠技术。比如我们这个地方，通过农业专家帮忙，我们知道了简阳的纬度大概是 30.33″，纬度决定光照，土地检测的 pH 酸碱度是 7.2—8.5，属于弱碱性，常年降雨量是 800 毫米，无霜期是 330 天，对当地的气候全部了解之后，才能决定种什么最好。但这个肯定不够，还要做市场调查，种植的产品有什么核心竞争力，面对的消费人群是谁，人群的需求又是什么？要把这些问题搞清楚，才能进行下一步。毕竟气候是影响农作物生长最主要的因素，然后根据产品找消费人群，最后根据消费人群确定自己的规模，这才是个完整过程。

访谈员： 因地制宜确实很重要，很多人都是看着别人做什么就跟风，同质化现象太严重。您刚才提到很多精确的检测数据，这是需要技术人员的吧，您的这些技术人员是您的朋友吗？

受访者：不是朋友，是花钱请的人。

访谈员：购买的？那应该需要资金吧，这些资金从哪儿来？

受访者：都是自己的钱。当时很多人都说我疯了，看笑话的人也很多，压力很大。

访谈员：听您这样说，看来困难还挺多的，您当时还有什么困难呢？

受访者：当初回来的时候，老百姓是接受不了的，他们认为一个成功的人就不应该回来，在外面有好日子过为啥还回来受苦？包括我的家人当时也不支持。这里的人世世代代都在这里生活，在这里挣不到钱，那你回来干什么呢？有些人就抱着怀疑的态度，认为我是回来套项目（以为拿到项目就要跑路），因为我是生意人嘛，所以他们的土地就不愿意租给我，说到底还是对我不信任。

访谈员：也就是说，当时资金、技术、人脉都有，只是缺土地资源？

受访者：是，所以后面做了很多工作，我先把池塘包下来，改造成鱼塘，第一次改建的时候就花了320万元，还请了当地的民工，他们都看到我投入那么大，有些人的怀疑就减少了。鱼养大后，我们就开始卖鱼，鲈鱼28元一斤，鳜鱼50元一斤，卖的时候就用现金，分钱也用现金，老百姓就喜欢看到现金。

访谈员：是的，虽然现在微信支付宝用得很多，但是对很多没用过智能手机的老百姓，他们还是更相信实实在在的钱。只是这样有些麻烦吧？

受访者：对，是麻烦了点，但是为了取得信任，麻烦点也没有关系。这样大家也都知道了跟着我干能挣钱。同时，我们也解决了150多户贫困户。在我这儿，最低收入是1500元一个月，有几个阿姨在我儿这领工资的时候，都哭了。

访谈员：取得信任的过程应该很漫长吧，大家看到有钱可以赚，自然相信你了。

受访者：大概一年多吧，但是哪个人都不敢保证搞农业赚钱。

访谈员：整个创业过程政府有提供什么帮助吗？

受访者：有，政府有给老百姓发放产业扶贫资金。2016 年政府进入脱贫攻坚，老百姓就自愿把他们的产业扶贫资金入股到我们这里，一个人800 元，整个村就有 20 多万元，我们就成立了合作社，政府政策环境比较好，所以合作社成立的过程很顺利。百姓在这里既是打工者，又是股东。除了有工资，年底每个人还有 300 元的分红。（据悉，合作社按照公司出资＋合作社经营＋农户种植的模式，由公司出资 80%，贫困户以财政扶贫资金 800 元／人，采购种苗入股，占比 20%。按投资比例利润分红，保障贫困户 300 元／人的最低收入。）

访谈员：不管公司是否盈利，工资和分红都会给村民吗？

受访者：会，这部分钱是保证给的。但是我们也有保障措施，就是入股满两年之后，我们会支持村民自主创业，我们提供技术和资金。

访谈员：那政府有给自主创业的人提供帮助吗？

受访者：没有啊，这都是我一个人在搞。

访谈员：但是据我了解，成都市不是下发了一个通知，要支持农民工返乡创业，简阳市也是全国返乡创业试点县（《成都市人民政府办公厅关于进一步做好农民工等人员返乡创业就业工作的实施意见》），怎么会没有呢？

受访者：还真没有。

访谈员：意见提上去了，但是没有得到答复？

受访者：是啊，这些主要还是靠自己，现在已经有 21 个农民工回来了，土地面积也从开始的 300 亩，到现在的两万多亩，这说明我们自己也可以做得很好。至少我现在没有享受到任何政策，不知道是哪儿的问题。倒是有个招商指南，写得也是奇怪，还把种什么规定死了，我给找一下。

访谈员：确实，把重点特色产业规定得很死板，您的蜜柚确实也是特色产品。

受访者：是这个道理。

访谈员：除此之外，您觉得政府还可以在哪些方面提供帮助呢？

受访者： 产品的销路方面，主导产业需要政府来调控，引导不同地方以市场来做产品。

访谈员： 是要降低商品同质化问题吗？

受访者： 不是这个意思，政府要把很多同质化的产业差异化销售，同样是大米，为啥有几块钱一斤的，也有几十块钱的？同样的道理，我们可以种一样的水果，但不同的人需求不同，政府可以划分出这种阶梯，让钱多的地方做有机农产品，让没啥钱的地方做一般的产品。政府限制发展是不可能的，只能是引导地方从市场方面来考虑问题，做产品。除此之外，政府还应该把销路打开，若只是种农产品而卖不出去，那肯定是没有用的。

之后他说了很多营销案例，关于如何处理企业和农民关系。总之，徐刚认为，政府可以锦上添花，可以帮忙打响口号，做好宣传，但是我们不能光是依赖政府。

访谈员： 目前有很多鼓励大学生创业的政策，许多大学生也看中农村的发展前景，那么您认为目前创业行情如何？

受访者： 大学生创业有个优势，第一，文化程度高，掌握起技术更快，也更容易。另一个是不要去碰传统行业，现在对传统行业要求很高，很多传统行业过不了关。

访谈员： 谢谢您的建议和帮助，我们要问的也差不多了！如果之后整理资料发现有什么缺失的，希望您不要嫌我们打扰。再次感谢您！

访谈员手记

徐刚作为我们访谈的第一个对象，着实让我紧张了很久。从要到联系方式，到晚上接通电话约好时间，我一直在想要怎么开始我们的访谈，于是我到网上看了一些相关资料，做了一些准备工作。

第二天，从禾丰镇上到丙灵村也是一个很艰难的路程，走过弯弯曲曲的山路，才找到丙灵村的服务中心，并顺利见到了徐刚。徐刚热情地带着我们去了他的办公室，优雅而别致。随后，我们的访谈也就正式开始了。

访谈过程中，徐刚的初心令人感动。明明已经是大老板了，却卖掉自己的房产、车子，带着一笔钱回到家里，一心只想着带领曾经帮助过自己的乡亲们走向富裕。"吃水不忘挖井人"，徐刚一直说，没有当初乡亲们的帮助，就没有现如今的自己，所以无论如何，也要帮助大家脱贫。

与大多数人创业之初面临的困难不同，徐刚缺乏的不是资金、技术、人才，而是信任，一份来自乡亲们的信任感。当初乡亲们以为他是回来骗土地的，农民世世代代赖以生存的就是土地，如果连土地都没有了，还有什么活路？徐刚也深深地理解村民们的心思，没有怪他们，而是以实际的行动慢慢赢得信任。可见，徐刚的初心一直不忘。

但徐刚的成功不仅仅是赢得信任那么简单，他的远见也令人佩服。关于"乡村振兴"到底如何振兴，他有自己的见地。在访谈过程中，我们更多是一种探讨式的谈话模式，一起思考当前农村面临的问题。他提到，"农民在扶贫中到底要怎么做"，问我们的意见，我答道，"扶贫要扶智，农民的很多观念都需要更新，提高农民的素质很重要。"而徐刚却说，"观念的改变在短期内很难奏效，很多政策说得很好，却忽略了农民真正的状态。对农民来说，最重要的是土地，只要有小农，就会有人维护自己的土地，我们不是想着怎么去改变农民的这种观念，而是利用这种观念去改变现状"。随后，他利用了甘肃枸杞种植的案例，来说明和农民达成利益互动的道理，他认为，到农村无论是创业还是做什么，得理解农民真正想要的东西。包括他坚持的将研发、生产、销售、售后、数据分析等部分全面分开的运作模式，也彰显

213

出徐刚考虑的深远。

徐刚是一个敢于说实话的人。由于徐刚的公职，我担心他会因为行政任务而对我们有所隐瞒，事实却相反，徐刚显得有点儿"叛逆"。他说：自己一般是把更多精力投入到公司管理上面。尽管暂时不缺钱，但还是觉得目前很多人不敢创业就是在资金和技术上有所欠缺，在政治经济难分的现状下，政府应该发挥更好的宏观调控作用。

总而言之，徐刚为返乡创业农民工树立了一个典型，他牢记初心，始终记得养育自己的土地，并用实际行动回报乡土；他奋斗不止，借风使力，在乡村振兴和脱贫致富的环境下，不断地更新和调整自己，紧跟时代发展步伐。

（访谈员：华中师范大学　董诗艺）

田大福：踏实肯干，不问回报

受访者基本情况

性别：男

年龄：45 岁

籍贯：四川简阳养马镇田家坝村

婚姻状况：已婚

文化程度：初中

打工时间：初中毕业后至今

创业类型：返乡创业——养殖业

创业地点：四川简阳养马镇田家坝村

　　田大福是四川省成都市简阳市养马镇的一位"羊肚菌"养殖户，他的父亲从 20 世纪 80 年代就开始在田家坝村发展食用菌种植业。现在田大福还以夫妻的名义办了一个家庭农场，通过公司化的运作模式大力发展食用

菌产业。同时，他还受政府委托，加入扶贫行列。他们以"家庭农场＋基地＋农户（贫困户）"模式，与村民建立紧密利益联结机制，由田大福的农场统一提供种苗、农膜、肥料等物资并签订保护价购销合同统一收购，已经带动了施家镇、平窝乡、安乐乡、禾丰镇、金马乡的上百家农户和贫困户，通过土地流转的形式，大搞食用菌产业。

我们通过养马镇农业生产服务办公室要到了田大福的联系方式，并对其进行了访谈。以下是访谈记录。

访谈员：感谢田哥接受我的采访，我会问您一些问题，希望您尽量帮我解答一下。

受访者：不用客气，想问什么直接说就好。

访谈员：好的，想请问一下您当初为什么想要进行食用菌的养殖？

受访者：我是从初中毕业开始就跟着我父亲在做这个，算是子承父业。在 2010 年的时候才注册了公司，名字是福海农业有限公司，当时是在石盘做，一直到 2016 年才回到这边又搞了个家庭农场。

访谈员：是从 2016 年才搬回来发展吗？

受访者：不是说搬回来，是两边都在发展，只是说主要以石盘那边的公司为主。

访谈员：那石盘的公司对现在这个地方的养殖还是打了很多基础的吧？回来是因为这是您的老家？

受访者：肯定是有基础在的，回来是因为这边朋友多，公司好发展。

访谈员：我刚刚看了一下，这边的大棚很宽，这些土地都是您和朋友的吗？

受访者：自己的地只有两三亩，这些土地主要还是靠流转来的，建立了两个合作社。

访谈员：两个合作社总共有多大呢？

受访者：总共 100 多亩。

访谈员：这个土地流转是自己拿钱农户同意就行了，还是政府政策下来支持才行？

受访者：肯定是有政策环境的，镇上当时正在发展成都工业园，很多人都去那里工作了，以至于家里很多土地荒着。

访谈员：您直接接收公司，是不是比自己白手起家容易多了呢？

受访者：是容易了，但是肯定也有困难的时候，但都在我可承受范围内，做任何事情不可能都一帆风顺，肯定有成功，也有失败的。

访谈员：遇到的困难是资金方面的，还是其他技术、经验方面的？

受访者：资金还好，就是赚一点钱，又拿着钱去投资。技术的话，不是困难，2016年我们的福海农业公司已经比较成熟，被省农业厅和省财政厅授了牌子，就刚刚你们在外面拍的那个。（指的是"现代农业产业技术示范基地"，示范规模为100万袋，由成都综合试验站站长甘炳成负责。）

访谈员：我也看到您办公室挂了很多荣誉奖状，这些荣誉都是什么啊？

受访者：我们在2015年成立的简阳市晓梅家庭农场，获得"优秀家庭农场"称号（说着指给我们看了，分别是由中共简阳市委、简阳市人民政府评为的"2016年度农业产业化经营优秀家庭农场"和"2017年度农业农村工作优秀家庭农场"）。这是政府到这边做的试验田，从2015年开始的，总共要做5年，还剩明年1年。

访谈员：您这边有没有和政府有什么交流呢？比如，政府让您去做些技术指导？

受访者：也有。2015年简阳市委统战部联系贫困村，他们接到的扶贫任务是简阳这里，简阳这里的扶贫工作还是比较有难度，他们就介绍我去做这个指导，说我比较实在，而且技术各方面没啥问题。当时我是没啥信心的，因为兴隆乡的土地状况我不清楚，后来知道是沙壤土，最后实地看了下，就教他们整套的种植方法，他们流转了9亩多土地，搭建的有效棚子是8亩多吧。

访谈员：效果如何呢？

受访者：效果还好，当时他们投资了6万多块钱，也就是实际成本，遮阳网这些材料都是我帮忙买的，他们最终卖了28万多块钱，除去成本，一家分了5万多。到今年，这四户已经流转了200多亩土地。今年又联系了火烧庙那边，当时是成都市科技局交接简阳市农业蔬菜站，把火烧庙的集体经济扶持起来，也是让我过去指导的。

访谈员：政府让您去做这些指导的时候，有没有给您一些报酬？

受访者：没有。

访谈员：那就相当于公益性的，不赚钱？

受访者：也不是。我们做指导的时候会提供菌种材料，这些是有利润的，产品出来后，如果送到我这儿来，我会联系商家，其中有加工费，比如冷冻、烘干，是买家付款。像我们帮助了的人，在我们忙的时候，也可以过来帮帮忙。

访谈员：这样看来，是政府在依靠您，而不是您依赖政府，现在国家，包括我们成都市下发了很多支持农民创业的政策，对一些创业项目会进行补贴。你享受过这些补贴吗？

受访者：没有。实际上，在项目上有很多地方我们不符合享受补贴的要求和标准。我在石盘的时候，有个分管农业的副市长对我们说，你们这批人很让人感动，你们花了几百万元也从来没找我们政府要过钱，不像有些人，问我们要好多钱，结果钱用完了，事没办成。现在总的来说，国家的很多地方做得越来越细致、完善了。

访谈员：那这样规定过细，会不会排除了真正需要帮助的人？虽然您可能在资金方面不太欠缺，但是对于那些打工回来或者是大学生返乡的，他们的资金是不够的，达不到要求也很难拿到钱。

受访者：现在国家对大学生返乡创业方面的补助和贷款的政策还是比较多，但是，我觉得要看你在这个圈子里面的为人，大家都觉得你做事实在，别人都愿意帮助你。现在我了解的是，国家对大学生回乡创业和农民工返乡创业有支持，虽然落实下来还是很难，但在慢慢变好，国家号召从事农业，因为现在荒着的土地比较多，国家想要鼓励年轻人回乡搞农业，这个真有点难。因为办很多事情，需要跑资料、跑手续。

访谈员：有些行政上的手续很麻烦吗？

受访者：对，还是挺麻烦，但是很多程序不走一遍，有些钱就拿不到。

访谈员：现在我们在提倡乡村振兴，支持现代农业，您觉得这种现代农业的行情如何呢？

受访者：其实我觉得现在不论做什么，只要你种好了，还是有利润的，但是在农业领域里就不适用了，有时候在农业上投入很多却收不到回报。就像我这个羊肚菌，去年还八九十元一斤，今年就变成 60 元一斤了。因为今年技术更好了，产量也更多、更稳定了。只能不断完善自己的技术，降低自己的生产成本，来提高自己的效益。

访谈员：很多时候靠自己还是不容易，您希望政府提供怎样一些帮助？

受访者：我觉得不用政府帮忙。

访谈员：这是为什么呢？

受访者：因为我们的食用菌种植涉及土地流转，政府关于这方面的政策我们有点搞不清楚。从事农业生产种植并不是像从事餐饮，农业种植需要土地，政策上会限制用地，所以我们一般不找政府帮忙。

访谈员：那您想过在现有基础上搞餐饮吗？

受访者：没有，我没有那个精力，其实很多人也说我在这里可以搞个参观、采摘、餐饮一套的经营模式，但是我觉得种好，卖出去就行了，没那个精力去处理各种关系。所以这么多年来，我还是一直坚持从事一线的农业生产。现在，我有很多时间指导各乡镇的种植户，也不会刻意去宣传说种食用菌能赚好多钱，做这个生意全看你自己的考虑，你觉得还不错，就来找我，我给你技术和服务就可以了。如果你赚了钱，我也会高兴的。

访谈员：您的整个做生意过程还算是比较顺利，也没有借助政府的帮忙吧？

受访者：在大概 2013 年的时候，石盘发生水灾，当时我们亏了二三十万元，结果政府给我们补贴了 8 万元。总的来说，国家政策和党的理念还是好的，我做了那么多年生意，镇政府各个部门的人对我们还是比较关心的，如果说我的技术能够帮更多人，同时自己可以盈利，那当然是最好的。

访谈员： 现在对您而言，问题最大的主要是土地方面需要政府把用地界定清楚，是吗？

受访者： 是。农民想实实在在做农业种植却没有地，这是需要急切解决的。我个人建议，政府判断是不是违规建设可以用异地监督的方法。可以让附近的乡镇或者第三方机构界定属不属于农业用地，是不是从事农业生产，属不属于违规建设，这样会相对客观公正一些。

访谈员： 我们的问题就这么多，再次感谢您接受我们的采访，祝您生活愉快！

受访者： 不要客气，待会儿我带你们去参观一下我们的生产车间和大棚。

接着，田大福带着我们先后参观了他的冷藏、冷冻、烘干车间以及"最贵的"菌种培养室，并实地看到了大棚里面的羊肚菌。据他介绍，这两天正是采摘羊肚菌的繁忙时候。羊肚菌于每年11月份下种，次年1—2月份采摘，所以春夏时节的地是空着的，田大福表示，他会考虑在那个时候种甜瓜，以提高土地利用率。

访谈员手记

我在养马镇政府拿到田大福的联系方式时，心里还是有些许紧张，因为我怕这样相对成功的人会认为我们这种没什么社会经验的学生幼稚。镇农业服务办公室主任拨通电话后，田大福质朴的声音就响了起来："她们怎么过来啊？找得到不？要不我来接她们？"很是贴心。看到田大福后，他还穿着他们农场工作服，上面写着"晓梅农场"。他皮肤黝黑，笑容憨厚，热情地招呼着我们，我心里顿时感觉亲切不少。

田大福很健谈，整个采访过程也很顺利。由于他算是子承父业，所以入门到食用菌养殖之中不算困难，虽然其中有波折，但总体还算比较顺利。对于其中遇到的小挫折，他介绍时显得比较风轻云淡。

最令我印象深刻的，是他对土地的执着和实在。不管是在石盘的公司还是在养马镇的农场，他与农业紧紧地联系在一起。他多次表示，自己是实实在在做农业的人，而这一点也为他赢得了良好的声誉，很多人也愿意帮助他。他也同样抱着感恩之心，去回报周围的人。免费给大家做技术指导、多次交流播种心得，他说"我们祖祖辈辈都是农民，现在国家政策这么好，我们先富裕起来的人，肯定要想到带领周边的村民共同致富！"这一份心意，实属难得。

田大福的眼光却不仅限于这一片土地上，相反，他对政策的研究和一些想法，高瞻远瞩，颇有见地。在采访过程中他多次回忆国家政策，具体数字也记得清清楚楚，这令我佩服不已。除此之外，他也直面现在出现的问题，没有假大空，反而是基于自己的实践经验和现实农民的迫切需要——土地用处需要明确界定，界定方法可以采取异地第三方监督的方式，土地利用效率可以提高等等。

以我拙见，正如田大福所说，很多政策的出发点是好的，但是在科层制的框架之下，很多政策传达到基层之后，就变了味儿。要真正理解基层农民的需求，是否以需求为导向，才是评价一个政策好坏的重要标准。我们做这些访谈，其实目的也在于倾听基层农民内心真正的声音吧。若这些声音能够被听见，我们自己也会感到骄傲。继续加油！

（访谈员：华中师范大学 董诗艺）

221

创业失败者袁亮：不羁的青年

受访者基本情况

性别：男

年龄：21 岁

籍贯：四川省成都市龙泉驿区洪安镇红光村 12 组 55 号

婚姻状况：未婚

文化程度：高中

打工时间：2015 年至今

创业类型：返乡创业——服务业

创业地点：成都市龙泉驿区北京路北段兴怡新路交叉口北 50 米

袁亮可以说是很多农村青年一代的典型，他们大多没有上过大学，初高中就已经开始外出打工，他们不想被束缚在土地上，却又苦于自己缺乏竞争力。他们认为创业是改变自己命运的一种重要手段，但对于返乡创业又持观望态度。袁亮出生于农村，18 岁时就有了自己的美发店，但现在的他却在学习室内空调安装。我比他只小了一岁，聊起天来很顺畅。

访谈员：听说你高中未毕业就开始创业了，原因是什么？

受访者：不想读书，想要闯出一番事业。以为自己创了业会更轻松，但实际上并不是这样的，吃苦是常态。

访谈员：可以具体说一下你受过什么苦吗？

受访者：一开始就为资金发愁，好不容易凑齐了资金，开了美发店，又为客源担心，俗话说得好，"开店容易守店难"，最后坚持不下来了，就这样了。

访谈员：为什么没有坚持下来？

受访者：是生意不好。

访谈员：没有顾客，赚不到钱？

受访者：对，但其实也有自己很多方面的原因。

访谈员：既然这么不容易，怎么就选择了美发这个行业呢？

受访者：一时冲动，就觉得这个行业还不错，就去做了。当时年轻，没什么远见与想法，但是一尝试，就发现有很多困难没有考虑到。

访谈员：那你的美发店遇到困难时，有去寻求政府的帮助吗？

受访者：当然没有，这完全是属于自己的一个经历，又不是多大的产业，没必要寻求帮助。

访谈员：我们区人社局不是有组织技能培训吗？国家和省市是有对返乡创业农民工的补贴政策的。

受访者：那些政策针对的是稍微年长一点的，在外面打了很久工回来的人，或者是在特殊时候，比如大运会，政府会组织一些人进行售卖，再有就是很多承包大面积土地进行养殖或者种植的。像我们这些小群体做的小生意，政府照顾不了。

访谈员：那你有想过回家种地吗？比如承包土地自己干。

受访者：想法可以有，但是那个投资要很大啊。我有一个朋友，去年养泥鳅，养了一年多吧，一共投资了五六万元，也是几个人一起合伙的，承包了一个池塘，结果到今年收的时候，什么也没有赚到。他们的规模不算大，没法拿到补贴。但是像成都软件园、工业园那些，由政府统筹规划的就有政府的补贴。

访谈员：你朋友有多大年龄？

受访者：和我差不多吧。

访谈员：补贴拿不到主要是因为规模太小，还是根本没有去申请？

受访者：我想他是不知道有补贴，所以没有去申请吧。但是像这种投资几万元的生意，政府是不管的，做生意还是要靠自己。

访谈员：你认为自己创业失败的原因是什么呢？

受访者：首先是自己太年轻，没有充分了解市场，经验不足；再有就是压不住自己的脾气和性子，贪玩，没有把全部心思放在生意上；或许还有一些我没有意识到的原因。

访谈员：如果有机会，你会再次创业吗？

受访者：如果有机会，肯定会再次创业的。

访谈员：那你觉得机会是什么？

受访者：机会也是靠自己创造的吧，这得看自己有什么能力，能做到什么事情，能做成什么样，方方面面都考虑周到后再去做，不能像之前那么冲动。第一次失败是正常，还有重新开始的机会。

访谈员：你是否了解政府出台的一些相关政策？

受访者：不了解。

访谈员：假如你要创业，比如回农村承包土地，进行农业的种植养殖，或者做生意，你希望政府提供什么帮助？

受访者：我没有了解过这些东西，很难说。但如果我在这个村里或镇上开一个规模相对大一点的美发店，我希望政府可以帮我保证客源。就比如村里人在我们店里消费了，这费用一部分村民出，一部分政府补贴，我们赚自己的，或者实施差异收费。

访谈员：类似于政企合作的形式吗？就是政府购买你的服务来垄断一个地方的客源？

受访者：有点像，毕竟我也要赚钱，没有客源是不行的。但是这只针对农村，城市里的美发店就不需要了，因为城市里都是一些追求时尚和潮流的年轻人，不需要补贴。

由于吃饭时间到，袁亮赶着吃饭，访谈就到此结束了。

访谈员手记

　　袁亮没有进行过农业生产活动，也没打算在政府帮助下从事农业生产活动，我想这是很多年轻人的实际状况和真实想法。我们都说乡村在没落，要振兴乡村，但是现在农村最缺的是人，并且是充满活力的人。纵观农村，最多的是"留守老人、留守妇女、留守儿童"，想要仅凭这一部分人振兴乡村，难度颇大。所以热血的青年一代是振兴乡村的主干力量。很多农村的青年，由于诸多因素，早早地放弃课堂，走向社会。但是很多人由于缺乏系统的指导，在社会上也难有核心竞争力，只能做一些苦力活。袁亮在这个残酷的竞争环境中，想要凭借一腔热血闯荡出一番事业，但终究因为自己的不成熟而放弃了自己的美发店。

　　目前紧迫的，是要抓住青年人。他们生在这一片广袤的土地上，对这一片土地或多或少有着感情，若能够给他们足够的安全感，很容易将这一群青年一代整合起来，为乡村的发展贡献力量。

　　不过值得一提的是，像袁亮一样的年轻人，一旦有政府可以依靠，就想把一切风险转移给政府，而非自己想办法解决，故而如何在使青年人愿意在政府统筹之下，发挥青年一代自己的能动性，是一个很值得思考的问题。

（访谈员：华中师范大学　董诗艺）

邓凡：迫于生活

受访者基本情况

性别：男

年龄：27 岁

籍贯：四川省成都市龙泉驿区洪安镇土门村 13 组

婚姻状况：已婚

文化程度：大专

打工时间：2013 年至今

邓凡现在是工地上的管理人员，大学（大专）毕业后已经工作 5 年了，目前已经换了多份工作。他和大部分青年一样，有很多的想法，心怀一腔热血，想要"赚大钱"，却又苦于"没门路"，只得接受目前的安排。以下为访谈内容：

访谈员：很荣幸您能够接受我的采访，你刚刚填写问卷的时候表示自己想要创业，其中的原因是什么？

受访者：没有钱就想要创业，创业就是为了赚钱。

访谈员：难道不是因为有了一定的资金才想去创业吗？没有本钱如何创业？

受访者：所以啊，想创业是因为创业成功可以赚大钱，但是没有钱就没法创业。

访谈员：也就是说目前最大的困难是没有本钱了。您身边有创业的朋友或者认识的人吗？

受访者：有。

访谈员：他做什么的呢？

受访者：水果生意。

访谈员：你认为卖水果作为您的创业项目，能赚钱吗？

受访者：好的水果肯定可以。就是不太常见的水果，应该比较好卖。

访谈员：那假如您现在要去做这个生意，您觉得自己缺些什么？

受访者：缺销路、缺本钱。

访谈员：如果做其他的事情呢，也是缺这两个要素吗？

受访者：应该是。

访谈员：有没有想过做其他生意呢？比如其他农产品、卖衣服、开超市？

受访者：本来觉得卖服装还不错，但是卖服装又要承担积货、过时的风险，现在受电子商务的影响，线下商店也不好做。

访谈员：是否想过引种水果（现在有很多改良品种热销），自产自销？

受访者：可以是可以，但是我不了解。

访谈员：假如您现在在村里承包了土地，种了水果需要运出村，您认为交通方便吗？

受访者：交通适中，不好也不坏。

访谈员：设施呢？比如要进行电商销售，网络通畅度如何？

受访者：这些不方便，农村很多小路在导航上根本无法显示，快递也不会送到农户家门口。你要想卖出村去，还得靠自己运出去。

访谈员：刚才说了很多影响因素，那么您认为现在阻碍您创业的最大因素是什么？

受访者：钱！我现在没有本钱。

访谈员：成都市针对农民工返乡创业发了相关政策，有补贴和贷款，龙泉驿区人社局也有下发相关通知，您是否知道？

受访者：不了解。听说过一点。

访谈员：听过哪些？

受访者：以前我有一个朋友种的甘蔗卖不出去，政府就帮忙收购。还有，哪里要修路了，政府就在这里购买树木。

访谈员：您的意思是政府可以帮忙解决销路的问题？如果大规模种植的产品滞销了，就会帮忙？

受访者：也只是解决一部分吧，收购价格还会更便宜。其他倒是没有听说过。

访谈员：当时收购您朋友的甘蔗的时候，是他去找的政府，还是政府主动来帮助的他？

受访者：他去找的政府，因为他了解一点政府的相关政策。

访谈员：如果以后您自己创业，您认为政府应该帮您引入销售商？

受访者：是的，最好再有一些技术培训，如果我什么都不懂就去做，那注定是要失败的。

访谈员：您觉得政府组织承包土地种植，在培训后让农民自主经营、自负盈亏的方式如何？

受访者：要弄清楚政府做的是什么，万一他们做的项目都是亏本生意，我肯定不会参与啊。如果是赚钱的项目，销路又好的，那肯定很多人都要参与。

访谈员：如果向政府贷款，政府要贷款抵押，您是否愿意接受？

受访者：若是贷款，哪里都可以贷，但是政府若是比别的贷款机构更优惠、更安全，不让人吃亏，那我就可以接受。

访谈员：还是更偏向于政府能提供免费贷款？

受访者：也不是免费，我只是希望政府能够做好技术培训和提供销路。

访谈员：是指不只是给钱的问题，而是产品从生产到销售的整个过程都需要政府参与？

受访者：对，创业本来就有风险，若只借钱给人，不能保证人不亏本，很多人就不愿意去做，政府想要鼓励创业，就要把风险降到最低，给创业者提供保障。

访谈员：好的，谢谢您接受我的采访。新年快乐啊！

访谈员手记

和邓凡谈话之后，觉得心理压力挺大，仿佛在他的身上看到了当代大学生在生活强压下的无奈。对于上了大专的邓凡而言，在高精尖行业已经失去了核心竞争力，目前的工作也是几经波折才找到的。看到周围有很多做生意成功的人，他也在向往着能够赚钱。若是能一个月收入过万，于他而言就足够了。

作为想要创业的人，邓凡的想法也反映了年轻人的基本要求。他们心有不甘，想要有一番事业，但是又不会像更年轻的人那样，不管不顾，所以风险是他们的顾虑，他们怕亏本，怕最后一无所有，所以希望的是政府能够给他们足够的安全感，让他们能有一条退路，至少不会"倾家荡产"。但是要求政府"保姆式"地扶持农民工创业，终究是违背市场经济规律的。

因为政策的可持续性无法得到保证。故而，政府的监督更多应该由民众来，让民众真正走进政府，了解政府。

（访谈员：华中师范大学　董诗艺）

与四川省乐至县石佛镇书记访谈记录

受访者基本情况

姓名：邓从辉

性别：男

年龄：51 岁

籍贯：四川省乐至县廖家沟村

婚姻状况：已婚

职务：石佛镇党委副书记

访谈地址：石佛大道 141 号乐至县石佛镇人民政府会议室

访谈时间：2019 年 2 月 2 日 8：40

访谈员：书记您好，首先感谢您愿意接受我的采访，正如之前所言，我想向您了解一下咱石佛镇关于农民工返乡创业的基本情况。

受访者：好的好的。

访谈员：农民工返乡创业其实一直都是社会焦点，您可以简单介绍一下我们的相关政策吗？

受访者：政策肯定是有的，包括那种政策性指导、政策性补助……

访谈员：这些都是我们镇里的特色吗？

受访者：肯定是根据上级指示办的，资阳市出台的，乐至县出台的，好多文件章程，跟着走。

访谈员：相当于有了一定框架和方向之后，根据实际情况再相对调整对吧？

受访者：对的，比如说我们镇上的资金贷款补助，肯定就没有乐至县城那么宽泛；用地方面也有不同；其他就是政策性补助与政策性的引导。

访谈员：这种引导是不是包括那种专门的技术人员进行培训，指导农民工怎么去创业？

受访者：对，培训是有的。

访谈员：出台的相关政策里，是不是会有绿色通道，以减少农民工创业手续上的麻烦？

受访者：肯定是有的，我们有办公政策局，避免我们跑过来跑过去，就是便民服务中心。

访谈员：便民服务中心？是在政府的隔壁吗？

受访者：对，你去那申报，他们提供一条龙服务。比如搞种植业，或者畜牧业都有绿色通道。

访谈员：所以总结起来就是三个方面不同？

受访者：就是资金、用地、政策性的服务和指导。服务就是一条龙服务，指导就是办这些事情该按什么程序来办，比如哪些是属于政策允许范围之内的。还有一个就是扩展销售渠道，生产、加工、销售、服务（就是一条流水线）。我们村就有电商平台服务，生产的商品，就可以通过电子商务平台销售。

访谈员：哇，所以这一方面能够扩大宣传，一方面也是扩展了销售渠道。

受访者：这就是我们说的双赢嘛，返乡农民工创业，其消费和销售都有了保障。

访谈员：那我们现在在石佛镇有比较典型的农民工创业案例吗？

受访者：有啊，唐家店村养鸭子的农户发展得都不错，另外你也可以去云家沟搞一下调研，他们是做了一个扶贫村的旅游开发项目，就是政府出资给他们做培训，当时培训费都是 20000 块一个人（价值含量 20000 块，实则培训者是不收费的，政府补贴了）。还有瓦屋村的养鸡户，他们养那种"转转鸡"，把鸡买回来重新再喂一段时间，养成跑山鸡再拿去变卖，这也是一种创业的途径，就是利润问题，看最终产值了。其他还有养羊场、养猪场，在杀人桥那边……

访谈员：杀人桥是往古堰口那个方向的那座桥吗？就是我们老家那儿？

受访者：对，桥两边都是养猪场，你也可以去做一下社会调研。还有就是刚才说的唐家店村。

访谈员：唐家店村是养鸭子？

受访者：对，你到时候要去就去村办公室那儿。其他云家沟的旅游项目，配套有种植果树，这也是政策性补助的。

访谈员：对了，我想问一下书记，您知道我们这儿返乡农民工的大概数量吗？比如有好多是在外打工的，有好多是在家创业的？

返乡途中看到的标语

受访者：这些是不太清楚的。

访谈员：好的，谢谢书记，再次感谢您接受我的采访，您先去开会吧，祝您生活愉快！

受访者：没事，没事，新年快乐哈！

访谈员手记

石佛镇位于乐至县境东部，距离县府大约 8 千米，人口约 5 万人，境内有十里河、古堰口两座水库，辖廖家沟村、孟家坝、七仙庙等 39 村，农业主产水稻、小麦、玉米，兼产油菜籽，养殖生猪、蚕。接受访谈的邓从辉先生，之前曾担任过廖家沟村等几村的村支书，故而对于部分村落情况相对了解，按他的话来说，农村的发展相对缓慢，近几年变化其实不大，毕竟年轻人都在往大城市流动，返乡创业在当地并没有很强的吸引力，他们也在努力改善这一指标。访谈之后，我有一些比较粗浅的想法：

首先值得关注的一个话题是，我们当下的一些干部们并没有真正走进百姓当中去，对于一些数据统计仍然有很多不完善的地方，比如当我问起现今村镇中的农民工情况时，对方的回答是不清楚，更不要说农民工的主要去向，工作种类，是否返乡，又是否创业……一滴水，能够或多或少地折射整个大海，当我们的政策在努力为农民工创造条件时，我们的执行者却在用"自己的方式"对待这件事，不得不说，这其实是一个令人很心寒的事实。在农村，一份统计的数据能够用上几年或者十几年，就是因为发展缓慢，自以为变动不大，所以我们才在无心、不自觉中错过了细微的变化，扼杀了发展的萌芽。我觉得这其实是一个很严肃的事情，往小了说，这是干部们的责任意识，不了解村情、镇情又如何发展农村？往大了说，这其实涉及社会大众对于当下创业政策的漠然，用一个不太准确的形容词，我觉得这是"非暴力不合作"的社会风气异化的表现。

其次，农村返乡创业的现实状况其实并没有他们口述的那样顺利，也许这是一种"粉饰太平"的结果？比如访谈中说到的古堰口的水库养鱼场，杀人桥的养猪场以及生态旅游案例云雾山庄，水库养鱼场其实已经濒临破产，目前杂草丛生，养猪场因为市场不景气，仅剩几头猪在"负隅抵抗"……近半年来发生了太多事情，但无论是去政府，还是便民服务中心，工作人员给出的标准答案总离不开这几个，全然不知它们已然倒下。这不禁让我有些怀疑，有些干部似乎并没有及时跟上时代的步伐，除了对于现成的政策分析得头头是道外，对实际操作进度并没有太上心。

最后，不得不说，以学生的身份进行访谈，让我感觉有些人似乎在回答的过程中缺少了一点求真求实的态度，仿佛因为我们起不到实际强有力的效果而略有懈怠。在录音中有一个小插曲，是我问起返乡创业的农民工案例过程中发生的，邓书记给我提了一些当地略有成就的典范后，对于"返乡""农民工"这两个条件限定并没有太过重视。体会个中含义，五味杂陈，我觉得当我们很认真地在做一些事的时候，尤其是这些事关他们的工作，好像并没有得到他们足够的重视。希望在之后的访谈中，能够得到大家的信任吧！

（访谈员：宁波大学　邱凯玲）

与石佛镇便民服务中心工作者的访谈记录

受访者基本情况

性别：男

年龄：32 岁

籍贯：四川省乐至县廖家沟村

婚姻状况：已婚

职务：石佛镇便民服务中心工作人员

访谈地址：石佛大道 141 号乐至县石佛镇人民政府旁便民服务中心

访谈时间：2019 年 2 月 3 日 13：25

访谈员：老师，很感谢您接受我的访谈，您主要是负责就业窗口这一板块吗？

受访者：我一般是给他们解决钱的问题。

访谈员：我之前去访谈过镇委书记，他提到我们当地政策的贷款和资金补助政策，您对这个方面相对了解吗？

受访者：了解的。

访谈员：我能大概了解一下贷款的基本情况吗？

受访者：可以，这个没问题。我们镇上、村上的贷款主要还是跟县里的来，这个对象就比较广，其实不仅仅是农民工，还有那些就业困难人员，比如残疾人，现在有些像你们这样的大学生，留过学回来也想创业，都可以申请创业贷款，多得很。

访谈员：那这些贷款有啥条件吗？肯定不是想贷就贷吧？

受访者：这是肯定的，如果要申请创业贷款的话，还是要看贷款人的信用和还债能力，负担不起，到时候亏了怎么还，你说是不是？像我们乐至县规定的是最高可以贷 10 万块。

访谈员：这可是一笔不小的数字哦！如果贷成功的话，那创业的基础资金就不愁了，老师，您有遇到贷这么多的人吗？现在发展得如何？

受访者：有贷的，不过没这么多，发展嘛，不好说，有些人会做生意，会经营，那肯定发展得好，遇到不行的，有钱也没法子啊！

访谈员：嗯，有道理，那贷款的人多不多？

受访者：不太多，现在农村的年轻人大多都出去打工了，就算有人要创业，肯定也是去城里做，而岁数大的有自己的积蓄。

访谈员：平时来这便民服务中心的人多不多？我看今天都没啥人。

受访者：多还是很多，要过年了，肯定人少些嘛。

我环顾四周，随手抽了一张传单似的文件《乐至县个人创业担保贷款须知》，他告诉我可以先看，不懂再问他……

访谈员：文老师，您看这第七条创业担保所需要的材料，有这么多啊？第三条必须要结婚证，难道单身人士就不能申请创业贷款吗？现在不是有些人都抱着先立业后成家的想法，这……

受访者：一个人的偿还能力还是有限的，有了家庭之后，肯定会更有担保些，万一到时候破产了跑就跑了，钱从哪儿还呢？这个还是可以理解的。

访谈员：我有个疑惑，如果这么多规定，这么多材料要准备，比如工商营业执照、税务登记证、创业基地照片、农民工创业证明等，会不会打击农民工创业的热情？

受访者：规矩肯定是要讲的，要创业，要贷款，就要按照政府规定的走，不过我们这提供一条龙服务嘛，缺哪样材料，要去哪儿盖章，要办什么证，会有人给指点的，这些都是很正常的，没什么问题。而且只要享受过创业担保贷款财政贴息政策，我们会安排人来做创业培训，免费培训，比如说我们之前在廖家沟村组织过厨师培训。

访谈员：原来是这样。

访谈员手记

去便民服务中心也是在之前的访谈中受到了指引，觉得这是一个很有特色的地方，因为在之前的设想中，是没有这个环节的，我相信其他村镇或许也有这样的便民服务中心，但我不太确定是否有相关的访谈记录可以与我相互印证。

如何让返乡农民工相信并了解返乡创业的政策？为他们解决创业的后顾之忧，这是推动创新创业的关键。

（访谈员：宁波大学　邱凯玲）

黄茅沟村村主任访谈

受访者基本情况

性别：女

籍贯：四川省遂宁市安居区东禅镇黄茅沟村

婚姻状况：已婚

职位：村主任

村主任是位朴实能干的中年女性，首次和她联系时，她的态度非常好，访谈也很配合，过程比较顺利，但是村主任表示记忆力并不好，所以在谈及村里相关的数据时，比较模糊。

访谈记录：

访谈员：我们村的占地面积是多少？

受访者：约7.5平方千米。

访谈员：村里人口有多少呢?

受访者：两千多点。

访谈员：男女比例与老少比例呢?

受访者：男的占比 55%，女的占 45%。未成年人占比百分之四十多，老年人占比百分之二三十。

访谈员：劳动力人口呢?

受访者：劳动力可能有八九百人。

访谈员：在外打工和在家打工的，大概有多少人?

受访者：在外打工的可能有八九百人。

访谈员：嗯。有没有在外创业的典型例子呢?

受访者：有的，有在西藏创业的，还挺成功。

访谈员：在家创业的就很少了?

受访者：少。

访谈员：村里的总体经济条件怎么样?

受访者：可以。

访谈员：交通条件呢?

受访者：交通条件，四通八达，都通水泥路面了。

访谈员：嗯，村里面享有贫困政策的有多少人?

受访者：大概有二十几户贫困户。

访谈员：嗯。国家就我们村有没有什么扶贫政策之类的?

受访者：我们村啊，没有什么贫困政策，主要是针对贫困户的。

访谈员：村里面有没有和一些机构或企业有什么经济来往?

受访者：没有。

访谈员：那差不多了。

受访者：好的。

访谈员：谢谢。

访谈员手记

　　村主任是一名女性，在访谈的过程中很配合，但是由于数据都比较模糊，采访过程还是比较费力的。结合访谈内容，我所了解到，该村田地众多，但没有特色产物，农产品大多数是自给自足，剩余部分会拉到市场去卖。村庄比较简单，依靠着主要的交通路线，各个村大队比较分散，房屋也分散，近几年道路修缮，交通更加方便。因为地方简单，没有特色，家家户户的劳动人口，基本都在外打工，平时在家的只有老人和小孩。也基于在外打工的收入，家家户户的日子过得都还挺不错的，除此之外，少数家庭也在外地买了房子，举家搬迁。村庄一年四季风景都很好，空气清新，用老年人的话说，这里很适合养老。

（访谈员：宁波大学　杨玉婷）

网上银行贷款 20 万办培训学校的创业者

受访者基本情况

性别：男

籍贯：四川省遂宁市安居区二水磨村

婚姻状况：已婚

创业地点：四川省遂宁市安居区

创业类型：培训学校

受访者是我的一个远房亲戚，在本市的区级城市创业。当天，受访者西装革履，精神饱满，很配合我的访谈。访谈过程中有意外收获，了解到叔叔还曾在广东创过业，但是以失败告终。

访谈记录：

访谈员：您创业有几年了？

受访者：2 年。

访谈员：创业之前有打过工不？

受访者：打过工。

访谈员：做的是什么行业呢？

受访者：制造业。

访谈员：选择创业的原因是什么？

受访者：我是一个不服输的人，以前在广东打过 4 年工，也创过业，开了 5 年工厂，选择回家的原因是因为娃娃大了，家里老人也需要照顾；回到家里，待了差不多一年的时间，一直在找项目，2017 年 5 月份的时候开始做现在这个项目。

访谈员：嗯，能够谈一谈您的创业经历或是其间遇到的困难吗？

受访者：你是指广东那边的，还是现在的？

访谈员：都可以。

受访者：嗯，当时在广州开工厂，资金和管理方面出现了非常大的问题；现在在家创业，主要是做一个培训学校，像师资、资金方面都遇到过非常大的困难，这个学校我们都是以贷款的形式来做的，像当地政策补助之类的，都没有了解到。

访谈员：没享受到过？

受访者：没有，没享受过，而且，我们去问过，说只有大学生创业方面的补助。

访谈员：嗯。

受访者：要大学生，我们文凭不到也不行。

访谈员：遇到的这些问题是怎么解决的？

受访者：只能靠自己，东拼西凑，然后通过手机银行贷了 20 万块钱。

访谈员：也就是说，互联网对创业的帮助还是比较大的。

受访者：对对对，互联网对创业的帮助是比较大的。

访谈员：您以前不是在广东也创过业嘛！

受访者：嗯，对。

访谈员：那几年您是怎么过来的？

受访者：那 5 年，说实话，比较艰辛，然后，使劲儿熬嘛。我们每个月月底发工资，从客户那儿拿到货款就立马发给员工，然后员工去吃大餐，我和老板娘就吃方便面，就这样过来的。

访谈员：在那边太辛苦所以就回来了？

受访者：对。

访谈员：现在做这个培训学校，教师是怎么找的呢？

受访者：也是通过互联网。我们现在有 11 个教师，都是在"58 同城"上找的。但现在有个问题，就是学校的正规性，教育部对校外培训机构管控比较严，我们现在一直在做这方面工作，就是把它正规化，该办的证也在争取办，但是我用了差不多一年半的时间了还没有办下来。

访谈员： 您觉得发展前景怎么样？

受访者： 发展前景是有的，因为毕竟现在经济都比较好了，父母对孩子的教育也比较注重了，所以说这块前景是比较好的。

243

访谈员： 每个月的盈利情况怎么样，能够透露一下吗？

受访者： 学校刚好办了两年了，整体来说，能够持平，只能这样子说，当然，我也拿一份工资，老婆拿一份工资，我们两个的工资用来维持家庭开支。

访谈员： 您有没有了解过相关的创业政策？

受访者： 没有没有。

访谈员： 完全就是凭借自己的力量创业吗？

受访者： 对。

访谈员手记

受访者共有两次创业的经历。第一次的失败并没有打击到他，正是这个契机，让他选择回家，一年的沉思，受访者开启了第二次的创业，第二次他所建立的是培训学校，这是比较符合现在的时代潮流的。现在都在比孩子的起跑线，比孩子的学习成绩，但是因为培训学校和正规的学校是有冲突的，所以它的发展是存在一定的困难的。在采访中，受访者提到，他想要建立一所正规的培训学校，但是因为资金和政策，以及一些额外的问题，困难不小，他的表情和动作都透露了无奈。但他表示很有自信，他所建立的培训学校会有好的前景。采访中也了解到，他并没有听到过支持创业政策，也没有享受到创业政策的支持，一切都是靠自己的力量。实际上，在我们这个并不发达，文化水平还不高的地区，家家户户的收入来源大都依赖于打工，且多是外出打工，因为条件限制，项目不多，又怕承担风险，创业人员少之又少，这位受访者能两次创业实属不易。

（访谈员：宁波大学　杨玉婷）

包工头老潘

受访者基本情况

性别：男

籍贯：四川省遂宁市安居区东禅镇

婚姻状况：已婚

创业类型：建筑

我今天访问的是一个在乡创业比较有成就的人，他姓潘，从事建筑业，是一名建筑包工头，带领一群老乡修建房屋，一起创业，共同致富。

此时的老潘闲居在家，我找他的时候他正在打电话。老潘很豁达，笑容一直挂在脸上，在了解了我的情况后，一口答应接受我的采访。他的家人在一边看着，很热情。

访谈记录：

访谈员：您创业的项目是哪一类呢？

受访者：我们是搞建筑。

访谈员：嗯。

受访者：可以带领乡亲们就业，给他们带来一些收入。

访谈员：您带领的是老乡农民工对吧？

受访者：对，老乡农民工，没有职业的人跟着我打点工。

访谈员：为什么有带领大家一起的想法呢？

受访者：我有这个想法已经30年了，为的是带动东禅镇这些无职业的农民工就业，有力的下力，有技术的下技术。

访谈员：共同致富那种概念。

受访者：共同致富，对，带动乡亲共同致富。

访谈员：您创业以前有没有出去打过工？

受访者：打工早嘛，1988 年开始打工，1989 年就自己创业，自己带动这些人，现在有 60 个人跟到我养家糊口。

访谈员：嗯，从打工到创业，中间有没有什么心理动摇过程呢？

受访者：没有没有，这个是为了我一家人，也为了东禅镇。

访谈员：您是一个人创业，还是？

受访者：个人创业嘛。

访谈员：创业这段路程中，有没有遇到比较大的困难呢？

受访者：困难很多，困难重重。

访谈员：举个例子呢？

受访者：比方说拖欠我们工程款。

访谈员：您了解过政府的相关创业政策吗？有没有得到过相关政策的支持？

受访者：不太了解，不过我做的那个扶贫房真是好，至少会先把工人工资解决了。

访谈员：扶贫房？

受访者：贫困户的扶贫房（是政府牵头做的）。

访谈员：政府牵头？

受访者：对，政府牵头，我来负责做，从 2016 年做起，到现在 3 年了，这个还是很好的。

访谈员：您希望今后能得到政府哪些方面的帮助？

受访者：解决农民工的工资问题。

访谈员：好的，谢谢您的支持。

访谈员手记

　　从录音中就可以听出受访者的情绪，受访者是个很豁达的人，直接正面回答问题。因为是建筑业，修房子是一个大工程，耗时长，费用高，相对而言，收钱也比较麻烦，这是受访者提到最多的问题。在访问中了解到，国家制定的创业政策，受访者不知道，国家的政策落实，创业者也没有感受到。政府在脱贫帮扶这一块做出了很大的努力，但政策落实情况、工作效率等方面依旧存在问题。

（访谈员：宁波大学　杨玉婷）

北川羌族自治县马槽乡花桥村村委会访谈

受访者基本情况

性别：男

年龄：52 岁

籍贯：四川省绵阳市北川羌族自治县马槽乡花桥村

婚姻状况：已婚

文化程度：初中

村委职位：党支部书记

访谈地址：四川省绵阳市北川羌族自治县马槽乡花桥村村支部书记家中

访谈时间：2019 年 2 月 10 日 18：00

花桥村地处马槽乡西北面，距离县城 84 千米，距离乡政府驻地 4 千米，村面积 26.46 平方千米，耕地面积 512 亩，林地面积 32052.9 亩，其中退耕还林面积 346.3 亩。全村共有 5 个村民小组，户籍人口 76 户，248 人，

劳动力 163 人（常年外出务工人员 80 人），低保户 10 户，25 人，五保户
2 户，2 人，残疾户 13 户，14 人，慢重病患者 16 户，17 人，党员 19 名，
其中女性党员 5 名。村通水泥路 14.15 千米，组通公路 2.05 千米，入户路
2.27 千米。主要收入来源以种植高山缓季节蔬菜、畜牧养殖和外出务工为
主。2017 年底全村人均纯收入达到 12693 元。

截至 2017 年底，全村累计减贫 10 户，43 人，贫困发生率下降至 0%，
退出贫困村序列。从致贫原因看：因病致贫 3 户，占 30%；因残致贫 1
户，占 10%；因学 3 户，占 30%；因缺技术 2 户，占 20%；缺劳力 1 户，
占 10%。从年度来看：2014 年减贫 6 户，28 人，2015 年减贫 2 户，7 人，
2016 年减贫 2 户，8 人。从脱贫路径来看：发展生产和就业扶持一批 25
人，低保政策兜底一批 13 人，医疗救助一批 10 人。

在征询了村支部书记的同意之后，我便前往村支部书记的家中对他进
行访谈。在到达村支部书记家中之后，我发现还有一名中年男性也在书记
家中，他对于我的访谈话题表示很感兴趣。于是在我对书记访谈的过程中，
这位书记的朋友也时不时地发表一些自己的看法，所以这次访谈是以接近
聊天的形式展开的。

书记朋友：别村有一家养猪的，他的补贴领下来后，他自己只出一半
的钱。

受访者：他是贫困户吗？

书记朋友：不知道。

受访者：那个是因为他们村是贫困村，他们不是审定了贫困村吗？

书记朋友：如果不是贫困村恐怕没有那种好事吧？

受访者：没有那种好事。我跟你说，我们最多有 40 万块钱的生产产
业周转金，1 万块钱一年都是 400 块钱利息，这个利息算 3.95 厘，就算低
利息了。

访谈员：这个是因为贫困户所以才享受的低利息政策吗？

受访者：不是，这个是产业基金，产业基金是一种扶持，如果贫困户有创业意识，想脱贫，认为自己短时间内能够脱贫、增收，就把这个钱投给他，他履行承诺，每年支付利息，就像是分红一样。这有两个好处：一、贫困户脱贫了；二、壮大了集体经济，集体也有收入。

书记朋友：想创业的有这些资金也好，要不然去贷款还挺难的。

受访者：贷款哪可能给你贷 40 万块？一般也就能贷到 10 万块。

访谈员：最多只能贷 10 万块吗？

受访者：对，小额贷款，最多只能贷 10 万块。头三年（前三年），贷款者守信用了，银行就给其发展规划，从贷款者的产值来看，它可以给其增（贷额）。像今年就给我们增了一截（贷额），家庭贷，我两个儿子可以给我担保，我就可以贷 40 万块。

访谈员：这个担保人有什么要求呢？

受访者：担保人至少要有一定的经济实力，要有收入。

访谈员：有没有具体的标准呢？

受访者：比如像我贷这种家庭贷，如果我 3 年内还不了的话，得确保我两个儿子能偿还。

书记朋友：贷款确实不好弄。像赵某就是享受到了创业政策。

访谈员：他们是在干什么？

书记朋友：养牛。

受访者：养牛。就在这儿（书记家）上面。

访谈员：他们是什么时候开始养牛的？

受访者：2018 年 3 月 8 号。12 月份卖了 10 头，卖了 14 万 9 千块。

书记朋友：40 万块？

受访者：14 万 9 千块。一头牛卖了 14900 块钱。他买的大牛 7000 块钱一个，3 月 8 号拉回来，12 月份卖的，刚好十个月就卖了。大牛还划得来，小牛买的时候每头 5000 块，现在都还喂着，要 5 月份才能卖。假设5 月份也卖那个价，相对于大牛就迟了好多，工夫（时间、物力、财力、人力等）也花了，也只赚得到那么多钱，（相对大牛来说）最多能赚 3000

块钱。

访谈员：那他是怎么享受到这个政策的？

受访者：这个政策是这么回事，比如你是贫困户，你有这个创业的想法，当然贫困户要事先申请，根据你的家庭情况，经过大家评议、公示、审定确定了（就可以转为贫困户）。那么在扶持你的过程当中，你想发展养殖业，根据组上、村上、乡上和帮扶单位的审核，觉得你也有这个决心，而你也已经把圈建起了，那么就给你投入资金。村上这 40 万块就等于说是以入股的形式投给你。

251

书记朋友：你们这个资金是村上的还是国家的？

受访者：村上的，村集体的。

书记朋友：哦，我还以为是国家的。

受访者：他想用这个钱的时候，大家也意见大，那么最后就是跟他签了合同，以给他入股分红的形式。

访谈员：那他最后还是要把这 40 万块和利息一起还了吧？

受访者：要还。

访谈员：有给他规定时间吗？

受访者：有啊，开始是一年，但是又延了一年，因为才投入进去，产品都没卖突然把资撤了，那不是又贫困了？总要等人家收入（周）转过了再还这个钱。

书记朋友：按你们领导人来说，就是只要能把这个资金很安全地、按时地、守承诺地还回来，那都好说。

受访者：而且每年该分红的就分。

书记朋友：这样大家都好操作。

受访者：对。你想他 40 万块资金用 3 年，3 年集体收入就有 48000 元，所以不仅把他扶持起来了，集体经济也增长起来了。

访谈员：像他们这种养猪养牛的，会有养殖技能培训吗？

受访者：有。基本上每个月都要召集他们给他们进行养殖培训，还有兽医站也会来给他们培训，而且这些培训都是免费的。贫困户还没有脱贫之前，每一期培训费至少得五六千元，他们培训一天还有 50 块钱补贴，这个也是种优惠政策。

访谈员：听说本村要发展旅游业？

受访者：对，乡村旅游业，据说是今年的重点。

书记朋友：这个发展起来还是可以。

受访者：我们这个是这样划分了的，底下（下面）这半块你（指创业者）莫想（别想），花桥 4 队这底下你莫想，除了那种没有污染，对环保没有影响的，比如（养）鱼这些可以，像圈那些必须拆。

书记朋友：既然要发展旅游业，至少游客过来了要看起来没有什么污染。

访谈员：那他们养牛那个地是批了的吗？

受访者：批了的，那都是我去弄的。

访谈员：那批地花了多长时间呢？

受访者：差不多一年。

访谈员：是地管得比较严吗？

受访者：地不是管得很紧，关键是环保这块，它是根据这个来的。比如批地的人要占用某个角落，国土所和乡政府得先来看，然后和其签订协议，不能污染周围地方。周围地的使用者都同意了之后再拿到乡政府备案，乡政府就来查看，觉得这个地可以用来养殖发展，而批地的人要遵循承诺，不乱排乱放，不往河里排，也不污染其他地方，就可以了。

书记朋友：现在这个环保又不是针对哪一个人，也不是针对哪一片，整个全国都在抓（环保）。

受访者：对。昨天来了几个成都的朋友，主要想来看下冷水鱼（养殖），昨天采了些水和土。

书记朋友：我觉得这里水还是没问题，还是有条件的。

受访者：问题是要用那几家人的地有人不同意，我也跟他们说要支持，有人来做这些是好事。

书记朋友：是我的话我就提供地，我跟他们入股，虽然有一定的风险，但是人家对市场行情的把握，对形势变化的判断，普通农民都比不上的。

受访者：他们？平时那个地放到那里也没用，一旦有人问了，嘿！黄金（此处是一种夸张的语气）！

访谈员：现在村里以种地为生的村民还多吗？

受访者：少。

访谈员：在外创业的多吗？

受访者：不多。

访谈员：那有返乡创业的吗？

受访者：有啊。

访谈员：应该也不多吧？

受访者：不多，不多。

访谈员：那返乡创业的大多数是在干什么？

受访者：养猪、养牛。

访谈员：一般打工的都是在外省吗？

受访者：对，外省。

访谈员：一般在哪些省份呢？

受访者：流动的。

访谈员：本村有些什么创业扶持政策呢？

受访者：返乡创业这个有奖励有扶持，比如说退伍军人、返乡农民工、大学生回来创业都有奖励扶持。这个具体政策（我）还要了解下。

访谈员：这些政策有宣传过吗？

受访者：宣传过的。但是有多少人愿意（创业）呢？

访谈员：很多农民确实也没有创业的想法。

受访者：对，大多数都是小打小闹。

书记朋友：很多农民没有创业那个意识。

访谈员：那这些政策有没有落实呢？

受访者：很难落实。

访谈员：为什么呢？

254

受访者：创业不是那么简单的。我之前去华西村培训了7天，他们的创业群体全部都是一个团队，各尽所长——有的研究政策，有的找致富的门路，信息、市场调研、政策调研。所以我看着是比较感动，确实我们跟别人差距太远了。要弄这个团队，首先要有钱才可以。比如我们这里就盲目地栽作物，那栽种者研究过土壤吗？适不适合种？研究过它适用什么肥没有？一般人都是直接栽了，有就有没有就算了，所以农民做不起来（原因）就在这。

访谈员：这些政策都是依照国家政策执行的吗？

受访者：不是，政策往往到了基层就变了，不是原来那么一回事了。一般都是在国家政策的大范围内执行我们自己的小政策，村民自治就是这个，自我管理自我约束，不超出国家的范围。像我们以前从来没有把事情放到资料上，同样把村治理得相当地好。现在不一样了，重点放在资料上，结果做事的时间少了，还实行痕迹管理，做任何事情都要记到本子上。而且很多人读不懂政策，就根本没实行到点子上。

访谈员：那您觉得针对本村的情况，应该要怎样才能更好地发展呢？

受访者：在旅游、生态这一块发展。目前的基础有了嘛，就是乡村旅游、民宿这块，所以今年的重点就是搞这个。

访谈员：是在鼓励全村都搞这个吗？

受访者：对，但是还是有条件，主体在这一边（边说边朝一个方向凭空比画了一下）。

访谈员：现在民宿项目进行得怎么样了？

受访者：现在我们话也说早了，在7·9洪灾以前，我们一年都还是有3万块钱左右的收入（那个时候他们有几家在做民宿的生意），在7·9洪灾之后，那个路一直没弄好，就没什么人。大家都觉得，在底下（城市里）最热的时候，就是我们这儿生意最好的时候，他们就来避暑。恰恰这个时候交通不行。现在要搞一个标间，一间两张床，不说其他的，只说砍工、运输和装修这些的钱，大体算一下至少也要八九千。床铺也5000块钱，加上装修的钱，10000块钱。那么没有客源的情况下，谁都舍不得拿

10000 块钱装修这么一间屋。如果是能保证一个月来那么两三拨人，那还可以运转起来。按一个标间 80 块钱的话，一个月 240 块钱，除去消耗的钱还有大概 200 块钱，那么一年下来也才两千多块钱，要多少年才回本？因此一般人都不会去做这个事情。因此关键是要有人才有办法消费。

访谈员：我觉得在这些地方搞旅游业有季节限制，一般都是夏季比较旺盛。

255

受访者：有，夏季。

访谈员：那搞民宿的话所有的装修都是他们自己出钱吗？

受访者：对。像青片乡，房子大栋大栋地修着，都在叫苦。

书记朋友：青片乡前几年还是火，去年人少主要还是因为这个交通。

受访者：我之前问过几个亲戚，他们都说恼火得很（很困难）。我问他们政府补助没有，他们说没有，都是自己在弄。但是平武我几个朋友说，在民宿这一方面，如果基本达到了一年 10 个人以上，就补贴 10 万块钱。

访谈员：那这边有这个政策吗？

受访者：没有。但是之前我去跟他们一起培训问过这个事情，他们说哪里有什么钱，口号是喊得响，就是没有钱，还是要靠自己。还有像我们这种平地，要花 10 万块钱，别人只用花 1 万块钱。但是还是再看一下，再搞一年看看。

访谈员：旅游这块具体想怎么发展？

受访者：民宿、露营。客人来了之后肯定是要接受我们的管理的，如果客人要露营，我们就租帐篷，我们那里修了 10 个露营点。客人要自己煮饭的话就给他修一排灶，还有露天的烧烤架，都齐全。还有鸡、小猪、羊，要吃我们这里有，来买就是了，就按市场价。这个民宿也就是带动在家里不出去的人，大部分青壮年都要出去打工，不可能来搞这个，因为旅游业不成气候，青壮年没法来搞这个事情。

书记朋友：但我觉得以后发展起来了还是可以吸引青壮年回来的。

受访者：也许还是可以，几年、十来年，慢慢来嘛，这个事情不能急。现在搞这个要有个人的资本。

访谈员手记

　　我通过对村支部书记的访谈，从一个新的角度出发，对于扶持农民工创业有了新的看法。从干部的角度出发，能发现更多的问题，能了解到更多的实际情况与困难。这让我更加意识到了农民与干部相互配合的重要性。在我调研的所有村中，我认为他们是发展得最好的，这和干部的作用分不开。只有干部和农民一条心，都想要把自己的村变得富裕起来时，才能有良性的发展。

（访谈员：华中师范大学　侯露璐）

非物质文化遗产马槽酒生产者

受访者基本情况

性别：男

年龄：55 岁

籍贯：四川北川羌族自治县马槽乡明头村

婚姻状况：已婚

文化程度：初中

创业类型：食品加工（白酒）

创业地点：四川绵阳北川羌族自治县

马槽酒：北川羌族自治县的一个品牌代表，已经申请到了四川省非物质文化遗产。

在我去找厂长的时候，他正在卸货，货物是较大的长方体装酒的塑料瓶。我在向王厂长说明了来意之后，厂长表示之前已经有很多学生找过他进行访问，但还是表示同意我进行访谈。

访谈员：请问您以前有过打工经历吗？

受访者：有哦。我15岁的时候就出去打工，那个时候在绵阳的"404"。

访谈员：那个时候在干什么呢？

受访者：那个时候漆那种收音机箱箱，属于漆工。

访谈员：那在外打工的时间有多长呢？

受访者：1979年到1981年，两年时间，然后就回家了。

访谈员：然后就自己创业了吗？

受访者：回来的时候还没有创业，是1984年开始创业的。1982年、1983年在家砍林场，自己承包，等于说自己在家当小包工头那种。然后从1984年就创业，办糖厂。

访谈员：糖厂吗？

受访者：嗯，做糖，糖果糕点，熬豆油（酱油），还有就是买榨油机榨油，直到1988年的时候就承包酒厂。

访谈员：开酒厂是因为机缘巧合还是别的原因？

受访者：也不是机缘巧合，我们这个是属于祖传的一个技术，因为我们祖先就是烤酒的。

访谈员：是一种传承吗？

受访者：对对，也算是巧合，还有个信念。这个酒厂是1683年修的，有300多年了。之前的承包者把质量弄得不好了，然后我们1988年就承包了，重新打造市场，等于说是以我们祖先传承下来的技术来重新打造市场。当然，1989年和1990年的时候市场没有打开没怎么赚钱，然后我们就又办了个养猪场，把酒烤了之后利用废弃的糟子（酒糟）来喂猪。

访谈员：就是一种绿色循环的理念吗？

受访者：嗯，等于说变废为宝。就这么陆续地烤了两年，1993年的时候我就把酒厂买过来了。买了之后我还去了很多酒厂，讨教了很多师傅，也请了师傅过来帮我，然后把我们祖传的经验和他们的经验很好地中和了一下，以长补短。后来我就申请了商标，现在我拥有 40 多个商标。2010
年申请的非物质文化遗产，从县级申请到市级，2014 年的时候申请了省级
（非物质文化遗产），现在我们这个就是省级非物质文化遗产，全称就是
"四川省非物质文化遗产玉米酒"（边说边给我指了一下挂在墙上的牌匾）。

访谈员： 那以后有没有打算申请国家级的呢？

受访者： 有啊，这肯定的。2008 年汶川大地震后，马槽乡没有什么资
源，就只有我们这个酒，最后政府也就找到我们说把这个品牌拿出来，喊
全乡人民都来烤酒，以生产自救。现在马槽发展到 17 家酒厂了，它一年
的产值已经上千万了。

访谈员： 那您在创业的过程中有没有遇到过什么困难呢？

受访者： 多了。刚开始的时候那困难相当地多。一是资金不足，当时
我们创业的时候才有 3000 多块钱，在信用社贷款只贷得到几百块钱。二
是由于市场没打开，酒都是自己给人家背去，送到人家家里去，还要把糟
子（酒糟）送给人家，人家才会买你的酒。

访谈员： 那您在遇到这些困难的时候政府方面有没有给您一些帮
助呢？

受访者： 帮助还是有的，都是一些政策性的东西。

访谈员： 那审批方面有没有给你们开通过绿色通道呢？

受访者： 这个没有，这个必须要实打实。比方说我们送检，然后申请
非物质文化遗产这个项目名的时候，必须要通过正规的检查。其他主要是
税务这方面，帮助要大一些，属于定税制。

访谈员： 就是免税之类的吗？

受访者： 嗯，比方说定 8000 元，无论是一次性缴还是年终了，都可
以减几百块钱或者 1000 块钱。

访谈员： 那酒厂已经发展到这么多家了，您觉得成功的原因有哪
些呢？

受访者： 成功的原因可能是因为带动了整个乡的产业，人们大都发展
这种产业，然后避免了一些留守老年人、儿童问题。还有就是帮助脱贫，

贫困户可以直接到我厂里来上班。

访谈员：嗯，等于说是给他们提供了些就业岗位。

受访者：对，一共 17 家酒厂，每家都可以容纳 100 多人，不但可以解决就业问题，而且为人们增加了收入。不但工资可以给他们涨，而且他们的生活用品都是我们给提供的，他们光挣钱就行了。

访谈员：就是说你们还会提供一些福利吗？

受访者：对，福利肯定有嘛，比方说，每个节日还给员工送一些吃的、用的、穿的……

访谈员：那您是一个良心老板呢！

受访者：年终我们还会给员工发一些奖金之类的。

访谈员：那您觉得现在造酒的行情好吗？

受访者：行情啊？你说的是什么行情？

访谈员：比如说这个酒的销量有没有逐年上涨之类的？

受访者：有。虽是从一家发展到几家然后到现在的十几家，但是整个马槽酒的市场还是供不应求的。一般都是客户先订货，我们再送货。我只是保证这种传统文化的一种……什么呢……

访谈员：就是相当于是一种特产吗？

受访者：嗯，本来马槽酒就是一种传统工艺。

访谈员：那您现在有没有了解到政府对于农民工创业的这种扶持政策呢？

受访者：没有。我们一天只是做生意。

访谈员：那您希望政府今后给您提供哪些帮助呢？

受访者：肯定需要政府的帮助嘛，比如政策性的一些帮助。政策性的帮助主要就是在我们发展的过程中，如出现资金不足、审批厂房慢、用地、用水等问题，需要政府帮助协调。

访谈员：那你们的品牌是不是也是政府在帮你们打广告？

受访者：嗯对，政府帮助我们宣传。

访谈员手记

  这位创业者很早就开始创业了，敢于15岁就出去打工，我认为是一件很勇敢的决定，这也体现出了这位创业者具备一定的个人素质。相比于其他的农民工，我认为他拥有着更优越的外部条件，他拥有需要传承的东西，就相当于有了门路与一定的资源，所以我认为这也是他成功的一个原因。另外由于2008年汶川大地震，山东援建了马槽乡，所以品尝过马槽酒，并且在回山东时带走了许多，这是马槽酒出名的一个契机。由于这种机遇，马槽酒能够走上外销的道路并且可以扩大生产，带动全乡人民一起搞，我认为非常重要。并且当地政府也能及时认识到利用品牌带领全村人民共同致富的重要性，我认为也是非常重要的。所以我认为想要有成功的创业者，离不开家乡人民的支持与政府的扶持，需要相互共同努力。

（访谈员：华中师范大学 侯露璐）

正在创业典型

——养殖户访谈

受访者基本情况

受访者：夫妻二人

籍贯：四川北川羌族自治县马槽乡明头村

婚姻状况：已婚

文化程度：初中

创业类型：养殖业

创业地点：四川绵阳北川羌族自治县

来到董姐的养殖场地，远远地就看见她正在给牛准备饲料，同时，她的身边还有她正在上初二的 14 岁的女儿和正在上小学的儿子在帮忙。我走近说明来意之后，董姐态度很好地同意了我的访谈请求，并把我引到董姐丈夫所在的厨房里。

访谈员：你们之前在外面打过工吗？

董姐丈夫：没有，我们之前没有去打工。

访谈员：你们之前是自己搞过很多的事情吧？

董姐丈夫：之前有卖过烧烤，后面才来做这些的。

访谈员：那养牛是谁提出来的？

董姐丈夫：是她（董姐）提出来的。而且卖烧烤也不好卖了，所以就转了个行业，和家里人商量了一下，就决定养牛。

访谈员：那您最开始是怎么想到要养牛的呢？是怎么发展起来的？

董姐：我们的亲戚在泸州那边养牛，我们去看了之后就打算自己也来搞养殖。好多都是他们教我们的，喂牛、买牛都是他们教我们，帮我们买的。

访谈员：那你们是什么时候开始养牛的？

董姐丈夫：去年。

访谈员：大概是去年几月份？

董姐丈夫：大概是去年 3 月份，去年的清明节买的第一批牛。

访谈员：那买牛应该花了不少钱吧？

董姐丈夫：嗯，的确是。

董姐：一头牛接近 10000 块钱。

访谈员：那你们当时买牛的时候有没有考虑过一些养殖业的风险？比如养殖的牛因为生病而死去这类事情？

董姐：有哦。刚把牛买回来的时候，牛就感冒了，我们什么都不懂，这里喂牛的人又少，兽防站也不知道给牛打什么针，我们就给亲戚打电话，然后自己去买药给牛打针。买回来刚一两个月就拉稀，也不知道原因，只能给牛喂点干草草，它需要一个过渡期。

董姐丈夫：我们当时专门去亲戚家考察过，专门去了解了这方面的知识，然后我们得知，牛因为生病而死亡的这类事情发生的概率比较小。

访谈员：这是为什么？

董姐丈夫：因为牛的抵抗力比较强嘛，不像猪。

董姐：对，养猪就是大起大落的。

访谈员：噢，我之前也去看过那些养猪的养殖户，他们说养的猪今年死了差不多一半。

董姐丈夫：对的，所以我觉得养牛的风险没有养猪那么大。

访谈员：那出现问题的时候，政府方面有给过什么帮助吗？

董姐：有。我们修圈有圈造补助。那天开会还有农业局的工作人员讲课，讲喂牛这些知识。

访谈员：那还是挺好的。那现在行情如何呢？

董姐：还是好，今年肉价都 14 块多了，肥牛，比去年上涨了 1 块。

访谈员：你们养牛的话，有没有去通过贷款来筹集买牛的钱呢？

董姐：有的，贷了七八十万块。

访谈员：所以说你们在这之前，资金方面没有积累够对吧？

董姐丈夫：嗯，是的。

264 董姐：因为我们之前买了一套房子，花了几十万块，所以想养牛的话，只有靠贷款了。

访谈员：所以你们这是属于自主创业，那你们贷款，银行会不会提供优惠？

董姐丈夫：是没有的。要贫困户才有的。

访谈员：但是政府不是有一些对创业进行鼓励的优惠政策吗？

董姐：有是有的，但是只有贫困村才有这类的优惠，我们村并不属于贫困村的行列，所以没有这一项目。

访谈员：噢噢，那你们第一批牛购进了多少？

董姐丈夫：大概是 50 头牛。

访谈员：那你们购进了这一批牛后，有没有牛因生病而死亡的现象？

董姐丈夫：没有。

访谈员：那你们不久前购进了第二批牛是吧？

董姐丈夫：是的。

访谈员：那这一次你们买进了多少头牛呢？

董姐丈夫：这一次是 56 头牛。

访谈员：那就意味着你们的这两批牛养得还是不错的。

董姐丈夫：对的对的！

访谈员：那你们第二次买牛的成本有没有增加呢？

董姐丈夫：有的，相比较去年的话，每一头牛增加了大概四五百块钱的成本。

访谈员：那我之前听说今年的牛肉价钱相比以往每斤上涨了大概一块对吧？

董姐丈夫：对的。

访谈员：那你们这一年得到的利润是不是已经超过成本了？

董姐丈夫：没有，只是和成本差不多持平罢了。

访谈员：噢，那养殖场的人手就你们两个人吗？

董姐丈夫：对的，因为养殖场的收入还不够，所以暂时不用扩大养殖场的规模。

访谈员：那你们有考虑过以后扩大养殖场的事吗？

董姐丈夫：没有，暂时没有考虑，先把养殖场维持下来就行了。

访谈员：这是为什么？

董姐丈夫：因为这边养殖场的规模就只能同时养殖100头牛左右，因为政府有规定的。

访谈员：什么规定？

董姐丈夫：因为这边有很多地方是禁养区，只能在禁养区之外畜养。

访谈员：是因为考虑到养殖业对于环境的影响吗？比如牛粪之类的？

董姐丈夫：这倒不是，牛粪能进行处理的，主要是县内规定最多养100头，可能还是考虑到草地绿化的问题。

访谈员：所以说你们现在养牛的话一般是没什么污染的对吧？

董姐丈夫：是的，因为养殖场内的资源都是循环利用的，所以一般不会产生什么对外的污染。

访谈员：那能具体讲一下你们是怎么样进行循环的吗？

董姐丈夫：嗯。就是粪便我们用干湿分离机把干粪便分离出来，然后卖给果园等农产品产业园。我们把牛的尿液收集起来用于草地的灌溉。

访谈员：那你们把干的牛粪卖出去能卖多少钱？

董姐丈夫：干粪大概是两百多块钱一吨。

访谈员：那卖牛粪得到的钱也并不是很多吧？

董姐丈夫：嗯，也就差不多够交电费的，但是牛的排泄物又不能够不处理，不然的话堆积太多会被政府罚款。

访谈员：那你们现在在养殖方面有没有什么困难？

董姐丈夫：那肯定有的，资金方面还是有困难。

访谈员：资金的周转不方便？

董姐丈夫：对的，资金的周转有问题。

董姐：我们就是先把肥牛卖出去，然后得了钱再去买进小牛。

访谈员：那如果你们每次卖出肥牛得到的利润超过了成本那还是能够盈利的吧？

董姐丈夫：没有，毕竟只是赚了成本钱。养殖的话还有一些杂七杂八的费用，加起来的话还是挺多的。

访谈员：那你们资金周转不过来的话，是不是还需要去借钱？

董姐丈夫：如果只是购进50头左右的话，资金还是差不多的，但如果还想买更多的话，钱就不太够了，所以就只能分批次购买。

访谈员：如果政府能够给予帮助的话，你们希望是哪些方面的帮助？比如说贷款方面给你一些优惠，或者说在审批方面给你们开绿色通道，再者在土地方面给予帮助？

董姐丈夫：哈哈，这个恐怕有点困难。

访谈员：我们这个调研主要就是了解一下你们创业的情况以及你们创业的困难，政府了解到你们创业者有哪些困难，或许以后会在这些方面给予你们帮助。

董姐丈夫：噢，那我想问一下那个绿色通道是怎么回事？

访谈员：就是你们有一些事情需要通过政府机关的审核，绿色通道可以使你们的审核周期短一点，节省一些等待的时间。

董姐丈夫：噢，那这个对于我们并没有太大的影响，如果说真要什么帮助的话，我们更希望政府在贷款方面给多一些优惠。

董姐：政府可以再给我们搞点优惠政策。比如说我们修圈的时候或者买机械化的设备的时候，再给我们补助点就可以了。

访谈员：那你们在贷款的税额方面有没有什么优惠？

董姐丈夫：我们有一个零报税，但是我们并不太懂这方面。这方面她（董姐）比较在行，平常都是她在帮忙做这类事情。

访谈员：好的。那你们在这些方面还有什么问题吗？

董姐：现在最主要的问题就是，买一头牛的本钱太贵了。

266

访谈员： 那现在卖出一头牛大概是多少钱？

董姐丈夫： 大概是 18000 元，利润也没太多，而且买进一头牛要 12000 元，饲料大概花费 4000 元，一共 16000 元，一头牛的毛利润大概就是一两千块钱，但是养牛的好处在于风险较低。

访谈员： 那牛的销路是什么？是直接卖出活牛还是卖牛肉？

董姐丈夫： 是直接卖出活牛，有外地人来收购的，一般是重庆、成都、绵阳那边的买家。

访谈员： 那你们的联系方式是怎样的？

董姐丈夫： 一般是我们有要卖的牛了，就联系那边的买家。

访谈员： 那你们会不会和买家签订合同？

董姐丈夫： 没有合同，就是我们要卖了就通知他们来看一下牛的情况，然后再谈。

访谈员： 哦，知道了。那么今天就谢谢你们的配合和支持了！

夫妻二人： 没事没事。

访谈员手记

董姐是一个很勤劳能干又行动力强的女性。从我小学开始对她的印象就是会抓住商机做各种各样的生意，比如在放学路上开副食店卖零食，开烧烤摊，开米粉店卖米粉等。访谈完成之后，我觉得董姐是一个非常独立自主的女性，她现在仍然懂得抓住机遇走上养殖业的道路。我认为除了政策支持与资金以外的外部条件，创业同样需要自身的素质条件，是否有创业的动力与发现商机的眼睛，是否敢于在发现商机之后苦于实干等方面非常重要。所以如果想要鼓励农民工创业的话，需要对农民工进行一定的思想教育与鼓励，给他们提供更多的信息。

（访谈员：华中师范大学　侯露璐）

正在准备创业的典型

——蔬菜加工

受访者基本情况

性别：男

年龄：38 岁

籍贯：四川绵阳北川羌族自治县马槽乡明头村

婚姻状况：已婚

文化程度：初中

从事类型：以往在外打工，现在正在准备从事食品加工

（蔬菜加工）行业

创业地点：四川省绵阳市北川羌族自治县

访谈员：听说您之前都是在外打工，是为什么突然想要创业呢？

受访者：第一离家里近，第二是创业就有了个固定的目标了嘛。

受访者妻子：还可以带动整个乡，甚至是附近那些农民。

访谈员：是说可以给他们提供就业岗位吗？

受访者妻子：对。

访谈员：是什么契机让你决定做食品加工这个行业，之前看到过别人做这个行业吗？

受访者：我们这里还没有人做，我们是觉得这个产品现在市场上没有。

受访者妻子：还有就是根据我们这里的情况嘛，因地制宜。

访谈员：那您在创业之前准备了些什么呢？

受访者：先是告诉周边的老百姓。

受访者妻子：动员这里的老百姓嘛。

受访者：我们刚开始做，首先就是把这些证全部拿齐，然后我们就开始去建厂了。

受访者妻子：地要去批，批了我们就建厂房。

访谈员：地现在批下来了吗？

受访者：没有嘛。现在国家土地管得紧。虽然说国家鼓励开荒地，如果说要用荒地来建厂房，是没得问题的，是有优惠的。但是关键是荒地都是陡坡坡陡崖崖，怎么去建厂房？建厂必须要平地，总不可能去把那些山坡坡山梁梁弄平嘛，这个造价太大了。地方这些图像都是上了卫星的，假如说要批耕地，必须由国土局先搞规划，规划必须要打个图纸，一打图纸卫星马上就监控了。

访谈员：政府是指定用地吗？

受访者：是我们想用哪一块地，拿去让政府批，就看批不批。

访谈员：那在这个过程中只有时间长这个困难吗？

受访者：不是，一般耕地是不准占用的。

访谈员：那如果是自家的耕地可以直接建吗？

受访者：不管是谁的都不可以直接建。现在不管是建厂房，还是修猪圈、牛圈，不管是占用自己的耕地，还是别人的耕地，都难批下来。

访谈员：那现在就是说，国家要发展耕地和建厂房要占耕地是矛盾的。

受访者：嗯。而且国家现在提倡返乡创业，像我们就完全属于返乡创业，我之前在外面打工嘛。我们还能带动周边老百姓发展，让他们尝到种蔬菜的甜头。第一，价格我们不说，至少我们保证老百姓心里有个底，保销，那是肯定的；第二，既然有保销，我们的市场做开了，我们就需要大批的蔬菜进入我们这个厂，而且价格也就可以往上涨了嘛，从而带动他们的经济，慢慢增加他们的收入，一年四季都可以在家里种蔬菜了。他们可以自己开个三轮车把蔬菜拉到我们厂里，或者我们自己开个车去收。国家出这个政策我自己觉得就有点矛盾。

访谈员：那你们申请是跟谁申请呢？

受访者：国土局嘛。现在国土少，但是国土局又没肯定地说耕地不能使用，他们要通知乡政府一起来考察这块儿地，如果乡政府同意了，那国土局肯定也要想办法把这块儿地批下来。

访谈员：那你们现在进行到这一步了吗？

受访者：没有，工作人员说年前忙不过来，正月初七才上班，上了班之后首先就把这个事情落实。

访谈员：那你们现在找的国土局是哪一级的呢？

受访者：现在是乡上嘛。也不是说乡上，我们周围这四个乡都由这一个国土所来管。工作人员说话还是比较和气的。但是我跟我朋友是一心想要把这个搞起来，我们计划一人出20万元，要是实在不行就一人亏20万元，如果搞得起来就可以一直做下去。我们现在主要就是想把地批下来，赚没赚钱都还没考虑。但是说不想赚钱是不可能的，家里上有老下有小，白白拿几十万元扔进水里是不可能的，都想把这个搞好。

访谈员：这些钱是您打工攒下来的吗？

受访者：对的。创业扶持政策政府现在也没宣布，我们就先把地的证拿下来。所以我们现在第一就是批地，第二就是开销路。

访谈员：我觉得宣传还是很重要的，因为我看到有的厂就是政府帮助宣传过，现在的销路很好，对于特产，市场上都是供不应求的状态。

受访者：对，关键是销路，把钱放进去了，把产品做出来了，如果没有销路，那才是问题。

访谈员：那你们关于销路的问题有什么打算呢？

受访者：我那个朋友说走政府这条路，通过开会，帮忙宣传一下。

访谈员：市场现在什么情况你们清楚吗？

受访者：不是很清楚，创业的风险太大了，一旦做不来这个……（说到这儿受访者无奈地笑了），像我们这种家庭，两个孩子，一个一年级，一个马上上高中，正是要用钱的时候，不说创业那头的钱，就是每年交各种保险费都要几万块钱。如果创业成功还可以，如果创业失败，那就面临着很大的困难。现在国家虽然在提倡创业，但是到了地方就不一定可以实施得起来了。

访谈员：您觉得这行的投资力度怎么样？

受访者：我觉得我们这个前期投资虽然大，但是到了后一步，投资就没有那么大了，第一就是给工人开工资，第二就是收蔬菜。其他就没有太大的投资了。

访谈员：做蔬菜加工你们也是考虑了很久的吗？

受访者：考虑了一年左右，从2月份考虑到五六月份我们才去办证，办证麻烦，估计要一年时间，都不一定所有的证都能拿齐。

访谈员：你们这个蔬菜加工有什么特色？

受访者：人工加工嘛，绿色、无污染、纯天然，除了洗菜的水其他的都没有什么污染，而且我们收也是收的没有农药的菜。

访谈员：您知道政府关于污染的标准吗？

受访者：不知道，搞不清楚。

访谈员：这个标准不透明吗？

受访者：是啊，比如说返乡创业，这是大力提倡的口号嘛，就是把农民工弄回自己的乡村，然后创业搞个什么。关键是搞什么呢？第一，批地不好批；第二，环保相关指标不清楚。

访谈员：您前面说会贷一二十万元的款，贷款的话多久之内要还？

受访者：根据金额定，像现在在手机银行上贷款，3.9厘的利息，如果是贷50000元的话一季度是500多元（利息），一年2400元左右，每季度必须要把利息转过去。这种就是最便宜的了，如果是单独去贷，利息差不多是5厘多到6厘了。

访谈员手记

受访者把问题说得很详细，也让我了解了创业原来是那么困难的一件事情。各种大大小小的问题都是创业路上的绊脚石，必须要花非常多的时间、精力、财力去打理。而且对于农民来说，创业的风险是加倍的。受访者在访谈中提到了打工也能养活家人，但是就是想试一试创业，他敢于把多年的辛苦存款拿出来冒险，对比于我在调研过程中了解到的其他农民工的情况与想法，也说明了男主人的精神可贵。但是他们普遍反映的事情我也感到非常无奈，农村的发展本来就有非常大的限制，农民工返乡创业可供选择的道路本来就很少，加上相关部门对政策的不完全执行与选择执行，让农民工非常地被动。当我看到报道其他村的村干部与地区政府对本地发展很上心与实实在在做事时，也不乏羡慕之意。希望地方政府真的可以担起应负的责任。

（访谈员：华中师范大学　侯露璐）

重庆市云阳县人和街道民权村村委会访谈

受访者基本情况

性别：男

年龄：42 岁

籍贯：重庆市云阳县人和街道民权村

婚姻状况：已婚

文化程度：高中

村委职位：村党支部书记

访谈地址：重庆市云阳县人和街道民权村

访谈时间：2019 年 1 月 23 日 10：00

　　选定这个村的主要原因是这里有特色产品，种植、养殖、办厂的村民比较多。村支书非常热情，但由于办公室地方较小且当天办事的人多，比较嘈杂，就先带我们去拜访一家创业者，采访是在去往这家的路上进行的。

以下是访谈记录。

访谈员：主要是想了解一下村里的大概情况，您能简单介绍一下吗？

受访者：我们村的面积大概是 3.8 平方千米，有 5 个村民小组，总人口 2000 多一点。

访谈员：老年人和年轻人比例如何？

受访者：老年人多，年轻人多数在外面。

访谈员：我们村创业的人多吗？

受访者：不多，10 多个吧，大多还是在外面打工。

访谈员：在村里的创业规模怎么样？

受访者：还可以的。

访谈员：我们村里有什么特色吗？

受访者：种植甘蔗，主要是用来做红糖，有八九百亩，是我们村的第一产业。

访谈员：最近几年返乡的农民多吗？

受访者：还是往外走的多，回来的少。

访谈员：在外面打工的村民主要是做什么？

受访者：那多了，做什么的都有，进工厂什么的，种类多。

访谈员：现在过年都回来了吗？

受访者：大多都回来了，一般都是腊月二十开始陆陆续续回来。

访谈员：对于回乡创业，国家有什么优惠政策吗？

受访者：主要还是针对建卡贫困户，然后去银行贷款免息。

访谈员：那其他不是贫困户的创业者呢？

受访者：创业成功了，还是有些补助的。

访谈员：哦，鼓励创业的政策还是不多，是吧？

受访者：嗯，还是靠个人。

访谈员：那村里创业的村民成功的多吗？

受访者：我们这里主要就是种甘蔗，弄红糖，建个糖厂。以前我们村养殖多，养鸡养猪，但后来政府又不支持了，环境问题抓得严，污染大，环保管得严，养殖的就少了，基本没什么了。

访谈员： 那咱们村的红糖销路怎么样？

受访者： 主要还是县里面。

访谈员： 这种创业的，银行贷款方面如何？

受访者： 多数都是银行贷款，比较容易，政府还是支持。

访谈员： 嗯，好的，谢谢您。

访谈员手记

村委会位于村里较中心的位置。正逢春节期间，所以我们开车去的时候，村里本就狭窄的路变得格外拥挤。但道路两旁的房子则较为冷清，多是关闭状态，尤其是越往村里开越是如此。与城市街道热闹的场景不一样，车子开进村里之后，周围则变得越来越安静。民权村离城市中心较近，受城市影响非常大，年轻人要么出去工作要么就在城里买了房子，很少有回村的。留在村里的要么是在村里创业开厂的，需要留守（但其家人基本在城里也有房子），要么就是守着地的老人。村里红糖厂多，种甘蔗的多，大片地都是甘蔗，只在收成季节的时候才会热闹一下。中国的城镇化进程很快，这些城市周边的乡村规模不断缩小，城市不断扩张，其人口流失是明显且主动的，村里的基础设施、村落建设完全可以被城市服务覆盖，因此村内设施特别不完善，甚至是粗糙的。

（访谈员：宁波大学法学院　许裕婷）

年轻的红糖厂创业者

276

受访者基本情况

性别：男

年龄：28 岁

籍贯：重庆云阳县人和街道民权村

婚姻状况：已婚

文化程度：初中

创业类型：种植、食品加工

创业地点：重庆云阳县人和街道民权村

　　受访者很年轻，村主任介绍他的时候，一直说他是个非常聪明的小伙子。我们的采访地点是他家门口的一个大坝子里，旁边还晒着很多的甘蔗皮，空气中还有甜甜的甘蔗味。

访谈员：您好，我是宁波大学研一的学生，非常谢谢您接受我的采访。

受访者：小事儿，有什么就问吧。

访谈员：我听村主任介绍你们这个红糖厂规模还挺不错的，您做这个多久了？

受访者：也就 3 年吧。

访谈员：当初怎么想到做这个呢？

受访者：也就做着玩，我们这边甘蔗多，都是搞这个（红糖生产），这个甘蔗也就一两个月忙，时间也不久，就想着试试。

访谈员：哦，这个不需要一年四季忙碌啊？

受访者：不用，这个收益也不高，一年四季靠这个，一家人也养不活啊。

访谈员：那您还在外面有工作吗？

受访者：嗯，肯定的啊，这个就收成的一两个月回来，平日还是在外面忙碌。

访谈员：那您在外面是做什么呢？

受访者：那就多了，做玻璃，施工都搞。

访谈员：您可真厉害。3 年前办这个红糖厂，有遇到什么困难吗？

受访者：没什么困难啊。

访谈员：那还很顺利啊。

受访者：嗯，这个行业投资不大，小生意。

访谈员：最开始修这些生产的地方，都是自己的钱吗？

受访者：肯定自己的啊，我出去工作得早，手里还是有些资金。

访谈员：那时候没想着银行贷款吗？

受访者：（摇摇头）不容易，银行贷款哪那么容易，到处跑也不一定能成功。

这时候，原来在旁边晒甘蔗皮的阿姨走了过来，看了看我，交流中才知道她是受访者的母亲，她在旁边也时不时说上几句。

受访者母亲： 贷款不容易，别说贷款了，微型企业也不容易。前段时间，他（指受访者）外面那个玻璃厂申请做个安达责任有限公司，当时微型企业也是重庆市提倡的项目，说有多少注册资金就补助，负责这方面的人把厂里的照片都拍下来，就拿去申请。

访谈员： 那最后你们有钱吗？

受访者： 最后拿了 5000 元，有什么用？

访谈员： 那我们这个红糖厂有类似微型企业这样的补助支持吗？

受访者： 没什么补助，我们也不想去弄了。

访谈员： 可咱们村的红糖是特色，你们办得这么好，村里没有其他支持吗？

受访者： 现在是支持的，当年自己折腾的时候还是自力更生。

访谈员： 不是有补助吗，村里没有吗？

受访者： 就贫困户有些，那也没多少，你干这个，怎么可能还是贫困户嘛。

访谈员： 自己创业没有优惠政策吗？比如税收方面？

受访者： 税照样收，是多少缴多少，没什么优惠，开发票就要缴税，哪有优惠给你的。

访谈员： 我看甘蔗皮这么多，生产量还是不小啊。

受访者： 还可以，那边就是甘蔗林，我们自己的（他给我指了指远方的一些地，但由于季节过了，光秃秃的），还有其他村民的甘蔗，我们也收，他们如果要加工做红糖，我们也可以加工。

访谈员： 哦，咱们不仅自己生产，也帮忙加工，然后村民自己用或者卖？

受访者： 对啊，这一片都是甘蔗林，都种些甘蔗，有的直接拖进城里卖，有的就来加工。

访谈员： 那这些甘蔗皮用来干吗呢？

受访者： 拿去烧，燃料。

访谈员： 哦，那这个拿去卖也还是收益啊。

受访者：这个没卖。去年有人来收，我也没卖，都送给乡民了，晒完了自己都抱走，去年有南溪（地名）的，拖着车来要买，说 200 元一车，我没同意。

访谈员：为什么呢？

受访者：送给村民，他们用，都是乡里乡亲的，平日也帮忙，这能有多少钱，还不如给乡亲们拿回去用，一家还能烧几个月。

访谈员：这么大的甘蔗林，你们一家人忙得过来吗？

受访者：怎么可能，都是请别人做，做饭都是请人。

访谈员：都是请村民吗？

受访者：是啊，还是村民帮忙，他们也信任我们家，给点工资补贴家用，也不多，一两千元，别人一家都愿来帮，村里的人做事也靠谱，都互相信任，有什么需要的自己拿，照看都不用，我们家还是多亏大家都帮忙，都支持。

访谈员：也是，村里人都认识，大家都熟悉。那红糖一般都卖哪儿？

受访者：全国各地，要的就寄过去，也方便。很多熟客都用微信联系。这村里好多户，下面（他指了指下面的地）那几家也是搞红糖，但我们家红糖好，我们家卫生等都搞得好，村里村外都爱吃我们家的，这个红糖，一吃都能吃出来。

访谈员：现在网络是方便啊，微信朋友圈都方便。是怎么想到微信的？

受访者：刚开始也不知道，先是熟人推荐，后来微信转账、微信联系，互相推荐，渐渐就在网上联系了。也有的用电话联系，反正邮寄方便，自己来提或是我们寄过去，都可以。网络发达还是好，收钱、转账、联系寄哪里，都是在网上弄，方便。

访谈员：在网上有做宣传吗？

受访者：去年村里（村干部）还带了些记者来，说采访宣传成功人士。

这时候他的妻子和小孩都从屋里出来，到外面来晒太阳，他妈妈和我

279

闲聊了一会儿，说了说他在外面的一些工作。受访者 17 岁就出去工作了，做过很多工作，县城里认识的人也多，现在在城里接一些活儿再给其他人干，别人爱找他，他认识的人多、熟路多。说完还给我介绍了他们新建的房子，说是今年刚新修的，二层楼的房子很漂亮。看得出来，母亲对儿子非常满意。

280

访谈员手记

这家创业的规模并不大，且其生活的主要收入来源并非村里的红糖厂，主要依靠的还是在城里的其他工作，后来在闲谈中受访者也透露，之所以选择今年新修房屋，也是觉得今后城市会"过来"，加上离城市很近，开车就能过去，还有房价这些因素。可见，他们对于未来城镇化扩张是期待且极有准备的。

而且，在采访过程中可以明显地感受到，创业者对于政策、村委会的失望与无奈，对村委会未来可能给予的帮助是消极，甚至是排斥的。采访过程中其说得最多的就是"自食其力"。政策的落实、村民与公权力的关系、政策的宣传到位，这些问题值得关注。

（访谈员：宁波大学法学院　许裕婷）

在外地开面坊的老板

受访者基本情况

性别：女

年龄：39 岁

籍贯：重庆市云阳县人和街道民权村

婚姻状况：已婚

文化程度：初中

创业时间：2011 年至今

创业类型：外省开面坊

创业地点：贵州省铜仁市

　　这一家最开始是通过电话联系的。由于面坊生意还不错，尤其是在过年前后的时间，因此他们在大年三十的晚上 11 点多才回老家过春节。本来是想采访男主人，但男主人年后 3 天就离开家去了贵州，留下女主人再多陪陪家里人。

他们家是在村里靠后山的地方，比较偏，只有男主人的父母住，女主人他们一家在县城买了房子，平日孩子读书都在县城。我去的时候，他们一家非常热情，老人还怕耽误了我们采访，把小孩儿都叫到一边儿去玩，我们的采访，也是在他们屋里进行的。

282

访谈员：非常感谢您今天接受我们的采访，那我们现在就开始了。之前了解到你们是在外面开面坊的，当时是怎么想到做面坊生意的？

受访者：家里（指家乡）没生意做啊。

访谈员：那怎么就想到做面坊呢？

受访者：有朋友亲戚做这个，也是跟着做。

访谈员：那你们一家人都是做这个吗？是主要生活来源？

受访者：嗯，主要就是面坊。

访谈员：那您在外地开面坊，和村里联系少吧？了解村里的一些政策吗？

受访者：不了解，啥都不了解，很少回来了。

访谈员：也是，都很少回来了。

受访者：一般过年回来几天，有时两三年才回来一趟。

访谈员：那你们在外面创业，是自己租的场地吗？

受访者：自己租的门市。

访谈员：你们是在哪里开的面坊啊？

受访者：贵州。

访谈员：贵州贵阳吗？

受访者：铜仁市，农贸市场里面。

访谈员：那一家人都依靠这个面坊，生意还是挺好的？

受访者：生意算一般，利润不高，也就是刚好能养家糊口而已。

访谈员：那想过回家创业吗？

受访者：回家创业，做什么？面坊这边不好开。当然回家做啊，又能照顾家人，但回来做什么呢？回家创业肯定好啊，家人、小孩都在这边。

访谈员： 那孩子是跟着你们生活吗？

受访者： 和外公外婆在一起，在城里读书。

访谈员： 创业也挺难的，您觉得创业成功的因素是什么？

受访者： 我觉得是自己的责任，扛着，上有老下有小，您不赚钱怎么办？我们这个不算成功，只是刚好够家里生活开销，节俭点能过而已。

访谈员： 开这个面坊有什么困难或者不容易吗？

受访者： 刚开始比较难，什么都不会，都是跟别人学。开始在老乡开的面坊那里做，不要工资，免费帮他们做，一点一点学啊。

访谈员： 您先生也是这样吗？

受访者： 都一样，我们当时都是这样学出来的。

访谈员： 之前了解到，您先生已经去那边工作了，过年也没玩儿几天，真的是辛苦。

受访者： 对啊，一年到头也就休息这么三四天。现在刚开始，人们都还在过年，不怎么忙，我就先多留几天，陪陪孩子、家人，过些天我也要过去了。

访谈员： 这个面坊利润如何？

受访者： 50 斤面粉利润也就 50 元，利润很薄，一天也就 200、300 斤这样。我们凌晨两点多就要起来做面，一直到下午四五点收摊休息。

访谈员： 面粉的销路如何呢？

受访者： 也没什么销路，因为在农贸市场里面嘛，面做出来之后就摆在柜子（面柜）里零卖，还有附近店里的、开餐饮的，需要就自己来提，如果拿得多就便宜点。

访谈员： 开餐饮的这些你们是怎么联系上的？

受访者： 到农贸市场来买菜，他需要就会来找，然后留电话。

访谈员： 不是有网上下单，网上卖的吗？这样销路不就更大吗？

受访者： 像美团这种平台售卖更多的是熟食吧，而且销路扩大也没怎么想过，我们就两个人，一般每次也就卖那么一斤两斤的面，太远的话去

283

送一趟，不划算。利润很薄，请工人也请不起。

访谈员：那你们在贵州生活，对贵州的创业扶持相关政策了解吗？

受访者：不了解，我们这种外来做生意的，也得不到任何的补助或者支持。

访谈员：那您是否知道周围那些当地创业的人们了解吗？

受访者：也不知道。对于国家这些扶持、优惠啊，对于我们这些老百姓，完全是空白，根本不知道，也不了解，全是靠自己。

访谈员：那你们最开始搞面坊，本钱怎么来的？

受访者：自己借啊，亲朋好友，不够的也借了一些利息钱。

访谈员：银行贷款呢？

受访者：我们怎么可能贷，要抵押又要各种手续，我们哪懂这些？我们差钱基本都是民间借贷，给些利息。

访谈员：那您了解身边创业的多吗？

受访者：多啊，现在村里能做什么，都是在外地自己搞些。

访谈员：创业行情怎么样？

受访者：一年不如一年，越来越不好做。尤其我们这些没文化没技术的，不好做啊。

访谈员：像你们是在外地创业，在这些年创业的过程中，对于政府有什么期待吗？或者希望政府未来在哪些方面可以提供更多帮助？

受访者：一是资金方面，不管是当地还是外省，创业能不能有一些落实下来的资金支持？二是小孩读书的问题，外省学生不能参加当地高考，就算外面读书，最后高考必须回到户口所在地，小孩很折腾。

访谈员：那对于你们的面坊生意，未来有什么扩展想法吗？

受访者：没有，没这些想法，做好现在这些，维持着就够了，把小孩带出来。

访谈员：好的，谢谢您今天接受我的采访。

第二次电话补充

第一次采访笔记得到老师建议之后，由于之前和这个采访者有电话联系，我就再一次打电话询问，尤其得知贵州外地子女可以参加本地高考这个信息之后，我希望和被采访者有一个交流。

访谈员：您好，我在老师这里得知，在贵州的外地子女符合条件的可以参加本地高考，您在这方面有了解吗？

受访者：有的，我之前有个朋友，她的小孩在高二就转回老家，因为贵州外地子女要参加本地高考，条件很多，似乎要交几年社保，我们外来务工很难达到这些条件，所以我那个朋友最后还是把小孩转回老家了。我们是在外面漂着，也不敢说固定在哪个城市，这些条件很难满足。

访谈员：那外地子女是在哪上小学、初中呢？

受访者：上好学校难，好点的公立学校上不了，只能上一些私人办的学校。

访谈员：这样啊，那小孩只有留在老家？

受访者：外面学校不好，留老家谁带呢？我父母年龄大了，小孩也教导不了，小孩马上就要读小学了，这一年是外公外婆在带，但之后还不知道。

访谈员：好的，谢谢您。

访谈员手记

创业的艰辛与不容易，在访谈过程中深能体会。身边大多数创业者，对于自己为什么创业、为什么做这一行都有各种原因，但最重要的原因都是为了生活、迫于压力，上有老下有小迫使他们不敢松懈。对于外省创业者而言，背井离乡，他们对于家乡的政策不了解，也由于常年未在家，难以享受一些优惠待遇；而在外省，他们只是万千工作者之一，属于外来者，忙于工作，更难享受、得到政策帮助。在与他们的交谈中，他们更多体现的是拼搏、艰辛与努力。

这次访谈中，受访者多次提到自己的小孩，忧心的也是小孩读书、受教育的问题，其中外省考生高考的问题也让我感触很深。父母都想亲自教育、抚育孩子，外面工作一年半载难以和孩子见面，但由于高考制度限制，他们害怕来回折腾不能给孩子一个稳定的教育环境，不得不把孩子放在家里，委托老一辈的人看护，这也是他们心中非常遗憾和牵挂忧心的事情。

（访谈员：宁波大学法学院　许裕婷）

放弃养殖外出打工者访谈记录

受访者基本情况

性别：男

年龄：42 岁

籍贯：重庆云阳县人和街道民权村

婚姻状况：已婚

文化程度：小学

曾创业类型：养殖〔养猪〕

访谈员：听说你们以前在家创业？

受访者：创啥业啊，就是几年前养点猪，有六七年了吧。

访谈员：那时候规模多大啊？

受访者：二三十头吧，也有养些其他的鸡鸭，卖了也能有些钱。

访谈员：一家人都靠这个为生吗？

受访者：也不是，城里有点活干，也出去做，那时候我爸爸和妈妈他们在家照顾（这些）也差不多。

访谈员：那时候怎么想到在家待着，没出去打工呢？

受访者：我们这里离城里也近，我弟弟在城里有个店，我偶尔去帮忙，那时候家里养的这些，地里也有些菜，也够了。出去做什么？又没什么文化。

访谈员：哦，也是，留家里，一家人也能互相帮助。

受访者：是啊。那时候身边有些人出去了，也没赚什么钱，但也有些人赚了不少。

访谈员：那后来怎么没继续养猪了？

受访者：一是养猪的多了，那时候河坝旁边，就是那边修的那块地（他指了指远处江边，现在是一块施工的地方），全是养猪的，县里面的猪肉基本都是这边供应，太多了，二是也不想搞了。

访谈员：哦，供应太多，价格不好？

受访者：一年到头也累，也臭，那边全是（养猪），那时候这边（指访谈的村里）味道不好，也有人埋怨，而且关系也不好搞，都是村里的还容易有矛盾，就不想搞了。搞得小，也不好赚钱。

访谈员：那时候有钱的话，还想继续养殖吗？

受访者：哪儿来钱嘛，有钱也不想搞，都想扩地。有的都跑别人边上去了，搞出不少矛盾。

访谈员：那时候政府有扶持吗？

受访者：扶持什么？都自己搞。

访谈员：贷款呢？村里其他人扩大规模，有贷款吗？

受访者：没听说，都是自己的钱，有的家里有钱，亲戚互相凑一凑。

访谈员：那您现在还有回乡自己创业的想法吗？

受访者：现在还创什么业，村里人也不多，基本都在城里或者外边（外省），现在养猪也不好养了，环保抓得紧，养个猪，排污等方面都有要求，严得很，不像以前随便养，哪儿还有什么污水处理哦。

访谈员：哦，养殖对环境污染还是大啊。

受访者：臭嘛，以前从桥那边过来就能闻到，味道大得很，那时候也不管。现在你看，干净了，哪有什么味道，下面全是商店了。

访谈员：我看村里现在没什么养猪的啊？

受访者：都搬了，养猪的地方都集中起来了，以前就在河边，打水、排水等都方便，后来都迁走了。但（养的人户）也少了，别人都专门养一两千头的，我们这个多小啊，又还要环保，赚得了什么？

访谈员：严了，生意都不好做，不严好点？

受访者：严好些，环境问题是不得了，你看你们读书，北京那些地方，雾霾多严重？我在广州也是，雾霾脏得很，环境问题严重。以前村里臭，小孩都不愿回来，说臭，大家也没这个意识。现在政府管得严，你看河里谁敢乱排？村里很干净，你刚才上来那一路看到了吧，还是这样好些。

访谈员：你那时候也是因为环保政策严格，所以不搞养猪了吗？

受访者：我那时候还没这么严，是最近几年，不是都说要环保吗，这几年才抓这么紧，以前谁管这个。那时候是外面有个工作机会，自己也不想搞，和家里人商量了一下，就算了，也赚不了什么。

访谈员：所以现在也不打算回乡创业了吗？

受访者：（很坚决地摇摇头）都在县城里面，孩子也好读书，乡里人也少了，还有几个在乡里的哟？都在县里买了房子。

访谈员：嗯，城里教育也好？

受访者：肯定啊，我们家老小就要高中了，一直在城里读书。

访谈员：那您父母现在还住这边吗（我指了指后面的屋子）？

受访者：父母还是住这边，地里自己种了菜，还些鸡，有时也到我弟弟那边去玩，离得也近。

访谈员：那您的家在哪儿？

受访者：我也在县城里买了房啊。

访谈员：这样啊，那您了解现在村里对这种创业的有什么扶持、补助吗？

受访者：没听说过，就是贫困户有点钱，也没多少，我们又没有这个钱，不怎么了解。

访谈员：您附近和您同龄的、年轻的这些人，有回乡创业的想法吗？

受访者：少，基本没有，一般还是在外地打些零工，深圳、广州这些地方多，浙江那边也有，像我舅舅家那个女儿，和你差不多大吧，高中毕业就去深圳了，好几年没回来过年了，现在有几个年轻人回来哦！

访谈员：好的，非常感谢您今天接受采访。

受访者：没什么，就回答一些问题嘛。

访谈员手记

民权村所属的人和街道紧挨着江边，旁边就是大桥，现在的街道两边全是商店、楼房，整洁干净，很难想到几年前这边紧挨养猪场，臭气熏天。我们特地到养猪场旧址看了一圈，施工地方没有看到工人，也不能了解具体情况，只看到路过的一个老婆婆，打听了一下，其住在附近，偶尔会过来散散步。环境问题的整改力度越来越大，我在县里的网站上也能搜到很多周边村的养猪场污染处罚决定书，环保部门出现在网站首页的地方越来越多。更让我感到欣慰的是，刚开始担心由于利益冲突，可能会有很多村民对此比较反感，但从我采访的人以及发放问卷交流过程中，发现很多村民对现在村里的环境是很满意的。除了村里养猪场整改，我在桥的另一头的城市江边，也随处可以见到对长江段落性的整改以及标语，问及待在家里的亲人，他们也提到，长江的环境最近几年改善很多，晴天到江边，完全可以感觉到青山绿水的美丽。对环境问题的严格要求，或许在短时间内产生"阵痛"，具体到乡村会影响一些利益，但从长远发展来看，凡是理智的人都懂得取舍。

（访谈员：宁波大学法学院　许裕婷）

榆林市横山区驼燕沟村村主任访谈

受访者基本情况

性别：男

年龄：56 岁

籍贯：陕西省榆林市横山区驼燕沟村

婚姻状况：已婚

文化程度：高中

村委职位：村主任

访谈地址：陕西省榆林市横山区驼燕沟村村主任家

访谈时间：2019 年 2 月 3 日 10：40

驼燕沟大队包含 3 个自然村 4 个小组，分别是驼燕沟村（2 个小组）、王梁村、庙湾村，位于陕西省榆林市横山区响水镇，距县城 35 千米，距市区 50 千米，处于 204 国道，交通较为便利；总户数 235 户，总人口

1106 人，党员 17 人，村干部 6 名，全村建档立卡贫困户 7 户，是非贫困村；地处毛乌素沙漠与黄土高原过渡地带，风沙居多，常年干旱。由于这里具有独特的大漠地理环境，无霜期长，光照充足，昼夜温差大，水资源丰富，土壤肥沃，非常适合一年一熟单季稻种植，主要种植作物有水稻、玉米、谷子、土豆、绿豆等杂粮，养殖有羊、牛、猪等。驼燕沟村处于无定河中游，由于无定河地下的油气资源、盐资源比较丰富，导致无定河周围的土地盐碱化较严重，影响农作物种植，因此只能种植水稻。多年来，通过政府引导，横山区种粮大户创新土地流转模式，激活了沉睡的土地资源，增强了土地利用率，实现了全区土地经营规模化，农业发展产业化和现代化，加快了农业增效、农民增收的步伐。

今天天气有点阴沉，早晨一起来便去村主任家访谈。进入村主任家，他正坐在沙发上看电视，说明来意后，他起身拿老花镜看了我手里的调查问卷，之后便直入主题。以下是访谈内容：

访谈员：主任您好，我想了解一下咱们村的基本情况，可以简单介绍一下吗？

受访者：好的，可以。

访谈员：村里面大概多少人呢？

受访者：1106 人，男女老少人数都是各一半的。

访谈员：那劳动力呢？

受访者：劳动力是 550 人。

访谈员：田地大概有多少？

受访者：田地是 9000 亩。

访谈员：交通条件怎么样呢？

受访者：交通条件好着呢。

访谈员：经济来源主要是什么？

受访者：种植，养殖。种水稻，养羊。

访谈员：农民工的情况怎么样？有多少在外打工的？

受访者：380人左右。

访谈员：都在哪儿打工呢？

受访者：大部分都在榆林、靖边、横山。

访谈员：那主要都做些啥呢？

受访者：有的是小包工头，有的就是给别人打工。

访谈员：有没有返乡创业的呢？

受访者：没有的，都在门外了，没有返乡回来的。就有两户养螃蟹的，算是返乡的吧。

访谈员：什么时候开始养的？

受访者：从2017年春季开始养的。

访谈员：那养的羊和种的稻米不卖吗？

受访者：卖呀，养的羊要卖的，现在驼燕沟村有2400只羊，一年就能卖出去600只羊，那是咱们的经济来源。

访谈员：这也可以算是创业吧？

受访者：他们不是，他们都不是知识青年，是农民，没出过门，一般都是上了年纪的才养羊了，并不是知识青年回家养羊的。

访谈员：那政府对他们的养殖有支持吗？

受访者：没有的。

访谈员：那政府就没有养羊的扶持政策下来吗？

受访者：政策有了，但都不实施。那些养羊的都不习惯设施养羊，弄草不方便，没有种草的设施和政策，缺少这个政策，没有饲料的来源。因为没有草场，秸秆还田的时候也没把草种起来，羊的饲料缺乏了，那就只能买。

访谈员：那政府不给饲料吗？

受访者：养羊的不是农业合作社，是个人组织，是散养户。合作社才给饲料，他们是有项目的，咱们村里没有养羊合作社。

访谈员：那我们村的稻田是不是合作社？

受访者：稻田是农民入股合作社，农民把土地流转给合作社，合作社又给农民分红了，分的是大米，也就相当于是股份制分大米。

访谈员：哦，那类似养羊的这些政策没落实，您觉得影响大吗？

受访者：基本没啥影响。提倡是提倡了，土地流转、设施养羊、返乡务工，这种都提倡了，但就是没落实到农民。

访谈员：对政府还有啥意见没？

受访者：没有意见，挺好的。

访谈员：村里有没有历史人物？

受访者：没有，没有历史人物，连名胜古迹也没有。

访谈员：在外地创业的有多少人？

受访者：在外地创业的人也不多，有6家，比农民收入强一点，算个小包工头，还可以带动一些农民发展经济，挺好的。

访谈员：他们都去哪儿创业？

受访者：榆林、神木、靖边，各处都去。

访谈员：没有回来创业的吗？

受访者：没有，回来的就有两户，两个人，这两家是庙湾村的，都姓乔，人家是回来创业的。

访谈员：好的，谢谢您的配合。

受访者：没事，有啥问题再来问。

访谈员手记

近年来，横山区大力发展和推广的稻田养蟹模式，已逐步成为农民脱贫致富的重要助力，也成为横山区创新农业生产方式、深度利用生产资料的重要举措，这也更是驼燕沟村一直实行的生产方式。村里的稻田合作社，是横山大米这十几年发展的一个缩影，经历大面积撂荒、从小到大、由弱到强、从单一到多方向成长到现在集科、农、工、贸于一体的多元化发展，稻田养蟹、富硒大米、胚芽营养米、小粒香米等都已成为横山水稻种植的特色品牌，都是农民工创业的结晶。稻田养蟹采用"大垄双行"水稻栽种模式，既能满足河蟹生长，又能提高水稻产量，这种立体生态种养新技术模式让农民实现了"一地两用、一水两养、一季三收"，农民从事生产的积极性不但提高了，经济生活也得到了改善。

295

经过多次的访谈，我有以下几点建议：

一是多宣传返乡创业扶持政策，很多农民工并不了解这些政策，也可见政策并没有落实。

二是开展农业实用技术培训，大部分农民工不创业的原因就是不懂怎么干、干什么，所以政府要针对各贫困村现状，举办技术培训，配备技术员为农民工进行专门指导。

三是在更多的村成立种养专业合作社。合作社可由多户人家组成。农民工纳入合作社，不仅给农民提供种养殖技术指导，而且免费提供良种、化肥、地膜、农药等农用物资，降低资金成本。

（访谈员：宁波大学　李晶晶）

从包工头到无定河畔的养蟹大户

296

受访者基本情况

性别：男

年龄：50 岁

籍贯：陕西省榆林市横山区驼燕沟村

婚姻状况：已婚

文化程度：初中

创业类型：养殖业

榆林市横山区农民养殖的稻田河蟹（摄影／罗赟鹏）

（图片来自网络）

无定河，黄河一级支流，位于中国陕西省北部，是陕西榆林地区最大的河流，它发源于定边县白于山北麓，上游叫红柳河，流经靖边新桥后称为无定河。全长 491 千米，流域面积 30260 平方千米，陕西境内河长 442.8

千米，流域面积 21049.3 平方千米。流经定边、靖边、横山区、米脂、绥德和清涧县，由西北向东南注入黄河。无定河水以降水和地下水补给为主。在沙漠区由于地面渗漏强烈，地下水补给占比重较大，一般达 80%—90%。黄土丘陵沟壑区，以降水补给为主，地下水补给只占年径流的 30% 左右。流域修建有织女渠、定惠渠、第二定惠渠、绥惠渠等水利、灌溉工程。

横山区位于榆林市中部，淡水资源丰富，但由于盐碱土地较多，水成了横山区农业发展的重要生产资料。改革开放 40 多年来，横山区通过无定河流域综合治理、围河造田，共开辟了 8 万亩稻田，目前的水稻耕种面积为 4 万亩。近年来，横山区大力发展和推广的稻田养蟹模式，已逐步成为农民脱贫致富的重要助力，也成为横山区创新农业生产方式、深度利用生产资料的重要举措。稻田养蟹采用"大垄双行"水稻栽种模式，既能满足河蟹生长所需的光照和活动空间，又能使水稻获得良好的通风透光，提高水稻产量。这种立体生态种养新技术模式让农民实现了"一地两用、一水两养、一季三收"，农民从事生产的积极性提高，经济生活得到改善。

我今天要采访的乔先生就是利用了无定河的水质优势在稻田养蟹，听村主任说，村里有两家养螃蟹的，而乔先生家是规模最大的也是养得最好的。乔先生是我父亲年轻时一起去外面打工的包工头，所以我在我父亲的带领下来到乔先生家。去的时候乔先生不在，他的父亲说乔先生正在稻田烧草看螃蟹，于是我们在家等了一会儿。乔先生回来之后就换掉鞋脱掉外套，我说明来意之后就开始了访谈。

访谈员：养螃蟹多长时间了？

受访者：两年了。

访谈员：当时是怎么想养螃蟹的？

受访者：去温州、宁波、泉州、福建、浙江走了一回，那里本来就很多人养（螃蟹），然后就去考察了一次。

访谈员：是怎么去的？组队和别人一起去的还是自己去的？

受访者： 自己去的（在 2012 年的时候，横山区从辽宁盘锦引进河蟹苗，在白界镇党庄村首试河蟹养殖、稻田养蟹技术，当年产出的河蟹个大体肥。2013 年，横山区继续在白界镇柳沟村实施稻田养蟹试验项目 350 亩，产出有机稻谷 21 万千克、优质螃蟹 1 万多斤，稻蟹总产值 160 多万元。乔先生也看到了其中的商机，便去南方了解他们那边是怎么养殖螃蟹的）。

访谈员： 那当时就有了创业的想法了？

受访者： 有啊。本来咱这里就有人养螃蟹，不过他们养不大，不咋大，他们是种水稻顺便养的，当时我自己也没啥做的，稻田正好空着。

访谈员： 那哪来的池子？

受访者： 我挖了 6 个池池，6 个大池池，咱们的无定河水好，能循环得过来，怎么也比先前去考察过的南方养得好，那边都是死水，都是湖泊，没办法。咱们的水泵一抽就来了，就能循环得过来。

访谈员： 养多少只呢？大概有多少？

受访者： 多少只？（我问的量词有些不合适）（无论）哪一年都有大几千斤了，五六千斤。从小苗子开始，一斤是十万只，十斤就是一百万只，然后这里面就有成活率的问题，到扣蟹的时候一斤再养成 120 只左右。一开始是从东北进（买）的苗子，现在是自己往大养，从东北进过来的话，买一斤（螃蟹）的扣蟹成活率不到 20%，120 个成活率就在 30 个左右。再比如说，每一次都要放水，这个也很麻烦，从开始的蟹苗到上市总共要从第一年的五月到第二年的八月十五，得一年半。

访谈员： 那都往哪儿卖了？有没有固定的销售渠道？

受访者： 就咱们本地，固定的话就是大主户，比如今年东北的、西安的，再就是咱们榆林本地。

访谈员： 这些固定的（客户）是咋联系到的？

受访者： 就打电话一个个问。再就是我雇东北的工人，他们在东北都养了几十年了，然后就雇了他们的人。

访谈员： 那在创业的过程中有没有遇到什么困难？

受访者： 供水、下雨等对螃蟹损失很大。到农历四月十五左右把螃蟹往开分，分在池子里面。在二月水消的时候就要开始预备上了，五月二十几稻苗子一插，就把螃蟹放到稻田里，咱们县现在是稻田县，南方在湖泊里种的水稻是有限的，比如他们 10 亩地种不上一亩水稻，咱们这里 10 亩地就能种 9 亩稻子，就边边把蟹沟挖开，所以咱们这里正儿八经叫稻田县。稻田有个好处就是好吃，因为稻田里有虫虫，（螃蟹）是自然而然地生长着了，等于说吃外面的（指自然中的）东西，不用你特意地去精心喂养，根本不需要，就天然的。再就自己喂一些玉米，东北进的一些饵料，然后搭配着喂。

访谈员：饲料都是买的吗？

受访者：都自己买的。

访谈员：那政府有没有啥扶持？

受访者：苗子都是政府免费给的，其他都是自己买的。

访谈员：那有没有减税免税呢？

受访者：农民都不上税，渔牧业和农业、手工业全国都是免税的。

访谈员：螃蟹是您自己看还是其他人？

受访者：雇的人多了，比如出工的时候，头一年就烧一烧草，你看我现在身上很脏，等第二年开始，冰一消，雇两三个人，一直到插围子，就是把螃蟹圈住，怕它逃跑，就雇十几个人看着。

访谈员：那他们工资怎么算的？

受访者：女的一天 100 块，男的一天 150 块。再就雇一个东北的长期工。

访谈员：我还想问一下基础工作是怎么开始准备的？

受访者：基础工作就是明年一开春就挖蟹沟，稻田畔四面全部挖开。

访谈员：那最开始的

时候呢？比如是政府给的蟹苗还是您把项目报上去他们批下来？

受访者：跟政府工作人员一谈这事，说想养螃蟹，他们自然而然就把我立在项目里了，因为养螃蟹是好事。他们会先下来检查，等养螃蟹的条件成熟了以后，比如围子圈起来，蟹沟都挖开了，他们看到具备了养螃蟹的条件了，才把蟹苗发过来。上水条件各方面都成熟了以后（政府）才给你的。

访谈员：那成本大概是多少？

受访者：饲料、工资等，一亩地下来就得200多块钱，养300亩就得七八万块钱，这是个硬任务，因为挖沟机要往开挖沟了，都要钱，再就圈围子塑料纸、竹竿子、绳子，这本身都是成本费。

访谈员：那资金问题是怎么解决的？

受访者：资金问题就自己筹资。这个政府不管，政府就只给你蟹苗，其他的运作过程都不管，然后卖下来国家农业上也不上税。

访谈员：螃蟹一般都什么价位呢？

受访者：螃蟹在咱这里一斤平均是60块钱，不好点的50块，好的七八十块。去年和今年的价格都稳定着了。

访谈员：那现在有多少亩？

受访者：那怎么能说成亩呢，那样的话从驼燕沟到韭菜沟有2000多亩了，都是我的，哈哈哈哈。那6个池池，是240亩，池塘是池塘里的，一回来都在池塘里放着了，把池塘里的先养着最后分到稻田里，这都是有过程的（这些稻田都被土地集体流转承包了，据悉，驼燕沟村农民乔俊宏看好种植水稻这一商机，2009年，他流转500亩土地，治理改造种植水稻，并申请成立了榆林市宏驼农业集团有限公司。公司通过土地流转，不仅提高了当地农民收入，而且使无定河两岸重现稻田飘香。现在，水稻种植基地有1.1万亩，涉及无定河岸的三个乡镇13个行政村，3000多户村民，1.3万余人的土地。其中贫困人口1425人，每年向农民支付流转分红70多万斤大米，另外扶贫帮困2万多斤大米。乔先生和该农业公司合作，蟹田稻因不施农药、化肥而品质更佳，初加工蟹田大米每公斤售价20元左右，是普通大米售价的 5 倍。精装蟹田大米售价达到每公斤 36 元，是普通大米售价的 10 至 20 倍。稻田养蟹增收直接表现为养殖成本下降，养殖收益大幅增加）。

访谈员：（螃蟹）放稻田里跑不了吗？

受访者：跑不了，都圈围子了，全部用塑料纸圈着了。

访谈员：那还会扩大（规模）吗？

受访者：不了，去年 300 亩，今年下来连池塘都快 3000 亩了，都扩大 10 倍了，不敢扩大了，再扩都照看不过来了。

访谈员：那您现在创业已经很成功了，您觉得是什么帮助了您的成功？

受访者：本身就是辛苦做法，再就天时地利人和，这都是必要的。咱们村的人本身不是像其他地方那么复杂，政府也相应做得好，雇的技工啥的经常下来看，所以螃蟹发病也是不存在的。

访谈员：那您还希望政府再采取些什么扶持呢？

受访者：政府就把塑料纸啥的成本费提供一下就更好了，同时也给政府解决一部分待业问题。政府鼓励创业也是为了带动更多的人创业，办得越大，雇的人就越多。现在咱们这个精准扶贫相当紧，每年都会问这个精准扶贫对象雇几个，对于政府来说把这一部分人扶起来，经济生活才平衡了。

访谈员：那创业给您带来了什么呢？

受访者：那肯定是经济效益啦。

访谈员：螃蟹就不会得病吗？

受访者：基本不会得，南方的（螃蟹）得的多。我们无定河的水本身是淡水，就没什么污染。南方的水都是海洋湖泊，水不循环。无定河的水从靖边、雷龙湾下来整个再流到绥德，是长流水，基本没污染。

访谈员：那还有其他困难吗？

受访者：基本没困难，主要就防住洪水。因为咱们这儿是黄土高坡，山上的水一下子冲下来会把整个稻田都冲得什么都没了，（螃蟹）就淹死了。学校底下的几行子，塑料纸弄得好好的，（结果）连螃蟹都冲得没了。不发洪水基本没事，所以这也算半靠人半靠天。不过咱们这边的雨水也少，不像南方那边一直下雨。咱们这边大雨下了之后没流处，只能往无定河里排，最高的山坡有 1000 米左右，山上下来的水只能通过 204 国道通到最低的底滩，然后流进无定河。再也没什么病，撒石灰的撒石灰，应消毒的都消了，根本没啥病。

访谈员手记

乔先生是有创业头脑的人。他之前一直在包工（现在有时间也会去包工），打工也有 30 年了，因家里孩子多负担大，就想到去创业，还特意去南方考察一番，他知道怎么能把螃蟹养到最好，他也很努力认真地去做每一件小事，亲自去督查每一步骤。他能够利用所处地理位置的优势——无定河的淡水和较少的降雨量，还有稻田中天然的饲料，他还得到村里和政府的大力支持，再加上有经验的人的鼎力相助，真可谓天时地利人和促成乔先生创业的成功。乔先生可以抓住时机，学习新的知识技能，勇于尝试，这正是很多农民工不具备的。那些不敢创业的农民工不愿去了解新的事物，他们只信命，觉得自己就是受苦人，只能干活，却没想到将自己的价值最大化，去创造不一样的东西。不过这也和政策的宣传和政策的落实有关，许多农民工并不知道怎么创业，有什么优惠政策，只想安安稳稳地打工种地，而那些想创业的人可能因碰一鼻子灰也放弃了。所以创业是有一定风险的，想创业的人一定要做好准备工作，使风险降到最低。

（访谈员：宁波大学　李晶晶）

小康村的养鸡大户

受访者基本情况

性别：女

年龄：40 岁

籍贯：陕西省榆林市横山区马坊村

婚姻状况：已婚

文化程度：初中

创业类型：养殖业

今天天气很好，即使气温零下 10 摄氏度，太阳也很大，很暖很舒服。中午 1 点多的时候，和朋友一起去她村里的一个养鸡场，路上和朋友也大致了解了一些养鸡场的情况。我一直跟着朋友走，老远便看到主人院子里满地的玉米，都是作为鸡饲料要磨的。

走进大门便看见女主人正在院子里忙活，毛衣外面套着一个已经沾了很多泥土的短棉袄，手里端着装满饲料的簸箕，打了招呼后我说明我的来意，因女主人正在忙，于是我们先进家里和主人的女儿闲聊了一会儿。家里甚是热闹，还有女主人的儿子和小女儿正在打闹，女主人忙完后就进来，我们便聊了起来，以下是根据我们的聊天内容整理的访谈记录：

访谈员：阿姨您现在多大了？

女主人：过完年就 40 了。

访谈员：那养鸡场开了多少年了？

女主人：我们已经开了 20 多年了。

访谈员：那当时是怎么开起来的？

女主人：当时就是小规模地干，然后慢慢地一点一点往大扩，一年盖一点儿鸡房，一年往大发展点儿，慢慢就（发展）大了。原先就在上面（给我指了一下她家院子上面的鸡房），一年喂两三千（只鸡），然后就慢慢、慢慢发展，不是一下子就大的。

访谈员：那最开始资金是咋解决的？

女主人：一开始就是贷款，然后倒着用。

访谈员：跟谁贷呢？是向个人还是政府贷？

女主人：个人贷了，政府也贷了，慢慢贷得发展（大）的。

访谈员：当时投入成本大概是多少？

女主人：这个我也不咋清楚，要问你叔叔了，你叔叔有事出去了，我也不知道。

访谈员：说到叔叔，我叔叔之前打过工吗？

女主人：打过（工）。

访谈员：那一般都在哪儿打（工）呢？

女主人：原先在靖边打过（工），在银川也打过（工）。

访谈员：那出去都干什么了？

女主人：给别人抱石头什么的。

访谈员：那当时怎么会想到回来开鸡场呢？

女主人： 现在打工也很难了，回来就说慢慢喂两个（指一些）鸡，最开始的时候喂 500（只鸡）、1000，慢慢地涨起来的（后来聊天的过程中了解到叔叔也算是子承父业，叔叔的爸爸本来就养鸡，有一定的养鸡经验）。

访谈员： 那现在有多少只鸡了？

女主人： 有 2 万！

访谈员： 那现在鸡蛋都咋卖？

女主人： 别人来了拉或者我们出去卖。

访谈员： 那有没有固定的客户？

女主人： 固定的就是一直来拉（货）的那种。

访谈员： 那都是怎么联系的？

女主人： 就打电话。

访谈员： （客户）是怎么知道的？

女主人： 一个人跟一个人联系，互相介绍，熟人推荐。

访谈员： 那鸡蛋价格怎么样？

女主人： 都是按市场价，大概就是三块八九。

访谈员： 一般都稳定吗？

女主人： 就那样，基本差不多。涨一下跌一下的。

访谈员： 那是不是还雇了工人呢？雇了几个？他们都做些什么工作？

女主人： 嗯，雇了两个，就喂鸡、收鸡蛋、粉（饲）料、打扫粪，这些都是他们的工作。

访谈员： 他们工资是怎么算的？

女主人： 两个人一年 6 万。

访谈员： 刚听说您去打疫苗了，那打疫苗都是怎么打的？

女主人： 打疫苗都是自己打呀。政府一年发一次疫苗，再就是自己买的。

访谈员： 那以后（规模）还会往大扩吗？

女主人： 不了，就这样了，现在这个大小，行了。

访谈员： 那在这个（慢慢扩大）过程中有遇到什么困难吗？

女主人：有的，比如有时候鸡蛋卖不了。卖不了的鸡蛋就只能在家压着，然后经济就转不过来了。

访谈员：最后鸡蛋攒下之后是怎么卖的？

女主人：那就只能联系，看哪里有需要买鸡蛋的人，慢慢联系然后往出去送。

306

访谈员：那一般都往哪儿送了？

女主人：榆林也去，包头送了，靖边送了，神木送了，大都卖了。

访谈员：送的过程中的邮费咋算？

女主人：人家只掏个鸡蛋钱，油钱都是自己出，自己去送。

访谈员：那喂鸡都是喂什么呢？

女主人：喂玉米、麸皮，然后加点饲料。

访谈员：饲料都是自己买的吗？

女主人：嗯，饲料都是自己买的，然后人家送来的。

访谈员：当时办厂子的时候有手续吗？

女主人：有的，具体咋办我也不知道，就是以合作社的形式办的，办了好多年了。

访谈员：那这个场子要交税吗？

女主人：不交税，免税的。

访谈员：嗯，那是挺好的。那生意还行吧？

女主人：生意还行。

访谈员：对了，雇的工人有没有社保呀？

女主人：没有的，没听说过。

访谈员：阿姨有没有有趣的经历再分享一下呢？可以讲一下是怎么扩大的。

女主人：咳，我都记不住，再就不会说了，你叔叔要是在家还能给你多讲解讲解。

访谈员：阿姨，我想再问一下政府资助贷款是怎么贷的？

受访者：资助贷款呀，我们贷过 5 万、10 万，有时候还完后接着再贷。利息大概就是 1 分、1 分半。

访谈员手记

马坊村庄人口众多，房子一家挨着一家，听朋友说他们村现在已经步入小康了，村上的设施都很齐全，邻里邻居也都很友好，每家每户大多都是中年男子外出打工，妇女在家带孩子，老人在家种地。在采访的途中，我还去了好几户人家发了问卷，了解到好多在家的妇女都不是很了解创业，男子则觉得创业创不起来，要么没资金，要么风险大，还是血汗钱赚得舒坦。创业的政策落实得也不是很好，很多人并不了解返乡创业的政策。受访者家养了很多年鸡，属于家庭合作社，他们也是勤劳朴实的农民，如今这么大的规模都是辛辛苦苦努力的结果。

（访谈员：宁波大学 李晶晶）

创业的精神

——永不放弃，不断尝试

受访者基本情况

性别：男

年龄：44 岁

籍贯：陕西省榆林市横山区驼燕沟村

婚姻状况：已婚

文化程度：初中

创业类型：养殖业

　　我们来到种蘑菇的温棚旁，黑色的大棉被都是被掀开的，走进温棚，里面的温度刚刚好，男主人正在剪蘑菇，他把刚摘下来的蘑菇，用大剪刀把一个个根部剪掉，然后整整齐齐放入篮筐中，装满一篮筐后，接着把篮筐放入一个流动的池子，以洗去蘑菇上的土……不一会儿女主人也来帮忙剪蘑菇，两人手法都很娴熟，没一会儿就剪好了12筐。等他们忙完，我们说明了来意，男主人带我们去各个温棚里参观，我们也聊了一会儿。现在结的蘑菇没有很多，蘑菇的最适温度为 23—25℃，所以要在温棚里种，其生长不需要太亮的光线，低于 5℃生长会缓慢，高于 25℃生长虽快但容易衰老，超过 32℃就易发黄、衰老，停止生长；蘑菇对水分湿度、空气质量的要求也很高，要及时通风换气，供以充足的新鲜空气。

回到男主人家中，我们便开始了采访，以下是整理的采访内容：

访谈员：那我们现在就开始采访啦。

受访者：嗯，好的。

访谈员：您今年多大年纪了呢？

受访者：今年 44 岁了。

访谈员：什么时候开始种蘑菇的？

受访者：去年开始的，不对，前年开始的，2017 年的正月。

访谈员：那您当时是为何想要创业呢？

受访者：没什么干的了。

访谈员：那为什么会养蘑菇呢？

受访者：一是蘑菇的价格高，二是比较好养。

访谈员：那当时您有经过培训吗？

受访者：有一个师傅，他也是榆林养蘑菇的，给我做了指导。

访谈员：那现在规模有多大呢？

受访者：就那两个大棚里，一年的话大概就种两万几千袋。

访谈员：都是自己照看的吗？

受访者：嗯，都是自己家里看。

访谈员：那蘑菇都是怎么卖的呢？

受访者：就到市场发，先前打电话联系好。

访谈员：最开始的客户是怎么来的？

受访者：最开始是没有客户的，就慢慢地打问，一段时间就有客户了，做生意就得慢慢找。

访谈员：刚开始的投入成本是多少呢？

受访者：成本大概 10 多万，温棚上的棉被、锅炉、拌料机，主要是这些设备的投资。

访谈员：那您有得到政府的补贴吗？

受访者：政府没怎么支持，我也找不上什么门路，就都自己弄。

访谈员：那当时有贷款吗？

受访者：没，就自己筹资。

访谈员：蘑菇的卖价是多少呢？

受访者：蘑菇的价格最不稳定，有时候一斤卖得有七八块，最低的时候就一块几毛、两块，差不多一块九。

访谈员：价格是根据什么波动的呢？

受访者：根据气候，再就产量。比如种的多了，价格就低，就会产能过剩，太多了就卖不起价格。反正榆林的蘑菇也不向外地走，都在本地销售，内产内销。

访谈员：那有遇到啥困难吗？比如滞销啥的。

受访者：经常有啊，卖不了的时候就只能倒了（扔掉），因为卖不出去就坏了，就只能丢掉。其他也没什么困难。

访谈员：那天气会对蘑菇有啥影响呢？

受访者：夏季蘑菇会怕热，比如夏天到了二十七八度，蘑菇就不适应气候，产量跟不上；冬季的话到零下二十几度，产量也就低了，蘑菇就不往外长了。

访谈员：那您现在有两个大温棚，还会再扩大（规模）吗？

受访者：唉，本身榆林蘑菇就内地产内地销售，不向外地走，没销路，现在蘑菇的价格也不是很高，所以现在没那方面的考虑。

访谈员：那如何才会考虑扩大呢？

受访者：如果能向外走（卖到外地）还行，但是蘑菇本身就不好储存，容易坏，新鲜度赶不上。如果办个加工厂投资太大，保鲜膜放上也不怎么好，加工出来也没人购买，都不是新鲜的了，都愿意买新鲜的。

访谈员：那您之前有打过工吗？

受访者：没怎么打过工，以前开过一段时间的蔬菜门市，还开过出租车，也摆过地摊，都没长久干过的。

访谈员：那以前都是在哪儿干着呢？

受访者：也都在榆林。

访谈员：那您来榆林多长时间了？

受访者：我们来榆林十几年了。

访谈员：那没想过再返乡回家吗？

受访者：咱们农村的地已经承包出去了，养殖也不怎么懂，而且投资都太大，然后自己又没太多的资金，从各方面考虑，种蘑菇投资小，风险又小，其实不管创啥业都有点风险。

访谈员：您种蘑菇也不用交税吧？

受访者：不用，种植这种农业方面的都不用交税。

访谈员：那您觉得现在的行情怎么样呢？

受访者：行情极其不稳定，等上好价钱还好说，等不上好价钱也没办法，但整体来说比打工强一点吧。

访谈员：您每次开始新的创业时是怎么想的呢？

受访者：创业关键就是从经济效益等各方面的考虑，比如那个行业不好做了就换一个，主要考虑的是社会的发展，还有人际关系。

访谈员：那您每次创业都是多长时间？

受访者：开（蔬菜）门市两年，在榆林二街上摆地摊（卖小吃）三年，然后跑出租跑了两年。

访谈员：那创业给您带来了什么？

受访者：主要就是赚钱。

访谈员：那您有没有对未来更好的展望呢？

受访者：自己现在已经四十好几（岁）了，不像年轻人，有一些抱负，我就图个经济差不多就可以了。

访谈员手记

　　李叔叔已经创业十多年了，虽然一直在转行，但他坚持不懈，根据市场需求不断创业。虽然没有远大抱负，但身为农民，作为受苦人，他很满足了，每天的劳动成果都会有回报，一天的努力有一天的收获。李叔叔还告诉我们，一小袋蘑菇的成本大概是一块多，它的利润差不多是四五块。李叔叔是在本市区的小镇安家种植，每天自己开车把前一天准备好的蘑菇拉到市区的市场、饭店、小摊等，日复一日，坚持不懈。李叔叔说他从来没有受到政府的资助，也不知道有什么扶持政策，也没打算再返乡创业，唯一希望的就是安居乐业，自己的孩子好好成长，有出息。其实这也是年纪大的老一辈人的想法，他们把希望寄予下一辈人身上，他们觉得自己生活的时代，就是受苦的时代，自己挣来的都是血汗钱，他们希望自己的下一代有出息，不再像他们一样是个受苦人。

（访谈员：宁波大学　李晶晶）

武校校长赵发

受访者基本情况

性别：男

年龄：52 岁

籍贯：陕西省定边县红柳沟镇赵儿庄

婚姻状况：已婚

文化程度：大专

打工时间：1998 年至今

创业类型：返乡创业——教育业

创业地点：陕西省定边县

　　我出生于 2000 年，作为幸运的千禧年宝宝，从小到大深切感受到了大众创业、万众创新的中国焕发着的活力，奋力打拼的先辈为后辈创造的良好生活环境，以及幸福生活的来之不易。是的，今天的采访对象是我的爸爸，提前备好茶水，准备好录音的我，在家中就展开了采访，说是采访，不如说是听爸爸讲那过去的故事。

　　2019 年，大年初三，除夕夜的热闹劲儿还没过去，电视里重播着《春节联欢晚会》，刚收拾完碗筷的爸爸坐在沙发上等待接受我的采访，等到按开手机录音的那一刻，我拿出提前准备的问题。

访谈员：当初创业的动机是什么？

受访者：开始录了吗？

在爸爸的眼神示意下我还是先关掉了录音。在录音下的采访还是略显紧张。

接下来我就以听故事的心态听到了下面的故事。

受访者：我20岁外出，当时一半是现实的奋斗一半是幻想的外面世界（走出村外），最终决定去河南少林寺学习武术。

访谈员：为什么会想到学习武术呢？

受访者：主要是当时家里条件稍微好一点了，不用我再挖甘草种地了，有了学习的机会，但是过了读书的年纪，就想到要学习武术，当时艺术性的电影冲击很大，社会上学习武术又是一股热流，就想去真正的少林寺学习，饱含着幻想。再一个就是在家务农，活动过量，从小就落下了胃病，当时家里种西瓜，却一口也吃不了，就想着学武术也刚好强身健体。在河南一待就是10年。

访谈员：这10年的时间全部学习武术了吗？

受访者：没，前4年是学习了，跟着师傅练习，第三年肠胃病就明显好了，吃东西也不忌口了，后6年在师傅的介绍下在办公室待了6年。

访谈员：为什么不选择回家呢？

受访者：主要是感觉自己学得还不够好，想要再待在河南练习，刚好师傅有这么一个可以留在办公室的机会。

访谈员：在办公室这6年主要做什么？

受访者：主要就是负责财务收支，以及考试安排。

访谈员：所以这6年的工作为日后办理武校奠定了基础？

受访者：对，后来就回到定边想要干一番事业，1998年的时候办理武校，先后租了三块地方，后来才买了一块地皮，然后盖教学楼，置办桌椅床板、食堂厨灶等，一下投进去了不少钱。

访谈员：大概有多少呢？

受访者：90万元左右吧。

访谈员：90万元左右？一开始就投进去90万元吗？

受访者：小钱，就是桌凳、床那些，50个人就买50个人的，100个人就投进去100张桌椅，有200个就再买100个桌椅。

访谈员：那时候公办学校的规模怎么样呢？

受访者：城里就一个学校，六七百学生，农村有200个学生就算是比较大的了。

访谈员：那当时基础设施建设好后有学生来上学吗？

受访者：刚开始就11个。

访谈员：11个？一个班都凑不齐。那后来怎么有那么多的人的？

受访者：嗯，第二个学期就有二三十个人了。第三个学期有六七十个人，第四个学期就有100多个人了。

访谈员：那一开始其实不算一个学校，应该是像各个补习机构那样。一开始就是武校的这个主题吗？

受访者：嗯，一开始是只教武术的，等到有大概30个学生时就开始有文化课了，就请了老师。

访谈员：怎么请的这些老师？

受访者：就那些退休、有资历的老师。

访谈员：办理的期间有遇到什么困难吗？

受访者：主要就是资金方面的困难，一开始听人家说办个学校可能80多万元就够了，但后来实际操作起来其实起码得100多万元，后面工资都开不起了，慢慢地也就不办了。当时借钱也借不到，之前也基本上都借过了，贷款也不好贷，再一个就是国家九年义务教育的施行，好多公办学校起来了，竞争压力也大。

访谈员：那有没有得到过政府的一些资助呢？

受访者：现在能有印象的就是教育局书记送了一个篮球架。

访谈员：那现在国家支持的话，您还愿意再返乡创业吗？

受访者：这个现在不太考虑，主要是还有孩子念书，没时间回去，这城里的教育还是比县城相对来说好一点。

访谈员：好的，我的访谈到此结束，谢谢您的配合。

316

访谈员手记

　　在对爸爸的采访中，对于曾经办武校，我也是深有感触的。因为小时候的我是在家乡长大的，当时就住在那个学校里面，武术学校不同于其他的学校，除了要学习好文化课以外，还要经常在大场地上锻炼身体，那时每逢有活动就可以看到一些精彩的武术表演，都是由学生组织完成的。当时办不下去的原因，就是因为资金缺乏。本来有 11 个人开始的小规模成功了，那大概两三百人的大规模，按理来说，如果再继续投入资金，一定会规模更大，可是时运不济，那时候农民工是没有资本的，想做点什么的话是非常困难的，尽管知道做一个事情可以赚到钱，但是没有资本去启动它，也是与创业无缘的。

　　当时办武校的地方如今已经失去了往日的光泽，校舍也有一些破败了，为了维持家里的生计，这些场地先后租给了一些小工厂、驾校。如今走在县城的路上，也会时不时碰到爸爸以前的一些学生，而作为那个时候敢于去投资、去创业、去冒险的人来说，现在有了资本，可是时间上又不允许他这么做了。在采访的过程中，爸爸很多次提到了关于弟弟的教育问题，如果返乡创业势必会对弟弟的学习环境造成影响。但是爸爸也曾表示，等到弟弟可以自主学习的时候，他会考虑返乡去再做一番事业。

（访谈员：宁波大学　赵云霄）

重诚信的煤老板

受访者基本情况

性别：男

姓名：郭善斌

年龄：50 岁

籍贯：陕西省吴堡县

婚姻状况：已婚

文化程度：初中

创业类型：煤炭销售

访谈地址：陕西省

访谈时间：2019 年 2 月 13 日 15：00

郭善斌是陕西省陕北的一位煤老板，在大众的眼中，在陕北做煤炭生意发家的，都是一些土豪，本次采访由于对方工作忙的缘故，我采用了视频通话的形式采访了这位具有代表性的陕北"煤老板"。

访谈员：您当初创业的原因是什么呢？

受访者：哎，也没什么，就是想着做一点事情。

访谈员：您从事的行业是什么呢？

受访者：嗯，销售吧！卖煤卖油。

访谈员：这个过程是怎么发展起来的呢？

受访者：一开始我就是"跑车"，然后当司机给客户拉油，后来就自己开始干了。

访谈员：可以简单介绍一下，"跑车"是什么意思吗？

受访者：就是替别人拉货给客户送货。然后，认识了很多客户，有了关系，后来就自己开始当老板干。

访谈员：那这期间有遇到什么困难吗？

受访者：没有资金，我是草根出身，一开始投资少，利润也很薄。

访谈员：哦，那后来就是把这些赚来的再投资进去，这样子一直循环吗？

受访者：对。

访谈员：遇到困难的时候，有得到政府的帮助吗？

受访者：没有得到政府的帮助，而且有时候因为环保方面的检查，我们的货还压住卖不出去。

访谈员：哦，那就是政府没有帮忙，监管还挺严？

受访者：是的，是的。

访谈员：现在的年产大概是多少？

受访者：一年 4 到 5 个亿吧。

访谈员：您觉得您创业成功的原因有哪些呢？

受访者：我觉得信誉第一，诚信为本，要保证供货时间和质量，客户才会信任我们，和我们长期合作。

访谈员：您觉得现在行情怎么样呢？

受访者：总体来说不太稳定，老有环保方面的检查，然后生意就做不成。

访谈员：那您觉得自己的项目要是进一步发展的话，需要政府提供什么样的支持呢？

受访者：就是希望政府可以减轻税费的负担，然后在经济上给予一些支持。

访谈员手记

在采访这位"煤老板"的时候，他说自己是草根出身，不会说话。他朴实、谦虚而又平易近人的形象给我留下了深刻的印象。采访结束后，还没等我感谢他接受我的采访，他反而接连说了几声谢谢。

这位煤老板年前年后依然忙碌，常年在外做生意导致他很少回家，但他用减少的陪伴，为家庭提供了良好的生活条件。在众多采访者中，他是唯一一个表示政府给予了阻力的创业者，这同时也是他对行情的评价之一，那就是非常的不稳定。

确实，当今工业发展迅速导致了很多环境上的问题。近年来北方的雾霾一度超标，这些环境问题冲击了旧式煤炭工业的发展，政府方面也只是缓一时之急，通过不停的检查限制煤炭事业的发展，但这并不是长期而有效的。如何正确引导旧式工业才是解决问题的重中之重；促进产业的转型，能源的清洁化，在排污治理方面，提供支持，才是解决问题的根本，而不是一味地掐断源头。

（访谈员：宁波大学　赵云霄）

开网店卖挂面的宝妈

320

受访者基本情况

性别：女

年龄：35 岁

籍贯：陕西省吴堡县

婚姻状况：已婚

文化程度：大学

创业时间：2011 年至今

创业类型：返乡开网店

创业地点：陕西省吴堡县

　　这位受访者是刚生完二胎的一位宝妈，本身拥有着稳定而体面的工作，但是为了赚钱养家，又在工作之余开了一家网店卖挂面，这个挂面可不是普通的挂面，《舌尖上的中国》有一期，对陕北一家手工制作的空心挂面

进行过专门的介绍，一经播出，便有不少人慕名而来，想要尝尝这手工挂面的滋味，而这位宝妈也是抓住了市场的机遇，开了网店，通过网络的平台，向全国各地销售空心挂面。

在简单的嘘寒问暖之后，我们的采访正式开始。

321

访谈员：您当初创业的原因是什么呢？

受访者：还能为了什么，赚钱养家呗！

访谈员：那您从事的行业是什么呢？

受访者：销售。

访谈员：这个过程是怎么发展起来的呢？这期间遇到了什么样的困难？

受访者：就是在网上学了基本的操作，刚好有朋友在办挂面厂，在淘宝上申请了网店，有了货源、销售渠道就开始卖挂面了，困难吗？倒也不是非常大，就是一开始注册网店的时候需要保证金，申请了半天，也没有申请下来，后面不知道怎么的，也不用保证金就可以开网店了。

访谈员：遇到困难的时候，有得到政府的帮助吗？

受访者：有的，政府给了 1 万元的补助金。

访谈员：是吗？那确实挺给力的。那您觉得自己创业成功的原因有哪些呢？

受访者：就是靠自己积攒的一些人际关系，还有政府在资金上的帮助和支持吧。

访谈员：现在网络上和现实中的销售比例大概是多少？

受访者：比例大概是 4 : 6。

访谈员：您觉得，当地创业行情如何呢？

受访者：现在绿色食品比较有前景，食品安全是比较热门的话题。

访谈员：确实，大家现在都比较喜欢有机蔬菜，那您了解当地政府对农民工创业的扶持政策吗？

受访者：无息贷款，看你的销售额是多少了，小一点的可以贷款 20 万元，大的可以贷到两三百万元。

访谈员：那您觉得自己的项目要进一步发展的话，需要政府提供什么样的支持呢？

受访者：场所，专门放货、储存农产品的仓库，不然放久了就坏了，还希望政府可以开拓市场，便于更多投资人加入。

访谈员：好的，非常感谢您的建议，我们会如实反馈的。

访谈员手记

这位宝妈利用电视节目这免费的广告抓住了机遇，并且在生活中有良好的人际关系，拥有供货渠道，然后在网络上打开了销售市场。在自己本身有稳定工作之余，又有一笔不小的收入，而且在众多采访者中，她是唯一一个得到政府资助的创业者。对政府的政策，她也是非常清晰的，但是在采访中，她一度提到关于场地、储藏的问题，尤其是农产品，在夏天容易受潮发霉，造成了成本的亏损。

（访谈员：宁波大学　赵云霄）

花椒种植户

受访者基本情况

性别：男

年龄：50 岁

籍贯：甘肃天水

婚姻状况：已婚

文化程度：小学

打工时间：2003 年至今

打工地点：不定（苏浙沪一带）

打工类型：工地扎绑工

这是我的第一个调研对象，在村里了解了基本情况后，听说他回家了，我就产生了采访他的想法。因为他家有两个学生，一个去年刚考上大学，是村里十几年来的第一个大学生；另一个在上初中。而且听说他是小学文凭，所以我希望了解一下他供孩子读书的经济来源，老了以后的想法，以及对村里农民工返乡创业政策的了解情况。

家庭第一印象：走到他家大门口，第一感觉就是——好危险。他家坐落在渭河边上，一扇红色的大门，铁锈斑斑。院子东面和北面是屋子，东面的屋子是全砖头的，北面的只有正面是砖，侧面和后面是土坯。

访谈员：叔，您今年多大年纪了？

受访者：已经 49 岁，近 50 岁了。

访谈员：您今年去哪里打工了？您经常打工的地方在哪里？

受访者：上海、南京。一般都在这些地方。

访谈员：那您有回来自己创业的想法吗？

受访者：当然有了，比如说养猪、种花椒树、种苹果树之类的。

访谈员：那您最想干啥呢？

受访者：种花椒吧，虽然一年在外的收入高，但是年纪大了外面打工没人要了。所以家里还得留点后手。

访谈员：那您种花椒树怎么着手啊？

受访者：就自家的地啊，我家共有七八亩地。差不多都可以种，等花椒成熟了可以叫些人摘下来。

访谈员：种树的话政府有补贴吗？

受访者：有的，退耕还林好像是有补贴，一亩地 500 元。补贴 3 年，这 3 年内是没有收入的，因为树不结果，3 年后没有补贴。

访谈员：那交通呢？上山的农路有没有修好？方便管理吗？

受访者：路已经差不多修好了，所有的地儿都可以进去。

访谈员：那花椒销路好吗？价格是不是很不稳定？

受访者：一般销路都还行，基本上都可以卖出去。价格很不稳定，但是没办法，不由我控制，只能按行情来。

访谈员：那销路不好怎么办？要是卖不出去了，价格被压得很低怎么办？

受访者：那就先把花椒储存起来，来年再卖。比如今年花椒被霜杀了，其他果树都遭到了不同程度的霜冻，所以今年花椒价格很高，将近 60 元一斤。但是有的年份风调雨顺，花椒产量大，价格相对便宜一点，基本在 30 块钱左右一斤，花椒的成色也对价格影响很大，越红，颗粒越大就越值钱。总的来说，还是靠天吃饭。一年天气好了，风调雨顺我们就多点收成，老天爷不开心了就少点。有时候在地里摘着摘着花椒就下起了瓢泼大雨，人都顾不上把花椒保护起来，这种东西一见水就不行了。颜色就不好了，卖不出去了。

访谈员：如果真的种花椒，您希望政府能提供些什么帮助呢？

受访者：就是补贴化肥、农药，如果能提供相关方面的技术就更好了。比如，怎么修剪，打农药的时间。我们农民只知道种，但是这些树有时候很娇嫩，照顾不好就死了。我家前几年种了两亩花椒树，结果刚开始摘花椒就死了，盛果期摘了两三年不到（说起这些来，他满脸的懊悔，就像犯了错的孩子一样）。就是因为我不懂修剪，那一年花椒树被黄蜂咬得树干流水，损失了差不多一半的树。最后也没有挽救下来，现在已经死得差不多了。不过我现在又种了四亩地的花椒树，等我老了，不出去打工了就照顾好这些树，以后就是我唯一的经济来源了（说这些的时候他脸上露出了自豪的笑容）。等孩子以后毕业了，在外面找工作、安家，就不让回来了，我们两口子就在村子里生活了，尽量自己养活自己，不给人家添麻烦，在大城市立足很不容易。没病没灾的话就自己生活。

访谈员：那其他呢，比如养猪这些？有什么补助吗？

受访者：养猪的话种猪有补贴，其他的没有，场地什么的都是自己解决的，比如用自己家的地跟别人家的换。还有就是有组织去学习技术类的活动。

访谈员：那您还知道其他方面有关的政策吗？

受访者：听说现在有精准扶贫，精准扶贫的对象有给补贴，已经脱贫的补助化肥，一家几袋不等，怎么分，具体不知道。未脱贫的给钱，给的钱好像还要扣税，扣过税后我家好像是给 12000 元左右，也给了我家 4 袋化肥。听说村里有学习开铲车和挖掘机的，就是学技术。每个每天补贴100 块钱，在固定的地方学技术。这只是给精准扶贫的政策。我家也是精准扶贫对象，前年村里有这个政策，然后我家情况不好，上学的孩子多，家里也只有我一个壮劳力，就给我家弄了精准扶贫，还享受了一些优惠政策。

访谈员：有什么优惠政策呢？

受访者：就是贷款，无息贷款。

访谈员：具体怎么样呢？

受访者：第一次是贷款 5 万元，贷 3 年。3 年之后要还清。刚开始本来不想贷的，因为一贷款亲戚知道了要借钱，不借不行，人情过不去，借了又怕到时候还不上，倒成了我家的麻烦了。

访谈员： 那最后怎么样？

受访者： 贷了，然后就把钱放银行了，存了3年定期，然后去年取出来给人家还了，存了3年定期，利息才千把块钱，还不够当时填的资料费的劲，填资料的时候都不怎么认的字，填了好久，办了很多手续最后才弄齐。今年也贷了5万块钱，只不过和上次不一样，今年是贷款2年后先还2万，然后再还剩下的3万。今年刚开始也不想贷款，因为上次弄得很麻烦，但是今年三弟（他的弟弟）说要盖房，钱不够，要给他借点。等钱批下来就借给我弟弟去盖房。

访谈员： 那您不怕到时候还不上吗？

受访者： 我也不敢保证吧，走一步看一步，给人家不借也不行啊，他家的房还都是土房。准备了好些年了，一直没钱盖，这次就帮他吧。

访谈员手记

从这次访谈来看，这个村子返乡创业政策普及得还不错，大家多多少少也都知道一些，精准扶贫政策落实得挺好的。但是给精准扶贫的贷款政策大多是鼓励脱贫进行创业或投资的，大多数都没有用到实处，很多人都是补贴了家用，一些放在银行只为了那一些利息，一些用了房屋修缮。总的来说，这个村里的返乡创业政策基本落实，是以当地的具体情况来变相落实的。但是创业人数较少。

（访谈员：宁波大学　郭宏斌）

缺场地的养猪户

受访者基本情况

性别：女

年龄：35 岁

籍贯：甘肃天水

婚姻状况：已婚

创业地点：甘肃天水

创业类型：养殖

　　大概晚上 7 点多我就吃完了饭，准备去采访我们村唯一一户创业者也是养殖者。刚进门，屋里坐着 5 个人，其中 3 个是他们家的人，另外 2 个我不认识，在后来的谈话中我了解到是他们家的亲戚。家里还有 2 个小男孩，一个 12 岁，一个 8 岁。刚开始谈话的时候他们还比较腼腆，她（受访者）让她爸爸讲，她爸爸不好意思所以让她讲。拉了会儿家常以后，她

爸爸去照顾刚生下的小猪，然后我和她的谈话才算进入了正轨。

访谈员： 在外打工好好的，为什么会想到回家养猪呢？

受访者： 刚开始我和我老公也在外面打工，在南方那边一般就是进厂子，每年过年才回家。自己的孩子在家也没有人照顾，爷爷奶奶可以照顾孩子的吃饭穿衣，但是孩子的学习就无处着手了，如果在家的话只有种花椒这一经济来源。

访谈员： 这个想法是怎么产生的呢？

受访者： 养猪的想法也是起源于一次偶然得到的信息。我和老公去走亲戚的时候听到了别人想养猪的想法。所以两人一琢磨，觉得可以养猪，于是着手干了起来。

访谈员： 什么时候开始着手的？

受访者： 2017 年正月开始着手建厂房，我家在村里有一块地，但是离村子较近，不适合养殖。所以就租了村里人的一亩多地，一亩地 600 块钱，租了 10 年，一共 12000 元。养殖面积大概在 270 平方米。

访谈员： 特意询问了一下，养殖场地，政府或村里会处理或者经办吗？

受访者： 地，人家是不管的，得自己想办法解决。

访谈员： 那这个过程是怎样的？

受访者： 刚开始建厂的时候正好赶上严抓环保，所以各种证都很难办，比如养殖证、免疫证。后来虽然有证还是没有上正式的养殖产业。因为上了正式的产业，一年还要请会计，每年计算盈亏，又得花 1 万多块钱。现在这是一个合作社。

访谈员： 你家的养殖模式是怎样的呢？

受访者： 我家这个属于散养户，正规养殖场离村庄河道的距离有一定要求。我家的都不满足。但是镇上还是有记录的。只不过环保压力太大，离正规化还有一定的道路要走。免疫防疫政府会有专门的人来做，一年会有专门的人来打疫苗。

访谈员：刚开始规模行情怎么样呢?

受访者：刚开始养殖的时候只买了十几头人家的小猪,养了一栏,等到第二栏的时候就买了种猪自己繁育。刚开始起步的时候(2017年)行情比较好,价格也很好。毛猪(同生猪,即活着的猪,对未宰杀的除种猪以外的家猪)的价格将近8块钱每斤,后半年价格基本同上半年一样。到年底的时候价格下降到7块多每斤。这是由于有些散养户,比如养一两头的或者养殖户都准备出栏,生猪增多,价格略微有点下降。到2018年初,猪价一路下降到4块多每斤。

访谈员：什么原因呢?

受访者：我们也不知道啊,到2018年后半年的时候价格才回暖到七八块钱一斤。

访谈员：出栏率怎么样?销路一般是在哪里?

受访者：6到7个月养成一栏猪,一年出两栏。公的种猪有两头,母的种猪有10头。猪的销路需求很好,最远卖到陕西,但都是附近的人买去的,比如饭店,还有卖猪肉的地方。

访谈员：刚开始是怎样联系买家的?

受访者：刚开始人家会主动找上门,有的时候我们也会主动联系人家,一般猪的需求量很大,就怕没有那么多的猪。今年双汇集团还在我们家买了一批猪,反正隔三岔五就会有人来收购猪。但是今年下半年有猪瘟,禁止外省的猪进入省内和本省的猪卖出去,不能跨省买卖。只能在本地区内部销售,但是元龙镇(养殖者所在地)养猪的也不少,猪肉需求不大,所以一般都卖到其他的地方。

访谈员：那今年的行情怎么样?

受访者：今年春季猪肉价格只有4块多,价格不好。平均每头猪都会亏本400—500块钱。价格基本是一样,都是根据网上专家的预测走的,一天会有一个价格区间,每天的价格在这个区间内波动,根据猪的好坏来看。品种好,猪的成色好的话,在大的行情下根据这些来定价。

访谈员：还有其他的销售模式吗?

受访者：今年年底我家自己杀猪卖肉，自己把猪在家里杀了然后卖给村里人，卖不了的去镇上卖。一斤肉卖 13 块左右，自己卖比较划算。这样算下来的话，毛猪大概会在 9 块钱左右，比卖给人家划算一点。就是自己杀猪麻烦一点。得自己杀，清洗。

访谈员：那政府在这个过程中可以提供什么帮助呢？比如贷款、技术学习，各个方面？

受访者：每年政府检疫站的人会来打 3 次疫苗，我家的养殖场属于散养合作社。小额贷款比较容易贷出来。往上报的时候注册资本是 200 万元，小额贷款是按规模来定的，最多可以贷 20 万元左右。经常还会有一些培训，培训一般去市里。主要涉及养殖方面的技术，专家的讲座，防疫方面的免费培训，在这期间是管吃住的。

访谈员：那你们最大的困难是什么？

受访者：还是缺场地，如果有一块很大的地，我就打算成立一个大的合作社，到时候有想法的人可以加入进来，如果缺资金的话可以以我的名义贷一些款。我当时成立这个养猪场的时候就是拉了 4 个人一起办的。我们租的别人的地，等租期到了如果和人家谈妥的话还可以继续养殖，如果地的问题谈不妥，无论养得好不好到时候都要拆掉。

访谈员：那目前猪肉的行情怎么样？

受访者：猪肉的行情也不稳定，有时候差一两倍，不然的话一年可以赚三四万块钱。现在刚起步，外面还欠了好多钱。现在刚在回本期。如果价格稳定，猪养得好。一年收入还是可以的。

访谈员：可以到别的地方养殖吗？

受访者：山上可以，但就是山上没有电，如果有电的话还可以养半放养的猪，这种猪品质好，价格也高。

访谈员：那在山上养殖有什么好处呢？

受访者：山上不仅可以养猪，还可以种饲料，光饲料一个月就要 2 万多块钱。饲料全部是买的浓缩料，然后自己再把玉米和麦麸加进去。如果有机器的话自己可以做饲料，成本也可以降低，且浪费少。如果土地稳定的话，还可以盖一些产房，猪下崽了就可以在产房里面，也不用人每天再去照料了。猪崽大了以后还可以在保育室里面，在里面还可以防止生病。比如冬天的时候还可以照暖灯供暖，冬天的时候猪崽冷就喜欢往大猪的身下钻，这样大猪有时候不小心就会把小猪压死。

访谈员：那现在猪的成活率怎么样？抵抗疾病的能力怎么样？

受访者：刚开始买了几头母猪，下了90多头猪崽，成活了80多头。如果设备好一点的话，成活率会更高。今年猪瘟很严重，疫情很重，很多大厂都受到了灭顶之灾。像我们这样的小厂子基本不会受到影响。这段时间镇上还会把我们养殖户叫去开会，会让我们把消毒粉撒在厂子周围。还会教授养殖方法，培训的时候明令禁止用泔水喂猪。如果用泔水喂猪的话会把猪活埋，厂子直接封掉。我家猪的养殖都是有记录的，每次杀猪的时候都要把检疫的牌子拿到镇上去提前注册。一个猪一生大约要接种三四次疫苗。

接下来聊了一下家常，就结束了本次访谈。

访谈员手记

从这次访谈中，了解到创业者的艰辛。我所访谈的这位创业者在创业过程中遇到的最主要的问题是"场地难"。她的创业场地主要是租的别人的地。由于创业场地的限制，她的很多想法都受到了压制。如果政府能提供场地的话她的创业之路可能会更加丰富多彩。另外，政府在小额贷款、相关培训以及在养殖过程中所需的疫苗等方面提供了帮助。这种自繁自养的模式是否限制了养殖场的发展？

（访谈员：宁波大学　郭宏斌）

在短视频平台宣传产品的养殖合作社

受访者基本情况

姓名：张贵存、张彦军

性别：男

年龄：35 岁

籍贯：甘肃省天水市秦州区太京镇西山坪村清杏沟

婚姻状况：已婚

文化程度：初中

打工时间：1998—2016 年

创业类型：返乡创业——种养殖业

　　　　（天水市秦州区亨盛达种养殖农民专业合作社）

创业地点：甘肃省天水市秦州区太京镇西山坪村清杏沟

2019 年 2 月 1 日，星期五，天气不太好，飘着雪花，已经到农历腊月二十八，时令已近立春，黄土高原漫长而严寒的冬天看来就要过去，但它那真正温暖的春天，还远远没有到来。

前两天刚联系好，今天准备去一户返乡创业农民工的养殖场进行实地走访。这个养殖场不算太大，只有两排厂房。这两排厂房在村庄的入口处，几乎每个进村的人都会多看一眼。

刚见面，受访者张贵存很热情地给我倒水，让我进屋暖和暖和。不得不说，今天的天气很糟糕，但我感觉很暖。我说："我是一个大学生，在做关于农民工返乡创业的课题。您又是我们村返乡创业农民工的典型，想向您了解一下在创业过程中遇到的困难和得到的帮助。"他很谦虚地说："其实我以前也就是个普普通通的农民工，现在国家号召农民工返乡创业，我也就回家办个养殖场，勉勉强强维持生活。"我跟着他走进了办公室，里面很整洁地摆放着一台电脑和许多文件，而电脑显示的是养殖社里面的监控画面。他说这是为了方便晚上检查猪舍的情况，大冬天的怕猪生病。办公室里还有一个人，询问后才知道这是他的合伙人张彦军先生，他们向我介绍了合伙开办养殖场想法的由来和在这一过程中遇到的困难——"资金，技术，销路"，这是横亘在无数返乡创业农民工面前的三座大山。

下面是访谈记录：

访谈员：您好，我是大学生，今天过来主要是为了调查返乡创业者的创业过程和创业情况，想知道像你们这样的返乡创业者是如何一步步走到现在的？

张贵存：其实我们是在新疆打工认识的，我们都是粉刷工人，平时工资相对还挺高，但是工作很辛苦，每天从早干到晚，又是在外地，很想念家人，我的孩子现在读小学一年级。

张彦军：对的，我们几乎是一年才能回家一次，有时候春运买不到火车票就只能在工地过年，那个感觉很难受。

访谈员：一年到头都盼着回家过年呢！那你们是怎么想到合伙办养殖

场的呢？

张彦军：起初我们在一起打工，有时候一年到头老板却开不出工资，家里好几口人等着我的工资生活，也是没有办法了。开始是我提起这个事情，记得那天我一个朋友发朋友圈推销他亲戚的土猪，一斤十几块钱。我们算了算账，把这么多年攒的钱拿出来，再借点钱就能办个养猪场了，估计两三年就能盈利。以后就是自己给自己打工了。

访谈员：那这个养殖场大概花了多少启动资金呢？

张贵存：大概几十万元吧。现在我们还要付土地的租金，买饲料，猪舍还有些地方要修理，所以这两年基本上在投钱，还没有大规模盈利。

访谈员：对，养殖业开始的投资挺大的。那你们是怎么凑齐这么多钱的呢？

张贵存：主要是自己攒的钱，还有向亲戚朋友借的，还有就是贷款了。

访谈员：那大致贷了多少钱呢？

张彦军：在甘肃省农村信用社贷了 10 万元（我们一人 5 万元，这是国家给精准扶贫户的补助贷款）。去年又在太京镇政府的帮助下贷了 9 万元。

访谈员：贷款的过程麻烦吗？都要些什么材料呢？有没有抵押呢？

张贵存：贷款过程应该说挺快的，只是贷款的人比较多。信用社的贷款对象需要是精准扶贫户，还要有 5 个担保人，没有抵押。太京镇的贷款要抵押林权证和土地证。

访谈员：嗯，我看见这片地还挺大的。租金应该不少吧？

张贵存：这片地你也知道不太平整，我刚租下的时候光铲土就花了好几千。这片地有 10 亩左右，每亩 480 元，一年将近 5000 元。

访谈员：养殖企业的手续应该不好办吧？你们办手续的时候都遇到过什么困难？

张贵存：是的，养殖场要办营业执照，还要检疫，还有污水排放许可很多东西。但是我们赶上了国家的好政策，这些手续办起来相当快。基本上没有遇到什么大困难。

访谈员：那这个公司主要做些什么呢？

张彦军：现在主要以肉猪养殖为主。我们申请营业执照的时候是说以家禽家畜的饲养、繁育、销售；中药材、经济农作物及果树的种植、销售；农副产品的收购与销售；新品种培育、种养殖成员间的技术交流及培训（依法须批准的项目，经相关部门批准后方可开展经营活动）为主。但是现在合作社还在起步阶段，还没有资金来搞种植，准备过两年积累一定资金之后种植中药材。

访谈员：对，慢慢来。那你们的小猪都是购买的吗？

张贵存：最开始我们是买了一批小猪，母猪还有种猪。一年以后基本上就是我们的猪自己繁殖的了。

访谈员：那养殖的成年猪基本上都有哪些销路呢？

张彦军：刚开始的时候都是熟人介绍，还有就是自己找经销商。但是没有经验，价格参差不齐，质量也不能保证了。

张贵存：对，我们都觉得这样会砸掉自己的招牌，我们决定自己找平台销售。

访谈员：都是在什么地方呢？价格能保证吗？

张彦军：我们都是在屠宰场宰杀检疫之后拿到市场上售卖。行情好的时候我们在市场有摊位，平时我们会在短视频平台上发表一些短视频，打造出我们猪肉的名气。

访谈员：现在短视频确实很火。那你们下一阶段准备怎么发展呢？

张贵存：主要还是以土猪养殖为主，等积累了一定的资金之后，我们二期计划流转土地100亩进行中药材（柴胡、半夏等）、经济农作物（油菜、大豆等）及果树（苹果、梨等）的种植。

访谈员手记

这次访谈他们给我带来许多感触。我深深地为政府执政为民的精神所感动，也为无数返乡创业的农民工找到了施展自己才华的广阔天地而感到高兴。他们虽没有巨资支持但脚踏实地创业；虽历经艰辛但从未放弃；虽挣不到大钱但始终诚信为先。这是我们农民的品质——"笃定诚信，永不放弃"。通过这次访谈，我了解到国家对返乡创业农民工的大力支持，在乡村振兴的大背景下，千千万万农民工选择回到家乡，做出一番成绩，改变了很多人对农民工的认识，也让农民不再成为贫穷的代名词。

（访谈员：宁波大学　唐文军）

东部地区

莱西市日庄镇沟东村村委会访谈

受访者基本情况

性别：男

年龄：52 岁

籍贯：山东省莱西市日庄镇沟东村

婚姻状况：已婚

文化程度：高中

村委职位：党支部书记、村主任

访谈地址：山东省莱西市日庄镇沟东村

访谈时间：2019 年 2 月 9 日

日庄镇沟东村位于产芝水库北岸，西距西埠 1.5 千米。土地面积 430 亩，127 户，396 人，沟东村为库区移民村庄，土地种植粮食作物供自家食用，村民收入多依靠前往就近城市建筑工地打工为主。自 2014 年被确认为"省级贫困村"，通过精准扶贫好政策以及村党支部的不懈努力，带领村民发展葡萄种植产业实现村民脱贫；通过举办如"莱西市环湖葡萄节"等乡村旅游业帮助村民致富，经过多年发展，沟东村原本6户9名贫困户全部脱贫，村庄道路硬化达到100%，原本破烂的房屋全部实现粉刷整洁。沟东村也从"省级贫困村"发展成为"国家乡村旅游重点扶持村"、青岛市乡村旅游特色村。

因为年前高主任一直在忙村里事务，所以2月9日，大年初五早上，我早早约好沟东村主任在村委会进行采访，高书记善于交谈，在说起村庄变化时充满自豪与期待，也让我对我们村未来的发展满怀信心。

访谈员：谢谢高主任接受这次采访，首先，请问咱们村大约有多少人呢？

受访者：127户，396人。

访谈员：男女比例呢？包括老少比例。

受访者：男女人数基本持平，老幼大约占总人口的30%—40%。

访谈员：那咱们村劳动力人口大概是多少人？

受访者：全村396人，拥有劳动力的占到60%—70%。

访谈员：那咱们村耕地面积大约多少呢？

受访者：咱们全村一共430亩地，人均一亩地。

访谈员：那咱们村主要种植什么作物呢？

受访者：咱们村主要种植无核葡萄，无核葡萄也是咱们村的主导产业。

访谈员：咱们村是不是也开展过好几届莱西市葡萄节？

受访者：嗯，截止到2018年一共举办了四届，2019年是第五届。

访谈员：我看咱们这个葡萄节举办得都非常好。

受访者：嗯，举办得都很成功。

访谈员：那咱们村的葡萄主要销售到哪里呢？

受访者：全国各地，以去年为例，都出口到国外了。

访谈员：那农村电商、淘宝等对咱们村的葡萄销售有没有什么帮助呢？

受访者：刚刚起步，有一定作用，过去咱们村无核葡萄的销售主要依靠当地客商、客户，后来咱们村粮委牵头"走出去"，吸引外地，如浙江、江苏一带的客商，发展到今天的电商，比如咱们村前的小蝌蚪公司，就是电商销售，不过因为是刚刚起步，还没起到巨大的效益。

访谈员：咱们村现在举办的葡萄节不是也帮助了咱们村民销售葡萄吗？

受访者：嗯，从发展这个产业开始，村两委都是起主导作用，并且借助于咱们村的"青岛沟东专业技术合作社"为销售渠道铺开了路子，在销售方面，村两委通过合作社协助，为咱们村葡萄销售打开了路子。

访谈员：咱们村交通情况怎么样了？

受访者：咱们村交通应该说是很不错的，南边就是环湖路，村庄主道、次路，村庄硬化率达到了百分之百。

访谈员：那咱们外出打工的人多吗？咱们村民的主要收入来源是什么？

受访者：咱们村民的收入来源主要是无核葡萄，也有村民外出打工，但是人数不多，2014 年前外出打工的人比较多。

访谈员：外出打工主要从事什么行业呢？

受访者：外出打工主要从事建筑行业。

访谈员：从事建筑行业，那他们主要做什么呢？

受访者：主要是做小工，做瓦匠。

访谈员：那高书记您刚才提到 2014 年前，那 2014 年后有什么变化吗？

受访者：咱们村是库区整体搬迁村落，南边靠着产芝水库，当初是从水库搬迁过来的，2014 年国家认定咱们是省级贫困村，之前咱们村也没有什么产业，主要就是靠外出打工，2014 年被认定为省级贫困村后，有了精准扶贫好的政策，村庄把葡萄这个产业做大做强了，大部分具有劳动力的村民都回了村，到 2018 年为止，应该说家家户户都有葡萄这个产业，所以在外务工的人就很少了，所以这是最大的区别。2014 年前都是靠务工，2014 年通过精准扶贫，咱们村有了产业，现在大部分人都从事这个产业。

访谈员：谢谢高书记，咱们村村民外出打工主要在哪里呢？

受访者：主要是去莱西、青岛、烟台等，就近的城市。

访谈员：咱们村现在大部分劳动力都回来从事这个无核葡萄的产业了吗？

受访者：嗯，是的。

访谈员：咱们村有在外地创业的农民工吗？

受访者：有，不多，如果说外地是指出省的话，那咱们村有，但是人数不多。咱们村本身就不大，出省务工的可能也就三四个人。

访谈员：咱们村在外地务工的农民工主要从事什么行业呢？

受访者：外出的除了大中专毕业生外，咱们村别的农民在外地还是从事建筑类行业。

访谈员：咱们村有外出打工以后留在外面创业的人吗？

受访者：这个我不太清楚。

访谈员：那据您了解，国家有没有对咱们村的扶持政策和补贴措施。

受访者：国家对咱们的扶持政策很多，因为咱们村是省级贫困村，政府包括政策对咱们村帮扶力度很大，无论是资金或者其他方面，否则咱们村也不会有这么大的变化，通过这几年的精准扶贫，咱们村的村容村貌、集体收入、群众收入都取得了很大的进步，村里从没有产业到有产业，都来源于精准扶贫。

访谈员：高书记，您希望国家出台什么扶持政策帮助咱们村发展呢？

受访者：咱们村已经有的主导产业是无核葡萄，这几年咱们村在努力

开展乡村旅游，但由于受文化水平等方面的限制，咱们村对乡村旅游的规划、设计、推介等方面都是短板，作为村级，很希望有这方面的专业技术的大中专学生、团队对咱们

村有帮助，特别是乡村旅游这方面，咱们村还缺乏人才。

访谈员：那高书记，关于国家帮扶农民工创业方面您有什么建议吗？

受访者：农民工创业，首先需要提供平台，比如咱们村乡村旅游这方面如果能做好，我感觉回来创业的会更多，也会吸引不单单咱们村，甚至别的村，别的乡有技术的人参与到其中；其次就是资金，创业起步时期缺乏资金，国家层面可以为他们提供一些资金帮助，比如无息贷款等。

访谈员：好的，谢谢高主任。

访谈员手记

由于从小就在沟东村生长，近年来也是切身感受到我们小村的巨大变化。从种植粮食作物，到全村集体种葡萄；从靠天吃饭，到修建平塘、扬水站解决村庄用水难的问题；从父辈集体骑摩托车外出打工到回村购置电动三轮车销售葡萄……村庄越来越美，道路越来越直，村民收入越来越多，这一切离不开国家精准扶贫、乡村振兴的好政策以及市、村等的好领导。

通过与村书记的交谈，我感觉到我们的精准扶贫工作一直在将扶贫与扶志、扶智相结合。对于低保户，过去村里多是通过分发大米、油等生活物品进行帮助，现如今是动员贫困户加入果业专业合作社，通过葡萄产业帮助脱贫；过去我们村村民在农闲期间大多选择在村里打牌消遣，现在村里经常举办葡萄知识讲座，既丰富了我们村民的生活，也让我们在葡萄种植、打理上得心应手。交谈中既有对我们村蓬勃发展的喜悦，也不免有些担忧，首先，村民仍然主要从事简单产业，外出打工多从事建筑业或劳动力密集型产业，返乡创业的也多是种植业、养殖业，产业链较短，产品附加值较低；其次，葡萄产业发展仍不完善，我们村虽然将葡萄作为主导产业，但多是简单的"种销"模式，没有形成规模化、专业化的现代农业产业园，我们村在葡萄产业的发展上还有很长的路要走；最后，缺乏专业技术人才，正如采访对象所说，我们村在发展乡村旅游方面缺乏专业技术人才，希望国家出台相关政策帮助、引导相关团队、专业技术人才加入乡村旅游的建设中来。也希望自己毕业后能为自己的家乡尽一份力！

（访谈员：广东海洋大学　胡志凯）

从司机到外企代理商

受访者基本情况

性别：男

年龄：56 岁

籍贯：山东省莱西市水集街道前车村

婚姻状况：已婚

文化程度：高中

创业类型：返乡创业——服务业（青岛科牧机械有限公司）

创业地点：山东莱西市水集街道前车村

　　莱西市，位于山东半岛中部，由青岛市代管。莱西是国务院确定的沿海地区对外开放县市，也是中国农村综合实力百强县市之一，2018 年《人民日报》公布《2018 年中国中小城市科学发展研究报告》，将莱西市列为全国综合实力百强县第 58 名。

青岛雀巢有限公司，1994年1月26日成立，经营范围包括生产、批发及进出口：乳制品[液体乳（调制乳、脱脂牛奶）、其他乳制品（炼乳、奶油）]等。1996年，雀巢在莱西市建成投产了液态奶制品工厂，经过20年的运营发展，该奶制品工厂带动莱西市奶牛存栏达到9.2万头，年增加农民奶款收入4.5亿元，带动莱西市牛奶总产稳居山东省县级第一。

封秋南，青岛科牧机械有限公司创办人，总经理，山东奶业协会副会长，利拉伐（天津）有限公司山东地区总代理。

利拉伐（天津）有限公司是一家专业生产、销售挤奶设备、相关零配件及配套清洁剂产品的瑞典独资公司。

由于事先已经约好，2019年2月8日，农历正月初四，我在跟随父母前往姥爷家拜年的路上，前往青岛科牧机械采访了科牧机械总经理封秋南。封秋南总经理作为一名由在青岛雀巢有限公司从事运输行业的农民工，通过创业成为地区乳牛挤奶设施总代理，经过二十余年的努力，成为当地创业成功的典型，不仅自身得到了经济收入与社会地位，也带动了当地奶业发展，通过普及奶业相关知识，推广采用专业化制奶设备，提高了牛奶的质量和产量，减少了奶牛发病率。封总本人乐于分享他的创业经历，但由于采访时处于春节期间，采访时间有限，采访的地点距离仓库较近，在采访录音中存在一些杂音。为了便于读者的阅读和理解，本文在忠于原对话内容的基础上稍作修改。

受访者：其实我创业没有什么好说的，也可以说是一个偶然机会，一个意外机会。

访谈员：您为什么选择这个项目去创业呢？

受访者：我在部队当兵时是司机，我是一个汽车兵，回来以后呢，在运输公司从事运输工作，后来我发现莱西来了一个雀巢公司，这个外资的公司不一样，从管理、环境等都跟中国不一样，我就到了雀巢。雀巢来这里主要就是加工牛奶、发展养殖，当时雀巢的观念是让农民养牛，我当时去了奶源部，经常开车接送外宾，以及外国专家去给农民培训养牛知识、传授养牛知识，时间长了我觉得养牛这个行业不错。为什么这么说呢，你看（这时封总讲得开心了，用手比画着给我演示）：把草跟粮通过牛体加工产出牛奶，而产出的牛奶就使这个草、粮升值了嘛，牛粪又可以回归到田里去，这样就可以形成一个良性循环，一个循环产业。当时我就想，现在农民种地大量使用化肥，很少使用有机肥，植物的品质都开始改变了，所以我觉得这是一个好的行业。对农民、农村，对整个的农业是一个好的帮助。但是随着我不断动员身边的亲戚朋友养奶牛，我发现由于刚刚开始接触奶牛，所以对奶牛的认识不够，更谈不上养殖技术了，所以一个农民扔下锄头并不能直接成为一名奶农，我觉得他们的养殖技术和挤奶设备很落后。后来，由于职业的关系，我接触到利拉伐，利拉伐是瑞典百年公司，是世界第一品牌，它也从事着奶牛的养殖与制奶设备的生产，它在这一方面有世界最先进的技术，所以我当时就想推动这个行业的发展。利拉伐的观念也是可持续发展，强调动物福利，对奶牛友好；第二是环境保护，第三是经济效益，第四是社会责任。所以它的理念比较符合我的想法，我的想法也是实现生态可持续，于是我开始研究利拉伐这个公司，觉得适合后就向利拉伐提交了申请，做了这个代理。我的祖辈就交给我三条命——生命、信誉、使命，这三条命是相互递进、相互升华的。所以我觉得一个人一辈子做一件事不容易，我坚持这个行业 22 年了。

访谈员：那封总咱是什么时候开始从事这个行业的？

受访者：1993 年从事这个行业的。

访谈员：封总您当初创业的时候政府有扶持补贴政策吗？

受访者：由于我创业比较早，当时是没有这些的。

访谈员：封总您在企业初创时期是怎样推广销售的？后来又是怎样打开市场的呢？

受访者：我一开始在汽车站旁边租了一个店面，本来想借助汽车站人流大的优点，但实际上发现在汽车站不适合销售制奶设备，而且租金太贵，所以我就回到老家做了。开始的时候主要通过利用在雀巢公司了解到的周围养奶牛比较多的村，通过去村庄走访、宣传，以及去养牛大户家里宣传，

347

慢慢打开了市场，有了长期客户，才好做一点。

访谈员：那您从事这个行业遇到过什么困难呢？创业资金从哪里来的呢？

受访者：我创业前一直从事运输业务，当初积攒了部分资金。我接触外宾时，外宾告诫我，至少要经过 15 至 20 年，甚至 30 年，中国才会接受这个技术和理念，你要做好准备，怎么度过这段时间。所以我一直有这种希望，一年盼着一年，同时，我觉得这个行业比较有意义，也在这个行业学到很多东西。以前我是搞运输，只对汽车、运输感兴趣，转到这个行业，需要学到关于牛奶、养牛以及设备相关的机械知识，这就需要大量的学习和听讲座，所以我一直参加各种会议与讲座，不断去听，去学这些知识，只有学好这些知识才能更好地去跟他们交流。我把当初从事运输积攒的钱和现在我运输公司的钱来补贴这个行业，因为前期这个行业没有什么收入，还要不断免费地去各个地方开讲座，来引导农民。我刚才说过的那个老外，他也说这个事情是一个有益的事，虽然我要付出很大努力，但是能推动这个行业的发展，也会帮助许多农民。

访谈员：封总您现在已经做得很不错了，那您现在对农民起到了什么帮助作用呢？

受访者：我让他们可以通过我们的服务、技术培训，接受比较前卫的养殖理念，更关注奶牛的健康；通过养殖技术、日常管理让奶牛健康，而不是靠药物。这个观念是外国应用几百年的经验，我们可以让他们的养殖技术和管理观念实现跨越式的发展。第二是可以减少奶牛乳房炎的发病，让奶牛多产奶，增加效益。

访谈员：那封总，咱们的客户主要是哪里的呢？

受访者：我的客户是山东省的客户。

访谈员：封总，您主要的销售渠道是什么呢，通过网上销售吗？

受访者：主要通过走访客户和培训、讲座宣传。

访谈员：那咱们现在一年大概培训多少奶农呢？

受访者：我每年至少参加十几场培训活动，多的时候 300 多人，也可能 10 个人 8 个人。主要通过会议。

访谈员：那封总，政府对您现在的这个公司有什么扶持政策呢？

受访者：现在倒是没有，现在有了对客户的农机补贴，我们这个才会好做一点。

访谈员：那么封总，您认为您创业成功的原因是什么呢？

受访者：我现在不能说成功，我只能说一直在路上。现在这个不是我想要的样子，我的目标是山东省 30%—40% 的奶农认可利拉伐，这才是我们的成功。

访谈员：相信封总以后会实现这个目标的，也希望封总的事业会越来越好。那封总根据您现在所了解的，政府对农民工创业有什么帮扶政策呢？

受访者：这个我不太清楚，我个人认为，创业或者不创业，是你个人的事情，政府能给你一个安定的环境，没有人会强买强霸，经营还是要靠你自己的经营。

访谈员：那您认为政府推出什么政策会有利于农民工创业呢？

受访者：希望政府能规范市场。现在无论是中央的政策或是党的政策，都鼓励创业，这个大环境是好的，但市场上存在一些假冒、仿造的行为，能把这些事情给把持住就很不错了，能让商人可以正当、合法地经营，不去造假、贩假就可以了。像现在，利拉伐的东西比较好，但是存在很多仿冒，很多客户认为我们不错，但他做不到区分，所以我们的责任就比较多了，除了观念的传授，还要告诉他们什么才是正品。

访谈员：对，假货对咱们正品存在影响。

受访者：假货打败正品的事太多了，因为假货的利润是最高的。我也去过欧洲，在欧洲卖正品是好做的，容易被市场认可，反而卖假货是没有生存空间的。但是在我们国家，卖假货是好做的，因为它的价格低，容易被接受，所以呢，卖正品却是不好卖的。但是我一直在坚信，做商业要坚持良心。你可能某时某刻糊弄一些人，但是你不能糊弄所有的人。最终，真的就是真的，假的就是假的，人们会认识的。

访谈员：真的、好的东西会经得起时间的考验。

受访者：对，你卖正品，你心里会觉得很安稳。

访谈员：那封总，您会希望政府出台什么政策帮助您的项目发展呢？

受访者：我希望政府呼吁引导回归自然，实现自然生态。比如让食品更安全，减少化肥、农药的补贴，减少化肥、农药使用量，这样呢，既保障了食品安全，又改变了土壤环境、生态环境，何乐而不为呢？这对整个社会是个长久的推动。因为我关注有机肥和生物，现在更大的污染是土壤污染，这来源于化肥、农药的大量使用，导致土壤有机质下降，土壤结构被破坏。因为我也一直种地，也在菜园试验，怎样拒绝化肥、农药以实现绿色种植、养殖。蔬菜、粮食、水果等我都试验过，我觉得还是可行的。

访谈员：那谢谢封总，如果还有什么问题我再联系您，可以吗？

受访者：可以，可以给我打电话。你能关心到国家政策，关心到农民、农民工还是不错的，我也给你提个建议，你可以看一下《毛泽东农村调查文集》，他做得就很详细。

访谈员：好的，谢谢封总。

访谈员手记

随着国家对农村发展重视程度与投入的提高，特别是乡村振兴、精准扶贫等针对乡村的政策实施以来，我国农村居民生活条件与物质、精神条件都得到了显著提高，而乡村由于空气优、水质好、风景美、政策帮等优势也开始吸引人才流入，特别是"大众创新、万众创业"的号召与农民工返乡创业政策鼓励下，大量农民工也开始选择了返乡创业，农村过去以"386199部队"为主和适龄劳动力外流等现象得到一定的缓解。

通过对封秋南总经理的采访，笔者有以下两条感想。首先，农机补贴范围还应进一步扩大，由于访谈对象创业时间较早，当时并没有享受到创业政策的扶持，而在他创业多年以来的今天，仍没有享受到相关扶持政策，仅有的相关政策也是针对客户的农机补贴，这项政策不可否认会减轻农户购机压力，增强农户购置相关农用机械的信心，但并没有对农机经销商等人提供补贴，会造成如访谈对象这种用其他产业盈利补贴农机经销，甚至也会对一些农机经销商心理产生影响。我回家后通过查找相关资料，发现存在"农机经销商支招骗补贴"等不法行为，这种行为既造成国有资产的流失，也会产生不良影响，不利于相关行业发展。其次，就是对于假冒伪劣整治力度还应进一步加强。访谈对象提出市场假冒、仿冒产品盛行这种情况，仿冒产品由于制造工艺简单、产品用料较为便宜等条件，售价也较为低廉，更容易得到农户喜爱，但由于仿冒产品容易出现质量问题且难以得到及时售后帮助，使得消费者只能白白遭受损失。

351

经笔者个人查找，根据青岛市出台的《关于实施返乡创业工程促进农村增收致富的实施意见》以及《关于实施就业优先战略行动进一步做好新形势下就业创业工作的实施意见》和其他相关农业类的优惠政策，也没有看到针对农机经销商的相关补贴及扶持政策，对于农机中存在的假冒伪劣行为整治力度也需要提高。希望国家出台更多、更细、更全面的农业相关产品的优惠服务政策，如在农机流通领域，有相应的技术服务补助或者给经营大户以技术培训补贴，通过经营大户来培训引导农民提供整体素质，提高产品品质，从而更好地促进我国农业发展。

（访谈员：广东海洋大学　胡志凯）

开农资店的胡经理

受访者基本情况

性别：男

年龄：36 岁

籍贯：山东省莱西市日庄镇沟东村

婚姻状况：已婚

文化程度：初中

创业时间：2011 年至今

创业类型：农资服务店

创业地点：山东省莱西市河头店镇南岚村

由于以前村里在外打工的人主要以建筑业为主，现在又大多回村种植葡萄，所以在外创业的人就更少了，过年给亲戚拜年的时候，闲聊中村主任提到隔壁家儿子——胡经理在别的乡镇里开农药化肥店，这几年销售不

错，于是我去拜访了他，并对他进行了采访。

访谈员：谢谢胡经理，请问胡经理您今年多大了呢？

受访者：36 岁。

访谈员：您以前出去打过工是吧？

受访者：嗯。

访谈员：咱出去打工是做什么的呢？

受访者：做销售。

访谈员：销售什么呢？

受访者：农药。

访谈员：那您做了多少年呢？

受访者：10 年。

访谈员：那您为什么想要自己创业，销售农药化肥呢？

受访者：因为随着年龄的增长以及家庭的需要，在企业工作已经满足不了家庭支出以及对家庭的照顾了，所以选择了自己创业。

访谈员：您当初创业除了想要赚钱以外，有没有别的目的呢？

受访者：首先是为了赚钱，其次是想将打工学到的技术应用到社会当中，为更多的农民、种植户提供技术和方便。

访谈员：那请问胡经理，您的店一年大约销售多少吨化肥、农药呢？

受访者：大约卖 20 吨肥料，40—50 吨农药吧。

访谈员：您为什么选择在南岚销售农药、化肥呢？

受访者：因为南岚是一个大村，人多，种地的人也多，集市也大，化肥卖得快。

访谈员：那您主要是靠赶集的时候人多来卖吗？

受访者：是的，靠赶集和店面销售。

访谈员：那胡经理，咱们这里周围主要是种植葡萄是吧？

受访者：葡萄、草莓，还有甜瓜。

访谈员：咱们卖的化肥也主要是针对这几个品种，对吧？

受访者： 对。

访谈员： 谢谢胡经理，那您当初选择做化肥是因为什么呢？

受访者： 当时毕业以后经朋友介绍，选择了农资行业，从事农资的销售和推广。

访谈员： 那您是因为开始就从事这个行业的销售和推广，所以您创业时就选择了这个行业对吧？

受访者： 嗯。

访谈员： 那胡经理，您认为在创业之前需要做什么准备工作呢？

受访者： 首先你要选择在哪个地区开设门店，其次就是需要了解进货的渠道、进货的产品，再次就是确认产品在当地市场的定位、布局，最后就是资金，准备好资金。

访谈员： 既然提到了资金，那胡经理，咱们创业前期这个资金怎么来的呢？

受访者： 资金，首先是自己之前有一定积蓄，再就是通过银行贷款，以及向亲戚朋友借款。

访谈员： 那胡经理，针对银行贷款，政府有没有针对咱们农民工创业给予帮助呢？

受访者： 有，银行贷款……因为我们这边属于库区移民，水利局有利息补贴，应该是 4 个点左右的利息补贴，从 2016 年开始。

访谈员： 那么除了库区移民利息补贴外，政府有没有对咱们农民工返乡创业提供补贴呢？

受访者： 再就是民政部门，因为我属于下岗职工再就业，有一定的补贴。

访谈员： 有什么样的补贴呢？

受访者： 下岗职工补贴的话，是 1 万块钱。

访谈员： 谢谢胡经理，那您觉得在农村做农资行业的前景怎么样呢？

受访者： 前景还是比较好的，因为现在不管是葡萄还是草莓，走的都是技术路线，主要都是高附加值的产品。

访谈员：那胡经理，咱们会不会定期对用咱们化肥产出来的蔬菜、水果的质量进行测评呢？

受访者：因为我这边对作物的定位主要是以进口作物为主，对人畜都是低度、安全、无公害的生物制剂，对于肥料也都是缓释型、功能型的，所以说，对环境比较友好、对人畜比较安全。我这边的定位就是这样。

访谈员：那胡经理，您认为您在农资销售行业有什么样的优势呢？

受访者：我有 10 年的工作经验，对农药的成分、配方，以及作物的病虫害等问题接触得比较多，所以比较了解，这就是我的优势。

访谈员：胡经理，您在创业过程中遇到过什么样的困难呢？

受访者：在我们这边面临的困难首先是资金的回收，当地农民存在赊销的习惯，前期通过赊销买入化肥，作物卖完后再还账，这是资金方面的困难；还有就是有一大部分人对这种进口、生物型、功能型肥料不够认识，因为目前国内土壤酸化现象比较严重，很多人对市场前景不够了解，需要相关部门，比如植保站、农业局加大引导、宣传，让他们不要用劣质的肥料、农药破坏土壤，破坏大自然。

访谈员：谢谢胡经理，那政府对咱们农民工返乡创业有没有什么政策，以及补贴？

受访者：我了解的就是那个下岗职工再就业的 1 万块钱，别的就不太了解了。

访谈员：那您除了希望政府加大引导、宣传外，有没有希望政府别的方面的帮助？

受访者：希望有关部门能协助我们零售店，针对农户做一些农业知识的培训、宣传工作，让更多的农民认识到土壤酸化、土壤破坏的严重程度，以及为什么现在的作物很容易出现问题。希望上级部门协助我们农资服务店做一些宣传。

访谈员：那么胡经理，据您了解，咱们莱西有多少这种农资服务店呢？

受访者：500 家左右吧。

355

访谈员：那胡经理，您认为咱们农资行业的发展都有什么困难呢？

受访者：最大的困难就是资金的回收，就是赊销。因为农资行业，无论化肥还是农药，里面鱼龙混杂，有些不法商贩或者黑作坊，他们生产的肥料品质低劣，价格便宜，很多农户认识不到这点，被忽悠购买，导致农户对真假产品分辨不清，使得他们对我们这些正品农资行业不放心，不利于我们正品农资的推广、销售，从而选择赊销。这个问题的根源还是由于市面上鱼龙混杂，希望进一步加强行业内的监管力度。

访谈员：好的，谢谢胡经理。

访谈员手记

通过对胡英昌经理的采访，笔者初步了解了英昌农资店的创立、运营与发展所面临的困难。创业不易，异地创业更是不易。而胡经理所从事的农资行业存在赊销这一情况也应该是一个普遍存在的现象，就像胡经理所说的那样，还是因为老百姓内心不愿意相信相关化肥、农药效果，而选择了"先用后付款"的形式，但由于农作物生产周期较长，还款期相应也较长，这很不利于农资店的扩大经营。希望国家相关部门加强对农资行业的监管与整治力度，肃清行业内的假冒伪劣产品，给广大正品农资经营商一个健康发展的环境。

同时，由于采访之前笔者查找了青岛市针对返乡创业出台的相关政策，政策提到"符合条件的创业者从事个体经营，可申请最高不超过 15 万元创业担保贷款；创办企业的，可申请最高不超过 45 万元的创业担保贷款"，而胡经理由于创业较早，只享受到库区移民贷款补贴，不能享受创业担保贷款。希望能扩大贷款扶持范围，照顾已创业企业的利益。

（访谈员：广东海洋大学　胡志凯）

沈建光：大起大落中成就创业精神

受访者基本情况

性别：男

年龄：40 岁

籍贯：浙江省衢州市石梁镇黄茶村

婚姻状况：已婚

文化程度：初中

打工时间：两年

创业类型：城市创业——服务业

创业地点：浙江省宁波市和衢州市

采访到沈建光先生纯属意外，某日我外公家要洗窗帘，打服务热线联系到了沈先生的店，热情的沈先生不仅提供上门拆洗窗帘的服务，还给外婆留下了微信和外婆结成好友，两人时不时会在朋友圈互动。沈先生在朋

友圈看到我外婆会写一手好字连连夸赞，还提议让我外婆来帮他写店名，虽然我外婆自谦称难以担当重任推辞了这份邀请，但是沈先生友善的为人给我外婆留下了很好的印象。这次听说我要做农民工创业的访谈，外婆想起了某次交谈中沈先生提到他是农村出身，于是立马联系了他，沈先生也爽快地答应了采访的请求。第二天下午，外婆就带我来到沈先生在市区开的洗车店，在店里的办公室进行采访。一进入办公室就看到墙上一幅书法作品"海纳百川"，这也是沈先生的微信名；书法作品的下方是一套茶器，在采访时沈先生不断为我和外婆煮茶倒茶，茶壶也一直没有歇息地在烧水。沈先生创业经历非常丰富，手头上运转着洗车店、洗窗帘服务、蜗牛养殖等多个项目，我主要选择了洗窗帘服务和蜗牛养殖这两个项目进行重点描写，在集中呈现沈先生的创业过程方方面面的同时，严格遵循采访内容的真实性。

访谈员：沈叔叔好，能分享一下您创业的过程吗？

受访者：我初中毕业就出去了，17岁自己一个人出去的。上了一年班后回来又到学校里读书，学了机电一体化。学完之后又出去打了大概10个月左右的工，在温州，一九九几年去的。回来之后发现做技术没有做管理好，所以又继续修读了工商管理。读了半年多的工商管理后，在1999年又去了宁波，去了以后就是帮一个老板打了34个月的工，做化妆品代理这一块。前面4个月什么业绩我都没有做出来，到第5个月开始在公司我保持了两年零五个月的第一名。然后在那个时候我突然又想自己弄个品牌做一下，有一天老板请我吃夜宵时我跟他讲了这个想法。他问我有没有钱做，我说我在他那里上班的时候一个月拿2万块钱，基本上都吃光用光了。然后他接着问我打算怎么做，我说我打算回家借一点，弄一个办公室和小仓库。老板听了觉得不可行，因为他在这个行业已经做了10多年了。然后他就给了我一张银行卡，里面50万，他自己的私房钱。这就是他给我的人生第一笔启动资金，他是我人生中的第一个贵人。第二天我就去注册公司了，时间是2001年的11月。公司注册好之后我这个老板带着我到广州的厂家那边去进货，继续做美容美发的代理工作。我在宁波那里一做就是11年。2005年和2006年的时候我就赚了几百万。但是后面发展就没有这么顺利了。二〇〇几年的时候接触了一些打牌赌博的朋友，结果所有的家业被败掉，三套房子全部卖掉，车子、公司、工资全部抵给人家。

访谈员：为什么突然出现这么大的变动呢？

受访者：飘得太快了。现在回过去想，最主要原因是"德不配位"。那时候的能力完全掌控不了当时巨大的财富。我2005年的时候买了40万元的车，在衢州买了几套房子，那个时候买到房子也就十多万块钱，是不是？那个时候就感觉自己飘得太高落不了地。

访谈员：那后面是怎么回到衢州继续创业的？

受访者：我2011年回来，回来以后大概低迷了半年多时间。后来我一个朋友——浙江创美房地产有限公司的老总，丽水人，他邀请我过去给他管理一家互联网公司，然后当时我就去了，一年后我赚了一点小钱，又开始想自己创业。刚开始想来想去找不到什么好的东西做。如果说选择去做一个行业的话，我最起码要选择一个大众都能够接受的行业，而且必须有消费。当时考虑了一下，比如说做日用品或者保健品这些东西，说实话，市场很大，但是现在年轻人才是最大的消费群体，你说叫你们（指了指我）来买个保健品，买了这些东西会吃吗？不会吃的。我后来想来想去，想到我身边有蛮多的朋友做建材装修这一块。于是我就弄了一个装修公司，开始弄窗帘、沙发、灯具、地毯这些家用的，做装修。窗帘每个人家里都有，沙发基本上每个家都有，那脏了怎么办？有些人说自己洗，但是自己洗不了，大的窗帘洗衣机放不进去。那刚刚好，我一个同学在中国台湾那边，他问我，大陆有没有窗帘清洗这项服务，我说这倒没有的嘞。我说大概投资多少钱，他说大概30来万元，建个厂房然后找几个员工，这种东西很简单。我一想说可以，当时就起来开始弄窗帘，包括沙发清洗也在做。我在2012年底启动做这个东西的时候，大陆就两家做清洗窗帘的，我一家、重庆一家。后来其他地方做这个的就开始慢慢多起来了，安徽、江西那边之前都有人到我这里来加盟，因为大家都知道这块市场确实很大，而且现在人越来越懒了，是不是？这几年生意是一年比一年好，因为做这个东西就是做服务了，服务做好，口碑就出来了。大家都知道在整个衢州市要做这一块，肯定是找到我这里来。其实在这个中间也遇到很多困难，政府这边有排污环保的要求，所以我们积极配合整改，达到生活用水排污的标准。政府现在也认同了我们这边的服务。今年生意也很忙，年前我都来不及完成订单了，订单像山一样堆在那里。今年我还扩大了一点，不然的话更加来不及，上 4 台那种大型的干洗机都来不及做。

访谈员：您的创业经历了这么多的大起大落，是什么使您坚持从宁波回到家乡还想继续创业的呢？

受访者：其实最低迷的时候，我想外面再怎么样，跟家里比还是有点差距的。毕竟老爸老妈在家里，老爸老妈只有我一个儿子。30 岁时宁波的家业败光，家里面催我回来工作，我当时没那个心思，我老爸就劝了我一句话，这句话到现在也是我坚持创业下去的动力。他说，儿子没关系的，钱在社会上赚来然后在社会上用掉，毕竟跟你一样同年的人没有人跟你一样有这样的经历。这种经历是你的财富，以后你不管做什么东西，这些经历绝对对你有用。当时我还和一个谈了 7 年就要结婚的女朋友分手了，那时候非常的伤心，我老爸也劝我，他说，孩子我告诉你，你找的下一个老婆绝对比这个女朋友好，结果真是这样的。后来真就非常非常有幸碰见了孩子他妈，大家都说身边没遇到过像我老婆一样好的女人了，不仅学历高而且通情达理，我做什么事情她都非常支持我，在那段低迷的时间给我提供了很多内心支持。所以，我经常会跟身边的朋友去分享一句话：当上帝把你的门关掉以后肯定会给你打开一扇窗，而且那扇窗绝对比你这个门还要大！大两倍都不止！还有一个坚持下来的原因就是，我这个人喜欢"跳"。什么叫喜欢"跳"呢？在社会上这么多年，形形色色的事情和人我都遇到过了，有些时候被客户坑也坑过，被身边的朋友骗也骗过，真的经历了很多。所以说我经常也讲，人只有经历过了才能懂这里面的一些事情，不经历过你再怎么讲他死都不相信。回到衢州以后，然后再开始自己一步一个脚印地走。我是比较实干的人，只有把这一步跨稳了以后再去想下一步。这也是为什么我能够坚持做一个行业，把这个行业做好的原因。名气做大了以后，不赚钱都难。我有一个老师跟我讲过，他说不管你在哪个城市，你只要找到在这个城市里面1%或者是0.5%的人做的事情，你去做了你就是有钱人。就像李嘉诚说："80%的人人都在做的生意，我连看都不太看一眼。20%的人在做的生意，我可能会去了解一下。那1%—2%的新兴行业，我肯定会毫不犹豫地去投资。"就像我那时候做窗帘保养，一开始别人还问怎么会有这个行业，说从来没有听说过。前期确实是难，你要自己到小区里面去发传单，找报纸每天做宣传。但现在做起来了之后一些公共平台，比如114都找上门来帮我做广告，因为他们这些公众服务平台必须要有这项服务提供给老百姓。

访谈员：那您是怎么抓住这个只有1%—2%的人在做的机会的呢？

受访者：首先是你的基础和人脉，像我回来的时候朋友邀请我帮他打理公司，就是之前积攒人脉和经验打的底子。其次就是你要有眼光和勇气去选择做这个东西，就像王健林说的"清华北大，不如胆子大"，跨出那一步是最难的。现在的社会变革实在是太快了，一些新的东西来了以后，大多数人的第一反应就是这个东西是不是骗人的？那个东西是不是不行的？这些都是缺乏勇气的表现，当你真正做进去的时候其实别有洞天。所以我也经常跟朋友说那句老话：机会是专门给那些准备好的人的。你没有准备好即使机会来了，你抓都抓不住。

访谈员：听您分析行业的市场时我挺惊讶的。您出去工作的时候学历并不是很高，考察一个市场是否有前景这种东西您是怎么学会的？跟之前的打工经历有关，还是后面自己在学校里学来的？

受访者：首先是2002年到2008年这6年里，我在浙江大学的MBA进修，我自己花15万多元出来。其次，世界华人成功学第一人陈安之，我不知道你有没有听说过，我"跟"了他两年。我在宁波开公司的时候，经理人管吃管喝，我自己有多余的时间就来学习。你有没有发现，我从17岁开始出来打工然后读书，到后面自己开始创业又开始学习，我是一个非常爱学习的人。我真的相信只有通过学习，不断地提升自己，才能够适应这个市场。在这几年里，我自己到学校学习，加上外面社会上的这些学习等等，虽然学历不高，但是学习经验是非常丰富的。在这过程中也遇到各行各业的朋友，大家坐下来聊聊天、喝喝茶，聊着聊着可能就把生意给聊出来了。所以为什么我会发现少数人的市场，这就是从学习和朋友的聊天中吸取了各方面的东西，然后结合了自己的一些考察总结出来的。

访谈员：您在城市已经做出了这么大的成就，您有没有考虑回到农村老家建设家乡？

受访者：我前两年就有个想法，就是在村子里面养蜗牛。这是受我一个廿里的朋友的启发，他养了 45 年的蜗牛。农户如果说要做养殖的话，最怕的一点就是销售，卖不掉，特别是蜗牛这种东西，谁吃啊，卖到哪里去都不知道。但我那个朋友跟厂家签了合同，蜗牛都有回收的，养殖收入很稳定。后面市委书记和副市长都到我这个朋友基地里去考察过的，发现养蜗牛第一没污染、没异味、没噪声，第二投资小见效快。他们夫妻两个人在家里养蜗牛，少说一年 40 万元的收入。他们也就 2 万到 3 万块钱的投资成本，终生只要投资一次就好了。因为蜗牛是这样子的，蜗牛种子买来它开始下蛋，蜗牛蛋下来孵化小蜗牛，养得好的人 4 个半月，养不好的人 5 个月就可以卖了。蜗牛每天或者隔几天就要下蛋，一批一批出来都有的。这等于说从第 5 个月开始，每个月都有蜗牛卖，你懂我意思吧？现在在欧美国家每年从中国进口蜗牛 300 万吨，按照美元来算的话，现在大概是 12 美元 3 到 4 个，最便宜的时候是 7.5 美元 3 到 4 个。

访谈员：为什么要吃蜗牛啊？

受访者：蜗牛是世界上可食用的蛋白质含量最高的物种，有 72% 的蛋白质！美国和欧洲那边吃得特别多，意大利法国大餐里面都有蜗牛，供不应求。那差一点的蜗牛运到韩国和日本。拿来干吗？你肯定用过，蜗牛面膜。这个面膜品牌不是现在做得很好的吗？都是我们一些劣质的蜗牛，拉到那边去给他们做的。所以现在蜗牛的需求量特别大，厂家都主动到农户那儿收购。像现在的话，前几天我卖了一批，零售价是 40 到 50 元人民币一千克，4 月份最贵的时候 50—60 元 1 千克。

访谈员：所以在这个产业链里你们是专门做下游的供应的？

受访者：是的，我们养殖然后卖给厂里做加工。嘉兴专门有个收购蜗牛的厂，它一袋成品里面三只蜗牛，卖 49 美元。我们农村那里有很多剩余劳动力可以来做这个事情。这个项目我跟我们村的书记也讲过，他说这个事情好，让我带头，把我们石梁镇这些五六十岁的老人召集起来，他们在家里面没事情做，身体也还好，我投资个万把块钱然后让他们在自己家养蜗牛。我跟厂家签完合同，全部统一回收他们养的蜗牛，不管他们一天出 2 万斤还是 5 万斤，我都要。

访谈员：现在已经有农户准备养蜗牛了吗？

受访者：有些开始准备了，但是大多数都处于一种观望的状态，担心我们这个项目不能真的做起来。只有看到我们蜗牛养起来卖得出去，钱拿回来了，七八个月这样下来，他们才觉得这东西确实还可以做的。他们开始养之后我把技术和蜗牛的种子全部提供给他们，然后把合同全部签掉去保证销路，那他还不放心？肯定放心了。所以在村子里面搞事情一定要建立在相互信任的基础上。

访谈员：那所有赚的钱都是直接归他们的吗？

受访者：对，肯定的。我一分钱都不要他们的。比方说 1000 斤蜗牛赚了 9000 块钱，9000 块钱到他账户上就好。厂里面收什么价我这里收什么价，我也不会便宜一毛钱，不贵一毛钱。

访谈员：那现在参加养殖的农户有多少？

受访者：现在农户的规模有 30 几户，我估计今年可能会达到 80 来户。我还准备在廿里的经济开发区弄一块地，造一个蜗牛初加工的厂房。我把全部蜗牛初加工好了以后送到总厂里去，这样大概会有百分之十五的利润。

访谈员：那养蜗牛月收入大概多少？

受访者：一个月七八千块钱，比外面打工好，而且不太费体力，主要是要细心一点。

访谈员：好的。那叔叔有没有听过返乡创业政策方面的消息？

受访者：其实小沈啊（指我），现在农村里面做事情是很难做的。我一个学弟前年下半年回来的，然后他回来做了一个工程，在我们石梁镇投资了4.6个亿。这工程是近三年最大的一个工程。镇里面市政府帮他弄，市委书记当他的面给柯城区区长打了电话，然后就组织市里的人来接待他，跟他面谈这个项目。

访谈员：这个项目具体是干什么的？

受访者：是这样的，他那边拿了2000多亩地，做观光旅游酒店，游客可以度假、跑马、射击、玩高尔夫，然后所有的东西一体化，做成那种商业体。他一期投资4个多亿，二期、三期的话，可能是两倍三倍以上的钱投下去。现在已经做了一半了，但是如果不建立在相互信任的基础上，跟农户也好，政府也好，这个事情就做不下去。他这块地搞得周边的那些村子全部上访，说赔钱赔得少或是征用土地又怎么样啦，人员的事情是非常难的。这个事情本来是要政府去调节的，可是政府又想叫他这边多出点钱。比如说，拆这个地赔偿10万块钱/亩，但是现在有的农户要求12万块钱，有的要15万块钱，大家都要营业的，那怎么可能呢？所以说这个事情是非常难做的。

访谈员：好的叔叔，采访差不多就结束了，非常感谢您！

受访者：没事，我们就聊聊天。

访谈员手记

沈先生作为创业者，创业经历非常丰富，其成功的原因不乏一些幸运因素，比如刚刚起步的时候打工的老板为他提供了启动资金和进货渠道，低谷的时候有明事理的家人的支持；但更多的是自身素质过硬，他很小的时候就出去打工，在打工中积攒人脉和社会经验，之后又多次回到学校深造，培养自己的管理技术，然后进入一个更高的圈层遇到更多好的人脉资源，形成上升的良性循环。而就沈先生提到的目前在农村建设大型商业项目的困局，我们建议，在现阶段如果要发展创业项目，农村还是更适合做种植和养殖业，有人牵头并且看得见成果，农户才会愿意尝试。从长远的角度来看，乡村振兴需要相关部门进一步完善社会征信体制，创造良好的社会环境，这样才能真正带动大众创新、万众创业的氛围。

（访谈员：宁波大学　沈月盈）

七里乡大头村村委会访谈

受访者基本情况

性别：男

年龄：44 岁

籍贯：浙江省衢州市七里乡大头村

婚姻状况：已婚

文化程度：大专

村委职位：党支部书记

访谈地址：浙江省衢州市七里乡黄土岭村壹品舍民俗

访谈时间：2019 年 2 月 18 日

　　七里乡地处衢州市西北部，距城区 33 千米，辖区总面积 60.45 平方千米。全乡共有 7 个行政村，1807 户，5091 人，2017 年农村居民人均可支配收入 22186 元；先后被授予"中国年度休闲养生度假胜地""全国环境

优美乡""浙江省卫生乡镇""浙江省文明乡镇""市级无违建乡镇""市无赤膊墙乡镇"等荣誉称号。七里乡四季分明，森林覆盖率达98%，由于山高谷深，气温相对较低，年平均气温在14℃，比全市平均气温低了3℃，年均降水量2000毫米，无霜期达180—200天，形成了山区独特的小气候，平均空气负离子含量每立方厘米超过1000个。良好的生态条件，使得七里乡成了生物多样性保护区。全乡境内生态旅游资源丰富，香溪漂流、三仙圣地、耕读传家、三叠龙潭、森林氧吧、竹海绿道、石尖问顶、蔬果长廊等30余个景点遍布其中。七里乡的主要经济产业是农家乐。农家乐集休闲娱乐、避暑养生于一体，是浙江省最大的乡村休闲旅游景区之一。随着发展，目前七里乡农家乐共有234家，同时引进了七里云舍、天关云景、桃源寻梦等社会资本投资项目，提升七里民宿升级转型。2018年，七里乡接待游客85万人次，农家乐营业收入达4300万元。七里乡高山蔬菜产业蓬勃发展。全乡现有高山蔬菜种植示范基地2500亩，全乡高山蔬菜种植面积达5000亩；蔬菜的品种也呈现多样化，从原先传统单一品种发展到现在的10余种。

我们的采访地点壹品舍室内图

一个小雨朦胧的春日，我和朋友乘坐公交车去往我们当地有名的度假胜地七里乡，一路上淙淙流淌的溪流、郁郁葱葱的竹林、躺在山谷间的瓦房等风景应接不暇，被雨水冲刷过的空气也格外清新。刚到了黄土岭下了站，就看到坐落在街旁的"壹品舍民宿"。这民宿是赖村委自己建的，屋顶铺了一层茅草，别有风情。我们跟着赖村委来到民宿屋内的接客室，室内装修典雅干净，窗外就是青山和流水，很难想象像是城市的高档文化场所的这个地方会坐落在深山的农宿中。我们就在这样典雅的氛围中开启了访谈：

访谈员：赖叔叔您好，这儿也太美了。还请您先介绍一下村里的基本情况，比如说男女比例、主要特产、经济来源及历史人文之类的。

受访者：整个村大概是 1200 人，有 400 个年龄大的，劳动力现在占村里比例大概 1/3。我们这儿主要是山地，所以田地不多，最多可能百来亩。这边交通就是公交车（衢州过来的公交车就只有 502 路公交车）。然后以前的经济来源主要是特产，比如高山蔬菜和毛竹，现在主要的经济来源已经从传统的农业收入转变为农家乐的收入了。

访谈员：说起农家乐咱们这里可是省内皆有名的，特别想了解这边是怎么发展起来，怎么成为今天这个规模的？

受访者：高速在没发展之前，这里其实是很落后的。后来大家的生活条件慢慢好起来了，都喜欢往乡下跑了，跑到我们这个地方发现我们这里怎么那么好，然后口口相传，客人就多起来了。人来得多了之后我们这边的政府发现一个问题——那么多客人来玩了之后没地方吃饭，因为这个地方又没什么饭店，所以就安排他们在农民家里吃一点。农民烧一个老母鸡，收两三百块钱，农家乐的模式也就渐渐发展起来了。这也和当时整个大环境有关，莫干山那边先开始有这种类似农家乐的东西，大家都渐渐发现了这个商机。最早的时候政府为我们这个地方做得还是蛮多的。当时原来我们乡里的领导、现在市里的水利局书记，极力发展我们这边的农家乐，我们都叫他"农家乐之父"。刚开始政府花了很多力气才把"七里"这个农家乐的品牌做起来。

访谈员：那经营模式主要是怎样的？

受访者：它的主体部分就是一个住宿一个餐饮，再一个就是农民的土特产，像笋干、茶叶这些山上挖的东西，有些人还养点土鸡，卖土鸡蛋。这边还有一个特色就是高山蔬菜，比如用德国的嫁接技术培育的有机茄子，在我们整个浙江省也是有名的。

访谈员： 土特产跟农家乐两个产业是怎么融合的？

受访者： 我们一般每家每户都会准备土特产作为一种随手礼似的，这边也有专门卖土特产的店。

访谈员： 政府是怎么推广农家乐这个品牌的？

受访者： 我们政府有一个公众号在做推送，叫"七里真好玩"，我微信上推给你。我们也经常出去搞推销的，比如到上海做展馆、开推荐会，还有电话联系、跟旅行社结对、网上营销，手段都蛮多的。政府是背后最重要的一个推手，它推动我们从山区经济到自主经营。

七里土特产高山香笋，

每年 1 月销售火爆

桃源七里景区公众号

"七里真好玩"页面

访谈员： 现在做农家乐的农户有没有变多？

受访者： 没有变很多。因为经营条件第一自己要有房子，第二还要自己会做，对不对？第三还要有一定的经济实力，自己能把房子装修起来，稍微有点特色，要有这几个条件他们才会开始做是吧？现在应该是有两三百户人家这样子。还有些交通不发达的地方也发展不起来。

访谈员： 现在衢州搞农家乐的也挺多的，你们怎么一直做下去的，有没有什么特色？

受访者： 我们这边的特色就是小气候了，夏天的话这边很凉快，冬天就像现在，回来就是冰天雪地。第二个就像莫干山那边，民宿是一个标杆，我们浙江省黄土岭村的农家乐也是最早推出然后发展起来的，农家乐也像我们这边的一个标志。

访谈员： 农家乐和民宿有没有什么区别？

受访者： 肯定有区别。农家乐的话基本上就是以农民为主体，自家房子装修起来，简单一点，收费比较低一点。民宿的话一般是农村闲置房，外来的人或者自己来做装修，装修风格比较小资或者有点主题，就是有情怀的人在做的。像农家乐经营的对象可能都是比较低端一点的客户，你们来的话可能就喜欢住民宿，有这种大一点的，可以体验烧烤、唱歌、看书的公共场合。

访谈员： 现在转型做民宿的多起来了吗？

当地精品民宿

受访者：基本上我们政府也在推，就是所谓的消费升级。民宿的附加价值更高一点，像我们这边（指壹品舍民宿）一栋房子只有三个房间，我们是 300 多块钱一晚上，而且不包吃；但是他们那边的农家乐，包吃包住一天 80 块钱。所以这是有一个差别的，我三个房间可能抵他们 15 个房间、20 个房间。

访谈员：所以附加价值主要在服务方面？

受访者：服务，还有住宿的条件有很大的差别。他们（指农家乐）自己装修一下，就像宿舍一样，一个房间里面就两张床没有其他东西的。游客使用其他东西费用要另外加上去的，想开空调要加空调费。因为它（指农家乐）的收入很低，利润点很低。他们也不可能有我们这么一个客厅或者这种花园，我们（指民宿）这一部分公共资源其实也就算附加价值了。

访谈员：民宿会不会发展成为酒店那样的商业体？

受访者：不会。酒店有一个标准的，我们民宿跟农家乐其实是一个非标，但民宿和农家乐虽然是非标，服务跟酒店其实是一样的，质量甚至可能更高，或者更个性化一点。

访谈员：我和我朋友也去过莫干山那边的民宿，对那边的管家服务印象非常深刻，莫干山那边的娱乐项目比如山地汽车、极限运动也做得非常好。我们这边民宿会朝莫干山那个方向发展吗？

受访者：现在我们七里有名气的民宿有六七家。因为受我们这边特定条件的限制，活动主要有政府举办的自行车赛，还有我们农民自己作为民宿的主体来推的活动，比如小型的美食节、山货的展示，或者端午节包粽子这种主题的小活动会有。但是大型专业的户外活动，比如你说的骑车什么的，我们这里可能条件不怎么允许，你看那公路那么危险。所以我们这边就缺乏一个大型的户外活动的场所，以后可能慢慢会有发展。但是其实说气候和环境的话，我们比莫干山肯定更好，我们空气里面负离子含量比他们那边高。但是为什么我们这边的发展不如莫干山？就是因为他们的交通实在太方便了，像江苏、上海这些地方的人开车过去两个小时或者一个多小时就到了。要来我们这边的话上面有个高速出口，杭州过来是方便的，两个小时就到了，但是从上海过来要四个多小时甚至五个小时，这就比较远了。其实交通真的是决定我们经济发展的很大的因素。我们现在有高速路口开通了，以后还有省道，到时候交通更加方便了，可能就会好点。

访谈员：现在这边民宿发展得这么好，有没有从外面打工的村民返乡回来开民宿或者农家乐的？

受访者：像我就是啊。我以前在江苏那边上班，后来回来自己开了书店，回老家的时候发现这边蛮多人过来玩的，就回来做了这么一个民宿。我这个是租的嘛，这个房子跟上面两栋房子，都是我租来做民宿的。

访谈员：像您这种情况的人多吗？他们都是因为什么原因回来的？

受访者：最主要是因为我们这边的经济发展起来了，外面挣来的钱跟老家赚的钱差不多，而且还可以照顾到父母。现在想回来的人慢慢多起来了，像我们春节开乡贤座谈会，外面蛮多人都有意向回来，一是想孝敬父母，二是我们这里的环境越来越好，也不用去很远的地方就能赚到钱了，都有这个想法。

访谈员：乡贤座谈会的具体内容是干吗的呀？

受访者：一是看看他们对我们整个村有什么整体规划、有什么意见、对我们这边有什么想法，然后二是看他们有没有意向回来，或者他们任何的老板、朋友是否想到这边来投资，比如做索道之类的。不过只是交流一下，没有产生实际的合同。

访谈员：现在农户开这样一个农家乐，能赚多少钱？

受访者：像我们这边做得最好的一年 100 多万都能赚，像我两栋房子一年五六十万元营业额也好做，而且还不是主业。

访谈员：那开民宿会不会遇到什么困难呢？

受访者：其实最主要的一个困难就是投资受到的局限。像我们这种房子，景区内不能造，这是一个硬伤。这个也是没办法解决的，因为这个政策在这里，法规肯定大于我们的经营范畴。

访谈员：那会不会有农民为了多赚点钱违规？政府怎么处置？

受访者：我们政府其实为农民考虑了很多。最开始的时候就有一个分类处置。那时候农民为了发展农家乐造的房子比较大，然后就超面积了，政府就用分类处置给它处置掉了。什么叫分类处置？比如说农民房子只有500平方米，假如他造了600平方米，这100平方米就通过交罚款的形式把它合法化，处置最主要目的是让农民更好地来做民宿和农家乐。

访谈员：您前面还提到一个高山蔬菜的产业，政府有没有什么扶持？

受访者：市政府会派一些专业的技师下来指导农民种植蔬菜，农业大学的教授也来指导的。

访谈员：总体来看，政府提供的帮助还是非常大的。

受访者：是的。

后来赖叔叔提议让我到景区那边找工作人员进一步了解情况，我将情况节选了一部分作为对本次村委采访的补充。

访谈员：政府对民宿建设有没有什么扶持政策？

景区工作人员：开民宿的话，旅委这边可以给他们评星级。如果住宿条件达到一定标准的话，就可以分一星、二星、三星，不同星级会有相应的资金补助。一星，每个房间4000块钱的补助，二星，每个房间6000块，三星，每个房间10000块。然后有些时候就会开展相关的培训让他们去听一下，比如区里有跟学院共同组织的农民学校。此外区里有一些活动会邀请他们去参加，比如推荐会这种帮助他们扩大知名度。

访谈员：具体怎么评星级的？

景区工作人员：开民宿的，他们先申报，想要申报成功的话，证件肯定是要齐全的，营业执照、卫生许可证、特种行业许可证等。再就是民宿要有点风格，有自己的特色。届时，旅委会组织专家来评，比如会请杭州的大学的相关专业的老师过来考察一下。最后还是得看专家评的标准，我们只是推荐上去。

访谈员：那农家乐和民宿评的方式是一样的吗？

景区工作人员：不一样。农家乐是农办组织的，就是评三星、四星、五星农家乐。民宿这边是旅委组织的，管辖部门是不一样的。

访谈员：农家乐和民宿现在哪个发展得比较好？

景区工作人员：不能这样子比的。因为农家乐要看是怎么做的，如果到外面拉客源或者和旅行社结对的话，赚得就比较多。但有些农家乐店主不太管的，赶上游客来吃才做一点，这种就收入低一点。现在中高端民宿就是政策支持比较多。

访谈员：为什么现在政府会比较倾向发展民宿呢？

景区工作人员：首先可以带动就业，比如一个民宿两个人做肯定是不行的，一般都是要雇工人的。工人基本上都是本村村民，他们就不用外出打工，可以就近就业，这样子照顾家也比较方便。

访谈员：那如果有些村民不太会烧菜怎么办，是不是还有培训之类的？

景区工作人员：对，乡里会组织，区里也会组织。比如花艺培训、茶艺培训、烧菜培训，还会培训做西点，都有的。这些费用都是政府支出的。

访谈员：我和我同学去过莫干山的民宿，对那边的娱乐项目印象非常深刻。但是我看我们这边打的口号是"养老福地"，可能针对的客户群体是那种退休的老人，想要进一步发展娱乐项目会不会比较困难？

景区工作人员：有点困难。主要是限于地理环境。这里都是山地，平地的话很少，旅游项目也很难建。

访谈员：我刚才了解到，七里的淡季和旺季游客差异特别大，这个季节感觉游客特别少，赖叔叔就说希望这边淡季也应该像旺季那样发展，这方面政府有什么考虑吗？

景区工作人员：我们想过组织"红红火火过大年"这种年夜饭活动，让游客体验农村那种过年的乐趣，但是很少人过来。原因是民宿和农家乐设施维护的费用比较大。如果要大量供水的话水容易冻住，游客来要烧、要洗澡，水肯定供应不上，所以就局限于山地的气候条件。如果是来赏花的，大多数都是一日游，就中餐吃一顿，住宿的话可能就不会住了，收入也不多。

访谈员：我还了解到因为我们衢州这边消费水平不是很高，一些高消费的文艺活动开展不起来，像花 50 块钱做一双木雕的筷子可能没啥人愿意去做。所以这边怎么发展那种高端的服务业？

景区工作人员：本来之前对接过一个文创公司，想推广一些文创产品，后来可能因为一些事情就耽搁掉了。这里来的年轻人本来就不多，如果那些产品推出来的话，可能销量也不太好。

访谈员：政府有没有考虑过把客户群体转向消费能力更高的年轻人呢？

景区工作人员：转不动啊。因为旅游设施很难开发，就是前面说过的地理问题。还有就是涉及开发会破坏环境的问题，我们这里推广的方向是"小气候、原生态、农家屋、家乡菜"，这四个特点是我们这里很明显的一个特点，我们是针对这四个特点来开发的，不可能也不愿意破坏环境。

访谈员：政府现在在景区做的工作有哪些呢？

景区工作人员：首先会和外面对接，比如景区宣传片的拍摄、报社的联系推广。然后会组织一些活动，比如包粽子、农产品年货晾晒等传统文化活动。以往乡村音乐会很火的，夏天每个星期都有。我们请一些老艺术家来表演，每个星期都有主题的，比如说这周唱 20 世纪 60 年代的歌，下周 70 年代的或者 80 年代、90 年代的歌。我们后台还会和游客互动，游客可以点歌，呼声比较高的那些歌就在下个礼拜唱，这些都是我们策划安排的。还有景区的一些业务工作，像创建生态旅游区、风情小镇。明天规划公司会来我们这边对接，每个村会去踩点，挖掘一下每个村有哪些文化产品然后做个规划。

当地政府组织的音乐会，夏天的时候非常火爆

访谈员：我了解到之前有个镇本来想引入一个大型的商业体项目，但是土地赔偿方面跟农户谈不好价格，然后政府也不愿意出面协调，你们这边有出现这样的问题吗？

景区工作人员：有的，之前我们有片山想做一个中高端的民宿项目，也有土地流转不下来的问题。我们做工作都做了一年，他们就是不太配合，这个也是没办法。我们给他们补偿的条件肯定是比外面的政策要好的，但是他们就是不肯，所以这种项目就很难落地。

访谈员：在发展民宿这方面还遇到什么问题吗？

景区工作人员：还有就是一个人才断层的问题。年轻人基本上都在城市就业了。留在这里做农家乐的都是年龄比较大的村民，如果要发展中高端的民宿的话他们的业务水平和能力都是不太够的，然后他们也不愿意参加培训提升业务，因为他们现在的农家乐营业收入已经能让他们的生活比较安逸了，他们比较安于现状。所以人才还是比较稀缺的。

访谈员：好的，谢谢您，情况我基本上了解清楚了。

访谈员手记

访谈结束后，赖叔叔送我回家，同路的还有负责景区管理的另一个叔叔。他们雄心勃勃地跟我们提起他们最近的规划——扩大原来的民宿规模，把它们集中起来建成民宿街，用来接团。我问他们资金怎么来，他们说打算靠有条件的农宿经营者共同建设发展起来，看得出他们对建设七里还是很有热情的。七里这边自然条件得天独厚，加上政府对发展农家乐这块的重视和投入、基层干部对发展民宿经济的热情，未来七里进一步的发展是指日可待的。但是七里同样面临着诸多限制，比如游客消费水平较低，难以实现消费升级、地理条件限制难以建成大型娱乐场所，以及民宿经营人才断层等问题，都使得七里难以在现有的模式下进行转型升级，发展成莫干山民宿那样具有更高附加价值的产业。我相信未来七里会发挥自身的特点，逐渐摸索出一套自己的模式。

（访谈员：宁波大学　沈月盈）

377

附：七里乡农家乐的新闻报道《见证改革开放 40 周年 柯城七里：乡村休闲游的先行者》，https://mp.weixin.qq.com/s/7KYOV3jE1W17uc1ccOnXwg

不甘一辈子打工的餐馆老板

378

受访者基本情况

性别：男

年龄：31 岁

籍贯：陕西

婚姻状况：已婚

创业地点：浙江宁波

创业类型：餐饮行业

恰巧是最冷的几天，我和同学挣扎着起了个大早，来到浙江宁波鄞州区的姜山镇，这是鄞南的一个小镇，离区中心只有几千米的距离，还算繁华，因为工业发达，聚集着许多外来务工人员。我们来到一家名叫"醉好"的小吃店门前，老板还没来，听说是去采购原料了。我们等了一会儿，便见到了访谈的对象——一个 30 岁左右的年轻人，他看起来和我们并没有差多少。他离开家乡陕西来宁波打工，最后走上了创业这条路，他的小店才起步一两年。他十分健谈，与我们聊了很久，以下是访谈记录。

访谈员：您为什么会来宁波？

受访者：我是在老家那边毕业以后过来的，之前因为家里人也都在象山，所以一开始是在那边，后来的话对象在这边，所以就到宁波来了。

访谈员：您是怎么会想到创业的？

受访者：创业啊，其实每个人心里都有一个老板梦啊！一样的呀！怎么说呢，最基本的一个目标就是要实现财务自由，对了，还有时间自由。

另一个原因应该就是，创业可以看到更多的可能。其实上班的话，如果坚持下去也不会做得太差，因为每个行业都有做得好的，但是，对于大多数人来说，其实非常容易碰到一个瓶颈期，这个相信你们应该也能理解，到了一定程度，无论是工资还是工作能力都难以突破。毕竟我也差不多在外面上了 10 年班。另外一个，上班突破不了这个瓶颈期，就意味着每天重复同样的工作，想多陪陪家人什么的，基本上也是不太可能的。而创业，虽然风险会比上班要大，也可能更辛苦，但是还有一句话就是——高投资高回报！每个人选择的路不同，可能有的人选择继续上班，一个月拿个几千块钱也没问题，但是对于我来说，属于激进一点的人，所以选择创业，自己愿意去承担这个风险、辛苦。很多人想创业，但是创业并不是那么容易的，失败的案例也很多，但是坚持到最后的，一般多少有点回报。所以对我个人来说，我更愿意做风险高一点的，后期可能回报更好一点的事情。

访谈员：请问您创业的机遇是什么呢？是建立在之前工作的基础上，还是别的呢？

受访者：这个怎么说呢，最好有一定的技术，从小往大做，我就是这样，如果请不到工人我自己可以做。其实创业的时机很多，现在一般也不需要太大的资本，就看起步有多高，如果你说，我想开一家酒店，那肯定是不太现实的，一句话，量力而行。

访谈员：那您创业有遇到过什么困难吗？您是如何解决的呢？

受访者：创业的困难，讲到底，就是风险。这个也是多方面的，包括周边的环境，比如像我们餐饮店，周边的客流是很重要的，像现在的话，因为这边是一个新小区，所以说客流也不是特别多，所以在目前情况下能养住店，其实就不算亏了。这是一个非常客观的现象，因为目前这边的人流量和人民路不在一个数量级上，只能自己多想想办法，比如考虑外卖等多渠道去经营，最重要的就是坚持下去。后期也会根据情况多开展一些渠道，如果生意不好的话，就要想办法多赚一份收入，这个不是一个"死"的东西，做任何东西都一样的，根据情况来具体调整，适应市场，可能就能生存下去。

访谈员：餐饮行业近几年的发展怎么样呢？

受访者：其实前几年的时候，比如美团、饿了么等平台的兴起可以说给商家带来了一波福利，但是现在，包括佣金，对商家都非常不利，在这个大环境下会越来越难做，因为平台也要获利，他们还占有资源优势，主动权都在他们身上，其实利润大部分都被平台分掉了。一开始只分5%、8%，现在都到22%了。随着趋势的变化，我觉得这种模式可能也会有一些变化，我们这种小商家也只能跟着市场走，顺应市场嘛，适者生存，这个道理对大企业小企业都适用，就看怎么解决了。

访谈员：您有听说过鼓励农民工返乡创业的政策吗？

受访者：返乡创业，之前大概听说过一点，但是详细内容不怎么了解，像这种可能是政府的宣传力度不够，因为我平常看得最多的就是新闻，但是几乎很少看到这种东西，而且这么多年，基本上是很少听到，偶尔会有人说好像本地户口创业的话，会有几千块钱补贴，这个是政府补贴的，但也没有了解什么详细的细则。

访谈员：如果现在有这政策，有补贴，您会考虑返乡吗？

受访者：返乡？现在基本上家就在这里啊，老婆也是这边的，基本不可能。

访谈员：那您身边有创业想法的朋友，如果有优惠，会考虑返乡创业吗？

受访者：其实现在不光宁波在发展，其他所有地方，近些年的发展都是非常快的，发展机会其实都同样多，包括农村也一直没有停止过。我觉得现在的话，总体而言，出来创业的吸引力没有像之前那么大了，是吧？现在的话，我觉得家乡有补贴，而且有这种规划，人家完全可以选择离家近一点的地方，回家照顾家庭、老人，也会更方便一点。所以我觉得没必要跑这么远，因为全国哪里都一样。

访谈员：您的店要继续发展的话，您希望政府给您什么帮助呢？

受访者：政府帮助啊？如果愿意帮助的话，我想没有商家会拒绝的，没有人会拒绝，对吧？目前，说得现实一点，就是希望某些方面减税免税，好像现在有些有一定的减免，具体不是很了解。

访谈员：您有了解过政府提供的创业贷款吗？

受访者：这种如果有的话，对创业者来说确实是一件好事，我当时自己是没有贷款的，资金自己解决的。

访谈员：你们老家的创业者创业主要是出于盈利的考虑还是由于政策的鼓励？

381

受访者：政策毕竟是次要的，对吧？政策再怎么好，政府不可能白白给发钱啊，所以说我觉得这不是创业者要考虑的因素，创业者不会因为政府能补贴我一点，我就去创业，我觉得基本上99%的人都不会这么考虑。我觉得，靠政府补贴，这个不太现实的。全国有这么多人，政府补贴你，那别人怎么办？如果这样的话每个人都想着靠政府去补贴，不可能的。所以说可能有这样的政策，但门槛也确实是高，就我个人而言，想都不会去想的。所以说得简单一点，为了生存，为了让家里过得更好一点，选择的路不一样，是一种可能。

访谈员：从创业开始投入，到可以维持下去有所保本，这个周期大概需要多久呢？

受访者：这个看行业吧，像我们做餐饮行业的，一般来说，开业第一年，就不要想着赚。一般人家说6年为一个周期，前两年，是起步准备阶段，讲白了就是这样子，然后第三、四年是保本阶段，第五、六年，可能就是盈利阶段，这是一个周期。其他的行业我也不好做评价，餐饮基本上就是这样一个情况。

时间过得很快，眼看着就到了饭点，小店又要开始忙碌起来了，我们也不好意思继续打扰，就和老板打了招呼，结束了访谈。老板十分热情，走时还给了我们一罐饼干。他将我们送出了门，又继续回到店里，打拼自己的"小事业"去了……

382

访谈员手记

在采访之前我们了解到，受访者是一个十分腼腆的人，但在我们的访谈中他却十分健谈，大概一个人真正遇见了他感兴趣的工作，就是这样的吧。在访谈中，最令我们印象深刻的就是，受访者多次提到，创业者大多数是为了自己的利益，从市场的角度出发，极少会有人只是因为政策而莽撞地走上创业之路，可谓是说出了大多数创业者的心声。他还提到，创业本身与性格有关，选择创业的人，一般是比较积极乐观的人，有些人在自己的工作岗位上，也可以活得很开心，大家的目标都是让家庭更好，只是选择的道路不同而已。访谈过程中，受访者的思路一直都十分清晰，看得出是一位十分理智的人，但言语之中，无不透露着自己走创业这条路的决心。通过采访我们还了解到，现在中国经济整体的趋势还是在蓬勃发展，农村近几年基础设施建设跟进很快，即便在西部小县城创业也有同大城市一样的机遇。受访者认同了农村返乡创业政策的可行性，认为在家乡创业跟在城市工作的条件不会差多少，而在老家还有积攒的人脉资源可以利用，不必跑太远。这是创业者对我国经济的切身观察，是我们推动返乡创业政策有利的现实依据。

（访谈员：宁波大学　沈月盈、唐嘉敏）

在迪拜卖鞋的温州女老板

受访者基本情况

性别：女

年龄：54 岁

籍贯：浙江省温州市张堡村

婚姻状况：已婚

文化程度：初中

创业类型：外地创业——鞋业

受访者是我认识的一位长辈，此次访谈是在过年期间的一次聚餐后进行的。受访的阿姨姓张，由于我们是亲戚，就省去了开头的介绍及基本信息的询问，顺势展开了访谈，访谈的过程也比较随意，更多以聊天的形式进行。受访者在创业前并没有特别稳定的工作，前期在外有过一段时间的打工经历，后返乡在家缝布料、刺绣等，出国前的一段时间在温州某幼儿园任管理老师。

访谈员：阿姨，你创业也好多年了吧？

受访者：对啊，差不多是 2002 年开始创业的。

访谈员：2002 年……

受访者：你那会儿肯定不记事，我是很清楚，刚把你送去幼儿园就赶去机场了。

访谈员：哈哈哈，那我肯定没啥印象了。你那会儿怎么突然就想着创业了？

受访者：很早就想着创业了，20世纪八九十年代的时候条件比现在差远了，就想着要有钱多好，刚好那会儿国家也在改革，看身边那些朋友有胆子创业没几个不挣钱的，穷怕了也就想去闯一闯。只不过一开始也担心的啊，没钱，没路子，家里也不太支持。后来嘛，孩子大点，也有点钱了，就出去（出国）创业了。

访谈员：嗯，那创业前……

受访者在提及创业经历的时候比较兴奋，在我组织语言之时就接上话了。

受访者：创业前的准备真的非常难，很多朋友都出国去了，也都赚挺多钱的，国内又找不到什么路子，就干脆出国去了，那会儿真的是什么都不懂，英语不会，管理管理不行，钱嘛，也没多少，也就是朋友多点，胆子大点，把这个创业的方向确定了，接下来找了那么几家合作的厂家，提个包就出去了。

访谈员：出国的话确实会有很多困难，像我这学了好多年英语的，出了国还得愣老半天的。那会儿国内行情不好吗？

受访者：也不是不好，就是时间上有点晚了，一般都在20世纪八九十年代赶着政策支持就去了，也在杭州、上海这些地方待过……

访谈员：外出打工？

受访者：也差不多，反正就是帮别人做事，累个半死还没多少甜头的，弄了两年多就回来了。

访谈员：然后就自己创业了？

受访者：那还没，也就是有这打算，但没人支持啊，就在家里缝缝布料，然后偷偷地去打听市场行情，稍微了解点就决定去迪拜拓展鞋业市场了。

访谈员：是有熟人吗？

受访者：对，有个比较好的朋友早我几年就在迪拜做生意了，他们是弄那种绸缎的衣服的，自己生产自己卖，我的话自己生产不了，就找了熟人的鞋厂合作，现在在瑞安那边，规模还挺大。

访谈员： 看来人脉还挺重要的，是外出期间认识的吗？

受访者： 在杭州的时候认识了蛮多人，那个鞋厂的老板是在杭州认识的，还确实帮了我不少忙，不过也算各取所需。

385

访谈员： 我感觉很多创业者都觉得资金缺乏是创业初期最大的问题，你那会儿有什么感受吗？或者你觉得哪个是最大的障碍？（翻出问卷电子稿 T15。）

受访者： 其实各方面都有遇到困难，资金问题确实很明显，一开始家里就没多少钱，到处去借，还得担心会不会失败。

访谈员： 到处借？不可以贷款吗？

受访者： 贷款也有限额，而且人也不在国内，很多地方不方便的，就只能找朋友借，朋友又怕你跑路，资金方面确实头疼了好久。刚出去头两年也没多少收入的，差不多把投进去的钱抵掉。刚创业的时候订货要钱，店面要钱，仓库要钱，没钱了就只能在路费、餐费里省，稍微有点空还得自学英语，也不怎么会管理下面的员工，那会儿胆子也大，就这么一步一步下来了，差不多第四年吧，就开始有点闲钱了。后来批发店、零售店都开上了，现在周边的一些地区也拓展开了，主要就是迪拜和巴林这两个国家，在国外也弄了个小品牌，鞋就从国内运过去。

访谈员： 那挺好。那在国外创业环境与国内有什么不同吗？比如说税收、房租这些。

受访者： 房租我不是很清楚了，现在（批发店）店面是自己的，不过在迪拜龙城和巴林商城开的零售店是要租金的，还有各种费用，成本特别高，就有点像我们万达万象城那种，一年下来，单店面的租金成本可能就要两三百万元了。

访谈员： 那么高？！

受访者： 是啊，毕竟客流量也大，商城的建设管理什么的耗资也大。

访谈员： 那么税收呢？

受访者：行业不同税收也不同，前几年税收是特别低的，政府资金来源一般就是租金、消费还有罚款，就比如开车，在国外基本每个月都会被罚上几次款的，一次罚款就六七百元了。不过近两年迪拜的中国人多了，去做生意的太多了，税收也就开始调高了。

访谈员：那生意方面是不是也会遇到很多挑战？

受访者：近两年发展也受限制了，以前都是和国内厂家合作运出国去搞批发，现在国外很多客户都直接找到国内来了，都受到冲击了。

访谈员：能具体讲讲吗？

受访者：以前一般是我从国内找好合作的厂家然后订货、运货到迪拜，之后再和迪拜的客户联系，这些客户其实也都是做（鞋）生意的，只不过我是批发商，他们是零售商。近两年通信方便了以后，这些客户就开始直接和国内的一些厂家取得联系了，而且交通也方便了，国际往返也没以前那么麻烦。况且，国内很多厂家的名气也出来了，国外那些做生意的很容易就找来，毕竟省了中间的差价利润会更客观。这也是我开始开零售店的原因，不过一开始也不太顺利，龙城一期反响挺好，然后我就投了龙城二期，但谁知道二期的生意会那么惨哦！我基本是连本都没回来的，那些朋友最好的也就是勉强回本，我差不多亏了300万元吧。

访谈员：不能关门吗？

受访者：哪有那么容易哦，必须得熬到期限的，这段时间就算生意再差也得撑着不让关门的，那开着店总比关了店光亏钱要好上点吧。后来就改道去瞄周边的城市国家，这才选下巴林来，巴林的生意倒挺好。

访谈员：那有打算回来发展吗？温州近些年也提倡返乡创业，还有政策支持着。

受访者：返乡创业？

访谈员：对，农民返乡创业的扶持政策，你有了解吗？

受访者：前两天在新闻还是手机上看到过，具体也不太了解。就感觉这个（政策）对我来说不太现实，我们做这种小生意主要还是为挣钱，哪里有市场我们去哪里，哪里是看什么政策啊，这些政策还是在偏一点的地区比较有用，况且国外（迪拜）的鞋市场发展比国内晚那么一两年，我回来就不太好弄（发展）咯。再说了，现在老公孩子都在国外，车也买了，房子也有了，真要回国估计还有些麻烦。再说了，有政策支持着也不代表产品有市场啊。

访谈员：那会儿和你差不多时间出去创业的朋友呢？也都还留在国外吗？

受访者：也有一批回来的，有些是觉得国外行情没那么好了，回来再创业；有些就觉得钱挣够了还是回家来得亲切。

访谈员手记

温州人的创业故事大多是从 20 世纪 80 年代改革开放初期开始的，那会儿有很大一批人离开家乡外出创业，这一位创业者也是受到当时创业热潮的影响，在积累了一定的人脉后外出创业的。对于当时的大多数温商来说，资金缺乏是最大的障碍。通过访谈可以了解到，创业的前提是要有一定的市场，创业者认为温州的市场不如创业地，政策所带来的利益小于市场，这也是温州创业人士多，但返乡的人数与之相比少之又少的原因。此次访谈主要也是想从熟人入手，一方面熟悉访谈过程，另一方面借此寻找返乡的创业者以进行进一步调研。

（访谈员：宁波大学　张一靓）

被智能手机打败的影楼老板

受访者基本情况

性别：男

年龄：49 岁

籍贯：浙江省温州市张堡村

婚姻状况：已婚

文化程度：初中

打工时间：10 年

创业类型：城市创业——服务业

创业地点：浙江省温州市永嘉县、鹿城区

此次调研的受访者张先生的家乡位于温州市永嘉县张堡村，后随父母搬至温州市区。与大多数 70 后的温州人类似，张先生的文化程度并不太高，但却对创业有着一番热情。初中毕业后张先生便没有再继续学业，而是在温州市从事出租车司机这一职业，但张先生并不满足于做一名司机，一直钻研自己较为感兴趣的摄影，将打工挣得的钱用于摄影器材的购置，在 20 多岁时于温州市永嘉县县城开了一家属于自己的照相馆，后将照相馆搬迁至温州市鹿城区蛟翔巷，随着规模的不断扩大成立了属于自己的影楼。通过熟人介绍我找到这一创业者并展开了此次访谈，以下是访谈记录。

访谈员：听说您在初中毕业后就没再继续学业，那会儿正好也是温州创业热潮的时期，请问您也是直接创业了吗？

受访者：不是，先在温州开了几年的出租车。

访谈员：大概有多长时间？

受访者：10年左右吧。

访谈员：那后来您怎么就想到要去创业了呢？

受访者：开出租能有多少钱啊，有时候还可能拉到跑路的人，又危险又麻烦的，去得偏了回来拉不到人，二三十年前大家也都没钱，城市也没现在那么大，愿意打车的人不多。我也没啥文化，不愿意读书的，读书的时候经常逃课去玩，就摸索出了一些自己喜欢的东西，后来开出租的钱也基本投到这些上了。

访谈员：是摄影吗？

受访者：主要是摄影，还玩些花花草草，古玩也有接触。

访谈员：创业的想法是读书期间就有吗？可不可以具体分享一下创业期间的经历呢？

受访者：可以。读书期间只顾着玩了，没想过创业也没想过以后工作，初中一结束家里也没多少钱供我继续读书，我自己也不想读，在家里玩了一段时间就被家里人赶着去工作了。开出租车的门槛低，对学历也没什么要求，才选择了这个职业。后来遇到了点危险，也有点被吓到了，就不干了。但一男人也不可能干坐在家里不干事啊，种地我也没那力气，就干脆去弄自己喜欢的一行，感觉摄影的市场比较大，而且会的人也少，那时候还是胶片摄影，会洗照片的人就更少了，然后就先尝试着开了一家照相馆，主要拍证件照。然后规模大点，有点名气了，就转型拍广告了。

访谈员：都是在老家吗？

受访者：最早开在老家，瓯北（永嘉县，与鹿城区隔瓯江）那边，后来父母要来温州我就跟着把店搬过来了，开在房子边上，这会儿还是以拍证件照为主，20世纪90年代的时候写真开始流行起来就更多拍写真了。再之后和业内的或者爱好摄影的人士混熟了以后就转型了，去拍广告，原来的店也就不开了，租了一个大点的地方办了个工作室。

访谈员：你创业的这段时间有得到过政府或者村子里的什么支持、帮助吗？比如资金、场地、技能这方面的。

389

受访者：很少，资金方面不是很担心，摄影器材在开店之前就比较齐全了，基本是用工作时候赚的钱，如果真不够可以找村里人借，我创业的时候村里已经挺多创业成功的了，都是一家子借钱也还容易。场地的话我是开店，还是得照流程来，我们村子也就是分分地，都必须得拿来种田的，一部分村里自己吃，另一部分就是村里组织起来拿去卖，后来盖了房子以后分房子，但那些都不是店面，和我创业的关系不大，没什么帮得上的，而且我后来不是搬到市区了嘛，要留在瓯北可能能分个四五间房吧，来了温州就不给分了。技能是指摄影方面的技能？都是我自己摸索的，村子里就我一个人干这个，还烧钱，没人会，都是自己去找书看或者去认识的业内人士那里问，在开店前就玩了七八年摄影了。

访谈员：那像创业管理这方面的技能呢？

受访者：这方面的技能还有培训？不是开个店招点员工就好了嘛。

访谈员：那有没有考虑过怎样才能让员工认真干事呢？

受访者：你说的是这个意思啊，我的员工都是我学生，我教他们摄影后期，他们干事情，短期的就是双方的合作，要长期留的再发工资，都是自己要学，很少不认真的。

访谈员：那你在创业的过程中遇到过什么困难吗？

受访者：以前很少遇到困难，设备和店面租金这方面（资金）有时候会比较紧张，但都能解决。近几年问题就比较大了，2010年开始受到智能手机的冲击，2013、2014年的时候触屏手机已经很流行了，像苹果、三星这些手机可以算是便携式相机了，后期也不像以前那样只有PS一类的专业软件，手机上的那些软件很容易就能上手，一些小店面资金不足就不愿意去外面找工作室拍，大公司一般都有固定的合作工作室或者对应部门，写真证件照这类生活照也可以用手机来拍，而且互联网一下子发展了，条件也变好了，会摄影的、有相机的人变多了，这个行业就没那么吃香了。我文化程度也不高，有些东西弄不懂，跟不上时代了。

访谈员：现在呢？找到解决的办法了吗？

受访者：办法是很多的，就是能力已经不行了。我以前的同行的朋友有些去跟微信公众号接轨了，有些转去拍学生毕业照或者婚礼摄影这些了，大部分都转行了。

访谈员：这样啊，那现在您也是转行了吗？

受访者：是的，跟我姐（另一位调研者）去国外了。

访谈员：您觉得创业过程中遇到的最大的障碍是什么呢？

受访者：学历、文化程度啊，准确说就是自己的能力吧，如果在2010年左右我能跟上时代的转型也就不会放弃摄影了。

访谈员手记

　　张先生的创业过程比较遵循自己的个人兴趣，从兴趣出发寻找创业的方向。虽然村里对家庭农业等有一定的场地扶持，但张先生并没有留在老家，而是选择在老家县城开始创业。张先生很早就开始打工了，这为他的创业之路提供了一定的资金来源，但同时也成为后期没能紧跟时代而失败的根本原因。20世纪末的很多创业者都并不特别重视学业，大多是初中、中专学历，这一点在农村尤为明显。由于缺乏系统的能力培养以及学习的方法，导致很大一部分低学历创业者在新时代遇到了发展上的困难，一部分创业者选择进修深造，而另一部分创业者大多被时代的发展淘汰而导致创业失败。

（访谈员：宁波大学　张一靓）

磐安县方前镇茶潭村委会访谈

受访者基本情况

性别：男

年龄：47 岁

籍贯：浙江省金华市磐安县方前镇茶潭村

婚姻状况：已婚

文化程度：大专

村委职位：村委会主任

访谈地址：浙江省金华市磐安县方前镇茶潭村便民服务站

访谈时间：2019 年 2 月 10 日 11：00

　　茶潭又称"槎溪""槎潭""茶坛"，为南方地区常见的施姓氏族宗亲村落，距今已有 500 余年历史。茶潭村镇守方前镇西大门，300 里始丰溪第一村。茶潭村位于浙江省金华市磐安县方前镇西部，四面群山怀抱，始丰溪、大丰坑、小丰坑、塘岙坑、西坑五条溪流交汇，是金华市级传统村落、全华市森林村庄、省A级景区村庄、磐安县小茶籽油基地。茶潭村是方前镇始丰溪沿线历史最久、保留古建筑最多的村庄（目前尚保存较为完善的传统四合院、三合院有近10个）。未来，茶潭村将打造一个富有传统村落特点的精品文化古村落、历史文化村落和特色传统村落。

茶潭村现有农户415户，765人。全村（未含官田自然村）耕地面积267亩，其中田214.4亩、地52.6亩。林业用地9676亩，人均收入4488元。全村共有山林9676亩、油茶林1500多亩、竹林562亩，林木资源丰富。山坡地多、土质稀有矿物质含量高，尤其适合中药材、高山蔬菜水果的产业化开发。村里主要的产业为传统农业、中药材、木工艺等。村集体经济建设尚处于未起步阶段，村民经济收入来源单一，收入低，经济生活亦处于中低水平。

茶潭村距镇所在地方前村6.5千米，离磐安县城31千米，S323省道科大线（原62省道）穿村而过。乘火车可到杭州或金华、义乌，也可以坐客车到东阳、磐安、天台，转乘磐安—方前、天台—磐安班车到茶潭村。

茶潭村盛产小茶籽油、金华火腿、土鸡、霉干菜、榛子粉、板栗、红薯粉等地道山货，以及白术、元胡、玄参等地道中药材。更有令人赞绝的卷饼筒、麦饼、糊腊沸、糊拉汰、扁食、馒头、玉米饼、榛子豆腐、乌柴子豆腐、苦槠豆腐等特色美食。

近几年，政府对于茶潭村发展的扶持还是可以看到的，也有一些大事记：2017年开始"十美村的创建工作"；2018.01.15，茶潭村列入第二批金华市市级传统村落名录（重点村）名单；2018.07.19，茶潭村入选"金华市森林村庄"名单；2018.12，撤销茶潭村、官田村村民委员会，合并设立茶潭村村民委员会，村办公地址设官田自然村。

访谈员：主任您好，非常感谢您能在百忙之中抽出时间接待我访谈，我想了解一下咱们村的基本村情，比如男女比例、田地数量、经济来源及历史人文等，可以简单介绍一下吗？

受访者：可以的，虽然具体数据我不能都说上来，但我了解的都尽量说（因为茶潭村这届的村干部都是新上任一两年的）。我们村人口大概 800 人吧（因为 2018 年 12 月原官田自然村也并到茶潭自然村来了，人数发生了一些变动），具体应该是 765 人，农户四百多户，男女比例大致是 6∶4，现在老年人、成年人、未成年人的比例大致 5∶2∶3。全村（未含官田自然村）耕地面积 267 亩，其中田 214.4 亩、地 52.6 亩。交通条件的话，我们这是省道线，S323 省道科大线（原 62 省道）穿村而过。主要特产是小茶籽油、金华火腿、土鸡、红薯粉等地道山货，以及白术、元胡、玄参等地道中药材。经济来源是以在家乡务农和本地或外出打工为主。而且我们茶潭村的文化底蕴还是很深厚的，这可就说来话长了，具体的历史故事、人物，上网搜都能搜到。

访谈员：嗯，好的，具体情况我上网查查，我看祠堂里的公开栏也有许多具体信息的。我先大概了解下农民工情况吧，比如说有多少人在外打工，主要流向是哪里？

受访者：外出打工总数大约占村人口总数的 1/5，早期的主要去向是省外大城市，近几年主要去向是家乡的县城，男性主要工种为建筑施工工人、木工，女性为电车工人。

访谈员：那您知道返乡农民工创业的情况吗？比如多少人回来了？多少人在创业？

受访者：据我估计是 90% 都回来了，10% 在外面省城或者家乡县城创业。

访谈员：那在外地和在当地创业的情况如何呢？

受访者：创业情况基本稳定吧。

访谈员：大概有多少人返乡创业了呢？

受访者：返回我们农村的少，肯定 1/10 都没有，顶多 1/15，差不多三四十个人吧。创业的主要是那些外出打工积累了一些资金和人脉的年轻人，其他返乡者有部分因为年纪大了而回家，一部分在村子里或镇子上做些小工。

访谈员： 那其他村民在老家主要干什么呢？

受访者： 现在年轻人去县城的多，农民嘛，老年人多一点，岁数大了的话主要是务农，卖卖农产品，年轻的做些小生意，帮人家做做小工。

访谈员： 那为了扶持农民工创业我们这边有什么优惠政策吗？

受访者： 政策肯定是有的，资金上的贷款扶持、税收减免，还有审批上开放绿色通道等等，上面政府政策肯定是有的，但这些我们也都不是很了解。现在真正创业的都在外面，回农村创业搞不起来的，创业的规模也不是很大。

访谈员： 那他们在资金这些方面遇到困难怎么办？

受访者： 真正在做生意的那些人一般都是自己想办法的比较多，也没有说什么来了解创业扶持政策的。

访谈员： 那是政策的宣传还不够吗？

受访者： 上面政府政策是很多的，但是落地的时候因人、因村情、因地方不同，实施起来比较困难，镇里也没有具体说这些扶持政策，具体的文件有没有我们都还不是很了解。这些只有在磐安县城那些真正做大了的企业可能更了解些，小企业一般也不会接触到什么优惠政策。这方面总的来说还是积极性不高的。

访谈员： 那您了解上面下来的具体政策主要有什么？

受访者： 上面真正拨资金下来的话，可能还是补助之类的比较多，比如低保，可能重心还是放在扶贫上吧。我们这里一般都是个人在外面打拼创业，凭借个人本事的比较多。回乡创业的少啊，真正创业也在磐安县城，或者在金华这些地级市。

访谈员： 在政策方面有什么意见或者建议吗？

受访者： 建议这些我也讲不大来，这些政策能够具体落实下来肯定是好的，但是这样一级级下来很难落实的，了解到并真正得到政策帮助的也少，具体是怎么操作的也都不晓得啦，如果政策能够帮助到农民和农民工肯定是好的。

访谈员： 现在我们村具体有什么工作重心吗？比如有什么项目在开展？

受访者：我们村一直在做"美丽乡村建设项目"，茶潭村是省级美丽宜居示范村了。接下来我们就要弄新农村建设项目了，狮子山的古树公园建设等等。

访谈员：我看我们村在环境方面建设得比较好，弄得跟旅游景点差不多，那接下来这些建设对带动村民经济发展有什么帮助吗？有什么规划吗？

受访者：这样建设起来以后可以为民宿、农家乐的发展打下基础，也能开拓农产品的销路。我们这边方前小吃这些特产还是很有名的，以后假如旅游业能发展起来也能带动这些方面的发展嘛。外地返乡的农民工也能投入旅游业的建设。

访谈员：好的，我需要了解的暂时差不多了，后期有什么遗漏的再联系你。

受访者：嗯，好的，没问题。

访谈员手记

调研明显显示该村还是存在一些问题的。一是村民经济收入来源单一，收入低，全村人均经济水平低。二是返乡农民工创业比例较低。三是村民们普遍对创业扶持政策了解很少，并希望有能够实践落实的帮助农民与农民工的政策。四是返乡农民工创业政策的落实在这个抽样调查的村子的实践不容乐观，有待改善。尽管现在的情况不是很好，我对茶潭村的未来发展还是充满信心的。我感受到新一届的领导班子正积极地投入到一些使村子能够建设得更好的、可持续发展的项目中。村干部致力于推动新农村改造与建设项目，又希望凭借环境优势推动旅游业的发展以此来带动其他项目，从而推动全村经济建设，让更多的村民能够安居乐业。最后，希望茶潭村的未来建设能够更好！

（访谈员：宁波大学　施宇姣）

在义乌做外贸的施老板

受访者基本情况

性别：男

年龄：42 岁

籍贯：浙江省磐安县方前镇茶潭村

婚姻状况：已婚

文化程度：高中

打工时间：8 年

创业类型：外贸服务业

创业地点：浙江省义乌市

和在义乌开外贸公司的施先生遇见也是偶然，我父亲在村里偶然碰到了这位叔叔，和我说他是在义乌开外贸公司的，他在我们村也是在外地创业比较成功的。于是我父亲便联系了施先生，并带着我一起去他家做访谈。这次见面是个雨天，刚好访谈对象也在家，刚见到时觉得他看起来是比较亲和的，了解了我的意图之后他便和我谈起来，时而用方言时而用普通话交谈，下面是大概的访谈记录。

访谈员：叔叔您好，我这有一个关于农民工创业的访谈，想和您了解一下您的创业经历。

受访者：我也算不上很成功吧（他不好意思地笑着），对你调研有帮助的我肯定配合。

访谈员：请问您现在的年纪？在创业之前有没有出去打工过呢？

受访者：我啊，我现在 42 岁了。打工，打工早嘞。我当初当过兵，然后到横店打工，之后就到义乌打工，现在也在义乌开了一家外贸公司。具体时间的话我想一下，当兵那时候才二十几岁呀，后来……我想一下……（他边说边流露出了回想当年的神情）具体时间都有点记不大得了。

访谈员：那从打工到创业的过程能够大致分享一下吗？

受访者：我刚开始到的是横店一个叫作浙江省航空运动学院的地方，刚开始连开飞机都学过（大笑道）。那里不干了之后就到一个外贸公司打工，给台湾和宁波的老板都打工过，随后自己到市场上开店，再后来慢慢创立现在的进出口公司。总之这个过程长嘞，都是自己一步步过来的。

访谈员：那您从打工走向创业的主要原因是什么呢？原来的厂为什么不去做了呢？

受访者：主要原因啊，这大概就是一个过程。一方面原始积累慢慢地积累起来了，另一方面想要改善生活是吧！再一个也有了客户，有了自己的客户，就慢慢开始做。

访谈员：那就是在刚开始的时候打工还是给您提供了很多的帮助，对吧！

受访者：对的。资金积累、经验积累、人际关系积累，然后做外贸就是在专业知识上有了不同于工厂里打工的那些技术，主要就是外贸这方面的专业知识。资金积累了就有钱了，肯定是首要条件的嘛。管理、操作经验啊，这些慢慢积累起来挺重要的。

访谈员：那在创业初期有遇到什么困难吗？

受访者：困难肯定是有很多的。

访谈员：能具体说说吗？

受访者：具体说啊，第一个困难就是要开发客户。在做外贸这块没有客户的话，就是空的。你这晓得吧？那困难是什么呢？和外国客户沟通需要语言。语言不通，我们说中国话他听不懂，再一个我们这些客户主要都是南美那边的，比如巴西、智利、秘鲁，还有墨西哥、阿根廷等，都是南美那边的，那边是讲西班牙语的。

访谈员：那您是怎么解决这个问题的呢？

受访者：语言就需要自己去学，培训班我也去过。还有就是我老婆也会讲一点西班牙语，她是天津外国语大学毕业的，我讲得少一点。再一个困难就是外贸这方面的专业知识，我们需要了解一些流程什么的，这些我们都是自己一步一步去参加培训或者看书等慢慢了解起来。

访谈员：那您现在创业就是在义乌打工之后自己慢慢发展起来，在义乌办厂的是吧？

受访者：对的，现在在义乌办厂。我想想中间其实还干过其他事情，打工之后也去办过培训班。因为我妻子会讲西班牙语，西班牙语的培训班也办过，我妻子教的。再后来就是自己开公司。

访谈员：那您碰到这些困难有没有受到政府方面的帮助？因为我们这个调查就是要看一下农民创业政策的落实情况。

受访者：对于我这一行来讲的话，主要还是靠自己。因为义乌的外贸公司大大小小有很多的，和宁波一样呢。

访谈员：嗯，对的，宁波这边外贸公司是很多的。

受访者：在某种意义上可能也是有受到政府的帮助的，比如说那些展销会、博览会，对我们了解行业情况肯定是有帮助的。不过我去得比较少，基本还是靠自己。宁波、上海、香港地区都有很多博览会，还有很多人甚至到国外去参展，这些都是有帮助的。

访谈员：嗯叔叔。那您觉得您创业成功的主要原因有什么呢？

受访者：很成功倒也还算不上。首先主要原因就是要有耐心和决心。不要碰到眼前的挫折就退缩，就是要坚定一个目标，然后努力去做。下一个就是诚信。当国外客户钱打给你的时候，我们要保证货物的出口质量。不能因为客户钱打给你了就将货物乱出给他们。质量、数量、时间等各方面的因素都要给客户保证好。做生意的话，诚信是第一条。再是自己定了一条目标就要去坚持，不能因为走到一半碰到困难就不做了。

访谈员：那您现在主要是做什么生意呢？

受访者：杂七杂八的什么都有吧。宁波、上虞等都有出货物。就主要是小商品贸易，我们替客户出货，我们是中间商赚取差价，抽中间的佣金。

访谈员：那您觉得现在这行业的行情怎么样呢？

受访者：总的来说，这两年外贸这一块还是不大好做的。特别是去年美国和中国的贸易战，对中国外贸的出口影响还是比较大的。因为贸易战一打直接影响汇率，而我们客户打过来的是美元，所以人民币升值的话，同样的钱买的东西就少了。再就是我们做外贸这一块，我们公司做的是中间商，现在网络通信发达，联系更方便了，这些厂家和客户都可以直接沟通，需要我们的也少去了，我们这两年相对难做一点。

访谈员：那你们有没有听说过政府对农民工的创业扶持政策？因为政府对农民工是有扶持政策的，在资金、税收等方面。

受访者：政策帮扶吗？是有听说过的。什么资金扶持，在注册公司方面的帮助之类的，对啊，税收的减免都有听说过的。

访谈员：那您有需要这些帮助吗？

受访者：那没的，当时我到方前银行去贷款，在吃饭的时候问那些相关人员说贷款能贷多少，他们说只能贷 20 万元。然后我就说那对我没有帮助呀，我这公司一个星期要打的钱就至少 150 万元了，这 20 万元对于我来说是微乎其微啊。所以目前的话，政府这些政策对我的帮助还是比较少的。虽然这些政策了解是有了解，但目前帮助不大。

访谈员：最后，你现在做的这一行，如果要继续发展得更好的话，您觉得政府能提供怎么样的帮助？因为我们这一次访谈主要是想起到一个发现问题并反馈的作用。

受访者：现在外贸公司这方面，政府总的来说是比较支持规模化的企业，但在义乌这种地方其实是小的外贸公司集群，大的外贸公司并不多。其实说实在的，政府现在对我们并不能提供什么很实际的帮助。而税收方面政府政策都完善了，其实对于我们来说并不能享受到什么优惠。对于我们这些外贸公司来说的话，如果国家的政策能有所倾斜，我们想的就是进出口更方便之类的。但是各种方面国家也有国家的考量。现在很多中小企业都是因为各种检查严格关闭了，比如说排污太严重、用电大户等等，因为一个国家发展到一定程度，它就会考虑这些生态文明方面的事情。这就是利和弊的事情，如果利大于弊，这些中小企业该关就关，该撤就撤。

访谈员：以前发达国家要发展肯定是通过政策鼓励促使的，它们现在发达了又考虑可持续方面比较多。

受访者：对的对的，现在要考虑中小企业的发展越来越难了。

访谈员：我的问题大概就这些了，谢谢叔叔您了。

受访者：嗯，不客气的。还有就是我们公司主要搞出口比较多。像义乌这个地方每天都有1000多个的集装箱拉到宁波或者上海，宁波就是主要通过北仑港出口的。我们的柜子基本上是拉到那边的。等货订过来，从宁波那边把空的集装箱拉过来，再从我们这里装好了拉回去。义乌这边的柜子百分之六七十都是拉到宁波的，剩下的一二十拉到上海。希望对你的了解有帮助哦。

访谈员手记

施先生作为一个从四处打工再摸索着开外贸公司的创业人士，创业经验还是很丰富的，这也是我们这地方的农民工在外地大城市一步步从打工到创业的典型范例。打工的历程必然是坎坷和艰辛的，但是正如施昌云先生所说，打工经历对其在资金、管理经验还有人脉积累等方面都是有很大帮助的，在某一方面为敢于大胆创业的农民工们提供了创业的前提条件。创业的很大一方面是为了改善生活条件这一现实问题，这也是很多农民工敢于尝试去创业的精神动力。了解施先生的创业之路，觉得他在创业之路上一步步都是稳扎稳打并敢于突破创新的。他说的创业品质我觉得是很可贵的，创业要有耐心和决心，要敢于朝树立的目标不断奋斗，奋斗的过程必然是坎坷的，不要怕苦怕累一步步慢慢来。再一个就是做生意这块诚信这一品质是很重要的，是和顾客的生意能够成功的一座重要桥梁。

　　在和施先生的谈话中我也感受到愿意不断学习，提升自己的文化水平和专业知识的精神是很可贵的。初涉外贸行业，在语言和外贸专业知识的了解上难免存在障碍，一个明智的创业者愿意不断地去学习，提高自己的专业能力，不断扩大自己的眼界，了解时事动态。

　　最后，在了解中我也感受到了外贸业的小微企业发展还是比较艰难的，很多小型企业存在关停并转的可能，而义乌作为一个国际性商贸大市场，其繁荣也还是离不开这些小微企业的，所以这些在小微企业未来应该如何走还是一个值得深思的问题。希望这些小微企业也能在经济全球化浪潮中发挥活力。

（访谈员：宁波大学　施宇姣）

被拆迁影响创业之路的大伯

受访者基本情况

性别：男

年龄：52 岁

籍贯：浙江省磐安县方前镇茶潭村

婚姻状况：已婚

文化程度：小学

打工时间：18—27 岁

打工类型：水泥匠

打工地方：浙江台州

创业类型：木制品加工制造业

创业地点：浙江省磐安县茶潭村

    我这次调查的茶潭村是一个仅约 500 人的浙江小村庄，当地的创业典型其实是很少的，返乡创业的典型更是少之又少。所以说，向村里人打听了之后我也不大能列举出真正回乡创业的具体人。这次我采访的是我的大伯，对他我相对有一些了解，因为前几年我还在读中学的时候还是能看到他的小工厂（磐美工艺品厂）作业的，他自己既当老板又当员工，加工木工艺品。工厂规模虽然不是特别大，生产工程中的工作主要由本村和邻近村的村民来完成，在当地来说收益算是很不错了。施大伯从小生活在农民家庭，小学毕业后外出打工谋生，主要是到省内的台州市跟着师傅学做泥水匠这门手艺，然后自己从事泥水匠这份工作。在外地谋生的不易和自己敢闯敢拼的精神使他选择了回乡创业，也获得了不小的成功。但是近几年因为厂房用地问题，工厂不得不歇业。我认为施大伯从外地打工到回乡创业，最后又被迫转行的创业道路，具有作为一类典型对象进行深入了解的意义。

访谈员： 大伯，能分享一下您的大致创业经历吗？就是一步步怎么样发展起来的？

受访者： 什么时候出去打工呢？大概是 18 岁的时候出去的。准确答案是 18 岁那年的正月初三，因为当时农村老话说正月初二和初四不适宜出去，所以初三出去了，然后年底一般是农历腊月二十八回来这样子。

访谈员： 到哪里去呢？刚开始是干什么呢？

受访者： 最早是做泥水（就是做泥水匠），做了 6 年。做泥水做掉就去包沙发做了几年。当时一个邻居说做木珠也比较赚钱，所以就想着去买一张车床，但是想想做不起来，也是挺犹豫的，后来借了 800 块钱买了一张车床，那 800 块钱确确实实是借来的，所以当时也非常担心做亏了怎么办。后来又买了半自动车床，机器运作不起来就找专门的人来教。渐渐地，木珠产品不断做出来了，出现的问题就是卖不出去，业务没有。又过了段时间，自己渐渐地把业务也做起来了，客户也找到了，产品慢慢也卖得出去了。但那时候心里就想做木珠不如当老板赚钱呀，当时想想自己的思想还是比较先进的。所以又在很短时间内接连地接业务，开始自己做老板，实实在在是那样发展起来的。

访谈员： 那这样子就开始办厂了吗？

受访者： 对的，当时做的是半成品，但也是比较赚钱的。几年的打拼也积累了一点资本，慢慢地做大，生意也做得不错。当时我都成了村里的纳税大户呢，在当地还小有名气（笑称道）。这连着好几年收益都很不错，新房子也造起来了，在自己家建的厂房。在当时我这木珠生意做得相当不错嘞，可以说在大盘乡这一片把这个生意都垄断了。人家发展起来一个关门一个，都强不过我，生意都被我这边垄断了。当时做得真的是很不错，刚开始慢慢地办厂做半成品，后来又渐渐地转向做国际象棋，虽然说也还算是小作坊吧。国际象棋就是让人家贴贴底布、找工人包装啊等等，就这样一连做了好几年，发展下去还是不错的，每年能赚十八九万或者20万元。那十几年的发展一直都还不错，再后来到近几年我院子后面的厂棚被强制翻掉了，之后就这样歇掉了。

访谈员： 对的，这我也知道的，厂房翻了之后对这个生意的影响就大了，就没有场地了。

受访者： 对呀，老老实实地说，主要就是被这个给影响掉了。厂房就在我家后面自己的院子，对环境面貌什么影响都没有，现在拆掉后院就废弃了，什么也不能做。

访谈员： 这算是违章建筑所以才拆掉的嘛，因为我也有了解到，就浙江前几年，因为危房的原因导致违章建筑拆得比较多。

受访者： 这应该也不算上是违章建筑，当初每年都有审批过的，都是一年一年把钱交到村小店的那个书记那里去。只是后来相关部门又没有来收钱了，我也不知道怎么回事，也就没有太留意。后来突然上面的相关部门就说要来把我正在加工木制品的厂房拆掉。假如没有经过审批被拆掉，我肯定是心甘情愿的。但是，我这当时真的一年一年都审批过的，当时镇里相关部门都还是帮着我的。当时的部门领导说了，这一年一年钱交上去审批过去就可以了，这个用地会变成长期的。我当时在村里、乡里也是小有名气的，去签个字啊什么的镇里都是知道的，都是给予马上审批的。当时的审批都很快，很有效的。也就是那时候我做生意的资金慢慢地积累起来，生意不断地扩大。现在没做生意了，实实在在的是因为这个厂房的原因。想想政府这样大规模地拆临时建筑，真的使很多工厂的生产都受到了影响。

访谈员：（在停歇了片刻后打算谈另外几个问题）那您觉得当时创业的主要原因是什么呢？

受访者： 主要原因就是有决心。你只要自己有决心，什么事情都能做好。我从小生活在农村，也不是很有文化又不是特别有能力，主要就是靠自己有决心。很多人都说我急心病，我做事情的话如果没做好晚上睡都睡不着。所以我都和我儿子经常说，你读书读好并不难，关键是你做事情得有决心，这是实际的话，只要有决心，才能敢于做事情，才能做好。

在一旁的叔叔插话道："这几年你这样的小企业可能确实是不大好做呢！"

受访者：这我知道的，想做还是能做的，而且不谦虚地说，我觉得自己还是块做生意的料。

访谈员：那我还有几个问题，就是您在创业初期有没有碰到什么困难呢？比如说资金之类的。

受访者：那肯定有啊，最开始肯定是资金问题。

访谈员：碰到这些困难，您当时是怎么解决的呢？

受访者：当时贷款，迫于无奈不得不走关系才贷到了 1000 块钱。

访谈员：都是靠自己去想办法贷到的吗？当时有受到政府政策方面的资金、税收方面的优惠吗？那您有听到过这些政策吗？

受访者：那些老早听到过的，但那些必须要有关系呀，没有关系，就是空的。

访谈员：所以当时贷款不容易的是吧？很多是凭人情贷款的吗？

受访者：是的呀！假如有人情关系我肯定贷款就容易了呀。就是村里拿个补助也是要关系的呀。这些政策落实下来肯定初心是想到帮扶老百姓，是很好的，但是下面落实起来都是要靠人情关系的。其他一般人哪，哪能享受到这些政策呀！

访谈员：嗯，是的，这些政策落到实处是相当困难的。那您现在不做这个生意了，您了解其他还在做这一行的人的工厂发展的市场行情吗？

受访者：市场行情基本上还是晓得的。不能笼统地说好或坏，事情没有固定标准的。但是现在都用自动机什么的了，就算是个小作坊，一年赚个 20 万元出头是基本的，平均的话也有十七八万元吧。

访谈员：那您在做什么呢？对政策这方面有什么期待吗？

受访者：政策落实嘛，前些年就算了解了也没有享受到什么优惠政策，肯定是希望政策能够完善得更好。我自己嘛（他无奈地笑笑），现在就每天钓钓鱼，比较悠闲地过日子，厂房拆了也确实没办法再做了，很多机器因为闲置就变卖掉了。

访谈员：那好的，对您的故事有了一个大概的了解，谢谢您的配合。

受访者：这没关系的，不用客气。

访谈员手记

施大伯的工厂在这个小村子里真的算是一个富有生产力的加工制造业工厂了，但却迫于无奈只能接受厂房被拆掉而停业的情况。虽然是个小工厂，但我个人感觉还是比较惋惜的。当然，其实方前镇这边还有许多的小工厂也都面临这样的情况。这样的情形还是值得我们深思的，一方面政府为了保证耕地面积的数量让很多临时建筑都拆掉了。另一方面这些小工厂主的利益受到侵害，使原本的生产工作不能正常进行，不得不说是存在一种"政策打架"的局面。出现这样的局面，说明政府相关部门在将政策落实到下级时在审批等方面的程序具体规则还不是很完备。假如一开始在审批等方面就做得很好，明确了哪些厂房可以通过审批，哪些不可以通过，就可以减少这种工厂正在发展却不得不停业的现象。同时，在访谈及对其他创业者的问卷调查中，我们发现了资金贷款难这一现状，这说明政府虽有相关的贷款扶持政策，但银行作为第三方并不能很好地配合将政策落到实处。在农村贷款还是主要凭借人情关系以及民间借贷，资金贷款的政策也是有待改善。这个被厂房拆迁影响创业之路的工厂主，是近些年很多小型企业因为场地问题导致企业不能继续发展的创业者的典型。希望这一问题能够受到关注，使小企业能够继续发展或者更好地转型。

（访谈员：宁波大学　施宇姣）

网红民宿莫梵的管家

受访者基本情况

性别：男

年龄：28—30 岁

籍贯：浙江省湖州市莫干山镇

文化程度：本科

打工时间：2016 年至今

创业类型：民宿

创业地点：浙江省湖州市德清县莫干山镇仙潭村

莫梵民宿是莫干山镇最著名的网红民宿之一，目前共有4栋楼和一间咖啡馆。莫梵的整个气质是古朴低调又接地气的，在仙潭村里算不上洋气，却和周遭环境相融合，以返璞归真的面貌进入人们的视野。黄黄的夯土房带有乡间特有的朴实气质，原木结构的大厅里，可以看到很多老家具、老物件；还有传统的扇稻谷用的风车、雨蓑衣以及拿来晒豆类的簸箕等。所有的房间都寄托了业主老沈对生活最淳朴、最美好的祝愿：吉祥、美满、如意等，没有生僻字，也不拗口。而面向山景的那一面房间，无一例外地使用了大面积的落地窗，山的葱茏翠绿映入眼帘，间或有一丝云雾从不远处飘过，令人放松。下沉式的乡村俱乐部特别受住客们的欢迎：老房子的外观，美式乡村俱乐部的内里。在这里可以打桌球、唱KTV、喝喝酒、聊聊天，每一个区域又相对独立。公共区域的玩法已经足够多，但更接地气的是，可以和莫梵的主人老沈小时候那样，在山里到处跑跑。老沈出生在山里，莫梵一号楼的前身便是他父亲建造的。为了真实展现山居生活，老沈特意在莫梵旁边租下了5亩地，春天播种，秋天收成。如果来的时机合适，管家还会带着住客去山上的竹林里挖竹笋、抓野鸡。可以在村落里散散步，享受闲适。

莫梵并不在仙潭村的主路上，相反，前往莫梵需要经过好几条上山的小岔路，据管家介绍，莫梵的老板为了更好地引导顾客，在莫梵附近的十字路口开了一家小小的咖啡店，既能够起到引路作用，又能够给顾客提供一个放松、休闲的小空间。

访谈员：你们好，我是来自宁波大学的大学生，今天过来主要是调查返乡创业者的创业过程和创业情况，请问老板在吗？（因为莫梵是我们采访的第一家民宿，进屋前我们在屋外逗留了一会儿。进屋后并没有见到老板或者管家，只有两位负责卫生的阿姨坐在餐桌边用当地的方言聊天，他们穿着与莫梵整体色调相同的工作服，见了我们面带微笑地起身问我们有什么事。得知我们是来进行采访的，随即唤出了管家，并多次让我们坐下，并要为我们准备茶水。）

管家：你们想了解些什么？

访谈员：请问莫梵民宿是什么时候开的？

管家：2015 年。

访谈员：所以您是 2015 年就到这里做管家的吗？

管家：没有。我是 2016 年过来的。

访谈员：那您是哪里人？

管家：我是本地人。

访谈员：那您之前有从事过管家这类的工作吗？

管家：没有啊，之前是学生。

访谈员：所以您是一毕业就从事了这份管家工作……（因为管家并不是很健谈，气氛渐渐尴尬。）

管家：没事，你们处世不深，不要紧张（管家看出了我们的紧张，笑着调节了一下气氛）。

访谈员：那您为什么会选择到莫梵工作呢？是因为当时莫梵已经经营得很好了吗？

管家：不是，只是巧合，纯粹是机缘巧合。大学实习期间和咖啡店的老板娘一起学车，她就问我有没有在上班，我说没有，然后就介绍到这里了。

访谈员：所以您是通过介绍来到这里的？

管家：对，当时学了 3 天车，就被她忽悠过来了（谈到这里，管家脸上洋溢着笑容）。

访谈员：那您见过莫梵的老板吗？

管家：见过啊。当时 7 月份的时候，被介绍过来，来店里看了一眼，老板问我什么时候能上班，我说马上，他说行，那就明天吧。

访谈员：那请问您当时刚来时，仙潭村民宿发展的状况大致是怎样的？数量有现在这么多吗？

管家：没有，因为 2014 年才兴起（办民宿）的，所以 2015 年、2016年是一个上升阶段，当时做的民宿规模都没有现在这么大。

410

访谈员： 那当时政府有没有主推莫梵，进行一些宣传，然后打造出一个品牌，带动周边的民宿行业发展？

管家： 有的有的，这个是有的。

访谈员： 我们之前了解到，仙潭村这边会有一些管家的培训项目，请问有落实到你们这边吗？

管家： 有啊，这个是镇里举办的，包括我们加入的民宿协会，都会定期举办（管家培训），像 2018 年年末的时候，所有的管家能报名的都去参加了一个茶艺师培训活动。

访谈员： 那这种培训一般会持续多久？

管家： 有些就几天，但像茶艺师这种技术性比较高的周期就比较长，要一个月去一次，或者半个月（去一次）。

访谈员： 那请问一般是由哪些人来为你们培训？是政府专门聘请的老师，还是？

管家： 有政府旅游局请的专业的茶艺师，也有当地请的一些酒店的专业管理者。

访谈员： 您之前有提到过民宿协会，那请问参加这个协会的都是当地民宿的老板吗，还是管家？

管家： 老板，都是老板。但也不全是当地的，外来投资者来这里办民宿的也有参加的。

访谈员： 那加入这个民宿协会有什么样的优待吗？我们之前了解到有"民宿结对"这个说法，这方面有帮扶吗？

管家： 嗯，是的，加入协会的话，民宿之间基本上会互帮互助，也没有说个别结对。

访谈员： 那这个互帮互助是指哪些方面呢？

管家： 经营上，还有技术上，包括合作之类的都会有。

访谈员： 莫梵能够成为一家网红民宿，是凭借网络宣传，还是通过口碑的积累？

管家： 更多的可能是口碑吧，因为当时莫梵的活动做得比较丰富，而

411

且因为老板是本地的村民嘛，所以更加贴近这个乡村的风格，与当地的人文也更加贴近嘛，给游客的感觉就比较好。

访谈员：那在网络上有相应的宣传吗？

管家：之前也做，但后期就停止了，因为后期的一些东西都做好了，只剩下口碑的传播和一些软装了。

访谈员：那来到莫梵的游客基本上都是靠熟人介绍吗？

管家：现在基本就两个渠道吧，一个是携程，我们在携程上是独家的，之前是撒网式的，各个网站上都会有，现在是只有携程。还有一个就是熟人介绍吧。

访谈员：平台投放这方面，政府有给予指导和帮助吗？

管家：这个应该问老板（谈到这里，气氛再度尴尬起来，管家笑着说让我们随意些）。

访谈员：我们刚刚进来的时候发现莫梵和其他民宿不太一样，有好几栋房子，每栋都会配备一个管家吗？

管家：对，是的。

访谈员：那十字路口那家咖啡店也是属于莫梵的吗？莫梵现在除了做民宿也涉及其他行业吗？

管家：没有，咖啡店的话，当时是因为（客人）从这条小路上进来嘛，但是客人导航是导不到（莫梵）的。这种事情和品牌有关，如果品牌没有做大的话，导航是搜不到的，但是如果到后面品牌做起来，地图上会显示出来的，当时客人容易找的就是我们咖啡店那边，然后正好那块地我们老板买下来了，就在那边设个点，给客人指个路，相当于接待室吧，在那边停好车以后，跟咖啡店的人说，咖啡店会报备到我们这边，我们接到通知就下去接人。

访谈员：那这一栋房子大概需要多少员工啊？

管家：这幢的话是四个阿姨，加我一个管家，我们能同时供应七个房间。民宿这一点的话，房间不能超过九个，不能太过盈利化。

访谈员：客人过来的话，你们一般会提供哪些服务？

412

管家：如果像现在这种淡季的话，入住了一间房的客人，如果（天气）条件允许的话，我们会给他当司机、导游，陪他爬爬山什么的，都是免费提供的。但如果客人多的话，那就要看具体情况了，一幢楼七间房，如果是一个团队，那提供服务就比较方便可行。但如果是七间散客，那只有时间、条件允许的情况下才行。

访谈员：那来到这边入住的客人的行程是由客人自己安排的吗？还是由管家来安排？

管家：基本上都是客人自己决定的。有些人过来就是想休息休息，来这边住一个礼拜，哪怕你再怎么推荐，他也不愿意出去。景点的话，我们都会和客人介绍这附近有哪些好玩的，可以去逛逛。

访谈员：在开办莫梵民宿初期，政府会有相应的税收减免方面的政策扶持吗？

管家：这个是没有的。但是会因为做民宿有一些补贴，但税收是不会有减免的。

访谈员：那这个补贴有一直持续下去吗？

管家：初期，只有初期才会有。

访谈员：我们了解到，在莫干山办民宿，招聘当地的员工、带动当地就业就会有相应的补贴，这方面政策您了解吗？

管家：没有，这个不太了解。

访谈员：那您提到的补贴具体是什么样的呢？是有政府拨款下来吗？

管家：这个事情你要问老板的（管家面露尴尬），政策这个东西呢，不同地方都是不一样的。有些是针对整个莫干山镇的，有些是只针对仙潭村的，你们网上能搜到的很多都是针对全国的，但是落实到我们村里的时候又有一些变化了。那比如有些是针对单房补贴的，民宿里有几间房间，就给你多少补贴。但是这种补贴不会太多，数额也是不一定的。

访谈员：现在这边建民宿都是在自己家的宅基地上建吗？

管家：现在的话有两种，一种是在自己家的宅基地上，还有一种是租赁的，一般是外来的外商（会租赁土地）。

访谈员：像我们进来的那条小路，是政府出钱修的吗？

管家：这个吧，每个村子都不一样的。有些从村里到家门口的路都是政府修好的，但有些是要村子里的村民来修的。

访谈员：这个差别是因为办的民宿的规模不一样吗？

管家：这个跟做不做民宿没有关系，都是跟本地的风俗或者村委的治理方法有关……

414

访谈员手记

莫梵作为我们采访的第一家民宿，给我的直观感受就是：专业＋大规模＋优质服务。经了解，莫梵的老板是仙潭村最早的民宿创业者之一，同时，他还兼任仙潭村民宿协会的副会长。

民宿发展初期是得到政府鼓励支持的，因此补贴和政策扶持力度也相对较大，最直接的体现就是早期开办的民宿规模都比现阶段兴起的要大得多，包括占地面积、楼层数、阳台大小、泳池大小等。但随着民宿数量的增多，民宿的质量参差不齐，近几年来政府开始严控民宿数量，民宿建设标准变更频繁，建设要求也不断提高。在创业培训方面，仙潭村政策落实到位，培训内容符合创业者创业所需，培训次数、时间适宜。在创业协会方面，仍有发展空间，组织较为松散，且普及度不高，协会对会员创业的帮助大小也参差不齐。

创业虽艰难，但不得不说的是，仙潭村民宿业的发展给当地村民带来了翻天覆地的变化，不仅充分地利用了当地的好山好水，让更多人能够欣赏到莫干山镇的山水景色，同时也提高了当地村民的收入，带动了当地人的就业。

（访谈员：江文波、费乔枫、龚发云；整理：江文波）

两位漂亮的民宿业主

受访者基本情况

一、幽静民宿

姓名：茵茵

性别：女

年龄：40—45 岁

籍贯：浙江省湖州市德清县莫干山镇仙潭村

婚姻状况：已婚

创业类型：返乡创业——旅游服务业

创业地点：浙江省湖州市德清县莫干山镇仙潭村

二、宋宋家民宿

姓名：宋宋

性别：女

年龄：35—40 岁

籍贯：浙江省湖州市德清县莫干山镇仙潭村

婚姻状况：已婚

创业类型：返乡创业——旅游服务业

创业地点：浙江省湖州市德清县莫干山镇仙潭村

德清县莫干山镇仙潭村是近年来农民工返乡创业的一个典型示范地。2018年2月，德清莫干山镇仙潭村旅游景区集散中心和返乡创业基地正式挂牌成立，全国首个村级返乡创业协会也由此诞生。

作为仙潭村的一员，可谓是见证了仙潭村民宿旅游业的茁壮发展。从最开始的零星几家农家乐，到现如今数百家形形色色的民宿，仙潭村的民宿旅游业可以说是风生水起。相比前些年的走出村落、进城市打工获取报酬，自己做老板经营一家特色民宿成了大多数农民工返乡创业的首选。为了了解更多农民工返乡创业的概况以及对当下政府对农民工返乡创业的政策鼓励的绩效，我们调研小组相聚于仙潭村，走进了宋宋家民宿的大门。幸运的是，在这家民宿内，我们有幸一同采访了同村两家民宿业主老板，分别为幽静民宿业主和宋宋家民宿业主。

访谈员：你们好，我们是宁波大学的大学生，两位老板方便和我们聊聊你们家民宿的情况吗？

宋宋：我们家民宿吗？可以啊，来来来，坐下说。只是我们家民宿还未开张，她们家已经开了一阵子了（她指向幽静民宿业主）。

茵茵：对。我们家已经开了。我们家是幽静民宿。

访谈员：请问你们是怎么想到要在自己村里经营一家民宿的呢？

茵茵：就大家、村里很多人都开了呀，就跟着开了。

访谈员：也就是因为现在村里比较流行开民宿是吧？

茵茵：对的，好多人开，到处都是。

宋宋：现在民宿有很多嘞，（本地人）基本都开。

访谈员：关于扶持刚刚开办不久的中小型民宿这方面，请问你们有了解到一些政府出台的鼓励政策吗？

茵茵：鼓励政策？没有的，根本没听说过。

宋宋：没有鼓励政策。一般你们说的鼓励政策，应该是在 2011 年，那时候是有的，现在没有了。

访谈员：那请问如果你们遇到资金短缺之类的成本问题，一般会采用什么解决方法呢？

宋宋：资金短缺嘛，银行贷款呗，就说我要开民宿，他们可能会贷款给我们。

访谈员：那这个以开办民宿为由的银行贷款和普通的银行贷款有什么不同吗？比如有没有额外的贴息扶持、风险补偿金？

宋宋、茵茵：利息都是一样的，没有什么优惠、扶持的。补偿金也是没有的。

访谈员：那补贴方面呢，会有什么补贴吗？

宋宋：没有没有。2011 年的时候有的，那时候办证（办营业执照、消防证等）都有（补贴）。

访谈员：那现在是没有了吗？

茵茵：现在是巴不得你少开一家（民宿）。现在开得多了呀，就得取其精华、去其糟粕了呀。

访谈员：在员工补贴方面呢？比如说招聘管家、其他员工，带动了当地就业，会给补贴吗？

宋宋、茵茵：没有的，都没有。

访谈员：幽静民宿发展起来，有想过招聘管家什么的吗？

茵茵：招管家会有的，但是像我们家规模比较小，人手足够的话，就不招了。像隔壁的莫梵、大乐（大乐之野）啊，知名度稍微高一点的，都有（配备）管家的。

访谈员：那营业过程中需要向政府交税什么的吗？

茵茵：营业的时候向政府交过税的，房间（按房间个数）什么的。

访谈员：那如果发展得越来越好，成为高端民宿了，政府会有什么额外的扶持或补贴吗？

宋宋：不会有补贴的，没有的。

茵茵：没有的，最多帮你做一下广告吧，帮你宣传一下。

宋宋：像电视台来给你做一个报道什么的，可能会有。

茵茵：就像莫梵一样，他们会请电视台来报道。

访谈员：那请问你们有了解过民宿协会吗？

宋宋：有的，像民宿协会的副会长就是我们隔壁的莫梵民宿的老板。

访谈员：那你们有加入这个协会吗？这个协会对开办、经营民宿有具体实质性的帮助吗？

茵茵：有加入，有一个微信群的。

宋宋：帮助肯定是有的，但是我们并没有切实感受到。比如，村上有些家民宿证（营业执照）还没办出来，他们也没有帮助什么的。都要靠自己想办法。

茵茵：靠我自己的。靠自己去镇政府（莫干山镇人民政府）办的，民宿协会其实挺虚的。

访谈员：在办证的过程中你们遇到了什么麻烦吗？

宋宋：麻烦！麻烦死了，我办证办了一年多才办出来，她们（幽静民宿）家到现在还没办出来（提到办证问题，两位老板都显得非常激动，皱起了眉）。

茵茵：我的证还没办出来嘞！

访谈员：那你们办证遇到困难有向村委、民宿协会反映、求助过吗？

宋宋：反映过的啊，我们都在群里说了，但没有用的。

茵茵：没用没用，帮不上忙，因为证不是他们（民宿协会）办的。

访谈员：莫干山镇除了仙潭村盛行民宿，还有别的村吗？

茵茵：有的呀，莫干山镇很多地方都有的，像后坞（莫干山镇一村）都有的，太多了。

访谈员：所以现在是不太鼓励开民宿，而是鼓励发展高端民宿吗？

宋宋：主要是现在（民宿）太多了呀，要淘汰掉一些。现在是房子不能超出高度、不能超出平方，要求很严苛的。像她家挖了泳池嘛，说不能超，要填掉（在我们的实地考察中，发现已有十分之一的民宿拥有自家的游泳池，而这些民宿大多创立于2015年左右）。

茵茵：对啊，不能超过一点点的，挖好了还要给你填平，还要罚款。

访谈员：关于民宿建造的标准方面，没有人提前通知你们吗？

宋宋：不是不是，每年都有好多政策出来，5月份和10月份办，政策都是不一样的。

茵茵：所以啊，这个弄不好的。像我们家以前造好的四层楼的阳台，现在办证说不能超出高度，要把阳台挖掉、多花一笔钱盖起来。

访谈员：那政策变动的时候还是没有人告知大家的吗？

茵茵：只有去办证的时候会告诉说这里不行（不符合标准），那里不行。

宋宋：就办证的时候会跟你说："你家这里需要调整，你先回去等消息，我们会挨家挨户去看的……"

访谈员：那平时村里有组织什么创业培训吗？

茵茵：培训有的。平时会组织开会，但开会也不会讲办证的事情。

访谈员：那开会的具体内容方便讲一下吗？

茵茵：开会次数不多的，也没什么用处。最多提醒你要赶紧把证办出来，具体没什么实质性的帮助。

访谈员：那关于管家培训方面呢？有听说过吗？

宋宋：管家培训是有的，招管家的嘛，就去参加一些管家培训啊，招管家都是自愿的。

茵茵：像我们家不招管家，就没参加过管家培训。

419

420

宋宋：一般来说，有管家的民宿都听起来高端一点，但相对来说，（住房）价格也是高一点的。

访谈员：那请问你们民宿的装修是怎么完成的呢？

宋宋：装修啊，有些人家会找设计公司，像我们家就是我自己边想边弄的。

访谈员：那除了办证比较烦琐，还遇到什么棘手的问题吗？

宋宋：就办证烦，另外造房子什么的都请工人来做就可以了，只有办证麻烦。

茵茵：办证烦呀，很多人家现在也没办出来嘞。

宋宋：像去年，郎家村（仙潭村一小分支村）有家因为没办出证来，差点被拘留。

访谈员：那如果说自家宅基地本身比较小，但想要开一家大一点的民宿，能不能请政府多批一块土地呢？比如说农村集体经营性建设用地？

茵茵：那肯定不可以的，不会给你多批的。那种集体土地我们一般人都搞不到的。

访谈员：是这样啊。那现在发展民宿这么严格，但你们依然选择开民宿，是因为经营民宿带来的经济效益高吗？

宋宋：经济效益肯定好一点的，比在外（城镇）打工肯定是要好的。

茵茵：这两年呢，经济效益还有点，但接下去真的说不好（不确定，迷茫担忧）。

跟两位亲切的民宿老板聊了这么多后，我们互相告别，结束了此次小采访。

访谈员手记

经过此次访谈，我们初步了解了民宿业主心中的发展民宿业的概况，政府政策的落实与执行情况还有待我们去做进一步的了解与探究。以下是本次访谈的要点记录与整理：

开民宿的原因：当地民宿开始流行，从众、盈利。

开民宿的基础：自家的宅基地。宅基地建造标准严格：房屋高度、房屋面积不能超过标准，违者遭受罚款以及强制填平土地、挖掘阳台等。

资金方面，基本相当于自己投资，如遇资金短缺，通过银行贷款渠道（开民宿贷款与普通贷款利息一样，无额外帮助）。

政策鼓励方面，2011年有过政策鼓励，当时办证（营业执照、消防证等）有补贴。现在并无补贴及鼓励政策。

创造就业岗位，招收员工等也无补贴。

民宿协会概况：民宿协会有成立，民宿协会成员一般为各民宿老板，与会人员亦是（民宿协会副会长：莫梵、沈蒋容）。

民宿协会的作用：没有实质性帮助，会提醒、催促办证，但不会帮助办证。徒有虚名。

办营业执照：办证程序极其烦琐，办证周期长。

办证期间遇到的问题：政府政策变化不断，建造民宿过程中与政策出台、运用、贯彻执行相脱节，民宿业主有计划赶不上变化的无奈感。

村委会对于村民办证没有帮助，办证与镇政府挂钩，镇政府办事效率低下、拖拉。

（访谈员：宁波大学　江文波、费乔枫、龚发云；整理：龚发云、蒋虹燕）

421

一位热情大方的民宿女老板

受访者基本情况

性别：女

年龄：40—50 岁

籍贯：浙江省湖州市德清县莫干山镇仙潭村

婚姻状况：已婚

创业类型：旅游服务业

创业地点：浙江省湖州市德清县莫干山镇仙潭村

　　莫干山镇是一个依山傍水的美丽小镇，当地民宿正是依靠着这里的天然山水风光迅速发展起来的。这个寒假我们来到德清，感受到了这里的人文之美与自然之美。2 月 19 号的早晨，我们拜访了嵩溪山庄这家民宿的女老板。

　　在走向嵩溪山庄的路上我们惴惴不安，有些激动，有些紧张，害怕被拒绝访问。但令人惊喜的是，嵩溪山庄的女老板十分热情、亲切，将我们引进屋里，热情地为我们摆上瓜子、糖果，张罗着茶水。打量整个民宿布局，发现这家山庄不同于其他精心布局、风格迥异的民宿，这家民宿在装修上并未花太大精力，整个风格与寻常人家并无不同。简单的问候、爽朗的笑声、亲切的谈话瞬间拉近了我们的距离，让我们感受到女主人的友好、热情与亲切。在简单介绍了我们的来意之后，我们开始了本次的小采访。

423

访谈员：我们就是想了解一下你们家当初为什么想开民宿。

受访者的儿子：大家都开啊（跟风）。

访谈员：那你们算早的一批还是算晚的一批？

受访者的儿子：应该算晚的。

访谈员：你们刚开始开民宿的时候有没有遇到一些资金短缺的状况，或者说早期的成本问题是怎样处理的呢？

受访者的儿子：这个我不太清楚（他脸上挂着腼腆的笑，客厅里充满了笑声）。

访谈员：在早期（开始发展民宿创业）的时候有没有接受一些资金上的补助或贷款上的帮助呢？比如我们所了解到的"一次性创业社保补贴""小额创业担保贷款"之类的。

受访者：哦，那时候，因为我们没有大的装修嘛，所以说资金用得不多，就没有涉及这些。

访谈员：这样啊，那请问这边的装修都是您自己设计的吗？还是……

受访者：哦，没有。看上去很简单的，没有什么特别的设计，就像这样比较简约的（她指了一下客厅四周，示意我们可以参观一下）。

访谈员：哦，我们也从其他一些民宿老板那儿了解到，现在政府对于开发民宿设计上的要求越来越严格。一些楼层，超过些面积是要面临罚款的，您当时有碰到这样的情况吗？

受访者：当时是没有的，那个时候比较笼统，到了后来，政府才有条条框框的政策出来。

访谈员：那这些政策有人来专门向你们解读吗？还是说每次都是自己去了解？

受访者：需要办某个证的时候，去某个部门办公室，负责人会告诉你，这个证办不了，或是什么条款没做到或是不符合什么条件之类的（女老板耐心地对我们讲解道）。

424

访谈员：那这个证办下来是不是时间非常久啊，而且比较麻烦？

受访者：这个嘛，就是如果一开始就知道条条款款，起步的时候按照规矩来做，应该说是比较便捷一点。但等事情开始做了才知道规矩标准的存在，那么就要按照规矩一点一点改正，肯定是需要一段时间的。

访谈员：原来是这样（我们点头表示略有了解）。

受访者：比如说建造房子，一开始按要求造起来，那这样不就一路过来了吗？但要是房子先造起来了，后来才知道造房子需要符合哪些标准，那中间肯定有一个时间，一个过程，这个也是正常的。

访谈员：哦哦。

访谈员：那您有没有了解、听说过民宿协会呢？

受访者：民宿协会只是听说，但是具体怎么样我们不清楚。

访谈员：那就是说没参与进去吗？

受访者：没有，没有参与进去，可能不知道他们发的一些消息。我们太忙了，自己没有去注意，反正知道有这么个事情，但是没有具体地参与进去。可能他们也在发消息通知，只是我们自己没有关注。

访谈员：那么民宿协会到底是民间组织还是和政府合作的呢？

受访者：因为自己没有参与进去，所以也不太清楚。

访谈员：那民宿结对您知道吗？

受访者：民宿结对什么意思啊？

访谈员：我们看到很多家民宿，他们在大门口挂着一块牌子，写着"民宿结对"，估计可能是几个民宿有相互的合作。

受访者：哦，这个就是说大家结合在一起，这个我们没有，我们都是自个儿做自己的。

访谈员：那咱们家民宿和外面的民宿相比的特色是什么呢？

受访者：特色啊，我们的特色呢，也没有按照什么固定的风格去装修，也说不上什么特色不特色，反正客人来了也是挺喜欢的，干净一点，整齐一点，客人出个小差都是挺开心的，周围爬爬山啊。按照这里的地理环境来说，依山傍水，像景区，也很方便，客人很喜欢，自己家门口院子也很大，客人也有活动空间。

访谈员：那客人来得多的话，咱们人手够吗？需不需要从外面招工？

受访者：那倒没有，我们的客人也不是很多。

访谈员：那您在开民宿的过程中会不会进行一些培训之类的呢？

受访者：这个培训是有的，好像是去年还是前年啊，莫干山镇上的成校（莫干山镇成人文化技术学校）有培训课，类似于铺床之类的。

访谈员：那您觉得这些培训效果好吗？

受访者：肯定有用的，像我们这样子已经做过培训了，还挺有用；那些从来没有开过民宿的（没有经验的），需要参加培训，比较靠谱。

访谈员：那这些来培训的老师是一些比较专业的人士，还是说就是在开民宿的一些人（一些有经验的前辈）？

受访者：那肯定是在这个方面懂一点的嘛，不可能随便上去一个人，你做老师，自己都讲不好，那下面听的人怎么办？那总归有点熟练的。

访谈员：这些活动都是政府举办的吗？

受访者：去年是莫干山成校的，成校嘛，应该归政府管。因为我们先前已经培训过了，去年就没去，我们先前培训是德清县里要求的。

访谈员：这都是强制的吗？

受访者：这个嘛，政府有这样一个培训，应该不用强制吧。你自己去了对自己有好处没坏处，你想自己做好一点，只要有时间，没培训过，我想肯定都会过去的。

访谈员：那这种的活动频繁吗？

受访者：太频繁了也没意思，除非不同的项目。

　　在大概了解了嵩溪山庄民宿的情况之后，我们相互告别并表示感谢，热情的女老板期待我们有空常来，到此我们的本次采访结束。

访谈员手记

　　在本次短暂的小采访过程中，我们整理、总结了一下访谈基本内容。

　　开民宿的初衷：盈利吸引（跟风，随大流）。

　　存在的缺陷：

　　1. 民宿本身：特色不明显，竞争力弱。

　　2. 政策方面：①政策变动，消息传递不流通，导致民宿主人可能在不了解的情况下建设超标，成本上升。②"民宿结对"等相关概念未能普及。

　　3. 民宿协会：像嵩溪山庄规模的老板对此了解不多，是否存在准入门槛、该协会是否促进规格较小的民宿发展还需进一步的调查。

（访谈员：宁波大学　江文波、费乔枫、龚发云；整理：费乔枫）

后 记

农民工创业既是中央推进"大众创业、万众创新"工作的具体内容，更是众多农民工希望改变自身命运的自发性行动。历史一再证明，凡是违背农民意愿，不能调动农民积极性的政策往往行而不远；那些体现农民主体性，尊重农民意愿的政策往往会带来推动整个社会进步的奇迹！农民之所以成为农民工，并不是政策倡导的结果，而是农民追求美好生活的向往唤醒了他们向城市流动的脚步。可喜的是，国家充分尊重农民的意愿，逐渐放宽了相应的限制农民流动的政策，从而有了今天的 2.8 亿农民工，有了中国"世界工厂"的地位。

今天，随着世情国情的变化，随着中国制造的转型升级，随着农民工群体的代际更替，越来越多的农民工走上了自主创业的道路。这既符合他们的个体意愿，也体现了国家的政策意志，因而，我们相信农民工创业一定会创造一个又一个的新的奇迹。这本书记录了几十位普普通通的农民工创业者平凡的创业故事。正因为他们的平凡，也就更具有典型意义。我们希望通过这些平凡的创业话语，了解他们的心路历程，了解他们的追求、期盼和喜怒哀乐，以为有关部门完善相关政策提供参考。

在这里，我首先要向这些平凡的创业者致敬，他们或精彩或平淡的故事，总会给我们以启迪。我还要感谢 20 多位来自宁波大学、华中师范大学、西安交大、郑州大学、仲恺农学院、江西农业大学等高校的访谈员，他们都是在校的大学生，一般都出身农村，天然地对农民充满感情，正是他们卓有成效的工作，才有了这本散发着泥土芳香的访谈录。

我还要特别感谢陈剑平院士，陈院士本是一位农业领域的科学家，近年来开始关注三农发展的战略问题，提出了不少具有启发性的独特创见。

他力图整合宁波大学三农领域的研究力量，并已取得初步成效。他通读了本书的全文，欣然为本书作序，他的热情鼓励了我们。

宁波大学乡村政策与实践研究院院长刘艳女士非常关心我们的调研工作，多次关心我们的调研进展，还带领我们到乡村调研并为本书的出版提供经费支持。

我还要感谢国家社科基金委"农民工创业政策创新实证研究"项目对本次调研的资助。各调研地的村干部对访谈员的调研给予了热情的配合，宁波大学法学院黄铮博士、阳晓伟博士多次出席相关调研活动，感谢他们！

其他诸多帮助和支持，恕不一一列举，在此一并致谢！

操家齐　于己亥年冬